edition
tingeltangel

Die Handlung und alle handelnden Personen in diesem Kriminalroman sind frei erfunden. Ähnlichkeiten zu Geschehnissen mit Bezug auf reale Personen oder Unternehmen, Persönlichkeiten des öffentlichen Lebens oder Institutionen wären rein zufällig und nicht beabsichtigt.

Umschlag- und Klappengestaltung unter Verwendung folgender Abbildungen: Malcesine (lesia/stock.adobe.com), Stack of color artist paint brushes (BillionPhotos.com/stock.adobe.com), Marta Donato (Thomas Endl), Gustav Klimt: Malcesine am Gardasee (Archiv des Verlags), Silhouette of a young woman painting a picture (fantom_rd/stock.adobe.com)

Gedruckt in Europa

Italienisches Lektorat: Maria Volo

Originalausgabe (2024)
ISBN 978-3-944936-77-2

Der Titel ist auch als E-Book erhältlich.

Marta Donato

Mörderisch malerisches Malcesine

Fontanaros & Breitwiesers sechster Fall

Ein Italien- & Bayern-Krimi

»Nach anderthalb Jahren hatte ich genug. Denn Qualität und Geschmack spielen in einem Auktionshaus keine Rolle. Man verkauft alles, was echt ist. (...) Im Auktionshaus lernt man letzten Endes mehr über Menschen als über Kunst. Man entwickelt ein Gespür dafür, mit welcher Absicht und welchem Vorwissen einem die Kunstwerke präsentiert werden.«

Kunsthändler Walter Feilchenfeldt,
ehemals Angestellter im Auktionshaus *Sotheby's*

(Interview in *Du – Zeitschrift der Kultur*,
Juni 2015, Ausgabe 857, S. 23)

1

Dienstag, 11.09.2018

Malcesine, 10.15 Uhr

»Ich schlage vor, wir ändern unsere Pläne, Dottoressa, und treffen uns um 11 Uhr in Malcesine.«

Monika Bacher hatte den Rechtsanwalt Michele Vivani vor lauter Hintergrundgeräuschen nur mit Mühe verstanden. Mehr noch: Sein völlig unerwarteter Telefonanruf beunruhigte sie zutiefst, zumal Vivani ihr keine Möglichkeit ließ, etwas zu erwidern. In ihren Augen gab es keinen sinnvollen Grund, die ursprüngliche Abmachung, sich auf der *Piazza Brà* in der Altstadt von Verona auf einen Espresso zu treffen, zu ändern.

Gezwungenermaßen fuhr sie nun die *Gardesana* entlang und fragte sich, weshalb der Anwalt plötzlich genau diesen Treffpunkt vorschlug. Die östliche Uferstraße des Gardasees war wie immer gut frequentiert. Die vielen Ortsdurchfahrten, die aufeinander folgten, sorgten für Staus und Verkehrsbehinderungen. So hatte sie Zeit, sich das eigenartige Telefonat ins Gedächtnis zu rufen.

»Ich erwarte Sie unter einem der Arkadenbögen der *Caffè Bar Tre Corone*. Da sind wir ungestört. Ich werde pünktlich sein!«

Dann war die sehr mäßige Verbindung endgültig abgebrochen. Bis Monika Bacher richtig begriffen hatte, was Vivani von ihr wollte, hatte er auch schon aufgelegt. Seine Mails waren immer extrem höflich gewesen. Ja, geradezu charmant. Sie hatte sich auf das Treffen mit ihm gefreut, darauf vertraut und gehofft, in ihm einen kompetenten Kollegen zu treffen, der ihr helfen konnte, das Problem ihres Mandanten zu lösen. Das Telefonat dagegen hatte sie schwer verunsichert. Aber sie hatte keine Wahl. Vivani war im Moment ihre einzige Chance.

Inzwischen hatte sie die Ortseinfahrt von Malcesine erreicht und parkte den Leihwagen oberhalb des Zentrums auf dem Parkplatz vor dem *Municipio*. Sie zog den Zündschlüssel und lehnte sich in die Polster zurück. Noch hatte sie Zeit. Wozu sollte diese kurzfristige Planänderung dienen? Sie kannte Avvocato Michele Vivani erst seit wenigen Tagen. Den Kontakt verdankte sie ihrer ehemaligen Kommilitonin Dorothea Schaller, inzwischen Ermittlungsrichterin in Traunstein. Der Fall von Monikas Mandanten hatte sich plötzlich so zugespitzt, dass sie handeln musste, um weiteren, sehr großen Schaden von ihm abzuwenden. Und Dorothea hatte auch gleich diesen Tipp für sie.

Monika sperrte den Leihwagen ab und ging hinein in die Altstadt des Ferienorts. Als Studentin war sie öfter mit ihrem jetzigen Mann hierhergereist, um an verlängerten Wochenenden zu surfen oder mit dem Mountainbike die Berge zu erobern. Sie wusste den Weg noch zum Hafen und zur Bar *Tre Corone*. Das Schöne am Gardasee und seinen Ortschaften war, dass sie eine unglaubliche Beständigkeit aufwiesen. Die Zeit schien hier stillzustehen. Monika ging an Geschäften vorbei, die sie sofort wiedererkannte: eine Eisdiele, die jetzt auch vegane Sorten führte, ein Laden für Murano-Glas und das Lederwarengeschäft, in dem sie gern Handtaschen und einmal einen Rucksack gekauft hatte.

Der Ort war im Zentrum überschaubar und unverändert, während er sich ins Hinterland und entlang der Ufer in nördlicher und südlicher Richtung immer weiter ausbreitete. Bevor sie nach links in die Häuserschlucht einbog, die direkt zum Hafen führte, kam sie an einem Schreibwarengeschäft vorbei, das einen Zeitungsständer vor der Tür aufgestellt hatte. Die Schlagzeilen und Fotos auf den Frontseiten der Zeitungen zeigten immer noch die eingestürzte Autobahnbrücke bei Genua, obwohl Wochen seit dem Unglück verstrichen waren. Eine unglaubliche Katastrophe, die die Gespräche der Menschen in ganz Italien bestimmte. Der Einsturz der Brücke erhitzte die Gemüter. 43 Menschen waren dabei umgekommen und die einhellige Meinung vieler war, dass diese Opfer hätten vermieden werden können. Jahrelanger Schlendrian der Autobahngesellschaft, die die Brücken wartete, beziehungsweise dies unterließ, war schnell als Ursache des Unglücks ausgemacht. Am heutigen Tag kam noch die Erinnerung an den Anschlag auf die Twin Towers in New York hinzu, der sich zum siebzehnten Mal jährte.

Warum sollte man sich überhaupt eine Zeitung kaufen, fragte sich Monika. Katastrophen, Mord und Totschlag, nichts anderes füllte die Seiten. Sie hatte diesbezüglich kein Informationsbedürfnis, auch wenn ihr Italienisch gut genug war, um das Wichtigste der Meldungen zu verstehen. Dennoch griff Monika zur *l'Arena.* Dies war das mit Vivani vereinbarte Erkennungsmerkmal. Schließlich wussten sie voneinander nicht, wie sie aussahen. Sowohl der Anwalt aus Rom als auch sie selbst vermieden es nicht ohne Grund, in den sozialen Medien oder im Internet mit Fotos auf sich aufmerksam zu machen. Vivani war nicht zu recherchieren gewesen, Diskretion oberstes Gebot. Die Zeitung würde sie schmal zusammengefaltet auf den Tisch legen. Sie hatte keine Ahnung, wie alt Vivani war. Dem Sprachstil seiner Mails nach erwartete sie einen ungefähr vierzigjährigen Mann. Das Telefonat hingegen gab ihr keine weiteren Hinweise. Wenn es Monika recht bedachte, hätte es auch eine Frau mit sehr tiefer Stimme sein können, mit der sie gesprochen hatte. Die Verbindung war so schlecht gewesen und der Lärm im Hintergrund so dominant, dass sie hoffte, alles richtig verstanden zu haben. Zumal ihr aktiver Wortschatz über die Jahre verkümmert und sie nicht mehr so gut in der Lage war, in so einem knappen Gespräch richtig zu reagieren. Sie hatte einfach keine Zeit mehr, um in Urlaub zu fahren. Nicht einmal mehr zu einem verlängerten Wochenende.

Die Häuserflucht öffnete sich und Monika stand unvermittelt am Hafenbecken von Malcesine. Ein leichter Wind hatte sich gehoben und kräuselte weiter draußen sacht die hellgrün schimmernde Wasserfläche. Direkt vor ihr, im Hafenbecken, wo die Ausflugsboote dicht nebeneinander im Wasser vor sich hindümpelten, schimmerte es tiefgrün, fast schwarz. Den Himmel überzog ein milchig weißer Wolkenschleier. Noch hatte sich das Wetter nicht entschieden, wie es sich den Tag über entwickeln wollte. Und so unsicher wie das Wetter fühlte sich auch Monika Bacher, die sich jetzt fragte, ob sie ihre Mission zu einem guten Ende bringen konnte. Sie traute sich keine Prognose mehr zu. Wochen und Monate waren ins Land gegangen, in denen sie mit dem Mandanten in den USA verhandelt, recherchiert und schließlich die gemeinsamen Ziele hinterfragt und auf Machbarkeit abgeklopft hatte. Sehr viel hing von dem Gespräch ab, das sie nun mit dem Anwaltskollegen aus Rom führen wollte. Ihre Kommilitonin Dorothea hatte sie auf die Frage, ob sie zufällig einen Kollegen in Italien kannte, der wie sie selbst im Kunstrecht tätig war, auf den Hauptkommissar der Mordkommission Traunstein, Georg Breitwieser, verwiesen. Dabei hatte Monika eigentlich wenig Hoffnung gehabt, zu speziell war das Fachgebiet, das sie für ihren Fall benötigte. Doch der Kommissar hatte bereitwillig geholfen und ihr berichtet, dass Vivani eigentlich als Ermittler für eine Einheit der Carabinieri arbeitete, die für die Belange der Kunst- und Kulturgüter Italiens verantwortlich war. Das war für Monika Bacher ein Volltreffer gewesen. Genau so einen Kollegen brauchte sie.

In einer Mail hatte sie Avvocato Michele Vivani so viel, wie ihr nötig schien, und so wenig, wie sie gegenüber ihrem Mandanten vertreten konnte, berichtet und um ein Gespräch gebeten. Sehr überraschend hatte sich Vivani mit den wenigen Fakten zufriedengegeben, die sie ihm mitteilte. Sie blieb im Vagen, nannte keine Namen, machte nur Andeutungen und nannte historisch belegte Fakten, die in diesem speziellen Fall von Interesse waren. Zumindest soweit befanden sie sich auf sicherem Terrain. Über Mandanten gab sie nichts Persönliches preis. Das verstand der Kollege in Rom und er respektierte ihre Zurückhaltung. Sie deutete lediglich an, dass es sich um ein in den 40er-Jahren des vorigen Jahrhunderts geraubtes Gemälde handelte, weswegen sie ihn sprechen und um Rat fragen wollte. So bereitwillig er sein Kommen für diesen Vormittag angekündigt hatte, so unerwartet hatte er den ursprünglichen Treffpunkt von der *Piazza Brà* nach Malcesine verlegt. Wie kam er ausgerechnet auf Malcesine? Sie hatte den Ort, der für ihren Fall von entscheidender Bedeutung war, mit keinem Wort erwähnt. Das hieß wohl, dass Vivani die wenigen Hinweise, die sie ihm gegeben hatte, genügten, um eine erste Recherche durchzuführen, um bereits richtige Schlüsse zu ziehen. Eigentlich sollte sie das begeistern und nicht befremden. Doch genau das fühlte sie in diesem Moment: Befremden und eine vage Beklemmung. Denn letztlich war es doch völlig ausgeschlossen, mit dem Wenigen, was sie ihm genannt hatte, den Bezug zu Malcesine herzustellen. Wer war Vivani und weshalb kam er so bereitwillig von Rom angereist? Hätte sie da nicht stutzig werden sollen? Doch Breitwieser hatte von dem Anwalt in den höchsten Tönen geschwärmt, ihr versichert, dass er ein sehr umgänglicher Mensch sei, ein hervorragender Ermittler und sicherlich auch ein großartiger Anwalt. Da hatte der Bayer gar keinen Zweifel aufkommen lassen.

Monikas Blick fiel auf einen Hobbymaler, der wenige Schritte von ihr entfernt seine Staffelei aufgestellt hatte und an einem kleinen Ölbild arbeitete. Sie trat näher heran. Der Künstler fing mit sehr geübter Hand den Blick vom Hafenbecken auf den See und die gegenüberliegenden Berge ein. Der Platz so nah an der Anlegestelle der Ausflugsboote und der Linienschiffe, die die Orte rund um den ganzen See abfuhren, war natürlich sehr gut gewählt. Horden von Touristen kamen stündlich an ihm vorbei und der eine oder die andere wurde schwach und nahm sich ein Ölbildchen für wenige Euros mit nach Hause. Auf einem quadratischen Tisch, den der Maler mit schwarzem Samttuch belegt hatte, lagen schon fertige Werke, die auf Käufer warteten. Für zwanzig oder dreißig Euro, je nach Format und Rahmung, konnte man sich den *Lago di Garda* ins Wohnzimmer holen. Eine Ansicht stach Monika dabei besonders ins Auge. Malcesine vom See aus betrachtet, gemalt vermutlich weiter draußen von einem Ruder- oder Tretboot aus. Er hatte die Ansicht geschickt eingefangen und den Ort, der aus den Wassern des Gardasees mit schmalen Uferstreifen herauswuchs, umspült vom steten Nass des Sees, gut getroffen. Die Häuser waren gestaffelt hintereinander aufgereiht, ihre bunten Fassaden mit nicht zu grellen Farben wiedergegeben. Gut erkennbar waren die Häuserfronten: der *Palazzo dei Capitani*, die kleinen Häuschen bunt übereinander gereiht dahinter, direkt gefolgt von den ersten Bergen im Hintergrund und dem Turm der Scaliger-Burg, die, auf einem gewaltigen Felsen errichtet, den Ort an der linken Seite überragte. Wie an zahlreichen weiteren Orten entlang des Ostufers hatten die Scaliger, die noblen Herren von Verona, den See im Mittelalter bewacht und wenig uneigennützig vor Räubern und Schmugglern beschützt. Bekamen sie deren Beute doch auf dem Silbertablett präsentiert.

Die Perspektive stimmte, die Farben zeugten von einem sicheren Gefühl für Komposition, Spannung und Atmosphäre. Der Künstler war kein Dilettant. Er verstand sein Handwerk.

»*Allora, bella Signora*, was darf's sein?«, fragte er sie lächelnd. Treffsicher hatte er die Deutsche in ihr erkannt. Er war ihrem Blick gefolgt, stand von seinem Hocker auf und griff nach der Ansicht. »Sie haben einen sehr guten Geschmack, Signora. Ist eines meiner besten *dipinti!*«

Monika musste grinsen. Er wusste, wie man eine Touristin um den Finger wickelte. Aber er hatte auch recht. Das Ölbild war wirklich äußerst gelungen. Allerdings konnte er nicht wissen, warum genau diese Ansicht von Malcesine bei ihr ins Schwarze traf. Ohne groß mit dem Maler zu feilschen, gab sie ihm die gewünschten dreißig Euro und verabschiedete sich mit einem fröhlichen »*Ciao e grazie!*«

»*Grazie a lei, Signora, e una buona giornata!*«

Mit diesen guten Wünschen für den Tag versehen, schob sie das erstandene Ölbild in ihre voluminöse Handtasche, wandte sich den goldgelb gestrichenen Arkaden auf der rechten Seite des Hafenbeckens zu und betrat den kühlen, überwölbten Gang. Der Tipp von Vivani, einen Tisch unter den Arkaden zu suchen, war gut. Dort würde es am längsten angenehm frisch bleiben und die Sonne, wenn sie denn demnächst hinter dem Wolkenschleier hervorkäme, nicht so gnadenlos herunterbrennen. Unter dem dritten Arkadenbogen fand Monika einen Tisch für zwei und setzte sich mit Blick auf das Hafenbecken. Wie gewünscht faltete sie die Zeitung schmal zusammen und legte sie vor sich auf das weiße Tischtuch. Sie war bereit. Ein Blick auf die Uhr sagte ihr, dass Vivani in spätestens zehn Minuten zu ihr stoßen würde.

Direkt vor ihrem Tisch lag der Zweimaster *Siora Veronica* aus dem Jahr 1926 im Wasser. Frisch lackiert, poliert und aufgehübscht wartete er auf Gäste, die an einer Panoramatour über den See teilnehmen wollten. Das Tourismusbüro von Malcesine gab sich alle Mühe, die Gäste mit vielen Attraktionen zu unterhalten. Doch auf einen solchen Ausflug verzichtete Monika sehr bereitwillig. Ihre Gedanken waren bei ihrem Fall und ihrem Mandanten. Nur ganz nebenbei nahm sie das geschäftige Treiben rund um den Hafen wahr, die Cafés, deren Tische entlang der Promenade sich füllten, und die Flaneure, die Urlaub und Zeit hatten, die nichts antrieb als ihre Sehnsucht nach Cappuccino, Spritz und *italianità*, deretwegen sie die stundenlange Fahrt über den Brenner in Kauf nahmen und gekonnt die vielen Gleichgesinnten, die sich vor, neben, und hinter ihnen drängten, ausblendeten.

Ein Kellner kam schließlich an ihren Tisch und sie bestellte sich einen Amarena-Eisbecher. Wer wusste schon, ob sie überhaupt zum Mittagessen käme? Hunger verspürte sie keinen, dazu war sie viel zu nervös. Aber ein kühles Vanilleeis mit den von ihr sehr geschätzten dunklen Kirschen, die man in einen herbsüßen Sirup einlegte, war jetzt genau nach ihrem Geschmack.

Erneut galt ihr Blick ihrer kleinen Armbanduhr. Avvocato Michele Vivani musste nun jeden Augenblick auftauchen. Was sollte sie tun, wenn er nicht kam? Was in Gottes Namen sollte sie ihrem Mandanten erzählen, der in den USA saß und mit Sicherheit sehnlichst ihren Anruf erwartete, wissen wollte, ob sie ihre Mission erfüllt hatte?

Obwohl vom See immer noch eine angenehme Brise hereinwehte, merkte sie, wie die Temperatur unaufhaltsam anstieg. Bald war es Mittag und dann würde sie froh sein, dass sie im schattigen Inneren der Arkaden saß. Für Vivani blieb nur der Stuhl gegenüber und dieser lag inzwischen voll in der Sonne. Ein römischer Anwalt sollte damit zurechtkommen, dachte sie nicht ohne eine gewisse Schadenfreude. Auf der *Piazza Brà* in Verona hätten sie es unter den großen und breiten Markisen der Straßencafés deutlich kühler und bequemer gehabt. Ihr Hotel lag nur wenige Schritte von der Arena entfernt. In fünf Minuten hätte sie die *Liston Bar* erreicht, die sie zunächst als Treffpunkt vereinbart hatten. Nun denn, jetzt saß sie in Malcesine und wartete mit steigender Ungeduld und einem mulmigen Gefühl im Magen.

Der Kellner stellte den Amarena-Eisbecher auf dem Tisch ab und verschwand sofort wieder in den Tiefen des Cafés. Das Lokal verfügte über verschiedene Räume und Sitzmöglichkeiten. Direkt im Anschluss an die Arkaden folgte eine schmale Terrasse unter freiem Himmel entlang des Hafenbeckens. Außerdem war ein großzügiger Gastraum mit vielen Tischen entlang des Seeufers gebaut. An windigen Herbsttagen ließ sich der Blick durch Glasscheiben auf den See genießen. Das Café konnte sich nicht über Besuchermangel beklagen. Monika griff sich den langstieligen Chromlöffel, tauchte ihn in die Sahnehaube und versuchte, die erste Kirsche, die durch das beschlagene Glas sichtbar war, herauszufischen. Schließlich glänzte die Frucht animierend auf dem Löffel und Monika schob sich die süße Köstlichkeit mit Genuss in den Mund. Auch das Vanilleeis schmeckte angenehm kühl und zerging auf der Zunge. Nach einigen Löffeln fühlte Monika bereits eine gewisse Sättigung, legte das Besteck beiseite, griff in ihre Handtasche und holte eine großformatige, kartonierte Broschüre heraus, die sie sich auf den Schoß legte.

Ihre Finger zitterten ein wenig, als sie darin zu blätterten begann, bis sie die Reproduktion von *Malcesine am Gardasee*, gemalt vor über 100 Jahren von Gustav Klimt, vor sich hatte. Ihre Nervosität war inzwischen so groß, dass sich ihr empfindlicher Magen meldete. Das kalte Eis hatte ihr nicht gutgetan. Eine ganze Doppelseite war dem Gemälde gewidmet und zeigte den Ort, wie es schien, vom Wasser aus. Damit ähnelte es motivisch dem Ölbildchen, das Monika erstanden hatte. Klimt hatte ebenfalls mit Ölfarben gearbeitet, gedeckte Farben gewählt, falls die Reproduktion dem Original nahekam. Auch hier dominierten die dicht an dicht gebauten Häuser, die gestaffelt nach hinten und oben gemalt waren, die Komposition. Sogar das Heck des Zweimasters, der wenige Meter vor ihr im Hafenbecken lag und angeblich aus dem Jahr 1926 stammte, hatte Klimt schon 1913 eingefangen. Dennoch schien der Bildausschnitt ein anderer zu sein als der des Hobbymalers. Monika griff nochmals in die Handtasche, holte ihre Neuerwerbung hervor und hielt sie neben die Klimt-Reproduktion. Die Standpunkte der beiden Maler waren unterschiedlich gewählt. Aber das war nicht weiter verwunderlich. Weshalb sollte der Hobbykünstler es darauf anlegen, die Klimt-Perspektive einzunehmen? Beide Ansichten zeigten Malcesine und trotzdem würde nie ein Bild dem anderen gleichen, auch wenn es sich immer wieder um dasselbe Motiv handelte. Dennoch fand sie die Gegenüberstellung der beiden Bilder interessant. Ihre Begeisterung für Kunst und Gemälde gewann mal wieder die Oberhand. Entschlossen schob sie das kleine Gemälde in ihre Handtasche zurück. Was sollte Vivani von ihr denken, wenn er sie mit einem solchen Souvenir zweifelhafter Qualität entdeckte?

Die Kirchturmuhr schlug die volle Stunde. Nun konnte es sich nur noch um Minuten handeln, bis der Kollege kam. Dann würden sich ihre Sorgen und die Nervosität mit Sicherheit in Luft auflösen. Sie nahm erneut den Eislöffel zur Hand und rührte in der inzwischen zerlaufenen Eismasse gedankenverloren herum. Der Kirschsirup hatte sich mit dem Vanilleeis vermengt und sah in seiner schlierigen Konsistenz nur noch halb so appetitlich aus. Sie fand am Grund des Glaspokals eine letzte Amarenakirsche, die sie langsam mit dem Löffel an der Glaswand hochzog, als sie unvermittelt einen spitzen Schmerz seitlich am Hals spürte. Erschrocken schrie sie auf, warf den Löffel auf den Tisch und begann mit den Händen wild um sich zu schlagen. Ganz gewiss hatte sie eine Wespe oder Biene in den Hals gestochen, angelockt durch den süßen Geruch der Amarena-Kirschen. Sie befühlte die Stelle und spürte, wie diese rasch anschwoll. Gleichzeitig fing ihr Puls heftig und immer schneller zu schlagen an, das Atmen fiel ihr zunehmend schwer und sie hatte das Gefühl, keine Luft mehr zu bekommen. Der Hals war plötzlich wie zugeschnürt. Noch nie hatte sie allergisch auf Insektenstiche reagiert. Schweiß trat ihr auf die Stirn und sie zerrte an der Bluse im verzweifelten Versuch, mehr Luft und Abkühlung auf die heiße Haut zu bekommen. Doch schließlich wurde ihr schwarz vor Augen. Die Broschüre rutschte ihr vom Schoß und fiel mit einem Platsch auf den Terrassenboden. Monika Bacher verlor den Halt und kippte vom Stuhl, vornüber auf den Boden zu, wo sie endlich leblos und nahe der Wasserkante auf dem warmen Steinboden zu liegen kam.

2

Verona, 1 Stunde und 45 Minuten zuvor

Im dritten Stock des *Hotel Merano*, in Sichtweite zur *Arena di Verona* und genau über Monika Bachers Zimmer 215, saß Pierre Regnier am Schreibtisch und sah auf den Bildschirm seines Laptops. Ihm war wohl bewusst, wer unter ihm logierte, und er fragte sich, ob sein Handeln irgendetwas am Verlauf der Auktion ändern würde, deretwegen er angereist war. Ob er überhaupt handeln konnte? Und vor allem wie?

Seit Wochen stand er in direktem Mailaustauch mit Abdul, einem Sekretär des Scheichs von Abu Dhabi. Ob Abdul wirklich so hieß, ob er wirklich zum inneren Zirkel des Scheichs gehörte oder nur irgendein Günstling und Zuträger der Herrscherfamilie des Emirats war, wusste Pierre nicht. Und es spielte für ihn auch keine große Rolle. Was jedoch eine enorme Rolle für ihn spielte, war sein Auftrag. Einen Auftrag von dieser Dimension hatte er noch nie erhalten. Als Kunstagent in Paris tätig, hatte er immer mit potenten Kunden zu tun, hatte er sich an zweistellige Millionenbeträge gewöhnt. Seine Kundschaft saß in den Chefetagen großer Konzerne, in den Schlössern europäischer Adels- und Königshäuser oder in Villen von Privatiers und Oligarchen an der Côte d'Azur, die nicht wussten, wohin mit ihren Millionen, die sie geerbt, auf dem Börsenparkett mit Erfolg spekuliert oder auf illegalen Wegen ergaunert hatten. Wie die einzelnen Kunden zu ihrem Geld gekommen waren, war Pierre herzlich egal. Er arbeitete für jeden, der es sich leisten konnte, bei den großen, internationalen Auktionen mitzubieten und ihm anschließend ein stolzes Honorar zu bezahlen. Er ging bei *Christie's* und *Sotheby's* so regelmäßig ein und aus wie andere beim Supermarkt um die Ecke. London und New York kannte er ebenso gut wie die Rue de Rivoli nahe den Tuilerien in Paris. Dort, im Haus Nummer 208, über einer Arkade mit belebten Geschäften, hatte er sein Büro. Die für ihn wichtigsten Museen der Stadt konnte er bequem fußläufig erreichen: das *Musée du Louvre* selbstverständlich, wo er sich stundenlang aufhalten konnte, das *Musée d'Orsay*, wo ihn die französischen Impressionisten immer wieder aufs Neue begeisterten, oder das *Musée des Arts décoratifs*, wo eine permanente Ausstellung von Jugendstilmöbeln an grauen, regnerischen Tagen die beste Medizin gegen Depressionen war. Seine Kunstleidenschaft hatte selbst für ihn manches Mal fast etwas Manisches.

Pierre Regnier schob den Stuhl zurück und stand auf. Er war nervös wie selten. Einige wenige Schritte trennten ihn von der Balkontür, vor die er den schweren Samtvorhang gezogen hatte. Nicht nur die Hitze sollte draußen bleiben, sondern auch diese provinzielle Kleinstadt, die sich auf ihre Arena und ihre Geschichte so viel einbildete. Das Museum der Stadt konnte man schlicht vergessen. Es war schon schauerlich, was Generationen von Museumsleuten für einen belanglosen Schrott eingekauft und gesammelt hatten. Mit steifem Zeigefinger schob er den Stoff ein Stück beiseite und linste auf das römische Gebäude und die *Via Mazzini*, die einzig wahre Einkaufsstraße von Verona, hinunter.

Sein Besuch stand von Anfang an unter keinem guten Stern. Eine Buchung im *Hotel Excelsior* an der *Piazza Brà* war nicht möglich. Alles ausgebucht. Was er als persönliche Niederlage betrachtete, Es blieb ihm nichts anderes übrig, als im zweitklassigen *Hotel Merano* zu nächtigen. Aber die *Casa d'Aste* und ihre Auktionatorin, die er am Abend zuvor auf einer mittelmäßigen Vorbesichtigung, der sogenannten Preview, zum ersten Mal gesehen hatte, setzte allem die

Krone auf. Eine spindeldürre Person – angetan mit einem schwarzen Hosenanzug und mit riesiger, schwarz gerahmter Brille auf der Nase –, die sich auf ihr Geschäft und die kleine Auktion in Malcesine mords was einbildete. Verona war schon ein Nest. Aber Malcesine!

Der Ort, direkt am Gardasee gelegen, hatte ihm am gestrigen Abend regelrecht einen Kulturschock versetzt. Mit solchen Menschenmassen in schlechter Kleidung, die sich durch die engen, dunklen Gassen schoben, hatte er nicht gerechnet. Er kannte die Erzählungen von Kollegen und Kunden, die von den pittoresken Städtchen in Italien schwärmten, von Orten in der Toskana, in Umbrien oder an der Amalfi-Küste, und ihm immer wieder einredeten, dass er etwas versäumte, dass er dort unbedingt einmal Urlaub machen sollte. Na, danke schön, dachte er jetzt erneut angewidert. Sogar die Ortschaften in Frankreich, irgendwo im Burgund oder in der Normandie, mit ihren niedrigen grauen Steinhäusern mied er schon aus Prinzip. Er war an Metropolen gewöhnt, an Kunstgalerien und Museen, die diesen Namen auch verdienten. Allenfalls die Biennale in Venedig ließ er gelten. Da war er natürlich jedes Jahr. Aber alles andere von *Bella Italia* konnte ihm gestohlen bleiben. Selbst Rom lockte ihn nicht mehr. Die römischen Altertümer, genau solche, wie er es sich gerade durch das Hotelfenster ansehen konnte, waren nicht nach seinem Geschmack. Durch hunderte von Kirchen zu pilgern, die viele hunderte von Jahren alt waren, überließ er dem deutschen Bildungsbürgertum, das in geschlossenen Gruppen durch die vatikanischen Museen trampelte und in Ergriffenheit erstarrte. Diese Art von Kunst ließ er gern links liegen. Das war nicht seine Welt. Kunst begann bei ihm Ende des 19. Jahrhunderts. Das Beste, was es auf diesem Sektor gab, was sich verkaufen ließ wie warme Semmeln, stammte aus den Jahren von 1880 bis in die 1960er. Das war ein genügend großer Zeitraum, um lohnenswerte Geschäfte abzuwickeln. Allerdings manche alten Meister waren durchaus auch noch lukrativ.

Die Preview, zu der die *Casa d'Aste Colombo* im *Palazzo dei Capitani* am gestrigen Abend eingeladen hatte, war dagegen ein Witz gewesen. Ganze fünf Gemälde wurden dem handverlesenen, internationalen Publikum präsentiert. Neben drei Barockschinken von ihm völlig unbekannten Malern gab es noch eine Mariendarstellung von einem Schüler Guido Renis, der ihn absolut nicht interessierte. Mal abgesehen von einem Zeitgenossen Gustav Klimts, dem Veroneser Künstler Guido Trentini, dessen Namen Pierre sich durchaus merken wollte, drehte sich alles um das Gemälde *Malcesine am Gardasee* des österreichischen Malers, dessentwegen sie alle angereist waren. Kredenzt wurde ein handelsüblicher Prosecco, begleitet von Grissini-Stangen, die in Pokalen aus Muranoglas steckten, immerhin – er musste die Marinelli fragen, wo es diese Glaspokale zu kaufen gab. Keiner der Gäste hätte diese Preview gebraucht. Schließlich hatten sie neben der schriftlichen Einladung auch den Auktionskatalog erhalten. Doch jeder hatte angenommen, dass es zumindest exquisite Häppchen geben würde und Champagner in großzügiger Menge. Aber da hielt sich das Auktionshaus sehr dezent zurück.

Dennoch, dies alles hätte Pierre Regnier noch weggesteckt, denn einen Klimt bei einer Versteigerung anzubieten, bedeutete für das Auktionshaus eine Sensation und für ihn selbst die einmalige Chance, einen Klimt zu ersteigern, die sich in seinem Leben nicht wiederholen würde. Aber dann hatte ihn ein Mann, Alessandro Bonaventura, angesprochen und ihn verschwörerisch beiseite genommen.

»Ich habe mich über Sie schlau gemacht, Monsieur Regnier.«

Das war ein durchaus vielversprechender Anfang eines denkwürdigen Gesprächs gewesen. Bonaventura sprach hervorragend Französisch. Diese Tatsache allein genügte, um sich von dem Mann einnehmen zu lassen. Er imponierte Pierre noch aus anderen Gründen: Er trug eine Lässigkeit zur Schau, die Pierre beneidenswert fand, vor allem deshalb, weil er nicht in der Lage war, es ihm gleichzutun. Dazu fehlten ihm die Statur und die Haarpracht.

Bonaventura trug völlig salopp, als hätte er Jeans und Poloshirt für den Abend gewählt, einen schwarzen Seidenanzug, ergänzt durch ein weißes Seidenhemd, das er nur nachlässig in den Hosenbund geschoben hatte. Er schenkte diesem edlen Stoff keine besondere Aufmerksamkeit. Jedes Mal, wenn er die Hand in die rechte Hosentasche schob, bauschte sich das Hemd deutlich über dem schwarzen Gürtel aus Krokodilleder und hing schließlich komplett aus dem Hosenbund heraus. Es schien ihn nicht zu stören, er schien es nicht einmal zu bemerken. Bonaventura mochte um die fünfzig Jahre alt sein, vielleicht auch ein wenig älter. Er war schwer zu schätzen. Denn sein gewelltes Haar zeigte nur vereinzelte graue Fäden und es reichte ihm bis über den Hemdkragen. Von Natur aus mit getönter Gesichtsfarbe gesegnet, wirkte der Mann gesund und entspannt. Sein Bariton war einschmeichelnd, dabei aber gut verständlich. Er stellte sich als freischaffender Kunstgutachter vor, der hin und wieder auch für das Auktionshaus *Casa d'Aste Colombo* tätig wurde. Nonchalant hielt er Pierre seine Visitenkarte hin, die dieser, ohne einen Blick darauf zu werfen, in seine Sakkotasche schob. Farblich zumindest konnte er mit dem Gutachter mithalten. Aus Prinzip war Pierre immer in Schwarz gekleidet. Und so trug er auch an diesem Abend einen schwarzen Anzug, kombiniert mit einem schwarzen, langärmeligen Hemd, das am Kragen offenblieb. Wie neunzig Prozent der anderen Gäste glaubte auch er, dass Schwarz die adäquate Farbe kunstsinnig Kreativer war, auch wenn sie für Außenstehende vermutlich eher einer Beerdigungsgesellschaft glichen.

»Signora Marinelli und ich sind der Meinung, dass Sie der Käufer sind, der den Klimt für einen sehr hohen Preis ersteigern wird.«

»Halten Sie mich für dumm?«

Bonaventura lachte ein dunkles Lachen und schüttelte dabei leicht den Kopf. Er wollte nicht missverstanden werden.

»Keineswegs! Wir denken, dass Sie im Auftrag eines sehr potenten Kunden nach Malcesine gereist sind, der den Klimt unter allen

Umständen seiner Sammlung zuführen will. Signora Marinelli hat Sie auf Empfehlung von einem Londoner Autionshaus eingeladen.«

Da schau her, dachte Pierre überrascht. Wie kam er zu der Ehre?

»Kommen Sie!« Alessandro Bonaventura fasste ihn unvermittelt am Unterarm und führte ihn in einen Nebenraum des Palazzo, der von einem großen, offenen Kamin dominiert wurde und von einer bemalten Holzdecke überspannt war.

»Hier ist es nicht ganz so laut.«

Pierre konnte nicht umhin, die Decke zu bewundern. Die Räume des *Piano nobile*, dem am besten und edelsten ausgestalteten Geschoss in einem historischen, italienischen Palazzo, waren alle mit Terrazzoböden belegt, durch Wandfresken geschmückt und mit sehr alten, bemalten Holzdecken ausgestattet. Er nahm an, dass die Innenausgestaltung aus dem 16. oder 17. Jahrhundert stammte. Das Gebäude selbst war wohl bedeutend älter. Beeindruckend auf gewisse Weise, aber insgesamt wirkte der Bau schmucklos und sehr einfach. Französische Adelige hätten es zweifelsohne abgelehnt, in solchen Gemäuern zu hausen.

»Signora Marinelli und ich gehen davon aus, dass Sie für russische Oligarchen oder Kunden aus dem arabischen Raum beauftragt werden.« Bedeutungsvoll sah Bonaventura in das Gesicht von Pierre Regnier.

Dieser tat alles, um seine Überraschung zu verbergen. »Und wenn es so wäre?«, fragte er möglichst unbeteiligt nach. »Sie haben übrigens meine guten Kontakte zu japanischen Millionären vergessen!«

»Ein interessanter Hinweis.« Alessandro Bonaventura verzog den Mund zu einem schiefen Lächeln. »Wir haben Befürchtungen, dass die Auktion kurzfristig abgesagt werden muss!«

Dieses Mal schaffte es Pierre Regnier nicht, unbeteiligt aus der Wäsche zu schauen. Erschrocken starrte er den Kunstgutachter an.

»Wie kommen Sie auf diese Idee?«

»Signora Marinelli wird bedroht! Man hat ihr anonyme Briefe geschickt. Sollte sie die Auktion wie angekündigt durchführen und vor allem den Klimt zur Versteigerung aufrufen, würde ihr oder dem Gemälde großer Schaden zugefügt werden.« Bedeutungsvoll blickte Bonaventura zur offenstehenden Tür, die in den großen Ballsaal des *Piano nobile* führte, wo auf Staffeleien die fünf Gemälde in gebührlichem Abstand voneinander aufgestellt waren. So konnten die Besucher mehr oder weniger ungestört die Exponate begutachten.

»Sehen Sie die schlanke Dame im roten Etuikleid? Patrizia und ich nehmen an, dass diese Dame hinter den Briefen steckt.«

Pierre folgte dem Blick des Gutachters. Ihm kam diese Anschuldigung ziemlich abstrus vor. Die Dame wirkte komplett ungefährlich, um nicht zu sagen, sie wirkte unauffällig, selbst in ihrem roten Kleid zwischen all den schwarz Gewandeten. Ein gedecktes Bordeaux, darüber hatte sie – immerhin – einen schwarzen Spitzenschal geschlungen. Bisher hatte Pierre von ihr überhaupt keine Notiz genommen. Mit ihren aschblonden Haaren und den flachen Ballerinas hatte sie nichts an sich, was ihn als Mann besonders interessierte.

»Wie kommen Sie denn auf diese Idee?«

»Lassen Sie sich nicht vom Äußeren täuschen. Die Deutsche verfolgt ganz eigene Ziele – die uns allen nicht gefallen würden, könnte sie sie zu einem Ende bringen.«

»Wie wäre es, wenn Sie sich deutlicher ausdrücken würden?« Pierre verlor immer mehr die Geduld. Hielt ihn Bonaventura für einfältig genug, diesen Andeutungen Glauben zu schenken?

»Deutlicher kann ich nicht werden, denn außer der Drohung, die ich Ihnen gerade geschildert habe und die wir sehr ernst nehmen, liegt uns noch nichts vor. Wir hoffen, die Dame noch irgendwie vom Besuch der Auktion abhalten zu können. Verstehen Sie?«

Nein, Pierre Regnier verstand überhaupt nicht. Was erwartete der Typ von ihm?

»Signora Marinelli erwägt, das Bild im Vorfeld zu verkaufen. Unter der Hand! Für einen angemessenen Preis.« Erwartungsvoll blickte Alessandro Bonaventura dem Kunstagenten ins Gesicht.

Daher also wehte der Wind, dachte Pierre mit einer gewissen Genugtuung. Offenbar war sich das Auktionshaus nicht sicher, den Klimt für eine gehörige Stange Geld unter die Leute zu bringen, und hoffte nun auf einen Dummen, der im Vorfeld ein Sümmchen auf den Tisch legte, von dem die beiden annahmen, dass es über dem Preis lag, den die Auktion einbringen würde.

»Was halten Sie denn für einen angemessenen Preis?«

Wie aus der Pistole geschossen folgte die Antwort: »Achtzig Millionen Euro!«

Nun war es Pierre Regnier, der lauthals lachte.

»Nicht mit mir, mein Lieber! Suchen Sie sich einen anderen Dummen.« Er tippte sich an die linke Schläfe zum kurzen Gruß und schritt entschlossen auf den Ballsaal zu. Bonaventura unternahm keinen Versuch, ihm zu folgen.

Pierre hatte für den Rest des nicht mehr langen Abends die Deutsche in ihrem roten Kleid beobachtet, die mit Ausdauer und sichtlicher Ergriffenheit die meiste Zeit vor dem Klimt-Gemälde stand, als wollte sie es in sich aufsaugen, für alle Ewigkeit in Erinnerung behalten, bevor es von jemandem ersteigert und vielleicht für immer in einem privaten Anwesen verschwinden würde – erneut verloren für die Allgemeinheit. Als sie den *Palazzo dei Capitani* schließlich verließ, folgte er ihr bis zum Parkplatz vor dem *Municipio.* Sein gemieteter Porsche stand nur wenige Meter von ihrem Auto entfernt. An der Einfahrt zur Tiefgarage ins Hotel trafen sie erneut aufeinander.

Pierre Regnier ging zur Minibar und holte sich ein kaltes Tonic Water. Er trank direkt aus der Flasche. Zum wiederholten Male setzte er sich gedanklich mit dem Abend und seinen Begleitumständen auseinander. Weshalb die *Casa d'Aste Colombo* die vermutlich einträglichste Auktion ihrer Firmengeschichte nicht am Hauptsitz der Firma in Mailand durchführte, war ihm ein absolutes Rätsel. Hatte allein der Titel des Bildes *Malcesine am Gardasee* Patrizia Marinelli dazu bewogen, die Auktion am Entstehungsort des Gemäldes stattfinden zu lassen? Und dieser Frau und ihrem mittelmäßigen Auktionshaus, von dem er zuvor noch nie gehört hatte, und das wollte etwas heißen, sollte er demnächst dreißig, vierzig oder, wie vor wenigen Stunden dreist vorgeschlagen, vielleicht sogar achtzig Millionen Euro in den Rachen schmeißen? Er hatte keine Ahnung, wie hoch die Bieter gehen würden, wer überhaupt alles von den potenten Käufern, Museen und Auktionshäusern eingeladen worden war. Die Personen des gestrigen Abends waren ihm bis auf Kenneth O'Connor aus London, der für *Soho Fine Art Auction* arbeitete und vermutlich Pierres Namen an das Haus in Mailand verraten hatte, nicht bekannt vorgekommen. Und ganz gewiss würden deutlich mehr Bieter am Freitag zur Auktion erscheinen, als am gestrigen Abend im *Palazzo dei Capitani* anwesend waren. Zudem hatte er kaum Sicherheitsmaßnahmen erkennen können. Personal einer Security-Firma stand mehr oder weniger gelangweilt in der Gegend herum und blickte desinteressiert die Besucher an. Aber Kameras hatte er nirgendwo entdeckt. War es möglich, dass man ein Gemälde dieses Wertes und dieser Bedeutung einfach so in den Ballsaal des Palazzo stellte? Gab es so viel Naivität oder hatte er Kartoffeln auf den Augen gehabt? Oder hatte man gar nicht vor, den Klimt aufzurufen? Allein ihn auf der Preview auszustellen, war ein enormes Risiko gewesen. Regnier hatte keinen Zweifel, dass es sich um das Original gehandelt hatte.

Patrizia Marinelli hatte sich bei ihrem gemeinsamen Cocktail in der *Excelsior*-Bar sehr bedeckt gehalten. Sie hatte ihm die Namen der geladenen Gäste nicht verraten, sondern nur ihren tiefroten Mund zu einem schiefen Lächeln verschoben und gemeint: »Lassen Sie sich überraschen, Signore!«

Überraschungen waren das Letzte, was er leiden konnte, und als Signore tituliert zu werden, war entschieden unter seinem Niveau.

Monsieur hätte es besser getroffen. Er war Pariser durch und durch und Spross einer angesehenen Familie. Bonaventura hatte das stilsicher erkannt. Die meisten Leute, mit denen er zu tun hatte, verfügten über genügend Menschenkenntnis, um den Stallgeruch, den er verbreitete, richtig einordnen zu können. Pierre Regnier trank das Tonic Water aus und legte sich aufs Bett. Eine kleine Nachttischlampe erhellte den Raum nur wenig, was ihn nicht störte. Ganz im Gegenteil. Die Zimmerausstattung im Italo-Barock-Stil empfand er als absolute Beleidigung seiner geschulten Augen, die sich nur mit den exquisitesten Möbeln und Kunstwerken zufriedengaben. Mittelmäßigkeit war ihm ein Gräuel. Und Verona war für ihn der Inbegriff der Mittelmäßigkeit. Auch die Deutsche im roten Kleid gehörte in diese Kategorie. Seine Erfahrung sagte ihm, dass von dort keine Gefahr drohte. Aber er konnte sich irren.

Pierre stand vom Bett auf, holte seinen Laptop aus dem Schlafmodus und las die Mail, die ihm Abdul wenige Stunden vor der Preview geschrieben hatte, nochmals gründlich durch.

»*Cher* Pierre«, schrieb Abdul, »der Scheich von Abu Dhabi, der gütige Vater unseres Volkes und aller Untertanen in den Arabischen Ländern unserer Freunde, wünschen dir Glück, Erfolg und gute Geschäfte. Der *Louvre Abu Dhabi* wartet auf sein wunderbarstes Gemälde, das dort in einem eigens dafür gestalteten Raum seinen Platz für die Ewigkeit erhalten soll, mit großer Sehnsucht.

Allah möge dir die Weisheit und die Tüchtigkeit verleihen, damit das Gemälde bald die Sonne Arabiens fühlen kann und alle unsere Untertanen und Völker es mit eigenen Augen bewundern können.

Der Scheich von Abu Dhabi ist überzeugt davon, dass du in seinem Sinne auf die Kosten achten und keinen Preis bezahlen wirst, der dem Kunstwerk nicht angemessen ist. Eine Überforderung der Staatskasse von Abu Dhabi würde er persönlich übelnehmen und dich dafür verantwortlich machen.

Allah sei mit dir! Abdul«

Pierre Regnier begann zum wiederholten Mal eine Antwortmail zu schreiben und ließ es dann erneut bleiben. Der letzte Absatz war eine deutliche Drohung, die er nicht gewillt war zu akzeptieren. Und er hielt sie für um vieles gefährlicher als die Deutsche in ihrem roten Kleid. So oder so! Er musste handeln. Einschüchterungen, von wem und von welcher Seite auch immer, ließ er sich nicht bieten. Er hatte immer noch Mittel und Wege gefunden, sich zu wehren. Wie um sich zu versichern, stand er erneut vom Stuhl auf, öffnete den Kleiderschrank und den kleinen Safe, der sich darin befand. In dem wenig geräumigen Fach hatte seine *Beretta FS 92*, die er vor Jahren auf dem Schwarzmarkt zu seiner persönlichen Sicherheit angeschafft hatte, gerade genügend Platz. Nichts würde ihn aufhalten, den Klimt zu erwerben. Auf welche Weise auch immer. Dass der Scheich im Zweifelsfall ihm die Schuld für ein Versagen geben würde, war mehr als gewiss. Es war todsicher. Er musste den Zuschlag für den Klimt bekommen. Koste es, was es wolle! *Inschallah* fügte er gedanklich hinzu – so Gott will!

Seinem geschulten Ohr entging nicht, dass im Zimmer unter ihm ein eben erst begonnenes Telefonat lauter wurde. Die Frauenstimme versuchte, dem Anrufer etwas mitzuteilen, die laute Stimme verriet ihre Erregung. Wenig später fiel die Zimmertür ins Schloss.

Pierre griff sich die Waffe, schob sie in den Hosenbund seiner schwarzen *Armani*-Jeans, schlüpfte in sein schwarzes Anzugsakko, nahm die Wagenschlüssel, die auf dem Nachtkästchen lagen, und eilte zum Lift. Wenn er die Stockwerkanzeige richtig interpretierte, dann fuhr die Deutsche gerade Richtung Tiefgarage. Er wandte sich der Treppe zu und eilte, immer zwei Stufen auf einmal nehmend, ebenfalls hinunter. Er wollte ihr zumindest folgen. Mal sehen, was sie vorhatte.

3

Verona, 13.00 Uhr

Antonio Fontanaro saß im Büro in der Questura und las seinen Bericht am PC nochmals durch. Staatsanwalt Vincenzo Mauro scharrte schon mit den Hufen und wollte endlich den Abschlussbericht zum Mordfall Spadolini erhalten. Was, in Gottes Namen, sollte Antonio zu diesem völlig unspektakulären Mordfall schreiben? Nicht, dass es spektakulärer Mordfälle bedurfte, um Antonio für seinen Beruf zu begeistern. Beileibe nicht! Doch Angelo Spadolini war eines Morgens nicht mehr aufgewacht. Ein Küchenmesser steckte in seiner Brust. Seine Frau Maddalena rief nach einer schlaflosen Nacht und am Ende mit den Nerven die Polizei und gestand ohne Umschweife die Tat. Ende der Geschichte. Eine Familientragödie! Gewiss. Aber weshalb sollte dieser Bericht im Eiltempo den Staatsanwalt erreichen? Eine Pressekonferenz würde er deshalb ja wohl nicht abhalten wollen. Doch was wusste man schon? Dottor Vincenzo Mauro tat nichts lieber, als sich selbst ins Rampenlicht zu rücken. Antonio sah auf die Anzeige seines Handys. »13.00« leuchtete dort auf. Es war Mittagszeit. Der Bericht musste warten. Erleichtert schob Antonio seinen Schreibtischstuhl nach hinten, damit er bequem aufstehen konnte, als es an seiner Bürotür klopfte. Wer hielt ihn vom Mittagessen ab? Keine gute Zeit, ihn zu stören.

»*Avanti!*«

Die Tür wurde geöffnet und auf der Schwelle erschien eine Antonio Fontanaro sehr bekannte Person.

Freudig ging er seinem Besucher entgegen. Von ihm ließ er sich doch gerne stören.

»Dottore! Welche Freude Sie zu sehen! Wie geht es Ihnen? Was verschafft mir die Ehre Ihres unerwarteten Besuchs?«

Die Herren schüttelten sich die Hände.

»*Buongiorno,* Commissario! Darf ich Sie zum Mittagessen entführen? Bruno hält uns einen Tisch frei!«

»Großartig! Welch wunderbare Idee, Dottore. Haben Sie etwas zu feiern? Wurden Sie gar vom lauten Rom hierher nach Verona versetzt und wollen nun mit mir auf diese Beförderung anstoßen?«

Erheitert lachte Avvocato Michele Vivani auf. »Leider nein! So viel Glück habe ich nicht!«

Nahezu im Laufschritt bahnten sich die beiden durch Scharen von Touristen den Weg zum *Ristorante Da Bruno*, das Antonio fast so gut kannte wie die Küche seiner Frau Marissa. Auf dem kurzen Weg von der Questura in die Altstadt von Verona und schließlich ins Restaurant tauschten sie Belanglosigkeiten aus. Kurze Zeit später begrüßte Bruno seine Gäste überschwänglich und hatte schon zwei Gläser Spumante bereitgestellt.

»Ich freu mich sehr, Sie wiederzusehen, Dottore. Sie sehen gut aus!« Zu Antonio gewandt meinte er: »Ich kümmere mich um euer Menü. Es ist schon spät und die Auswahl nicht mehr üppig. Lasst euch überraschen!«

Antonio war damit gerne einverstanden. Noch nie hatte ihn die Küche von Bruno enttäuscht. Er prostete Michele Vivani zu und sagte dann, ernst geworden: »*Allora*, Dottore, ich mag mir ja einbilden, dass Sie eigens hierhergereist sind, um mit mir in Ruhe zu speisen. Doch allein mir fehlt der Glaube daran. Was führt Sie so überraschend nach Verona?«

Auch Avvocato Dottor Michele Vivani war ernst geworden. Er nickte zustimmend und strich gedankenverloren mit der rechten Hand über das feine weiße Tischtuch aus Damast. Dann blickt er auf und sagte: »Ich muss mich bei Ihnen entschuldigen, Commissario, dafür, dass ich Sie so unerwartet mit meinem Besuch behellige.«

Antonio schwieg und sah aufmerksam ins Gesicht des nicht mehr ganz so jungen Anwalts. Wenn er richtig rechnete, musste Vivani inzwischen auch die vierzig überschritten haben. Vor drei Jahren hatten sie gemeinsam einen Fall gelöst[1]. Die Zusammenarbeit mit ihm, der für die Carabinieri in Rom bei einer Sondereinheit tätig war, zuständig für Kunst- und Kulturdelikte, hatte er in bester Erinnerung. Vivani war ein schlauer Kopf, ein akribischer und nimmermüder Ermittler, der seine Stärken vor allem auch als *Undercover*-Spezialist hatte. Außerdem gehörte er zu der Sorte Italiener, die noch wussten, was *bella figura* bedeutete. Immer mehr junge Leute schienen das Gefühl für angemessene Kleidung inzwischen verloren und gegen ausgebeulte Jogginghosen und grellfarbige Achselshirts eingetauscht zu haben. Auch jetzt saß ihm Vivani in perfekt geschnittenem Anzug gegenüber. Das Wollgewebe war in dezentem Aschgrau gearbeitet und von feinen, dunkelblauen Streifen durchzogen. Dazu trug Vivani ein dunkelblaues, langärmeliges Hemd. Antonio bekam schon beim Anblick einen Schweißausbruch. An diesem Septembertag waren es in Verona zur Mittagszeit nahezu dreißig Grad. Aber der gebürtige Neapolitaner kam mit solchen Temperaturen offenbar sehr gut zurecht. Fontanaro selbst trug ein dünnes, apricotfarbiges Polohemd und eine dünne, dunkelblaue Chinohose. Auch er wusste, was er sich und seinem Berufsstand schuldig war. Das dunkelblaue Sommerjackett hatte er ob der Mittagshitze lieber in der Questura zurückgelassen.

---

[1] *Flucht über den Brenner*, 3. Fall der Krimireihe

»Einerseits hoffe ich, Sie nicht umsonst aufgesucht und belästigt zu haben«, sprach Michele Vivani nun in Antonios Gedanken hinein, »andererseits hoffe ich genau das!«

Antonio nahm einen Schluck Spumante und wartete ab.

»Ich hatte heute um elf Uhr eine Verabredung mit einer deutschen Anwaltskollegin. Wir wollten uns auf der *Piazza Brà* in der *Liston Bar* treffen, doch sie ist nicht aufgetaucht. Ich habe über eine Stunde gewartet, schließlich versucht, sie telefonisch zu erreichen, aber vergebens. Ich bin in Sorge um die Avvocatessa, wenn ich ehrlich bin. Sehr in Sorge sogar. Ich weiß, dass Sie nicht für die Vermisstenstelle arbeiten, Commissario, und ich weiß, dass es viel zu früh ist, um Nachforschungen anzustellen, aber genau das erhoffe ich mir von Ihnen.«

Antonio setzte zu einer Antwort an, doch Vivani brachte ihn mit einer Geste seiner rechten Hand zum Innehalten.

»Ich weiß genau, was Sie sagen wollen. Es ist zu früh. Es gibt für diese Verspätung oder das Nichterscheinen eine plausible Erklärung. All das habe ich mir auch eingeredet und dann habe ich mich doch dazu entschlossen, Sie aufzusuchen, weil ich nicht glaube, dass die Avvocatessa ohne triftigen Grund unsere Verabredung versäumt hätte.«

»Sie vermuten, es ist ihr etwas zugestoßen?«

»Genauso ist es!«

»Sollten wir dann nicht auf das Mittagessen verzichten und rasch Nachforschungen anstellen?« Antonio machte diesen Vorschlag allerdings nicht ohne Vorbehalt, denn ihm krachte der Magen.

Anstelle einer Antwort sprang Avvocato Michele Vivani von seinem Stuhl auf und drückte dem überrascht dreinschauenden Bruno einen Geldschein in die Hand. »Nehmen Sie es uns nicht übel, Bruno, wenn wir schon wieder aufbrechen.«

»*Non c'è problema, Dottore!*« Wenn der Wirt brüskiert war, ließ er es sich zumindest nicht anmerken.

Fontanaro schlug ihm freundschaftlich auf die Schulter und sagte: »Keine Sorge, Bruno, wir kommen wieder!«

»*Certo!*«, sagte der lachend und räumte die Sektkelche ab.

Wenig später stand Fontanaro neben Vivani auf der Straße und sah ihn erwartungsvoll an. »Wo sollen wir beginnen? Was schlagen Sie vor?«

»Ich weiß, in welchem Hotel Avvocatessa Bacher abgestiegen ist. Wir sollten uns ihr Zimmer im *Hotel Merano* ansehen. Vielleicht treffen wir sie dort an.«

»Haben Sie es denn dort noch nicht versucht?«

»Doch, ich habe mit der Rezeption telefoniert. Man sagte mir, dass Signora Bacher nicht im Haus sei. Ich denke, man kennt Sie hier, Commissario! Vielleicht bekommen wir Zutritt zum Zimmer.«

Antonio war sich da nicht so sicher und Michele Vivani vermutlich auch nicht. Um über Staatsanwalt Vincenzo Mauro einen richterlichen Beschluss für die offizielle Durchsuchung des Zimmers zu erwirken, war es zu früh. Sie hatten nichts in der Hand als das vage Bauchgefühl Vivanis, der glaubte, seine Kollegin hätte ihn nicht einfach nur versetzt.

»Sie müssen einen triftigen Grund gehabt haben, von Rom anzureisen und sich mit der Deutschen zu treffen. Um welchen Fall oder welche Angelegenheit hätte sich ihr Treffen denn drehen sollen?«

»Wenn ich das so genau wüsste, wäre ich deutlich klüger und vielleicht auch beruhigter.«

Antonio hielt mitten im Schritt inne. »Sie wollen mir aber nicht erzählen, dass Sie erst hier in Verona erfahren hätten, weshalb die Avvocatessa Sie sprechen wollte?«

»Nein, ganz so schlimm ist es nicht mit meiner Ahnungslosigkeit. Aber warten Sie ab. Wenn wir im Hotelzimmer auf Ungereimtheiten stoßen, erzähle ich Ihnen das Wenige, was ich weiß. Im anderen Fall setze ich mich in den nächsten Flieger und werde Sie nicht mit Belanglosigkeiten belästigen und Ihnen Ihre kostbare Zeit stehlen.«

Sie waren vor dem Portal des *Hotel Merano* angelangt, als Antonios Handy in der Hosentasche läutete. Er zog es heraus und hatte seinen Vice Capo, Fausto Castillio, in der Leitung.

»Sag mal, Tonio, wo steckst du? Wir suchen die ganze Questura nach dir ab.«

»Ich hab' noch zu tun!«, äußerte sich Antonio vage. »Was gibt es denn?«

»Eine Tote in Malcesine. Ich fahre gleich zusammen mit Enrico und Dottoressa Di Silva dorthin, zur *Caffè Bar Tre Corone*. Wenn ich mehr weiß, melde ich mich.«

Malcesine war so ziemlich der nördlichste Ort am Gardasee, der noch zum Einzugsbereich der Mordkommission von Verona gehörte. Antonio konnte sich nicht erinnern, dort schon einmal in einem Mordfall ermittelt zu haben. Auch war er bestimmt zehn Jahre nicht mehr in dem Touristenort gewesen.

»Gibt es schon Hinweise auf die Identität der Toten?«

»*No!* Ich melde mich, sobald ich mehr weiß.« Fausto legte auf.

»Eine Tote?«, fragte Michele Vivani besorgt nach.

»Ja, in Malcesine.«

Erschrocken zog Vivani beide Augenbrauen in die Stirn. Aber er fragte nicht weiter nach.

An der Rezeption des Hotels wurde Antonio tatsächlich freudig begrüßt. Soweit war das Kalkül des Ermittlers aus Rom aufgegangen.

»Commissario, welche Überraschung.« Die junge Dame hinter dem Tresen reichte ihm die Hand. Dann schien sie zu überlegen und zu dem Schluss zu kommen, dass der Besuch eines Kommissars im Hotel vielleicht kein gutes Omen war. »Haben wir hier im Haus ein Problem?«, fragte sie vorsichtig.

Antonio schüttelte sofort den Kopf. »*No, no!* Ich denke nicht. Allerdings würden wir uns gern rasch vergewissern, dass im Zimmer von Signora Bacher alles in Ordnung ist.«

»*Naturalmente!*« Die junge Frau sah bereitwillig in ihrem Computersystem nach, welche Zimmernummer Frau Bacher hatte, und reichte Antonio ohne zu zögern eine Chipkarte.

»Mit dieser Karte können Sie alle Zimmer öffnen, Commissario.« Sie griff sich einen Notizzettel und schrieb die Nummer 215 auf. »Dies ist die Nummer von Frau Bacher. Bitte bringen Sie mir die Chipkarte persönlich später wieder zurück. Eigentlich darf ich die Karte nicht aus der Hand geben. Aber im Moment bin ich allein an der Rezeption. Sie verstehen?«

Antonio verstand, bedankte sich und stieg dann mit Vivani über den Treppenaufgang nach oben ins zweite Geschoss des Hotels. Vor der Tür von Zimmer 215 blieben sie kurz stehen und lauschten, ob sie Geräusche wahrnehmen konnten. Doch alles war ruhig. Antonio schob die Chipkarte in den Schlitz, ein grünes Lämpchen leuchtete auf und die Tür ließ sich mit einem leisen Klack öffnen. Antonio drückte sie nach innen und stand unvermittelt in einem kleinen, engen Flur. Vor ihm befand sich eine weitere geschlossene Tür. Ganz automatisch griff seine Hand nach hinten, doch er hatte nicht nur das Jackett, sondern auch das Holster in der Questura zurückgelassen. Mit einem fragenden Blick drehte er sich zu Vivani um, der seinerseits die Hand bereits unter sein teures Sakko geschoben hatte und ihm zunickte. Antonio trat beiseite und ließ Vivani den Vortritt. Sicher war sicher! Der Avvocato öffnete nahezu geräuschlos und ohne Hast die nächste Tür. Mit geübten, sehr raschen Bewegungen, die entsicherte Waffe in beiden Händen vor sich haltend, begann er professionell zu prüfen, ob sich im Zimmer jemand aufhielt. Nach einem Blick ins Bad sicherte er die Waffe und ließ sie wieder unter dem Sakko verschwinden. Antonio trat neben ihn und betrachtete das Chaos, das irgendjemand veranstaltet hatte. Der Kleiderschrank war ausgeräumt worden. Die wenigen Stücke, die Monika Bacher mitgebracht hatte, lagen auf dem Boden verstreut. Die Schublade des Nachtkästchens war weit aufgezogen und leer. Ebenfalls leer präsentierte sich die Oberfläche des Schreibtisches, eines typischen Möbelstücks in den gängigen *Business*-Hotels. Der Stuhl, der dazugehörte, ein klassischer Vertreter des »Italo Barocks« mit geschnörkelter, runder Rückenlehne und rot-gold-gestreiftem Sitzpolster, war umgestoßen worden und lag hinderlich mitten im Raum auf dem Steinboden. Die Balkontür stand offen und der leichte Baumwoll-Voile wehte sacht im Septemberwind. Antonio trat an die schmale Balkonbrüstung und sah in die Tiefe. Von hier aus konnte nur ein sehr geübter Sportler flüchten. Es war nicht anzunehmen, dass der Eindringling diesen Fluchtweg gewählt hatte. Frau Bacher hatte vermutlich vergessen, die Tür zu schließen und das Zimmer so vor der nachmittäglichen Hitze, die unmittelbar bevorstand, zu schützen.

»Was denken Sie, Dottore?«

Der Anwalt hob resigniert beide Schultern. »Wir sind zu spät, Commissario. Hier war jemand deutlich schneller. Nur, was hat er oder sie gesucht?«

»Laptop, PC?«

»Gut möglich. Können Sie die übliche Untersuchung veranlassen?«

Antonio zückte sein Handy, um den Staatsanwalt zu kontaktieren, kam aber nicht weit damit, denn in diesem Moment läutete es. Auf dem Display erkannte er den Anrufer. Fausto meldete sich bereits erneut.

»*Ciao, Tonio. Allora*, wir haben eine zweiundvierzigjährige Deutsche mit Namen Monika Bacher tot aufgefunden.«

Antonio stieß einen Seufzer aus und Michele Vivani schlug frustriert mit der flachen Hand auf die Schreibtischplatte. Fontanaros Blick sagte ihm alles.

»Todesursache?«

»Tja, die Dottoressa ist sich ziemlich sicher, dass die Deutsche einen Stich mit einer dünnen Nadel in die Halsschlagader abbekommen hat. Der Gesichtsausdruck der Toten ist verkrampft, als hätte sie unter starken Schmerzen oder Luftknappheit gelitten. Doch das sind alles nur Spekulationen, wir müssen die Dottoressa erst einmal arbeiten lassen.«

Antonio brummte unwirsch, wusste aber, dass Fausto natürlich recht hatte.

»Wir haben schon den Leichenwagen bestellt. In einer Stunde wird er in der Questura sein. Petrelli nimmt alle Gegenstände mit, die wir bei der Toten sicherstellen konnten, und führt dann die ersten Ermittlungen durch.«

»Gibt es Zeugen?«

»Wissen wir noch nicht. Enrico klappert gerade alle Gäste ab und will anschließend noch das Bedienungspersonal befragen.«

»Habt ihr bei der Toten einen Laptop oder ein Handy sicherstellen können?«

»Keinen Laptop, aber ein Handy, eine Handtasche und einen Auktionskatalog.«

»Einen Auktionskatalog?« Fragend blickte Antonio zu Vivani.

Dieser nickte. Der Anwalt schob die Hände in seine Anzughose, trat zur Balkontür, schob den Vorhang erneut beiseite und blickte hinaus auf die *Piazza Brà* und die Arena. Antonio beobachtete ihn und fragte sich, was wohl im Kopf des Anwalts vor sich ging. Wie nahm er es auf, die schlimmste Vermutung als Tatsache begreifen zu müssen? Ganz sicher fragte Vivani sich, ob er den Tod der Deutschen hätte verhindern können.

3

Verona, 14.30 Uhr

Nachdem Vincenzo Mauro den Durchsuchungsbeschluss ins Hotel gefaxt und ein Team von Petrelli die gründliche Ermittlung im Zimmer 215 begonnen hatte, begab sich Antonio Fontanaro mit einem sehr schweigsamen Avvocato wieder auf die *Piazza Brà* und suchte mit ihm die *Liston Bar* auf. Jene Bar, in der sich Vivani mit Monika Bacher Stunden zuvor hatte treffen wollen. Zu dieser frühen Nachmittagszeit waren nur wenige Tische besetzt, das Mittagessen war vorbei und die ausgiebige *passeggiata* auf der Piazza mit anschließendem *aperitivo* noch nicht im Gange. Antonio steuerte einen Tisch im mittleren Bereich der breiten Terrasse an. Dort würden sie die nächste Stunde sicher unbehelligt sprechen und die ersten Details austauschen können. Inzwischen war er sehr neugierig auf den Bericht des Spezialermittlers. Die Erwähnung eines Auktionskatalogs, den die Tote bei sich hatte, ließ keinen Zweifel daran, dass Michele Vivani wieder in Sachen Kunst unterwegs war. Ob *undercover* oder ganz offen als Tenente der Sondereinheit der Carabinieri in Rom, das würde er gleich von ihm erfahren.

Übereinstimmend bestellten sie ein großes, stilles Wasser und zwei *espressi*. Fragend blickte Antonio sein Gegenüber an.

»Nun, Dottore, was hat es mit Monika Bacher auf sich?«

»Das ist nicht in zwei Sätzen gesagt.«

»Das habe ich mir schon gedacht!«

Der Kellner rückte erneut an, stellte zwei *caffè* und Wassergläser unwirsch auf den Tisch, denn die zu erwartende Rechnung und das Trinkgeld würden kaum üppig ausfallen, kippte ein wenig von der Flüssigkeit in die Tumbler und verschwand wortlos.

»Vor ungefähr zwei Wochen bekam ich eine Mail von Avvocatessa Bacher. Sie hatte meine Kontaktdaten von Ihrem Freund und Kollegen Georg Breitwieser bekommen.«

Antonio warf den Kopf in den Nacken und lachte laut auf. »Ich glaub 'es einfach nicht. Giorgio steckt hinter Ihrem Besuch?« Da taten sich ja ungeahnte Perspektiven auf. Sollte er neben Vivani auch noch mit Breitwieser ermitteln dürfen? Würden sie wieder zu dritt an einem Fall arbeiten? Das wäre zu schön, um wahr zu sein. War der Bayer auch manches Mal in seinen Methoden für eine Überraschung gut und hielt er sich nicht immer präzise an Vorschriften, der Erfolg ihrer Zusammenarbeit hatte ihnen bisher immer noch recht gegeben. Vivani konnte die Begeisterung zumindest in diesem Moment nicht mit ihm teilen. Zu sehr war er bereits damit beschäftigt, einen möglichst kurzen und präzisen Bericht zu liefern, der Antonio zumindest annähernd den Wissenstand vermittelte, den er selbst hatte.

»Signora Bacher war in ihren Mitteilungen sehr sparsam gewesen. Sie brauchte meine Hilfe für einen Mandanten, der in New York City lebt. Dieser Mandant wollte verhindern, dass ein Gemälde bei der Auktion am Freitag zum Aufruf kommt. Sie hat mir nicht verraten, um welches Gemälde es sich handelt. Und sie hat mir auch nicht verraten, weshalb ihr Mandant sie mit so einem drastischen Schritt beauftragte. Es ginge, so sagte Signora Bacher, um einen Raub, der in den 40er-Jahren des letzten Jahrhunderts verübt wurde. Allein diese Information über den Zeitraum, in dem der Raub stattgefunden hat, hätte mir ausgereicht, um mich in den nächsten Flieger zu setzen. Ihr Mandant, so führte Signora Bacher weiter aus, hegte die Hoffnung, dass er mit ihrer Hilfe und durch die Maßnahme, die Auktion zu stoppen, das Kunstwerk, das eigentlich ihm gehöre, irgendwann zurückerhalten würde.«

»Ist eine Rückgabe denn so einfach möglich?«

»Kaum! Ein Raub, der so viele Jahre zurückliegt, ist in der Regel verjährt. Das wusste auch die Avvocatessa, deshalb hat sie mich kontaktiert. Denn wenn ich das betreffende Kunstwerk in unserer Datenbank in Rom finden würde, könnten wir zumindest einen Fund notieren, wüssten wir, dass es nicht zerstört wurde, wenn wir es vielleicht auch nicht an den ursprünglichen Besitzer zurückgeben könnten. Gemälde zum Beispiel, die in dieser Zeit gestohlen wurden oder als verschollen gelten, finden sich auch im Verzeichnis der *Lost Art*-Datenbank, die man auf der ganzen Welt im Internet einsehen kann.«

»Sie gehen von einem Raub oder einer Konfiszierung durch die Nationalsozialisten aus?«

Michele Vivani nickte. »Das Ansinnen des Mannes aus New York ist absolut nachvollziehbar, aber vergleichsweise aussichtlos. Immer dann nämlich, wenn es neue, eindeutige Eigentumsverhältnisse gibt,-durch rechtmäßigen Ankauf nach dem Grundsatz von Treu und Glauben oder anschließend durch Vererbung innerhalb der neuen Eigentümerfamilie, ist eine Herausgabe kaum möglich. Erschwert wird dies auch durch den Sachverhalt der Verjährung, die zehn Jahre nach dem Raub in Kraft tritt. Damit erlöschen alle Ansprüche ursprünglicher Eigentümer. Es kann gelingen, aber es müssen schon sehr triftige Gründe vorliegen, damit ein Staatsanwalt oder ein Gericht einer Rückgabe zustimmt. Außer man hat Glück und der neue Eigentümer hat ein Gewissen. Nicht jedem ist es möglich, Beutekunst der Nazis in den eigenen vier Wänden mit Genuss anzusehen.«

»Da bekommt Vincenzo Mauro ja ein lohnendes Betätigungsfeld. Haben Sie denn Unterlagen von der deutschen Anwältin bekommen, um gegebenenfalls Ihrerseits den Wünschen des Mandanten zu entsprechen?«

»Nein, nichts dergleichen. Ich hoffe, dass Avvocatessa Bacher für eine größere Kanzlei gearbeitet hat, die uns jetzt, wo die Kollegin tot ist, weiterhelfen kann. Vor allem auch mit konkreten Informationen zur Konfiszierung, zu den Eigentumsverhältnissen, zum Kunstwerk und zum Mandanten.«

»Sie haben doch sicherlich bereits recherchiert? Es hat Ihnen doch bestimmt keine Ruhe gelassen, dass sie Ihnen nicht gesagt hat, um welches Gemälde es sich handelt?«

Michele Vivani antwortete mit einem feinen Lächeln. »Sie kennen mich gut, Commissario. Natürlich habe ich versucht, mehr über diese Auktion zu erfahren. Aber das Internet schweigt sich aus. Weder weiß ich bisher, welches Auktionshaus tätig wird, noch weiß ich mehr über die Auktion.«

»Aber das ist doch sehr ungewöhnlich!«

»*Assolutamente!* Es scheint sich um eine absolute Exklusivveranstaltung zu handeln. Nur bei den besonderen Auktionshäusern in London oder New York gibt es Fälle, wo lediglich ein eingeweihter Kreis von Kunstagenten, Museumsleuten, Galeristen, befreundeten Auktionshäusern und sehr betuchten Käufern informiert wird. Sie erhalten persönliche Einladungen zu einem exklusiven Besichtigungstermin und anschließend zur Auktion. Da geht es nicht ohne Champagner und Kaviar ab. Jedem Teilnehmer und jeder Teilnehmerin dieses erlauchten Kreises ist klar, dass man besser den Mund hält, dass man die teuren und vermutlich sehr seltenen Stücke, die angeboten werden sollen, unter sich aufteilt. Offenbar haben wir es genau mit so einer Art von Auktion zu tun.«

»Konnten Sie nachprüfen, ob die Auktion hier bei uns in Verona stattfindet?«

»Ich habe es versucht. Mir eine komplette Nacht am PC um die Ohren geschlagen. Aber Fehlanzeige! Auch der Tourismusverband ihrer Stadt war ahnungslos. Die Dame am Telefon behauptete steif und fest und sehr glaubhaft, nichts von einer Kunstauktion zu wissen.«

»Was nicht stimmen muss!«

»*Esatto!*« Vivani kratzte den letzten Rest von *crema* und Zucker mit dem Kaffeelöffel aus der Tasse und verdeutlichte mit dem nervigen Geräusch seinen Unmut.

»Aber Avvocato, bei allem Respekt, mit dieser dünnen Informationslage ist es schon sehr kühn von Ihnen gewesen, anzunehmen, Monika Bacher könnte bei uns etwas zustoßen. Gar, sie könnte hier zu Tode kommen! Ihre Ausführungen reichen mir dafür nicht aus. Was steckt wirklich hinter Ihrer, wie wir jetzt leider wissen, berechtigten Sorge?«

Michele Vivani schlug ein Bein über das andere und ließ sich Zeit mit seiner Antwort. Schließlich seufzte er und meinte: »Lassen Sie mich es noch deutlicher sagen.«

Antonio fuhr sich über die Stirn und fragte sich, was er überhört haben könnte.

»Wie schon gesagt, eine Auktion, die so im Geheimen abgehalten wird, hat etwas Anrüchiges, Unlauteres an sich. Entweder sind sehr einflussreiche Leute geladen, die das Licht der Öffentlichkeit scheuen ...«

»Sie sprechen von Kriminellen? Kriminellen mit Schwarzgeld?«

»Ihr Scharfsinn ist bemerkenswert, Commissario.« Avvocato Vivani erlaubte sich ein leises Lachen. »Genau um solche Leute geht es. Oder aber – wobei das eine das andere nicht ausschließt – es geht um ein sensationelles Gemälde, um eine Preziose, die am Ende vielleicht für vierzig, fünfzig oder noch mehr Millionen Euro versteigert wird. Nur um einmal Zahlen zu nennen, die eine solche Geheimniskrämerei rechtfertigen würden.«

»Hier in Verona?«

»Oder in Malcesine«, warf der Avvocato überraschend ein. »Denn ich gewinne mehr und mehr den Eindruck, dass der Tatort keinesfalls ein Zufall ist. Irgendjemand hat Monika Bacher vorsätzlich dorthin gelockt.«

»Aber sie war mit Ihnen verabredet. Es war ihr wichtig, Sie zu treffen. Weshalb sollte sie zur gleichen Zeit einen anderen Termin wahrnehmen und Sie nicht über die geänderten Pläne informieren?«

»Glauben Sie mir, Commissario, hier ist eine ganz große Geschichte am Laufen. Wenn eine Auktion unter Ausschluss der Öffentlichkeit stattfinden soll und andererseits jemand daran ein sehr großes Interesse hat, diese Auktion zu stoppen, dann geht es um mehr als einige alte Gemälde aus dem Bestand eines betagten Duca, der seine Sammlung veräußert, um sich einen gediegenen Aufenthalt in einer schönen Alters-*residenza* leisten zu können.«

Fontanaro stand auf, schob einen Geldschein unter sein Wasserglas und sagte: »Dann sollten wir möglichst bald mit Giorgio Breitwieser telefonieren. Vielleicht weiß er inzwischen Dinge über den Mandanten zu berichten, die uns weiterhelfen. Und wir sehen zu, dass wir den Auktionskatalog in die Hände bekommen, den Petrelli bei der Toten sicherstellen konnte. Der wird Ihnen bestimmt Aufschluss darüber geben, um welches Gemälde es sich handelt und wer die Auktion durchführt. Bin gespannt, ob Sie mit Ihren Einschätzungen richtig liegen.«

5

Traunstein, 15.30 Uhr

»Servus alter Schwede, wie geht's, wie steht's?« Georg Breitwieser war bester Laune und der Anruf von Antonio Fontanaro konnte seine Laune nur noch weiter heben. »Was geht ab in Verona? Ihr habt ja zurzeit eine Bullenhitze! Bestes Aperol-Sprizz-Wetter. Beneidenswert einfach nur!«

»Servus, Giorgio! Ja, über einen verregneten bayerischen Sommer brauchen wir uns nicht zu beklagen.« Nun lachten sie alle beide. »Aber Spaß beiseite. Ich sitze hier mit Avvocato Vivani in der *Liston Bar* bei einer Flasche Wasser.«

»Uh, das hört sich verdammt ernst an. Kein Sprizz?«

»Es ist leider sehr ernst. Sagt dir der Name Monika Bacher etwas?«

Einen Moment herrschte Stille am anderen Ende der Leitung. »Du sagst mir jetzt aber nicht, dass der Anwältin bei euch was passiert ist?«

»Du vermutest richtig. Sie wurde heute in Malcesine gegen Mittag tot aufgefunden. Die Anzeichen sprechen deutlich für ein Tötungsdelikt. Details kennen wir noch nicht. Aber vielleicht kannst du uns mit Informationen weiterhelfen. Wie kam es, dass unser Opfer dich kontaktiert hat und um eine Empfehlung für einen Anwalt bat, der sich mit Kunstdelikten in Italien auskennt?«

»Ich habe die Dame nicht persönlich kennengelernt. Nur mit ihr telefoniert. Sie hat meine Telefonnummer von Ermittlungsrichterin Dorothea Schaller erfahren. Die beiden haben zusammen studiert.«

»Und hat sie dir Informationen gegeben, weshalb sie einen italienischen Kollegen braucht?«

»Nicht viele. Leider. Sie brauchte einen Fachanwalt für Kunst- und Kulturgüter. Und der einzige italienische Anwalt, den ich persönlich kenne und schätze, ist Michele Vivani. Besser konnte es ja nicht passen. Und ehrlich gesagt, hab' ich auch nicht weiter nachgefragt. Was geht es mich an?« Einen Moment schien Georg Breitwieser nachzudenken, dann sagte er: »Gut möglich, dass Dorothea Schaller mehr weiß in der Sache. Ich geb' dir gern ihre Telefonnummer im Amt. Aber sei gewärtig, dass sie dich rasch abfertigt. Wenn sie im Stress ist, kann sie sehr kurz angebunden sein.«

»Es wäre mir lieber, du überbringst ihr die nicht sehr schöne Nachricht. Immerhin kannte sie die Tote persönlich. Und ihr arbeitet zusammen.«

Georg war von der Aussicht nicht gerade begeistert. Todesnachrichten zu überbringen, gehörte zu den absoluten Schattenseiten seines Berufs. Natürlich ging es Antonio nicht anders. Wann immer möglich, schob man diese undankbare Aufgabe Kollegen zu.

»Kannst du mir denn noch mehr sagen als nur, dass Monika Bacher tot aufgefunden wurde?«

»Vivani und ich haben uns gerade in ihrem Hotelzimmer umgesehen. Da hat schon jemand sehr gründlich gesucht. Ob dieser jemand fündig geworden ist, wissen wir natürlich nicht. Bei der Toten haben die Kollegen einen Auktionskatalog sichergestellt. Auch dazu können wir noch nicht mehr sagen. Wir warten auf die ersten Ergebnisse von Dottoressa Di Silva und von Silvano Petrelli.«

»Ist ziemlich dürftig, euer Kenntnisstand«, maulte Georg. »Ich werde mit der Schaller sprechen und melde mich. Kann später werden.«

»Kein Problem. *E grazie*, Giorgio.«

Georg lehnte sich in seinem Bürostuhl zurück und begann mit einem Kugelschreiber zu spielen. Wenn er es recht bedachte, konnte er Dorothea Schaller nicht einfach anrufen und ihr die Todesnachricht der früheren Studienkollegin übermitteln. Da kam er sich schäbig vor. Betroffene Personen suchte man immer persönlich auf. Auch wenn die Ermittlungsrichterin keine Angehörige der Toten war. Entschlossen griff er zum Hörer des Festnetztelefons.

»Schaller am Apparat!«

»Hallo, Frau Schaller, Breitwieser hier. Entschuldigen Sie die Störung.«

»Was kann ich für Sie tun, Herr Breitwieser?«

Das klang wenig entgegenkommend. Georg stöhnte innerlich auf. Die Ermittlungsrichterin war beschäftigt, vermutlich sogar ziemlich beschäftigt.

»Hätten Sie kurz Zeit für einen nachmittäglichen Cappuccino im *Signora Maria* am Taubenmarkt?«

Mehrmals schon hatten sie sich in dem italienischen Feinkostladen zufällig zur Mittagszeit getroffen. Das Kantinenessen war nicht täglich genießbar, weder in der Polizeiinspektion noch auf dem Amtsgericht, wo die Ermittlungsrichterin ihr Büro hatte. Hin und wieder musste eine Abwechslung im kulinarischen Einerlei sein.

Dorothea Schaller zögerte mit ihrer Antwort. Dann sagte sie erwartungsgemäß: »Eigentlich habe ich für eine solche Unterbrechung keine Zeit.«

»Es wäre wichtig!«

»Meinetwegen. In zehn Minuten, wenn es wirklich nicht möglich ist, die Angelegenheit telefonisch zu besprechen.«

»Vielen Dank. Dann in zehn Minuten!« Georg legte rasch auf, bevor es sich Dorothea Schaller noch anders überlegte.

Pünktlich zehn Minuten später rauschte sie im *Signora Maria* zur Tür herein. Georg war schneller gewesen und hatte schon vorsorglich eine Bestellung für sie beide aufgegeben. Kaum hatte die Ermittlungsrichterin gegenüber Breitwieser Platz genommen, eilte Francesco, der Inhaber des Feinkostladens, schon mit zwei *cappuccini* herbei und stellte dazu noch einen Teller mit frischen *cantuccini* auf den Tisch. Das knusprige Mandelgebäck, das man in den heißen Milchschaum des Kaffees eintauchen konnte, war eine perfekte Ergänzung. Georg nahm sich vor, diese Dreingabe mit einem großzügigen Trinkgeld zu belohnen. Ernst sah er der Richterin ins Gesicht.

Hellsichtig fragte sie: »Was ist passiert?«

»Es tut mir leid, Frau Schaller, ich habe schlechte Nachrichten.«

»Ist etwas mit meinem Neffen? Mit meiner Familie?«

Irritiert sah er sie an. Er konnte sich noch erinnern, die Schaller mit einem Jungen, den sein Neffe von der Schule her kannte und durch die Blume als Streber bezeichnet hatte, zusammen mit einem gutaussehenden Mann beim Mittagessen oben auf Maria Eck getroffen zu haben. Das war schon ein paar Jahre her. Damals hatte er angenommen, es handle sich um ihre Familie. Hatte er sich das falsch zusammengereimt? Doch das wollte er jetzt keinesfalls klären.

Er schüttelte beruhigend den Kopf und sagte: »Nein, nein, es geht nicht um Ihre Familie. Sie haben doch den Kontakt zwischen Monika Bacher und mir hergestellt.« Weiter kam er nicht.

»Was ist mit Monika? Sagen Sie mir jetzt nicht, dass ihr in Italien etwas zugestoßen ist.« Sie wählte fast die gleichen Worte, die er gegenüber Antonio Fontanaro gebraucht hatte.

Dieses Mal nickte Georg zustimmend. »Doch! Leider!« Er suchte nach den richtigen Worten, wusste aber aus Erfahrung, dass es für Todesnachrichten keine richtigen Worte gab. Deshalb beschränkte er sich auf die Fakten. »Frau Bacher wurde heute Mittag in Malcesine tot aufgefunden. Der Kollege, Commissario Fontanaro, geht von einem Tötungsdelikt aus.« Besorgt beobachtete er die Ermittlungsrichterin.

Diese umfasste die heiße Tasse Cappuccino, als könnte diese ihr Halt geben, und blickte auf den ockerfarbenen Milchschaum, der in der Mitte zu einem Herz geformt war, wie es in der Barista-Ausbildung gelehrt wurde.

»Wie ist es passiert?«, fragte sie leise und blickte auf ihre Tasse.

Georg hielt sich nicht mit Spekulationen auf und sagte: »Details konnte mir Fontanaro noch nicht nennen.«

Sie sah auf und Georg in die Augen, dabei wirkte sie gefasst, aber angegriffen. Er war ihr für diese Reaktion ausgesprochen dankbar. Er hatte keine Ahnung, wie er mit einer weinenden Ermittlungsrichterin hätte umgehen sollen.

Bevor sie nun weitere Fragen stellte, die er nicht beantworten konnte, drehte er den Spieß um.

»Commissario Fontanaro und Avvocato Vivani, der sich ebenfalls in Verona aufhält, baten mich, Sie um Hilfe zu bitten. Wir wären für jeden Hinweis dankbar, der zum einen klärt, was Frau Bacher in Verona wollte, und zum anderen, weshalb sie so dringend den Rat und das Gespräch mit Michele Vivani suchte.«

»Ich fürchte, ich werde keine große Hilfe sein. Zumindest nicht im Moment. Mein Kontakt zu Frau Bacher war sehr lose. Wir haben zwar zusammen in München studiert, aber das Fach Jura belegen jedes Wintersemester knapp tausend neue Studenten. Wir haben in einem Seminar über Verfahrensrecht nebeneinandergesessen und hin und wieder einen Kaffee zusammen getrunken. Später bekam sie eine Referendarstelle in Traunstein, so wie ich im Übrigen auch. Manchmal haben wir uns in der Stadt zufällig auf dem Markt getroffen. Also, wir waren nicht wirklich befreundet.«

Georg atmete erleichtert aus. Es war nicht zu befürchten, dass Dorothea Schaller doch noch heftiger auf die Nachricht reagieren würde. Das machte es ihm deutlich leichter. Er nahm einen *cantuccio* und tauchte ihn in den inzwischen nur noch lauwarmen *cappuccino*. Er schob sich das Gebäck in den Mund und wartete ab.

»Wir müssen uns die Kanzleiräume von Monika ansehen, mit ihrem Mann sprechen und herausbekommen, welche Gründe es für die Reise nach Verona gab.« Hastig trank sie ihre Tasse leer. »Ich laufe rasch ins Amt, informiere Staatsanwalt Hartmann und stelle einen Durchsuchungsbeschluss aus.« Sie öffnete ihre Handtasche, riss eine Seite aus einem Notizbuch und begann rasch zu schreiben.

»Hier ist die Adresse der Kanzlei *Bacher & Mühldorfer* in Traunstein am Wochinger Spitz. Wir treffen uns dort spätestens in einer Stunde. Schaffen Sie das?«

»Na klar!«

»Und unternehmen Sie nichts ohne Hartmann und mich. Das ist auch klar, oder?« Endlich zeigte sich ein feines Lächeln um ihre Lippen. Sie hatte den Schock verdaut und wurde geschäftsmäßig. So war es Breitwieser definitiv am liebsten.

»Aber sicher! Sie kennen mich doch, Frau Schaller!«

»Eben!«

6

Traunstein, 16.30 Uhr

Georg lehnte an der Tür seines dunkelblauen Alfa Romeo und wartete auf Ermittlungsrichterin Dorothea Schaller und Gernot Hartmann, den Staatsanwalt. Sein Blick richtete sich auf die gegenüberliegende Jugendstilvilla, die die Büroräume der Kanzlei *Bacher & Mühldorfer* beherbergte. Alle Jalousien waren heruntergelassen. Die Fassade schrie nach einem neuen Anstrich. Florale Ornamente und Fenstereinfassungen bröckelten sichtbar vor sich hin. Im kleinen Vorgarten, der von einer Steineinfassung aus Balustern umgeben war, wucherten einige Büsche, die dringend die Schere eines Gärtners benötigt hätten. Und eine Blumenrabatte, in der vertrocknete Dahlien und Astern ihr kümmerliches Dasein fristeten, zeugten entweder von in Gärtnerfragen ahnungslosen Anwälten, von völligem Desinteresse an sprießender Natur oder von hoffnungslos überarbeiteten Zeitgenossen, die in ihrem Streben nach Gerechtigkeit aufgingen und alles andere um sich herum vergaßen. Georg hatte sich noch nicht entschieden, welche der von ihm unterstellten Annahmen er für die wahrscheinlichste hielt. Fraglich nur, ob die zur Schau gestellte Nachlässigkeit dazu angetan war, Mandanten zu gewinnen. Gemeinhin sagte man, dass der erste Eindruck zählte. Bei Georg zumindest konnte die Kanzlei *Bacher & Mühldorfer* nicht punkten.

Der schwarze, auf Hochglanz polierte Mercedes, den Staatsanwalt Hartmann sein Eigen nannte, rollte leise hinter Georgs Alfa aus. Der Wagenschlag öffnete sich und Gernot Hartmann hievte sich aus seinem Gefährt. Mit einer gewissen Häme stellte Georg fest, dass Hartmann erneut wie das personifizierte Klischee eines Juristen auf ihn zukam. In ein sommerliches Steirer Leinensakko gewandet, das er mit einer dunkelgrauen Stoffhose ergänzt hatte, steuerte er in weißen Turnschuhen auf ihn zu. Das hellblaue, langärmelige Hemd trug er am Kragen offen. Die Manschetten, gut sichtbar hinter den hochgeschobenen Ärmeln des Jacketts, wurden von teuren, goldenen Manschettenknöpfen gehalten. Georgs Kennerblick entging nichts. Vor allem das Schuhwerk erregte sein Missfallen. Weiße Turnschuhe mussten es jetzt bei allen sein. Da blieb er doch bei seinen verschiedenen Mokassins, die er täglich wechseln konnte. Ein ganz entschiedener Vorteil, wie er fand.

Mit weit vorgestrecktem Arm näherte sich Hartmann. Dabei stellte Breitwieser zudem fest, dass der messerscharfe, seitliche Scheitel wie gewohnt die pomadisierten, dünnen Haarsträhnen des Juristen unnötig züchtig im Zaum hielt. Sein Gesicht wirkte aufgedunsen und auch die Hose spannte sichtbar über dem Bauch. Hartmann frönte offenbar einem ungesunden Lebenswandel namens »Bayerisches Bier«. Die blassblauen Augen hinter einer hellbraunen Hornbrille strahlten alles aus, nur keine Wärme. Hinter vorgehaltener Hand wurde er auf der Polizeiinspektion Traunstein von Georgs Kollegen als »kalter Fisch« bezeichnet. Gernot Hartmann war extrem unbeliebt. Vermutlich teilte er dieses Schicksal mit der Mehrheit der Staatsanwälte, aber Georg konnte nicht umhin und fand erneut das Prädikat »kalter Fisch« bestätigt, als er die eiskalte Hand Hartmanns schüttelte, weil dieser sie ihm nach wie vor überflüssigerweise hartnäckig entgegenstreckte. Er wusste, was sich gehörte. Mit der anderen hielt er ein speckiges Lederköfferchen fest, in dem er immer irgendwelche Papiere mit sich führte. Am kleinen Finger der linken Hand schimmerte ein goldener Siegelring. Alles *comme il faut* für einen ernstzunehmenden Juristen in Staatsdiensten.

Da war Breitwieser Vincenzo Mauro in Verona entschieden lieber. Dieser hatte zumindest Ecken und Kanten und eine temperamentvolle Vorgehensweise – auch wenn diese Georg nicht immer passte und ihn der Römer mit seiner Divenhaftigkeit regelmäßig gehörig nervte. Hartmanns aalglattes Auftreten jedoch war ganz und gar nicht nach Georgs Geschmack.

»Ha, Breitwieser, schlimme Sache das!«

Georg nickte zustimmend. Es gab dazu ja auch nichts zu sagen. Immer wenn sie zusammentrafen, ging es um schlimme Sachen.

»Schaut irgendwie ramponiert aus, das Ganze!«, bemerkte Hartmann, während sein Blick über Fassade und Vorgarten strich.

Auch dazu gab es nichts zu sagen. Georg war ausnahmsweise einmal Hartmanns Meinung. Inzwischen näherte sich auch Dorothea Schaller in ihrem roten BMW, den sie hinter Hartmanns Mercedes parkte. Da fuhren sie wieder auf, die Beamten, dachte Georg durchaus selbstkritisch, und zeigten der Allgemeinheit, dass sich der bayerische Staat bei den Gehältern seiner Staatsdiener nicht lumpen ließ. Sein Blick ging zurück zur Jugendstilvilla der selbständigen Anwälte Bacher und Mühldorfer. Sie schienen es nicht ganz so gut getroffen zu haben. Oder sie wussten, wie sie ihre Honorare anderweitig anlegten und bei ihren Mandanten ein gewisses Mitleid erregten, weil es ihnen finanziell offensichtlich nicht so besonders ging.

Hartmann ergriff die Initiative und läutete. Als nichts passierte, läutete er erneut und dieses Mal deutlich länger. Die durchdringende Klingel war bis nach draußen hörbar. Endlich wurde die Tür aufgerissen und ein rotgesichtiger Mann erschien in der Tür.

»Was soll denn das? Die Kanzlei hat schon …«, weiter kam er nicht. Erschrocken starrte er die drei Gestalten vor seinem Gartentor an, als sähe er Gespenster oder zumindest eine Fata Morgana. Dorothea Schaller hatte Gernot Hartmann den Durchsuchungsbeschluss in die Hand gedrückt und dieser wedelte nun mit dem Schriftstück gut sichtbar in der Luft herum.

»Auf ein Wort, Kollege Mühldorfer. Wir hätten Klärungsbedarf.«

Georg unterdrückte ein Grinsen. Der Staatsanwalt hatte zumindest eine Begabung, in wenigen Worten auf den Punkt zu kommen. Mit vielen Verben oder Verklausulierungen hielt er sich nicht auf. Ein Summer ertönte und Hartmann drückte das Gartentor auf. Im Gänsemarsch betraten sie die Räume der Kanzlei.

Anwalt Mühldorfer hatte es offenbar die Sprache verschlagen. Er ging einfach voraus, durch einen langen Flur, der nur von einem kleinen Fenster beleuchtet wurde. Über eine steile Steintreppe gelangten sie ins erste Stockwerk. Mühldorfer betrat ein großzügiges Zimmer, in dem ein Schreibtisch unter der Last von Ordnern und Papieren schier verschwand. Eine Sitzgruppe, die offenbar aus der Zeit der Erbauung der Jugendstilvilla stammte, aber frisch gepolstert in einer Ecke stand, vermittelte unversehens einen gänzlich anderen Eindruck. Der geschwungene Diwan und die dazu passenden Stühle waren mit einem in Schwarz und Gold gemusterten Stoff überzogen und wirkten ausgesprochen elegant. An den Wänden, in einem schlichten Grauton gestrichen, waren moderne Grafiken in schmalen Goldrahmen in gerader Reihe platziert. Von der Decke hing ein dreiarmiger Messingleuchter mit Milchglaskugeln. Hier hatte jemand mit viel Geschmack und Kenntnisse der Kunstepoche, in der die Villa erbaut worden war, ein gemütliches und stimmiges Ambiente geschaffen. Besonders gut gefiel Georg das Fischgrätparkett, mit dem der Raum ausgelegt war.

»Bitte nehmen Sie Platz.« Peter Mühldorfer hatte sich gefasst.

Gernot Hartmann reichte ihm den Durchsuchungsbeschluss und sagte dann: »Kommissar Breitwieser wird Ihnen alles Nötige erklären.«

Georg maß den Staatsanwalt mit einem giftigen Blick. Was fiel dem Typen ein, sich aus der Verantwortung zu stehlen? Doch unverhofft kam ihm Dorothea Schaller zu Hilfe.

»Peter, es tut mir leid, aber wir haben keine guten Nachrichten.«

»Wenn ich mir den Wisch hier so anschaue, kann ich dir nur zustimmen, Dorothea. Was soll das? Weshalb wollt ihr die Räume der Kanzlei durchsuchen? Auf welcher Grundlage?«

»Monika ist in Italien etwas zugestoßen.«

Peter Mühldorfer riss die Augen auf. »Monika ist doch nicht in Italien. Wie kommst du darauf?«

Georg wechselte mit der Ermittlungsrichterin einen überraschten Blick.

»Du weißt nicht, dass Monika ganz sicherlich in Italien ist? Vermutlich schon seit gestern oder länger. Genaues wissen wir noch nicht.«

»Ich bin vor einer Stunde aus Berlin zurückgekommen. Ich war seit Samstag dort in Verhandlungen. Ich habe keine Ahnung, weshalb Monika nach Italien reisen wollte. Wo ist sie denn hingefahren?«

»Nach Verona.«

»Aha.« Ratlos blickte der Anwalt von einem zum anderen. Die drei Beamten sahen ihn erwartungsvoll an.

»Ja, und weiter? Was will sie dort? Was ist geschehen, dass ihr Tun und Handeln dort einen Durchsuchungsbeschluss hier in Traunstein nach sich zieht? In meiner Kanzlei?«, wollte Mühldorfer wissen und wurde dabei immer lauter.

»Monika wurde heute Mittag tot aufgefunden.« Dorothea sprach leise. Endlich war gesagt, was gesagt werden musste. »Es tut mir wirklich sehr leid, Peter. Wir gehen von einem Tötungsdelikt aus. Die Behörden von Verona haben uns informiert.«

Peter Mühldorfer lehnte sich in seinem Stuhl zurück und blies die Luft aus den Backen. Dann färbten sich seine Wangen erneut rot, so wie er sie vor wenigen Minuten an der Haustür empfangen hatte.

»Ihr habt sie ja nicht mehr alle! Das ist doch alles Schwachsinn. Sucht euch einen anderen Dummen.« Er warf den Durchsuchungsbeschluss auf den Glastisch und rief aufgebracht: »Irgendjemand will mir hier an den Karren fahren. Irgendjemand will, dass ihr bei mir eine Durchsuchung durchführt. Nach was sucht ihr denn? Steuergeheimnisse, Absprachen über Strafminderung, illegale Geldgeschäfte, was genau wollt ihr wissen? Bei mir geht alles mit rechten Dingen zu. Ihr werdet nichts finden. Also lasst den Scheiß und erzählt mir keine Märchen.« Aufgescheucht sprang er vom Stuhl und ging aufgeregt im Zimmer auf und ab.

»Monika soll nach Italien gereist sein! So ein ausgemachter Blödsinn. Das hätte sie mir ja wohl erzählt, wenn sie eine Auslandsreise plant. Ihr seid irgendeinem Denunzianten auf den Leim gegangen. So schaut's aus.« Geradezu selbstgefällig ließ er sich wieder auf den Stuhl fallen und sah herausfordernd von einem zum anderen.

Georg staunte nicht schlecht über den Ausbruch des Anwalts. Es war immer wieder interessant, wie Betroffene den Tod eines Angehörigen einfach nicht wahrhaben wollten. Der Verdrängungsprozess war einer der wichtigsten Schutzmechanismen, die der Mensch auffahren konnte. Aber dass Peter Mühldorfer, ein rational denkender Jurist, Strafverteidiger genaugenommen, derart reagierte, verblüffte ihn doch. Er musste dem Anwalt den Beweis liefern, damit sie weiterarbeiten konnten. Breitwieser zog sein Handy aus der Hosentasche und suchte nach dem Foto, das Silvano Petrelli von der Toten am Tatort erstellt und das ihm Antonio weitergeleitet hatte.

Wortlos reichte er Peter Mühdorfer das Telefon.

Dieser starrte wie gebannt auf das Bild. Unvermittelt veränderte er seine Haltung. Er brach in Schluchzen aus, das Handy rutschte ihm aus der Hand und fiel mit einem dumpfen Schlag auf das Parkett. Dann schlug er die Hände vors Gesicht und schien die anderen Personen im Raum nicht mehr wahrzunehmen.

Dorothea Schaller erhob sich vom Diwan, den sie sich mit Hartmann geteilt hatte, verschwand im Haus, um wenig später mit einem Glas Wasser zurückzukommen.

»Hier, Peter, trink einen Schluck. Du wirst verstehen, dass wir unsere Arbeit machen müssen. Kannst du uns das Büro von Monika zeigen? Bitte. Dann lassen wir dich erst einmal in Ruhe. Wir wollen wissen, mit welchen Fällen deine Frau befasst war.«

»Ihr wisst, dass ihr das nicht so einfach dürft. Mandantenschutz! Datenschutz!« Böse sah er von einem zum anderen. Kurz streifte sein Blick Staatsanwalt Hartmann, der ungerührt zurückblickte. Als Hartman auf den Einwand nicht einging, gab Mühldorfer geschlagen nach.

»Sie hat das Büro im zweiten Stock. Genau über meinem.«

Breitwieser und Hartmann erhoben sich ebenfalls und stiegen, gefolgt von Dorothea Schaller, die Treppen hoch. Der Raum, den Monika Bacher genutzt hatte, unterschied sich deutlich von Peter Mühldorfers Büro. An den Wänden hingen in silbernen Metallrahmen Originalzeichnungen von Jugendstilmusterblättern, wie sie von Künstlern für Tapeten oder Bezugsstoffe angefertigt wurden, als Vorlagen für die maschinelle Produktion. Sie hatte sich offenbar eine kleine Sammlung zugelegt, die das Ambiente ihres Büros perfekt ergänzte. Bei den Möbeln hatte Monika Bacher sich für schwarzes Art Déco in Hochglanzlack entschieden. Die stark ornamentalen und bunten Zeichnungen und die strengen kubistischen Formen der Sideboards und des schlichten Sofas, das mit einem dunkelgrauen Seidenstoff bezogen war, bildeten einen interessanten Kontrast und gaben dem Raum eine extravagante Note. Der Schreibtisch aus schwarzem Lack war blitzblank sauber. Kein Papierstapel störte den stilvollen Eindruck. Georgs Annahme, die beiden Anwälte nagten am Hungertuch, konnte er nun endgültig begraben. Die Ausstattung des Hauses war kostspielig, extravagant und sicherlich nur in teuren Läden oder bei Auktionen zu erstehen.

»*Très chic* das Ganze!« Hartmann hatte auch sein Urteil gefällt. »Nach was suchen wir denn eigentlich?«, fragte er Dorothea Schaller.

»Mandantennamen und Dokumente zu einem Gemälde, das am Freitag auf einer Auktion versteigert werden soll.«

Aha, dachte Georg. So ahnungslos, wie sich die Schaller bis vor kurzem noch gegeben hatte, so ahnungslos war sie keineswegs.

»Genauer geht's nicht?«, wollte Hartmann wissen.

»Leider nein.«

»O.k. Sie machen das schon, Frau Kollegin, mit Hilfe von Herrn Breitwieser. Ich hab' zu telefonieren.« Sprach's, ging zurück ins Treppenhaus und wenige Augenblicke später fiel die Haustür ins Schloss.

Bevor die Ermittlungsrichterin ihre Überraschung überwunden hatte, meinte Breitwieser: »Ist besser so. Dann kommen wir schneller vorwärts.«

Die Schreibtischschubladen waren verschlossen und gaben ihre eventuell vorhandenen Geheimnisse nicht preis. Gewaltsam mochte er das wertvolle Möbel nicht öffnen. Vielleicht fanden sie auf unkomplizierte Art und Weise aussagekräftige Unterlagen. Seine Hoffnung war zudem, dass die elektronischen Geräte der Toten die besten und eindeutigsten Rückschlüsse zulassen würden. Also wandte sich Georg lieber dem Sideboard zu und öffnete die erste Tür. Entgegen seiner Annahme enthielt das Fach keine Akten, sondern ein sorgfältig ausgewähltes Sortiment an Whiskys und Brandys. »Hoppala«, entfuhr es ihm. »Die Lady weiß, was gut und teuer ist.«

Dorothea Schaller blickte nur strafend über den Rand ihrer Goldbrille. Was wohl bedeuteten sollte: »Denken Sie erst gar nicht daran.« Sie drehte sich wieder um und widmete sich einem offenen Regal mit Büchern und Ordnern.

Georg grinste und öffnete die nächste Tür des Sideboards. Dieses Fach beherbergte nun doch, wie vermutet, Akten und weitere Ordner.

Schweigend arbeiteten sie sich durch unendlich viele Dokumente. Schließlich ließ sich Georg auf einen Sessel fallen, der vor dem Schreibtisch stand, und schaute zur Richterin.

»Und, was haben Sie?«

»Einiges, würde ich sagen. Einiges! Aber es ergibt für mich auf den ersten Blick noch kein zusammenhängendes Bild. Monika hat offensichtlich Mandanten in arbeitsrechtlichen Belangen beraten.«

Georg nickte. »Da kann ich vielleicht weiterhelfen. Hier steht ein Ordner mit der Aufschrift *Paul Klee* und dem Vermerk »Entartete Kunst«.

»Bingo!« Die Richterin nickte anerkennend. »Da ist Ihnen, glaube ich, ein Volltreffer geglückt. Außerdem habe ich hier noch zwei Ordner mit der Aufschrift *Wien*, die scheinen mir auch in diese Kategorie zu gehören, und einer mit der Kennzeichnung *Museen*. Mit den Aufschriften *Traunstein*, *Rosenheim*, *Chieming* kann ich nichts anfangen. Diese lassen wir erst einmal hier. Alle anderen nehmen wir mit und verschaffen uns heute Abend einen Überblick.«

»Sehr gerne. Bei Ihnen im Amt? Oder bei mir auf dem Balkon?«

Dorothea Schaller erlaubte sich ein feines Lächeln. »Balkon klingt sehr gut. Gibt es dort auch etwas zu essen?«

»Mit Sicherheit!«

»Das alles wollt ihr mitnehmen?« Urplötzlich erschien Peter Mühldorfer in der Tür. In der Hand hielt er einen Cognacschwenker, dessen Boden fingerbreit mit einer Spirituose bedeckt war. Seine Augen waren gerötet und er wirkte insgesamt sehr angefasst. »Ihr glaubt allen Ernstes, ihr Tod hängt mit ihren Fällen zusammen?«

»Haben Sie eine andere Erklärung?«, fragte Breitwieser prompt. »Gibt es in Ihrem privaten Umfeld Feinde oder ernsten Streit, der zu so einer Tat führen könnte?« Es wäre nicht das erste Mal, dachte Georg, dass er es mit einer Beziehungstat zu tun hätte. Und wenn er sich den angeblich so ahnungslosen Anwalt ansah, konnte man schon auf so einen Gedanken kommen. Angeblich war er in Berlin gewesen. Stimmte das auch? Was für eine Ehe haben die beiden Anwälte geführt? Ob die Schaller dazu mehr wusste?

»Was genau hatten Sie in Berlin zu tun?«

»Jetzt machen Sie aber mal einen Punkt. Wer sind Sie überhaupt? Sie haben sich nicht einmal vorgestellt.«

Da hatte der Herr Rechtsanwalt recht, dachte Georg nun amüsiert und zückte seinen Dienstausweis.

»Also, Herr Mühldorfer, in welcher Angelegenheit waren Sie in Berlin?«

»Ich habe mich mit einem Mandanten getroffen. Wir mussten uns auf eine Gerichtsverhandlung vorbereiten.«

»Das kann der Mandant auch bestätigen?«

»Was soll die dämliche Frage?«

Mühldorfer hatte sich gefangen und der schwere Brandy gab ihm das nötige Selbstbewusstsein, entschieden aufzutreten. Auch das kannte Georg aus seiner langen Berufstätigkeit. Alkohol konnte kurzfristig eine Hilfe sein. Georg beschloss, diese Äußerung, die nahe an einer Beamtenbeleidigung vorbeischrammte, gnädig zu ignorieren.

»Was wissen Sie über die Mandanten Ihrer Frau?«

»Nichts! Rein gar nichts!«

»Halten Sie mich doch nicht für blöd!«, brauste nun auch Breitwieser auf. »Sie wären nicht die ersten Anwälte, die sich beim Abendessen austauschen, über strittige Urteile diskutieren und sich bei kniffeligen Fällen gegenseitig unterstützen. Sie können mir nicht erzählen, dass Sie über die einzelnen Fälle oder Mandanten Ihrer Frau nichts wissen.«

»So ist es aber! Schon mal was von anwaltlicher Schweigepflicht gehört, Herr Kommissar?«

Noch bevor Georg auf diesen neuerlichen Angriff reagieren konnte, sagte Dorothea Schaller: »Deine Frau hat sich inzwischen spezialisiert, wie ich den Dokumenten hier entnehme. Wie kam sie dazu? Bisher war sie doch hauptsächlich im Arbeitsrecht tätig. Wie kam es zur neuen Ausrichtung?«

Geradezu hilflos sah Peter Mühldorfer die Ermittlungsrichterin an.

»Auf was für ein Fachgebiet beziehst du dich, Dorothea? Monika war immer noch mit Mandanten beschäftigt, die Probleme mit ihren Arbeitgebern hatten.«

»Du bleibst also dabei, dass du völlig ahnungslos bist, was die Fälle deiner Frau in letzter Zeit betrifft?« Dorothea Schaller zog vielsagend die rechte Augenbraue in die Stirn. Auch sie schien nicht überzeugt.

»Allerdings!«

»Das war's dann. Oder, Herr Breitwieser, haben Sie noch Fragen?« Die Schaller hielt sich bedeckt darüber, was sie offenbar auf die Schnelle herausgefunden hatte.

Auch Georg schwieg, hakte auch seinerseits nicht nach und stand auf. »Ich werde jetzt die Akten zum Wagen tragen und anschließend das Büro versiegeln. Wir sehen uns dann später, Frau Schaller. Guten Abend noch, Herr Mühldorfer, und mein aufrichtiges Beileid.«

Wenn es sein musste, konnte Georg Breitwieser regelrecht gemein werden, und der Anwalt reizte ihn sehr mit seiner aufgesetzten Ahnungslosigkeit. Georg ließ sich nicht gern für dumm verkaufen. Hartmann musste sich die finanziellen Verhältnisse von *Bacher & Mühldorfer* ansehen. Privat und geschäftlich. Es sollte ihn wundern, wenn da nicht Interessantes aufpoppte. Auch die Erbfolge konnte ein Mordmotiv zutage fördern. Wäre nicht das erste Mal, dass es wieder ums Sterben und Erben ging. Und bei Anwälten war da besondere Vorsicht geboten. Wer wäre einfallsreicher als sie, um Fallstricke für die jeweilige Gegenseite, und sei es der eigene Partner, auszulegen?

Aber zunächst wollte er mit der Schaller die Papiere durchsehen und dazu war es unbedingt nötig, nochmals bei *Feinkost Signora Maria* vorbeizuschauen. Für das Arbeitsessen musste er Antipasti, Parmaschinken, Käse und frische Ciabatta einkaufen. Sein Weinkeller war gut bestückt. Da blieb kein Auge trocken.

7

Verona, 18.00 Uhr

»Dottoressa, Silvano, was habt ihr für uns?« Antonio stand im Obduktionssaal an den Schreibtisch der Gerichtsmedizinerin gelehnt und erhoffte sich erste Ergebnisse. Die Leiche von Monika Bacher lag zugedeckt auf dem Obduktionstisch aus Edelstahl. Di Silva war erst vor wenigen Minuten mit ihrer Arbeit fertig geworden und wusch sich die Hände an einem Spülbecken. Vivani hatte Antonio begleitet und stand im Türrahmen. Er schien kein gesteigertes Bedürfnis zu haben, der Leiche näher zu kommen als unbedingt notwendig.

Der Leiter der Kriminaltechnik, Silvano Petrelli, saß auf einem Drehstuhl weit weg vom Schreibtisch und wartete darauf, dass die Dottoressa als Erste berichtete. Sie ging zurück an den Obduktionstisch. Mit beiden Armen stützte sie sich an der Kante ab, betrachtete das grüne Tuch, mit dem die Leiche bedeckt war, und schien nach Worten zu suchen.

Antonio hoffte dagegen auf eine rasche Antwort. Nicht nur, weil er wissen wollte, woran Monika Bacher gestorben war, sondern weil er auch das dringende Bedürfnis hatte, den Obduktionssaal so schnell wie möglich wieder zu verlassen. Es roch ungut. Die kühle und feuchte Luft legte sich unangenehm auf die Bronchien. Ein insgesamt wenig angenehmes Raumklima beherrschte diesen von oben bis unten gefliesten Arbeitsplatz, an dem nicht selten auch ein

Wasserschlauch zum Einsatz kam. Antonio mochte sich die Details der Tätigkeit von Dottoressa Di Silva hier, in den Kellerräumen der Questura, nicht vorstellen, schon gar nicht wollte er ihr dabei zusehen oder mit ihr tauschen.

»Ich kann noch nicht wirklich viel sagen. Keinesfalls kann ich zu diesem Zeitpunkt ein endgültiges Ergebnis liefern. Unser Opfer ist vergiftet worden. Das scheint mir eine ziemlich sichere Annahme zu sein. Der gezielte Stich mit einer Injektionsnadel in die Halsschlagader des Opfers hat den Giftstoff oder die Giftmischung rasch in den Blutkreislauf befördert und dann zum Tod geführt.«

»Giftmischung?«, fragte Antonio überrascht nach. »Sie sprechen von einem Cocktail aus verschiedenen Substanzen, Dottoressa?«

»Ja, zumindest kann ich die Möglichkeit nicht ausschließen. Monika Bacher bekam nach der Injektion erhebliche Atemnot und wohl auch Herzrasen. Dafür spricht, dass sie sich buchstäblich die Bluse vom Leib zu reißen versuchte und ihre Gesichtszüge verzerrt sind. Ein kurzer Kampf im Ringen nach Atem und dann folgte der Herzstillstand. In jedem Fall müssen wir die Laborberichte abwarten. Blutproben schicke ich sowohl ans Tropeninstitut in Negrar, weil ich ausschließen will, dass Schlangengifte oder Extrakte von exotischen Pflanzen zum Einsatz kamen, deren Wirkungsweise ich nicht kenne, als auch an unsere hauseigenen Labore. Es wird mindestens einen Tag dauern, bis wir Näheres wissen.« Sie stieß sich von dem Arbeitstisch ab und ging in Richtung Tür. »Wollen wir vielleicht im Vorraum weitersprechen?«

Ausgesprochen dankbar folgte Antonio ihrem Vorschlag. Und Petrelli schloss sich widerspruchslos an. Vivani drehte sich lediglich um. Der Vorraum war ein etwas größer geratener Flur, in dem eine kleine Sitzgruppe aufgestellt war, die aus Plastikstühlen und einem quadratischen Tischchen bestand. Daneben brummte ein Kaffeeautomat leise vor sich hin. Keiner hatte Lust darauf, um diese Uhrzeit noch einen Kaffee aus dem Automaten zu ziehen. Eine schlaflose Nacht wäre die unausweichliche Folge. Petrelli setzte sich und schlug die Beine übereinander. Dottoressa Di Silva folgte seinem Beispiel. Nur Antonio lehnte sich in unmittelbarer Nähe Vivanis mit dem Rücken an die Wand. Bisher hatte der Ermittler aus Rom geschwiegen. Verstohlen sah Antonio zu ihm hinüber, doch dieser schaute zu Boden und studierte seine spitz zulaufenden Schnürschuhe aus schwarzem Leder.

»Du hast mich sehr eindringlich um den Auktionskatalog gebeten, Tonio«, begann nun Petrelli mit seinem Bericht. Ruckartig hob Michele Vivani den Kopf. Jetzt wurde es auch für ihn interessant. »Wir haben ihn nach Fingerabdrücken und DNA-Spuren untersucht. Du findest den Katalog jetzt in deinem Büro vor. Eindeutig und nachweisbar angefasst hat ihn nur Monika Bacher. Die Fingerabdrücke lassen keinen anderen Schluss zu. Die DNA-Spuren darauf müssen wir erst noch analysieren. In der Handtasche des Opfers fanden sich Schlüssel von einem Mietwagen, den wir am Parkplatz vor dem *Municipio* von Malcesine sicherstellen konnten. Auch dieses Auto werden wir noch gründlich nach Spuren fremder DNA untersuchen. Vielleicht befand sich Monika Bacher in Begleitung einer weiteren Person. Bei Mietwagen gibt es allerdings ja selten exakte Ergebnisse. Aber vielleicht haben wir Glück und können DNA von Personen lokalisieren, über die wir im Laufe der Ermittlungen noch stolpern werden. Das ist immerhin nicht ausgeschlossen. Außerdem konnten wir das Handy der Toten sicherstellen. Sie hatte es bei sich und auf dem Tisch der *Caffè Bar* abgelegt. So bald wie möglich erhältst du eine Liste der Kontakte, die die Tote in den letzten 24 Stunden angerufen hat.«

»Ein paar Tage weiter zurück wäre gut!«, wagte Antonio den Bericht zu unterbrechen.

»Das weiß ich. Wir arbeiten daran. Im Mietwagen haben wir eine Aktentasche mit Laptop entdeckt. Ob und wie wir die Passwörter von Handy und PC knacken, kann ich im Moment nicht sagen. Vielleicht kann uns *collega* Giorgio weiterhelfen. Manches Mal wissen die Ehepartner die Passwörter voneinander.«

Da hatte Antonio wenig Hoffnung. Breitwieser hatte ihn kurz nach der Durchsuchung der Büroräume von Monika Bacher angerufen und von dem mehr als unergiebigen Gespräch mit dem Ehemann berichtet. Im Moment war Giorgio zusammen mit der Richterin damit beschäftigt, sich durch einen Papierberg zu wühlen. Sie wollten sich später noch melden. Das würde für sie alle eine lange Nacht werden.

Erneut wandte er sich an die Gerichtsmedizinerin.

»Sagen Sie, Dottoressa, haben Sie bei unserem Opfer Spuren eines Kampfes entdeckt, der vielleicht schon Stunden oder Tage zurückliegt?«

»*No!*«

»Hatte die Signora vor ihrem Tod noch Geschlechtsverkehr?«

»Auch das nicht, Commissario. Die Leiche ist mehr oder weniger unauffällig. Bis auf den sehr verkrampften Gesichtsausdruck. Sie rang nach Atem und ist schließlich erstickt. Kein schöner Tod. Das kann ich Ihnen versichern. Aber sonst war die Frau völlig gesund. Deshalb muss die Giftdosis beziehungsweise die Konzentration der Stoffe auch erheblich gewesen sein. Diese haben unmittelbar auf die Atemwege und die Herzfunktion Einfluss genommen.«

»Würden Sie sagen, dass das jemand war, der Erfahrung mit diesen Stoffen, vielleicht schon einmal auf diese Art und Weise gemordet hat?«

»Das ist sehr gut möglich, Commissario. Und eine gute Idee! Vielleicht finden Sie in Ihrer Datenbank ein vergleichbares Tötungsdelikt. Aber nicht in jedem Fall wäre ein solcher Tod als Giftanschlag erkannt worden. Das wird Ihnen die Suche nach dem Täter oder der Täterin erschweren!«

Wann wäre ihre Arbeit jemals einfach gewesen, dachte Antonio, sprach seine Gedanken aber nicht aus.

»Könnte es sich auch um eine Überdosis Insulin gehandelt haben, die gespritzt wurde?«, fragte Michele Vivani.

Die Dottoressa schüttelte leicht den Kopf. »Das glaube ich eigentlich nicht. Herzstillstand und Kreislaufversagen würden bei einer Insulinüberdosis durchaus in Betracht kommen. Aber dieser verkrampfte Gesichtsausruck, die weit aufgerissenen Augen, die in den Stoff der Bluse gekrallten Finger passen dazu eher nicht. Es wäre aber sicher hilfreich, Ihr Kollege in Deutschland könnte noch den Hausarzt der Toten herausfinden. Ob eine Zuckerkrankheit vorlag. Diesbezüglich muss ich auch auf unsere Laborergebnisse warten.«

»*Grazie*, Dottoressa!« Michele Vivani wandte sich an Silvano Petrelli: »Enrico Brandino hat während der Ermittlungen Ihrer Leute vor Ort schon mögliche Zeugen im Restaurant vernommen. Gibt es Aussagen, die uns weiterhelfen?«

Silvano schüttelte bedauernd den Kopf. »*No!* Komplette Fehlanzeige. Nicht einmal der Kellner konnte weiterhelfen. Er hat nichts gesehen, niemanden beobachtet.«

Antonio löste sich von der Wand, bedankte sich bei Petrelli und Di Silva und wandte sich in Richtung Lift. Die Ergebnisse waren dürftig. Jetzt musste ihnen der Auktionskatalog weiterhelfen. Er glaubte allerdings nicht, dass sie dort konkrete Fakten zum Fall zu lesen bekämen, die Licht ins Dunkel bringen konnten. Er würde Enrico Brandino bitten, nach Tötungsdelikten zu suchen, die mit Gift begangen worden waren. Vivani folgte ihm langsam. Auch er schien niedergedrückt und in Gedanken. Fontanaro holte den Lift.

»Warum in Gottes Namen hat Monika Bacher geglaubt, ihr Treffen mit Ihnen würde jetzt in Malcesine stattfinden?«, fragte er Vivani, der inzwischen neben ihm stand.

»Diese Frage beschäftigt mich sein Stunden, Commissario. Ich hoffe, dass uns die Kontaktliste des Handys Aufschluss darüber gibt.«

8

Verona, 20.00 Uhr

»Hast du's schon gehört?« Patrizia Marinelli lachte und verzog, wie es ihre Art war, den Mund dabei abschätzig nach unten links. Ihr roter Lippenstift glänzte im Schein einer modernen Stehleuchte, die in der Ecke des *salone* gedämpftes Licht spendete und zum Mobiliar der Luxussuite gehörte, die sich die Marinelli gönnte. In der Hand hielt sie ein Champagnerglas, in dem ein edles, französisches Gewächs perlte. Sie wusste durchaus, was gut und teuer war. Sie prostete Alessandro zu. Er saß entspannt in einem der schwarzen Cocktailsessel, die um einen nierenförmigen Glastisch gruppiert waren. Amüsiert musterte er die Marinelli. Dabei fragte er sich, ob sich die Auktionatorin mit der Luxussuite des *Hotel Excelsior* finanziell nicht überhob. Doch das sollte nicht seine Sorge sein.

»*Naturalmente!*« Alessandro Bonaventura nippte an seinem Champagnerglas. Auch seinen Mund umspielte ein feines Lächeln. »In Malcesine ist der Mord an der Deutschen Tagesgespräch.«

»Wer hat dich denn informiert?«, wollte die Auktionatorin wissen. Ihr Blick hinter der großen Brille war lauernd.

Doch Bonaventura hatte nicht vor, sich irgendeine Information entlocken zu lassen. Vielmehr war er selbst an Informationen interessiert. Der Mord schlug hohe Wellen. Doch er und Patrizia hatten nun ein Problem weniger. So hoffte er zumindest. Die drohende Absage der Auktion war abgewendet. In dieser Hinsicht hatte er den Franzosen Pierre Regnier nicht belogen. Aber nun? Er wollte wissen, was das Auktionshaus *Casa d'Aste Colombo* zu tun gedachte.

»Ändert der Mord an der Deutschen irgendetwas am weiteren Vorgehen?«, fragte er deshalb ernst und ohne die Spur eines Lächelns.

»Ich wüsste nicht, weshalb«, war Marinellis beruhigende Antwort. »Warum sollten wir uns das Geschäft des Jahrhunderts entgehen lassen? Außerdem würde das Valerio della Rocca keinesfalls zulassen, wie du genau weißt. Eine Absage der Auktion war von Anfang an keine Option für ihn. Selbst wenn die Deutsche noch leben würde, würde er es durchziehen wollen.«

»Ah, hat er sich so deutlich geäußert?«

»Della Rocca ist in Geldschwierigkeiten.«

»Wer ist das nicht?«

»Die Gläubiger sitzen ihm im Nacken. Das ist doch auch für dich keine Neuigkeit. Der Verkauf des Klimt ist für ihn die letzte Rettung. Und unser Auktionshaus kann die Vitaminspritze auch sehr gut gebrauchen. Das muss ich dir ja nicht erklären.«

Nein, dachte Bonaventura, das musste sie nicht. Und er kannte noch weitere Personen, denen der Verkauf des Klimt mehr als nur in den Kram passte. Er konnte sich gut vorstellen, dass Pierre Regnier, der Kunstagent aus Paris mit seinem millionenschweren Kunden im Hintergrund, erleichtert aufgeatmet hatte, als er vom Tod der Deutschen in Kenntnis gesetzt wurde. Alessandro hatte es ihm persönlich am Telefon mitgeteilt. Dessen Reaktion war professionell gewesen. Nichts an seiner Antwort ließ auf besonderes Interesse oder gar besondere Betroffenheit schließen.

»Oh, wie traurig!«, hatte er geantwortet. »Wie schnell das Leben doch zu Ende sein kann.« Geradezu philosophisch war er geworden. »Richten Sie freundliche Grüße an Patrizia Marinelli aus. Ich freue mich darauf, sie am Freitag zu sehen.« Danach hatte er das Telefonat beendet. Es war ja auch alles gesagt gewesen.

Alessandro Bonaventura stand auf und stellte sein leeres Champagnerglas auf dem Beistelltisch ab. Bereits im Gehen fragte er beiläufig: »Hat sich die Polizei schon bei dir gemeldet?«

»*No*. Damit rechne ich auch nicht.«

Bonaventura sah die Auktionatorin überrascht an. War sie wirklich so naiv oder hatte sie so wenig Vorstellungsgabe, so wenig Intellekt? Die Polizei würde bei allen geladenen Gästen der Preview über kurz oder lang erscheinen. Und sie als Auktionatorin stand sicherlich ganz oben auf der Liste. Da hatte er nicht den geringsten Zweifel.

»*Buonanotte amore!*« Er beugte sich ihr entgegen und hauchte einen trockenen Kuss auf ihre geschminkte Wange. Er kannte Patrizia seit einer Ewigkeit. Aber sie waren nie ein Paar gewesen, obwohl ihre Kunstleidenschaft sie verband. Alessandro legte Wert auf seine Unabhängigkeit. Wenn er eine Frau an seiner Seite für gesellschaftliche Ereignisse benötigte, hatte er keine Mühe, eine passende Begleitung zu finden. Sonst war er sich selbst genug. »Schlaf gut!«

9

Chieming, 20.00 Uhr

Stockfinstere Nacht hatte sich über den Chiemsee gelegt. Windstille herrschte rund um den See. Nicht einmal das Plätschern aufschlagender Wellen am kiesigen Ufer war auf dem Balkon von Georgs Elternhaus in Chieming zu hören. Inzwischen hatten Dorothea Schaller und er die Antipasti und den Käse aufgegessen, eine Flasche Wein zusammen geleert und einen Berg von Papieren gelesen.

»Ich weiß nicht, wie es Ihnen geht, aber mir wird langsam, aber sicher kalt«, wagte Dorothea Schaller zu bemerken.

Sofort sprang Georg auf und meinte: »Wir gehen rein. Dort haben wir auch mehr Platz, um die Ordner und Papiere auszubreiten.«

Gemeinsam begannen sie, die Unterlagen, die sie in der Kanzlei *Bacher & Mühldorfer* beschlagnahmt hatten, in Breitwiesers geräumiges Wohnbüro zu tragen. Auf dem langen Couchtisch türmten sich alsbald die Papierstapel und Ordner. Georg lief nach unten in die Küche und holte eine weitere Flasche Weißwein. Wie aus dem Nichts tauchte seine an den Rollstuhl gefesselte Mutter in der Tür auf. Katharina Breitwieser war wie immer zur Stelle, wenn es, ihrer Meinung nach, Interessantes zu erfahren gab. Schon seine Ankunft mit der Ermittlungsrichterin einige Zeit zuvor hatte sie mit einem ihrer typischen Kommentare begleitet.

»So, so«, hatte sie gemeint, »Arbeit habt ihr euch mitgebracht.« Dabei blitzte es listig in ihren Augen auf. »Schlimme Zeiten sind das, wenn die Arbeit gar nicht ausgeht und am Feierabend auch noch ermittelt werden muss.« Dabei musterte sie die Ermittlungsrichterin von Kopf bis Fuß, was Georg ausgesprochen unangenehm war. Was musste sich die Schaller denken? Und als wäre alles noch nicht peinlich genug, stellte die Mutter die Frage aller Fragen: »Was sagt denn da Ihr Mann dazu, wenn Sie immer so spät nach Hause kommen?«

»Der sagt gar nichts dazu!« Dorothea Schaller schenkte Georgs Mutter ein strahlendes Lächeln, als hätte sie diese Frage erwartet. »Ich habe keinen Mann, Frau Breitwieser.«

»Ja, dann!«

Georg beschäftigte sich hochintensiv mit der Flasche Wein. So peinlich ihm die Fragerei der Mutter war, so dankbar war er ihr letztlich, denn nun hatte sich auch für ihn geklärt, dass die Schaller nicht verheiratet war. Irgendwie freute ihn das. Er zog mit Kraft den Korken aus der Flasche, als sich Katharina Breitwieser jetzt zu einer weiteren Bemerkung hinreißen ließ: »Muss ja eine extrem trockene Ermittlung sein, wenn ihr solche Mengen an Wein braucht. Kann denn da die Frau Richterin noch mit dem Auto heimfahren? Das ist gefährlich!«

Wie wahr, dachte Georg. Seine Mutter war immer noch hellwach, obwohl sie inzwischen einiges über achtzig Jahre alt war. »Frau Schaller ist mit mir gekommen. Sie nimmt später ein Taxi!«

»G'scheite Frau.« Einen Moment schwieg sie, als läge ihr noch irgendetwas auf dem Herzen, um dann abschließend zu sagen: »Also, dann noch frohes Schaffen!« Sie rollte in den Flur zurück, drehte den Rollstuhl und verschwand wenig später im Wohnzimmer, wo Maria, ihre Pflegerin, einen Krimi ansah. Georg schüttelte halb belustigt, halb ärgerlich den Kopf. Seit seine Mutter wegen eines Schlaganfalls im Rollstuhl saß und er sich von München nach Traunstein hatte versetzen lassen, war sie in alte Gewohnheiten zurückgefallen. Ihr Sohn stand permanent unter ihrer Beobachtung und er kam sich wie ein Sechzehnjähriger vor, der berichten musste, was er abends zuvor getrieben hatte. Meistens ging er so früh aus dem Haus, dass er seine beiden Damen noch nicht in der Küche antraf. Ebenso verhielt es sich am Abend. Er sah zu, dass er erst wieder zurückkam, wenn Mutter und Pflegerin schon gegessen hatten. Meist schlief seine Mutter vor dem Fernseher ein und bekam nicht mit, wann er zu sich nach oben in den ersten Stock ging. Aber immer gelang es ihm nicht, ihrer mütterlichen, als Sorge getarnten Neugierde zu entgehen.

Wenige Augenblicke später betrat er erneut sein Wohnzimmer, das ihm auch als geräumiges Büro diente. Der Raum verlief über die gesamte Breite des Landhauses, das sein Vater in den 70er-Jahren gebaut hatte. Ein großes Panoramafenster erlaubte bei Tag einen wunderbaren Blick auf die vorgelagerten Wiesen und Häuser, die an das Ufer des Chiemsees grenzten. Bei Föhnlage im Winter konnte er sogar die Fraueninsel als Schemen sehen. Er füllte die Weingläser erneut mit einem gehaltvollen Falanghina aus Kampanien.

»Herr Breitwieser, langsam, langsam. Ich kann ja nicht mehr denken. Der Wein ist kein Leichtgewicht.«

»Aber sehr gut!«

»Ja ja, das schon«, gab sie lachend zu. »Was haben Sie denn herausgefunden nach der Lektüre der Akten?«

»Meine fünf Semester Jura sind zu dürftig, um all diese anwaltlichen Schreiben richtig zu verstehen und einzuordnen, ehrlich gesagt. Auf der Polizeihochschule befassten sich die Vorlesungen hauptsächlich mit dem Strafrecht. Aber hier geht es um ganz spezielle Paragraphen aus dem Kunstrecht. Ob die Ansprüche, die die Mandanten von Monika Bacher stellen, wirklich berechtigt sind, kann ich nicht beurteilen.«

»Logischerweise bin ich auch mehr im Strafrecht zuhause als im Kunstrecht. Doch eines scheint klar: Monika hat Mandanten vertreten, die Nachkommen von jüdischen Verfolgten oder Ermordeten in der NS-Zeit sind und Ansprüche auf enteignete Kulturgegenstände erheben.« Sie griff sich den Ordner mit der

Aufschrift *Wien* und blätterte darin, bis sie entdeckte, wonach sie suchte.

»Monika hat alle möglichen Verfahren gesammelt, die sich mit der Arisierung von jüdischem Eigentum beschäftigt haben. Diese hat sie im Ordner unter *Wien* zusammengetragen. Es gibt auch Korrespondenzen mit Anwälten in Wien, die ebenfalls versuchen, für ihre Mandanten verlorenes Kulturgut zurückzuholen. Allen voran zahllose Seiten, die die langwierigen Gerichtsverfahren mit den USA und Österreich um das Frauenporträt der Adele Bloch-Bauer, der sogenannten *Dame in Gold* von Gustav Klimt betreffen. Dieses Verfahren hat weitere Nachkommen von jüdischen Familien, die durch die Nazis ihr Hab und Gut verloren hatten, dazu ermuntert, Ansprüche zu stellen. In den meisten Fällen verlaufen die dann angestrengten gerichtlichen Auseinandersetzungen im Sand und die Nachfahren gehen erneut leer aus. So werden die ehemaligen jüdischen Besitzer nochmals um ihr Eigentum betrogen.« Dorothea klappte den Ordner zu und sah gedankenverloren zum Fenster. Außer dunkler Nachtschwärze war dort nichts zu sehen. Keine Lichter brannten. Chieming war ein verschlafenes, stockdunkles Nest. Sie klopfte leicht mit der rechten Hand auf den geschlossenen Ordner mit der Aufschrift *Entartete Kunst*.

»Diese Unterlagen geben Aufschluss über ein abgeschlossenes Verfahren, das für den Mandanten negativ ausgegangen ist. Der jetzige private Sammler konnte nicht dazu gebracht werden, seinen Paul Klee, den er auch schon von einem Privatsammler gekauft hatte, zurückzugeben. Der Mandant hätte das Gemälde sogar zurückgekauft, aber der Sammler blieb hartnäckig. Der Mandant hatte das Nachsehen und muss die Entscheidung akzeptieren.«

Sie schob den Akt in die Tischmitte und signalisierte damit, dass dieses Kapitel abgeschlossen war und ihnen im Mordfall nicht weiterhalf. Es bewies lediglich, mit welchen Rechtsproblemen sich Monika Bacher derzeit beschäftigte. Soweit hatte das auch Georg verstanden.

»Bei unserem Telefonat hat Monika nur von einem Gemälde gesprochen, das ihr Mandant, wohnhaft in New York, zurückhaben möchte«, berichtete Dorothea Schaller weiter. »Es soll auf einer Auktion in Malcesine versteigert werden. Deshalb benötigte sie die Hilfe von Michele Vivani.«

»Na, ja ganz ahnungslos waren Sie also nicht, Frau Schaller.« Diesen Vorwurf konnte Breitwieser nun doch nicht mehr unterdrücken.

Die Richterin nickte und verteidigte sich vorsichtig: »Herr Breitwieser, das sind doch keine Informationen, mit denen man ermittlungstechnisch weiterkommt. Das müssen Sie doch selbst zugeben. Außerdem wollte ich mich gegenüber Mühldorfer bedeckt halten. Je weniger man einem Verdächtigen auf die Nase bindet, und Monikas Ehemann gehört für Sie und für mich zu den Verdächtigen, umso eher erfährt man, was man vorher noch nicht wusste. Das muss ich Ihnen doch nicht erklären.«

Georg griff nach seinem Weinglas und nahm einen Schluck. »Ja, Sie haben natürlich recht«, gab er dann versöhnlich zu.

Auch Dorothea Schaller nahm ihr Weinglas in die Hand und sie prostete ihm zu, bevor sie sich über den noch geöffneten Ordner mit der Aufschrift *Wien* beugte. »Ganz offenbar hat Monika diese Recherchen nicht aus reinem Interesse an der Gesamtthematik durchgeführt. Ihr Mandant in New York will ein enteignetes Gemälde zurückhaben. Aber an keiner Stelle nennt sie den Namen des Mandanten oder den Titel des Gemäldes, um das es geht.« Sie klappte auch diesen Akt zu und sah Georg traurig an. »Es ist zum Haareraufen. Aber es gibt keine gesetzliche Handhabe, heutige Eigentümer von Raubkunst zur Herausgabe zu zwingen.«

»Das bedeutet, dass die *Washingtoner Erklärung* von 1998 eigentlich ihr Papier nicht wert ist«, stellte Georg ernüchtert fest, »oder wie sehen Sie das?«

»Es war ein erster, richtiger Schritt, um Wiedergutmachung zu leisten. Aber es handelte sich eben nur um eine internationale

Vereinbarung, genaugenommen nur um eine Absichtserklärung, Raubkunst zurückzugeben, Nachfahren für entzogenes Eigentum in irgendeiner Art und Weise zu entschädigen, ohne gesetzliche Bindung. Nicht in jedem Fall kann ein Kulturgut zurückgegeben werden. Dann käme eine Entschädigungszahlung in Betracht. Viele Staaten haben die *Washingtoner Erklärung* damals unterzeichnet. Auch Deutschland und Österreich haben das getan. Aber die meisten Museen bewahren eisern ihre Besitzstände und brauchen Jahre, um sich überhaupt einmal mit anhängigen Anfragen zu beschäftigen. So streiten die Nachfahren vergeblich um ihre Rechte, bis viele von ihnen dann auch verstorben sind. Wenn sie nicht auf willige Prozessgegner stoßen, die bereit sind, sich von den toxischen Gegenständen zu trennen, hat der Mandant oder die Mandantin das Nachsehen.«

Nachdenklich schwiegen die beiden. Das Thema war alles andere als erquicklich. Georg konnte sich in Monika Bachers Gemütslage ganz gut hineinversetzen. Wenn sie ihren Beruf ernst nahm, hätte sie Himmel und Hölle in Bewegung gesetzt, um ihrem Mandanten zu seinem Recht zu verhelfen. Und Michele Vivani hätte ihr dabei helfen sollen.

»Vermutlich ist es kein Zufall, dass Monika Bacher in Malcesine ermordet wurde«, bemerkte Dorothea Schaller. »Ihr Kollege Fontanaro hat Ihnen erzählt, dass sie einen Auktionskatalog bei dem Opfer gefunden haben, richtig?«

Georg nickte. »Fontanaro und Vivani warten auf unseren Anruf. Suspekt bleibt mir jedoch, dass der Ehemann unserer Toten nicht gewusst haben will, weshalb seine Frau nach Italien reiste.«

Dorothea Schaller zog wieder einmal die rechte Augenbraue skeptisch in die Stirn. »Glauben Sie nicht alles, was Anwälte sagen!«

10

Verona, 21.00 Uhr

Alessandro Bonaventura hatte die exquisite Suite verlassen, die Patrizia Marinelli für eine Woche im *Excelsior* an der *Piazza Brà* gebucht hatte, und durchquerte nun sehr zielstrebig die Altstadt von Verona, um das *Ristorante Da Bruno* anzusteuern. Pierre Regnier hatte ihm eine SMS geschickt und um einen Termin zu einem späten Abendessen gebeten. Bonaventura grinste in sich hinein. Das lief ja besser als erwartet. Nicht ohne Erfolg hatte er seine Visitenkarte weitergegeben. Eigentlich hatte er nach Mantua zurückfahren wollen, aber er war gespannt, was der Franzose auf dem Herzen hatte.

In Mantua bewohnte Bonaventura einen alten Palazzo im Zentrum der mittelalterlichen Stadt. Im selben Gebäude nebenan, sozusagen eine Doppelhaushälfte im Renaissancestil, in der *Via Cristoforo Crespi*, lebte Duca Valerio della Rocca. Das Gebäude verlief über drei Etagen und hatte zudem ein Mezzanin unter dem Dach. Dabei war das Erdgeschoss in beiden Fällen wenig repräsentativ und die Fenster durch dicke Eisengitter gesichert. Er kannte den Duca schon von Kindesbeinen an. Sie hatten immer Tür an Tür gelebt, gemeinsam die Schulbank gedrückt und in ihrer Jugend Mantua unsicher gemacht. Beide kamen sie aus adeligen Familien und gehörten zur besseren Gesellschaft. Allerdings verzichtete Alessandro ganz bewusst auf seinen Adelstitel. Eigentlich lautete sein korrekter Name Duca Alessandro Ludovico della Bonaventura. Aber er neigte weder zum Dünkel noch wollte er die Aufmerksamkeit von Neidern erregen. Er liebte seine Unabhängigkeit und Freiheit. Ein Adelstitel brachte immer Verpflichtungen mit sich. Und sei es nur, dass man zu Gesellschaften und Empfängen eingeladen und dann herumgereicht wurde wie ein seltenes Tier oder eine Preziose aus einer anderen Welt. Für sein Ansehen in der Stadt reichte es aus, dass er einen alten Palazzo bewohnte, dessen elegantes *Piano nobile* über großzügig geschnittene, auch im Winter beheizbare Zimmer verfügte. Er erfreute sich an einem begrünten Innenhof, in dem im Sommer eine mächtige Zeder wunderbar Schatten spendete. Seine Mutter Sophia hatte den Grundstein für den kleinen Garten gelegt. Della Rocca hingegen war der Zugang zu dieser grünen Oase verwehrt. Er hatte sein Erbe über die Jahre stückweise an Alessandro veräußert und nur noch die Räume der zweiten Etage über dem *Piano nobile* und das *mezzanino* behalten können. Gut möglich, dass auch die zweite Etage bald in den Besitz von Alessandro überging.

Von Duca Federico della Bonaventura, seinem Vater, hatte Alessandro das Kunstinteresse geerbt. Was letztlich kein Wunder war, denn der Palazzo verfügte über zahllose Gemälde vor allem aus dem italienischen Barock. Einziges Manko an der Sammelleidenschaft des Vaters war dessen nicht vorhandenes Interesse an zeitgenössischer Kunst. Somit hatte sich Alessandro erst im Zuge seiner Tätigkeit als Kunstgutachter ein umfangreiches Wissen und eine sichere Kennerschaft erworben. Sein Instinkt sagte ihm, was echt und was gefälscht war. Diese Fähigkeit war sein großes Kapital.

Valerio della Rocca dagegen setzte auf Pferde und verbrachte die meiste Zeit auf der Trabrennbahn oder im Golfclub. Pferdewetten waren seine große Leidenschaft. Er verstand nicht viel von Kunst, im Gegensatz zu seinem Vater, der eine Reihe sehr wertvoller Gemälde aus der Zeit um 1900 gesammelt und besessen hatte. Von diesem Schatz war nicht mehr viel übrig. Della Rocca hatte nicht selten Tauschgeschäfte mit seinem Nachbarn Bonaventura während der 40er-Jahre getätigt. Sie waren beide gut damit gefahren. Doch Valerio brauchte immer wieder große Summen, um den Palazzo am Laufen zu halten, um Renovierungen vorzunehmen und seinen kostspieligen Lebensstil zu finanzieren. Und all seine Verkäufe änderten nichts an seiner erneut prekären Lage. Jetzt also sollte der Klimt unter den Hammer kommen. Ein Jammer war das in Alessandros Augen. Ein unverzeihlicher Fehler. Leider fehlten auch ihm die Mittel, um den Klimt für einen »Freundschaftspreis« von seinem alten Freund zu erwerben.

Alessandro Bonaventura hatte das *Ristorante Da Bruno* erreicht und betrat den eleganten Speisesaal. Bruno hatte in die Ausstattung investiert, wie er mit einem Blick feststellte, und geringfügige Änderungen vorgenommen. Immer noch schmückten die weißgetünchten Wände hervorragend aufgenommene Schwarzweiß-Fotografien von den bekannten und weniger bekannten italienischen Filmgrößen, die mit dem neu in Grau, Schwarz und Weiß gefärbten Fliesen ausgelegten Boden großartig harmonierten. Ergänzt wurde das Ambiente durch Stühle mit halbrunden, in bordeauxrotem Leder überzogenen Rückenlehnen. Dies alles erfreute sein verwöhntes Künstlerauge. Wenn die Küche ihre bekannt exquisite Qualität behalten hatte, dann könnte dies ein gelungener Abend werden.

Er entdeckte Pierre Regnier nahe der Fenster in einer ruhigen Ecke. »*Bonsoir Monsieur*«, begrüßte er den Kunstagenten. »Wer hätte gedacht, dass wir uns schon so bald wiedersehen.«

Bonaventura nahm Platz und stellte fest, dass der Franzose schon eine Flasche Rotwein auf dem Tisch stehen hatte. Ein Burgunderglas wartete auch bereits auf ihn. Und schon steuerte ein Kellner auf den Tisch zu und schenkte Alessandro großzügig ein, dabei reichte er ihm die Speisekarte, und ließ die beiden wieder allein.

»Haben Sie schon gewählt, Monsieur?«

Pierre Regnier schüttelte verneinend den Kopf. »Ich warte ab, ob Sie mir vielleicht ein Gericht empfehlen können. Ich bin nicht sehr versiert in italienischen Speisen.«

Das kann ich mir denken, grinste Alessandro Bonaventura in sich hinein. Welcher Franzose, der auf sich hielt, war schon ein Fan italienischer Küche? Er prüfte das Etikett des Rotweins und nickte dieses Mal anerkennend. Wer immer den Wein ausgesucht hatte, hatte zumindest nicht auf den Preis geachtet. Der Amarone war acht Jahre alt und vermutlich nicht unter 200 Euro zu bekommen.

»Lassen Sie uns auf einen erfolgreichen Abend anstoßen, Monsieur!«

Der Wein hielt, was das Etikett versprach.

»Da Sie nun schon so einen wunderbaren Wein ausgesucht haben, sollten wir uns eine *Bistecca Fiorentina* teilen und einfache Ofenkartoffeln als Beilage bestellen. Da sind wir auf der sicheren Seite.« Als er das enttäuschte Gesicht des Franzosen sah, musste er doch auflachen. »Haben Sie Sorge, dass Sie nicht satt werden?«

»Na ja, bei uns ist es schon üblich, wenigstens eine Vorspeise zu bestellen«, bemerkte Pierre Regnier pikiert.

»Bei uns auch, darf ich Ihnen versichern.« Erneut konsultierte Alessandro die Speisekarte und entschied sich dann für gegrillte Steinpilze auf Rucolasalat mit Spänen von Parmesan. Anschließend würde der Franzose sicherlich einen Digestiv benötigen, damit er das üppige Essen auch verdaute. Für Bonaventura stellte die Speisenfolge kein Problem dar. Er hatte seit dem Frühstück nichts mehr zu sich genommen und freute sich jetzt auf die Genüsse aus Brunos Küche.

Als sie wenig später das Menü und eine weitere Flasche des Rotweins bestellt hatten, lehnte sich Alessandro erwartungsvoll in seinem Sessel zurück und fragte: »Was verschafft mir denn die Ehre dieses Abendessens?« Ganz automatisch ging er davon aus, dass Pierre Regnier den Abend finanzieren würde. Alles andere würde er sich nicht gefallen lassen. Der Agent hatte ihn schließlich spät abends noch hierher zitiert.

»Ich frage mich, was der Tod der Deutschen für Auswirkungen auf die Auktion haben wird«, brach es unverblümt aus Regnier heraus.

»Das müssen Sie Signora Marinelli fragen. Sie ist für die Auktion zuständig. Ich bin nur der Gutachter.«

»Weil Sie das gerade so betonen – Sie können reinen Gewissens behaupten, der Klimt, der am Freitag zur Versteigerung kommt, ist echt? Ein Original?«

»Das ist eine ziemlich impertinente Frage, Monsieur! Der Klimt ist echt. Ohne jeden Zweifel!«

»Was macht Sie da so sicher?«

Ich könnte dir seine Geschichte erzählen, dachte Alessandro leicht angesäuert, die Provenienz bis auf die letzten Besitzer nennen, die vor della Rocca den Klimt ihr Eigen genannt hatten. Aber dazu fühlte er sich nicht veranlasst. Wenn Regnier mehr über das Bild erfahren wollte, musste er sich an Patrizia wenden. Er hatte selbst kein Interesse daran, den Pariser aufzuklären. Das Angebot, das er ihm unterbreitet hatte, würde er nicht wiederholen. Stattdessen sagte er: »Sie haben doch, wie alle Gäste der Preview, einen Auktionskatalog erhalten. Darin steht alles, was es zu dem Bild zu sagen gibt.«

Pierre Regnier lachte laut auf. »Halten Sie mich für dumm und naiv?« Dann wurde er unvermittelt ernst, beugte sich über den Tisch so nah als möglich an den Gutachter heran. »Wer verkauft das Bild? Wie ist der- oder diejenige in den Besitz des Gemäldes gelangt? Der schlichte Hinweis zur Provenienz im Katalog – ›aus Privatbesitz‹ – ist bei einem Gemälde dieser Qualität und dieses Wertes einfach nicht hinnehmbar.«

Das waren in der Tat die entscheidenden Fragen und Anmerkungen, auf die Bonaventura nicht eingehen würde.

»Ich habe keine Ahnung, wer der jetzige Besitzer ist. Wie gesagt, fragen Sie beim Auktionshaus nach.« Bonaventura log, ohne rot zu werden. Sich über Kunstwerke und ihre Herkunft auszuschweigen, gehörte definitiv zum Geschäft des Kunsthandels. Und in der Kunst des Verschweigens verstand er sich ganz ausgezeichnet.

»Wie kann es sein, dass jemand, der mir unverblümt anbietet, das Gemälde vor Beginn der Auktion zu erwerben, so wenig über den Klimt weiß? Wie kann es sein, dass jemand, der dreist behauptet, der Klimt sei garantiert echt, nichts über die Herkunft des Bildes berichten kann? Wie Sie vielleicht wissen, bin ich Kunstagent. Auch ich bin in der Lage, Fälschungen zu erkennen.«

»Dann haben wir ja schon etwas gemeinsam!« Bonaventura ließ sich nicht aus der Ruhe bringen. Mehr noch, er genoss es förmlich, den anderen an der Nase herumzuführen. »Kürzen wir die Sache doch einfach ab, Monsieur, und wenden uns anschließend angenehmeren Dingen zu. Wollen Sie den Klimt kaufen, bevor er zum Aufruf kommt, oder nicht? Darum dreht sich doch unser Treffen. Oder irre ich mich da?«

»*Malcesine am Gardasee* soll laut Auktionskatalog für 25 Millionen Euro zum Aufruf kommen. Sehr viel Aufwand hat die *Casa d'Aste* bisher nicht betrieben. Allein der Prosecco bei der Preview war eine Frechheit und völlig deplatziert.«

Bonaventura nickte mit trauriger Miene. »Das habe ich Patrizia auch vorgeworfen. So geht das nicht! Das war extrem stillos!« Ob Pierre Regnier seine Ironie begriff, war Alessandro gleichgültig. Er jedenfalls hatte seinen Spaß. »Nun, ich höre!«, kam es dann schneidend aus seinem Mund. »Oder verplempere ich mit Ihnen nur meine kostbare Zeit?«

»Ich bin sicher, dass Sie sowohl den Wein als auch das Essen zu schätzen wissen und bereit sind, ein wenig Zeit dafür zu spendieren.« Auch Pierre Regnier war nicht frei von Ironie. »Sagen wir es so, ich mache Ihnen ein Angebot, das sie besser nicht ausschlagen sollten.«

»Wollen Sie mir beziehungsweise Signora Marinelli drohen?«

»Da wäre ich ja nicht der Einzige und Erste. Die Deutsche ist mit Sicherheit keinem Eifersuchtsdrama zum Opfer gefallen. Sie wusste irgendetwas über das Klimt-Gemälde, das sie das Leben gekostet hat. Da bin ich mir ziemlich sicher. Und Ihr Angebot auf der Preview ist genau aus diesem Grund erfolgt. Der Klimt sollte so schnell wie möglich verkauft werden. Sie und Patrizia Marinelli wollten Tatsachen schaffen. Dafür ist es nun zu spät. Die Deutsche fällt als Mahnerin der Wahrheit aus, doch ich bin bereit, ihre Nachfolge antreten. Also fordern Sie mich besser nicht heraus.«

Was war das denn für ein Spiel, das der Franzose nun begann? Das war doch nur ein gewagter Bluff. Oder konnte er etwas wissen, was ihnen allen zum Verhängnis werden könnte? Hatte er etwas gesehen oder gehört, was ihn so sicher sein ließ? Das Vorhaben der Deutschen war noch nicht vom Tisch. Es war immer noch möglich, dass sie zu Hause entsprechende Unterlagen deponiert hatte und demnächst eine weitere Person auftauchte, die sich ebenfalls zum Ziel setzte, die Auktion des Klimt zu Fall zu bringen. Aber das konnte der Franzose unmöglich wissen. Welches Ass hatte er dann im Ärmel? Argwöhnisch betrachtete Bonaventura die Mimik des Franzosen. Doch dieser hatte sich gut im Griff. Anerkennend musste Alessandro feststellen, dass er es mit einem ebenbürtigen Gegner zu tun hatte.

»Ich biete Ihnen im Auftrag meines Kunden 40 Millionen Euro und keinen Cent mehr. Aufgeld wird keines fällig, da es keine Versteigerung geben wird. Wollen Sie diesen Vorschlag dem Auktionshaus *Colombo* unterbreiten?«

Alessandro Bonaventura schloss für einen Moment die Augen. Sein Gegenüber sollte nicht sehen, dass er nun fieberhaft zu denken und kalkulieren begann. Als er die Augen wieder öffnete, hatte er sich wieder unter Kontrolle. »Sehr gerne werde ich Signora Marinelli Ihr Angebot unterbreiten. Ich bin nicht befugt, dieses hier und jetzt zu kommentieren oder gar anzunehmen. Das werden Sie sicherlich verstehen! Ich hatte auf der Preview 80 Millionen Euro als Festpreis angeboten. Sie erinnern sich?«

»Aber sicher.« Pierre Regnier hob sein Rotweinglas und prostete Bonaventura zu. »Dieses sogenannte Festpreisangebot habe ich am Sonntag schon ausgeschlagen und ich sehe keine Veranlassung, diese Entscheidung zu revidieren. Vielmehr empfehle ich Ihnen und Madame Marinelli, über mein Angebot nachzudenken. Denn es ist überaus fraglich, ob der Klimt diese enorme Summe erreichen wird!«

Alessandro Bonaventura erlaubte sich ein unterdrücktes, kehliges Lachen. Der Pariser glaubte doch nicht im Ernst, was er da von sich gab. »Sie wollen Ihrem Auftraggeber Geld sparen. Das ist sehr anständig von Ihnen. Aber von der Vorstellung, Sie könnten mit 40 Millionen davonkommen, müssen Sie und ihr Kunde sich vermutlich verabschieden. Der Freitag wird teuer für den Käufer oder die Käuferin.« Er hob erneut sein Rotweinglas und sagte: »*Salute*, Monsieur Regnier, auf einen angenehmen Abend!«

11

Verona, 21.00 Uhr

Antonio Fontanaro und Michele Vivani hatten den Obduktionssaal im Keller der Questura verlassen und saßen inzwischen in Antonios Büro beisammen, um die Listen der Anrufe und Kontakte von Monika Bacher zu studieren. Petrelli hatte keine große Mühe gehabt, das Passwort ihres Handys zu knacken. Als Code hatte das Opfer ihr Geburtsjahr eingegeben. Eine weitverbreitete und leichtsinnige Angewohnheit von Handy-Nutzern. Bei dem Laptop allerdings hatte er bisher kein Glück gehabt. Petrelli und seinen Leuten war es nicht gelungen, das richtige Passwort zu finden. Antonio hoffte, dass Giorgio ihnen da auf die Sprünge helfen konnte.

»Wir benötigen die Aufnahmen der Videokameras vom *Hotel Merano*«, sagte Michele Vivani. »Wir müssen wissen, wann Monika Bacher das Hotel verlassen hat. Sie bekam gegen 8 Uhr 30 morgens einen Anruf von einem *Prepaid*-Handy. Ich vermute, dass sich das Gerät inzwischen zerstört irgendwo in einem Abfalleimer oder in den Tiefen des *Lago di Garda* befindet. Es ist der einzige Anruf auf der Liste, der mit einem solchen Telefon getätigt wurde.«

»Sie glauben, Sie wurde in die Irre geführt? Jemand hat sie unter irgendeinem wichtigen Vorwand nach Malcesine gelockt?«

Vivani nickte. »Das kann eigentlich nicht anders sein. Deshalb will ich wissen, was sie direkt nach dem Anruf getan hat. Wir brauchen die Videobänder des Hotels für die Tage seit Sonntag.

Da muss Staatsanwalt Vincenzo Mauro morgen gleich in der Früh aktiv werden.«

Das ist leichter gesagt als getan, dachte Antonio. Mauro ließ sich nicht gern etwas vorschreiben. Wenn eine Idee nicht auf seinem Mist gewachsen war, konnte er unglaublich stur sein. Vivani schien die Zögerlichkeit des Commissario nicht aufzufallen, denn er hatte weitere Vorschläge, die seiner Meinung nach für die Ermittlungen wichtig und zielführend waren.

»Ferner brauchen wir Auskünfte darüber, wer von den Personen, die vom Auktionshaus eine Einladung zur Versteigerung erhalten haben, sonst noch im *Hotel Merano* wohnt. Möglicherweise hilft uns das weiter.« Der Ermittler aus Rom brach ab, hob die Hände und ließ sie resigniert wieder fallen. Ihm war selbst klar, dass das zwar alles sehr einleuchtende Schritte sein könnten, aber ob sie ihnen auch zum Durchbruch verhelfen würden?

Antonio verkniff sich eine Bemerkung. So schlaue Ideen hatte er schließlich auch schon gehabt und seine Leute instruiert! Deshalb zögerte er nicht weiter und griff nach einer Unterlage, die Ispettrice Lavinia Strano vor wenigen Minuten gebracht hatte.

»Das Auktionshaus *Colombo* hat uns die von Ihnen gewünschte Liste bereits zur Verfügung gestellt, Dottore. Es gab am Sonntag eine sogenannte Preview für interessierte Käufer im *Palazzo dei Capitani* in Malcesine.« Er reichte das Papier weiter an Michele Vivani. »Ob all diese Leute der Einladung gefolgt sind, ist offen. Angeblich ist die Liste vollständig und sie enthält alle geladenen Gäste der Auktion am Freitag.«

»Sie können verdammt sicher sein, dass all diese Leute hier«, Vivani wedelte heftig mit dem Papier in der Luft herum, »am Freitag anwesend sein werden. Den Klimt lässt sich niemand entgehen.« Diese Sensation, die der Auktionskatalog preisgegeben hatte, beschäftigte Vivani nachhaltig. Unglaublich, aber wahr, das Gemälde hatte ein Todesopfer gefordert. Für ihn war die Auktion das wahrscheinlichste Motiv für den Mord. Er begann sehr konzentriert zu lesen. »Soweit ich das beurteilen kann, fehlt niemand von den großen Museen und den weltbekannten Auktionshäusern. Viele europäische und amerikanische Galerien sind ebenfalls vertreten und einige Kunstagenten. Das ist wirklich das *Who's Who* der weltweiten Kunstszene und des Kunstmarktes.«

»Kennen Sie einige der Personen persönlich?«

»Namentlich ja! Persönlich eher nicht. Wie Sie sich denken können, bin ich lieber *undercover* unterwegs, mische mich als interessierter oder von einem Kunstmagazin beauftragter Journalist oder als Kunstagent für private Sammler unter die Leute bei einer Auktion oder Kunstausstellung. Als Ermittler trete ich nur ganz selten in Erscheinung. Ich will ja noch einige Jahre weiterarbeiten.« Michele Vivani lächelte den Commissario entschuldigend an.

»Wie wollen wir unter diesen Bedingungen zusammenarbeiten, Dottore? Sie wollen ja auch bei dieser Ermittlung nicht auffliegen.«

»So ist es. Ich bin immer auf mehrere Eventualitäten vorbereitet. Ich denke, in diesem Fall werde ich zunächst als Journalist für ein italienisches Kunstmagazin auftreten, morgen zeitig in der Früh Signora Marinelli einen Besuch abstatten und um ein Interview bitten.«

Antonio nickte zustimmend. Die Idee gefiel ihm. »Dann sollten wir uns überlegen, welche Fragen Sie der Signora morgen stellen werden.«

»Das können Sie getrost mir ...« – weiter kam Vivani nicht, denn das Handy des Commissario klingelte.

»*Pronto!*«

»*Ciao,* Toni, ich bin's, Giorgio!«

»Ich stell dich laut, denn Dottor Vivani sitzt neben mir. Wir sind schon sehr gespannt, was du Neues für uns hast.«

»Ich bin nicht allein! Auch ich stelle laut, denn Richterin Schaller ist bei mir.«

»Ah, *buona sera*, Dottoressa, Commissario. Mein Name ist Michele Vivani. Ich danke Ihnen für die freundliche Empfehlung an *collega* Monika Bacher.«

Der Tod der Rechtsanwältin hatte sie nun noch enger zusammengeführt. Eine Entwicklung, die sie nicht vorausgesehen hatten und die ihnen natürlich nicht gefiel.

»Nun sitzen wir ratlos vor dem Wenigen, was wir bisher ermitteln konnten, und hoffen auf Ihrer beider Hilfe!« Michele Vivani versuchte sich in charmantem Understatement. »Die Gerichtsmedizinerin geht von einem Giftmord aus. Mehr konnte sie uns noch nicht sagen«, brachte Vivani in einwandfreiem Deutsch die Ermittler auf den neuesten Stand.

»Bei den Sachen, die wir bei der Toten sichergestellt haben, befand sich auch ein Auktionskatalog«, fuhr Antonio mit dem Bericht fort. »Allem Anschein nach sollte am Freitag ein Klimt zur Versteigerung kommen, ein Gemälde mit dem Titel *Malcesine am Gardasee*. Könnt ihr dazu etwas sagen?«

Die Ermittlungsrichterin Schaller räusperte sich, bevor sie antwortete. »Wir haben bei den Unterlagen der Anwältin einen Ordner *Wien* entdeckt, der auch Dokumente zu Klimt enthält. Hier schließt sich wohl der Kreis. Sie betreute einen Mandanten in den USA, wohnhaft in New York, der sie damit beauftragt hat, ein Gemälde aus früherem Familienbesitz zurückzuholen. Monika Bacher hat sich eingehend mit zurückliegenden Restitutionsverfahren auseinandergesetzt. Sehr viele dieser Verfahren sind im Sande verlaufen, in einigen Fällen hat sich die Regierung von Österreich geweigert, Bilder zu restituieren, weil sie angeblich zum Kulturschatz des Staates Österreich gehören und nicht herausgegeben werden dürfen. Die österreichischen Gerichte berufen sich dabei auf das Gesetz des Ausfuhrverbots von Kulturgut. Dabei ist die Definition von Kulturgut sehr weit gefasst. Wenn Sie so wollen, kann es sich zum Beispiel um Reitstiefel handeln, die irgendein höherrangiger Adliger im Dienst des ehemaligen Kaisers getragen hat, die in irgendeinem Museumsdepot schlummern und zum Eigentum des Staates Österreich erklärt werden, als besonders schützenswert gelten und damit nicht restituierbar sind.«

»Das ist in Italien nicht anders!«, entgegnete Michele Vivani und es war ihm anzuhören, wie wenig einverstanden auch er mit dieser gesetzlichen Vorgabe war.

Schweigen breitete sich zwischen ihnen aus. Antonio fragte sich, wieso Monika Bacher sterben musste, wenn die Sachlage doch eigentlich klar war. Selbst wenn der Klimt versteigert und einen neuen Eigentümer nach der Auktion gefunden hätte, wäre es völlig offen gewesen, ob das Gemälde jemals hätte ausgeführt werden dürfen. Bei einem Käufer wohnhaft in Italien würde sich das Problem nicht stellen, allerdings nur solange, wie er das ersteigerte Werk nicht würde ausführen wollen.

»Gibt es auf der Einladungsliste der Auktion einen potenten italienischen Käufer?«, fragte er deshalb Vivani.

»Nein, definitiv nicht.«

»Aber das heißt doch, dass das Gemälde in Italien verbleiben müsste«, warf Antonio ein.

»Wir wissen ja nicht, wem das Gemälde aktuell gehört, wo der Verkäufer oder die Verkäuferin lebt! Wenn dieser oder diese im Ausland ansässig ist, sieht das alles schon ganz anders aus. Oder die Marinelli war so schlau und hat sich vorab eine Ausfuhrgenehmigung besorgt. Das wäre allerdings ein sehr aufwendiges Verfahren.« Michele Vivani schüttelte über seine eigene Überlegung vehement den Kopf. »Das war in der Kürze der Zeit keinesfalls zu schaffen.« Dann fragte er Breitwieser: »Konnten Sie herausfinden, wer das Gemälde jetzt verkaufen will?«

»Nein! Wir haben in den Unterlagen keine Gesprächsnotizen zwischen der Anwältin und ihrem Mandanten entdeckt, was schon seltsam ist. Wir haben keine Unterlagen gefunden, die auf einen

Kontakt mit dem Auktionshaus bei euch in Italien hinweisen. Lediglich Recherchematerial zu in der Vergangenheit erfolgten oder gescheiterten Restitutionsverfahren. Keine Details zum aktuell anstehenden Verkauf des Klimt.«

»Das heißt, Sie haben auch nichts in Erfahrung bringen können, was über die Herkunft des Klimt etwas aussagt, über die ehemaligen Eigentums- beziehungsweise Besitzverhältnisse des Gemäldes, also seine Provenienz?«

»Nein, nichts!«, bekräftigte Georg.

»Gibt es denn bei Ihnen in Traunstein noch weitere Anwälte, die mit der Sache vertraut sind? Frau Bacher arbeitete doch in einer Kanzlei. Konnten Ihnen die Kollegen nicht weiterhelfen?«

»Dort gibt es nur einen weiteren Anwalt, Peter Mühldorfer, den Ehemann der Toten. Er ist ebenfalls ein alter Kommilitone von mir«, führte Dorothea Schaller aus. »Doch er berief sich auf die anwaltliche Schweigepflicht und beteuerte, weder zu wissen, dass seine Frau eine Reise nach Italien angetreten hatte, noch welches Mandat der Grund für diese Reise war.«

Wieder trat Schweigen ein, dann fragte Michele Vivani ärgerlich nach: »Glauben Sie ihm diesen Blödsinn, Dottoressa?«

»Natürlich nicht, Dottore!«

»Wie gehen wir jetzt weiter vor?«, wollte Breitwieser wissen. »Was plant ihr als Nächstes?«

Fontanaro und Vivani erläuterten ihre Vorhaben für den nächsten Tag und baten im Gegenzug darum, dass Breitwieser und die Ermittlungsrichterin den Ehemann der Toten befragen und ihm auf den Zahn fühlen sollten.

»Was hältst du davon, nach Verona zu reisen, Giorgio? Ich könnte mir vorstellen, dass es am Freitag, wenn die Auktion stattfindet, falls die *Casa d'Aste Colombo* dabeibleibt, hoch hergehen wird. Das könnte für unsere gemeinsamen Ermittlungen wichtig werden.«

Dorothea Schaller lachte laut auf. »Sie kennen unseren Kriminaloberrat Pfaffenrieder nicht, Commissario. Solche Dienstreisen ins benachbarte Ausland, so bezeichnet er die Alleingänge von Herrn Breitwieser gerne, sind ihm ein Dorn im Auge. Das wird nicht einfach werden.«

»Können Sie das nicht durch einen richterlichen Beschluss beeinflussen, Dottoressa?«, versuchte Antonio die Schaller zu überreden.

»Wenn Sie mir eine schlüssige Argumentation liefern, Commissario, werde ich sehen, was ich tun kann.«

»Das ist doch ein versöhnlicher Abschluss eines insgesamt niederschmetternden Tages«, antwortete Antonio sarkastisch. »*Grazie mille* euch beiden *e buona sera*!« Antonio beendete das Gespräch und sah Michele Vivani an. Dieser war bereits aufgestanden und schlüpfte in sein Sakko.

»Ich begebe mich sofort an die Recherche. Ich bin sicher, dass es zu dem Gemälde *Malcesine am Gardasee* im Internet, in den Datenbanken von *Lost Art,* Informationen gibt, die uns weiterhelfen, vielleicht auch in den Dateien unserer Sondereinheit. Dann sollte mir das Gespräch morgen mit Signora Marinelli nicht allzu schwerfallen.«

»Anschließend kommen Sie bitte in die Questura, Avvocato! Wir kümmern uns um die Aufnahmen der Videokameras im Hotel.« Und um Weiteres, dachte Antonio. Er wollte endlich nach Hause. Doch Michele Vivani blieb an der Tür stehen, hatte die Hand schon auf der Klinke, als er sich nochmals zu Antonio umdrehte.

»Es bleibt die alles entscheidende Frage: Wer konnte wissen, dass sich unser Opfer mit mir treffen wollte? Wer konnte Monika Bacher so zielsicher nach Malcesine bestellen? Kurzfristig! Von einem Tag auf den anderen. Wer kommt dafür überhaupt in Frage? Das ist unser Täter oder unsere Täterin.« Vivani drehte sich um, öffnete die Tür und verschwand im dunklen Gang.

12

Verona, 23.00 Uhr

Nicht, dass Pierre Regnier ernsthaft daran geglaubt hätte, von Alessandro Bonaventura eine Kaufzusage zu bekommen – so naiv war er beileibe nicht –, dennoch war er wütend und enttäuscht, als er zu später Stunde die Lobby des *Hotel Merano* betrat. Schlappe 550 Euro hatte ihn der Abend gekostet und was hatte er erreicht? Rein gar nichts, *niente di niente* oder *rien du tout*, wie man bei ihm zuhause sagte. Es war ein kompletter Schlag ins Wasser gewesen.

Zumindest das Essen und der Wein hatten ihm die Begegnung mit Bonaventura erträglicher gemacht, wenn die Speisen auch nicht mit einem Pariser Spitzenrestaurant, wie er sie besuchte, mithalten konnte. Ein grobes Stück Fleisch, dieses *Bistecca Fiorentina*. Perfekt gebraten, zugegeben, aber ansonsten komplett unspektakulär. Gegrilltes, in Stücke geschnittenes T-Bone-Steak mit Kartoffeln! Was, bitte schön, war das nur für eine Küche? Ohne Eleganz, ohne Pep, ohne Kreativität. Verona war nicht nur provinziell, es war auch noch bäuerlich, rustikal. Wie konnte man hier nur freiwillig leben?

Pierre Regnier strebte zum Hotellift, als er unvermittelt angesprochen wurde.

»Kenneth O'Connor«, stellte sich ein mittelgroßer, schlanker Mann in dunkelblauem Anzug und mit einem hellen Trenchcoat über dem Arm vor. »Haben Sie eine Minute Zeit für mich, Mister Regnier?«

Was wollte der Kunstexperte von *Soho Fine Art Auction* zu so später Stunde noch von ihm, fragte sich Pierre, der den Mann natürlich sofort erkannt hatte. Bisher hatten sie jedoch keinen persönlichen Kontakt gehabt.

»Nehmen wir noch einen Drink an der Bar?«, fragte O'Connor einladend.

»Warum nicht?« Der Abend war für ihn ohnehin schon gelaufen. Was habe ich noch zu verlieren, dachte Pierre Regnier resigniert. Schlimmer konnte es ja nicht mehr kommen.

Gemeinsam durchquerten sie die Lobby und nahmen an einem der Cocktailtische Platz. Die Bar, ein kleiner quadratischer Raum, der an einer Seite mit einer verspiegelten Wand verkleidet und mit Regalflächen aus Glas bestückt war, wartete mit keinen weiteren Besonderheiten auf. Alles andere hätte Pierre auch gewundert. Die Regalböden hatten sie mit unzähligen Flaschen verschiedener Alkoholika vollgestellt. Leise Klaviermusik sollte wohl eine gemütliche Baratmosphäre schaffen. Er fand das Geklimper einfach nur störend. Außer ihm und Kenneth O'Connor gab es keine weiteren Gäste. Ein einsamer Kellner hinter dem Tresen polierte Gläser. Er kam schließlich auf die beiden zu und nahm ihre Bestellungen auf. O'Connor wollte einen Scotch und Regnier einen französischen Cognac. Pierre hatte an diesem Abend keine Lust mehr auf einen weiteren Reinfall.

Kurz darauf prosteten sie sich zu. O'Connor beugte sich leicht nach vorne und begann mit leiser Stimme zu sprechen, als verrate er Regnier ein Geheimnis oder wolle sicher sein, dass niemand ihr Gespräch belauschte. Was übertriebene Vorsicht war.

»Wir sollten über das Vorgehen am Freitag sprechen«, begann er. »Weder Sie noch ich wollen unsere Auftraggeber in unnötige Kosten stürzen. Die Auktion wird für uns alle einen ruinösen Verlauf nehmen, aber vielleicht können wir das Ganze preislich verträglicher gestalten.«

Pierre Regnier zog beide Augenbrauen in die Stirn und wartete ab. Was sollte das werden? Der Typ glaubte doch nicht im Ernst, dass er auf einen Kauf des Klimt verzichten oder irgendwelche Bedingungen erfüllen würde.

»Natürlich wollen wir beide oder vielmehr jeder, der am Freitag im *Palazzo dei Capitani* erscheint, das Bild ersteigern. Das ist eine einmalige Gelegenheit, die wollen wir uns alle nicht entgehen lassen. Aber wir müssen uns vielleicht nicht gegenseitig hochbieten, sondern könnten uns gegenseitig den Ball zuspielen, so dass einer von uns beiden sicher den Zuschlag erhält.«

»Was hätten Sie davon, wenn ich den Zuschlag erhalte?«, fragte Pierre gespannt. Er konnte sich kein Szenario vorstellen, wodurch sie davon beide einen Vorteil hätten.

»Nehmen wir mal an, Sie sind von einem Museum beauftragt worden, den Klimt zu kaufen.«

Pierre senkte den Blick und strich sich gedankenverloren mit der rechten Hand über das Hosenbein des rechten Knies. Das wurde ja immer kurioser.

»Ich weiß, dass Sie als Kunstagent tätig sind. Ich weiß auch, dass Sie für jeden Auftraggeber arbeiten, der es sich leisten kann, ohne mit der Wimper zu zucken, für ein Kunstwerk dreißig, vierzig oder auch mehr Millionen zu bezahlen. Sie arbeiten hochprofessionell und Sie haben unserem Auktionshaus so manchen guten Gewinn ermöglicht. Das wissen wir sehr zu schätzen. Weshalb nicht einmal am gleichen Strang ziehen? Gemeinsam profitieren? Deshalb habe ich Patrizia Marinelli empfohlen, Sie einzuladen.« Kenneth O'Connor sah den Franzosen abwartend an, wohl um Pierre die Möglichkeit der Erwiderung, womöglich des Dankes zu geben. Doch der Franzose wartete ab. Diese Unterhaltung versprach äußerst interessant zu werden. Noch verstand er nicht, worauf der Mann hinauswollte. Denn es hatte keineswegs die Empfehlung des Briten für die Einladung zur Auktion gebraucht. Auch *Sotheby's* hatte sich schon gegenüber der Marinelli bemüßigt gefühlt, ihn zu empfehlen. Er wusste gar nicht, wie er zu all dieser Ehre kam. Regnier stand mit der französischen Regierung in engem Kontakt. Wenn für französische Museen oder für französische Interessen ein Kunst- oder Kulturobjekt benötigt wurde, bekam er sehr oft einen Auftrag, das Werk zu erwerben.

»Ich sichere Ihnen zu, dass Sie es sein werden, der den Klimt bekommt. Und Sie versichern mir, dass, wann immer ihr Klient den Klimt erneut verkaufen will, Sie das Auktionshaus *Soho Fine Art Auction* mit dem Auftrag betrauen!«

Welches Museum wäre so blöd und würde den Klimt wieder verkaufen wollen, nachdem es alles unternommen hatte, ihn zu bekommen, fragte sich Pierre. *Geldnot* war die einzige Antwort, die ihm dazu einfiel und der Wunsch, ein noch viel bedeutenderes Werk, zum Bespiel einen Leonardo da Vinci zu erwerben. Doch das Scheichtum Abu Dhabi würde nicht in Geldnöte geraten. Offenbar fehlte O'Connor diese wichtige Information.

»Wie soll ich das anstellen? Wenn mein Kunde das Bild erworben hat, entscheidet er, was damit weiter geschieht. Ich habe doch anschließend darauf keinen Einfluss mehr.« Pierre Regnier gab sich weiter bedeckt.

»Das wäre Ihre Sache, das hinzubekommen. Im Gegenzug würde ich versuchen, den Preis für Sie am Freitag so niedrig wie möglich zu halten.«

»Was verstehen Sie denn unter einem niedrigen Preis?«

»Achtzig bis hundert Millionen. Mehr sollte das Bild nicht kosten!«

»Ah, mehr nicht!« Pierre lachte verhalten. »Um in dieser Preiskategorie zu denken, brauche ich Ihre Hilfe wahrlich nicht, Mister O'Connor. Glauben Sie mir, das bekomme ich ohne Ihre Hilfe hin. Ganz abgesehen davon, wie wollen Sie denn das Geschehen der Auktion bestimmen oder beeinflussen? Manipulieren ist wohl das bessere Wort. Wie wollen Sie das anstellen?«

»Es gibt immer Wege, mit Mitbietern ins Geschäft zu kommen!«

»Sie sprechen von Bestechungen?«

»Das ist ein unschönes Wort. Ich ziehe es vor, von Zusammenarbeit zu sprechen.«

»Welchen Betrag würde *Soho Fine Art Auction* denn locker machen, wenn ich bei einem bestimmten Gebot aufhören würde, weiter mitzubieten?«, fragte Regnier im Scherz und verzog den Mund zu einem spöttischen Lächeln. Wenn der andere mit ihm spielen wollte, da war er doch gerne dabei. Um nichts anderes ging es hier.

»Wir wissen, dass Sie nicht bestechlich sind.« Nun versuchte O'Connor, auch noch charmant zu sein.

Sollte er das nun als Kompliment auffassen?

»Oder sollten wir uns irren?«

Nun wollte es Pierre Regnier genau wissen. Für wen legte sich O'Connor derart ins Zeug? Für welchen Kunden arbeitete er wirklich?

»Von welcher Summe sprechen wir denn?« Er konnte sich nur schwer vorstellen, dass der Brite das Honorar, das der Scheich ihm in Aussicht gestellt hatte, überbieten würde oder könnte.

O'Connor nickte zufrieden. »Ich wusste doch, dass man mit Ihnen ins Geschäft kommen kann. Meine Auftraggeber gehen davon aus, dass der Klimt mit ca. achtzig Millionen Euro unter den Hammer kommt. Wenn Sie bei sechzig Millionen aufhörten mitzubieten, steigt für uns die Chance, dass wir den Klimt zu einem günstigeren Preis erwerben können.«

»Sagten Sie nicht vorhin, Sie würden dafür sorgen, dass ich den Zuschlag bekomme?«

Kenneth O'Connor lächelte dünn und schwieg. Deshalb hakte Pierre Regnier nach: »Und Sie glauben, der zweite Auktionshausriese aus London ließe das zu?«, fragte Pierre ungläubig nach. Was ging denn hier ab? Er war weder unbedarft noch ein Neuling im Kunstgeschäft. Dort ging es nicht immer mit lauteren Mitteln zu, da wurde bestochen, gestohlen, gefälscht und bedroht. Das war kein feines Geschäft, wie so mancher elitäre Kunde mit dicker Brieftasche glaubte, sondern es wurde mit harten Bandagen um jeden guten Deal gerungen.

»Uns wäre Ihre Mitarbeit sechs Millionen Euro wert, plus einen Bonus von einer Million für Ihr Schweigen. Dass von dieser Abmachung nichts an die Öffentlichkeit dringen darf, versteht sich von selbst.«

»Wer ist Ihr Kunde? Für wen betreibt *Soho Fine Art Auction* solche Anstrengungen?«

Kenneth O'Connor schüttelte nur nachsichtig den Kopf. Anstelle einer Antwort bemerkte er sehr leise: »Es sollte bei einem Mord bleiben, oder, was denken Sie?« Er lehnte sich in seinem Stuhl zurück und beobachtete Pierre Regnier mit einem lauernden Blick.

Der Franzose fühlte Gänsehaut über seine Arme laufen. Saß ihm der Mörder der Deutschen gegenüber? Wie dringend musste *Soho Fine Art Auction* diesen Klimt-Abschluss benötigen, dass sie vielleicht über Leichen gingen? So dringend wie er selbst? Sein Leben hing womöglich an einem seidenen Faden. Wer mochte wissen, was den Arabern einfiele, wenn der Klimt nicht nach Abu Dhabi kam? *Inschallah* war mehr als ein frommer Wunsch. Besser man kam ihm nach.

Pierre Regnier kippte den Rest des Cognacs hinunter, stellte den Schwenker mit Nachdruck auf der Glasplatte des Cocktailtisches ab und stand auf.

»Sie zahlen. Schönen Abend noch!« Er drehte sich um und eilte auf den Lift zu. Doch so selbstsicher, wie er sich gab, war er keineswegs. Er hatte selbst schon den einen oder anderen Deal mit einem Mitbieter abgeschlossen. Aber die Dreistigkeit des Briten stieß ihn ab und ängstigte ihn gleichzeitig. Wie sollte er den Klimt für einen noch einigermaßen vernünftigen Preis ersteigern, wenn solche Geschäfte im Hintergrund abliefen? Wem hatte O'Connor noch so ein Angebot über ein sogenanntes gemeinsames Geschäft unterbreitet? Wie üppig fielen die Zahlungen in Wahrheit aus, die unter der Hand flossen, damit ab einem bestimmten Gebot keiner von den Mitbietern mehr die Hand hob? Regnier zweifelte keine Sekunde daran, dass Kenneth O'Connor nicht nur ihm den Vorschlag der Zusammenarbeit gemacht hatte oder noch machen würde. Ein Mord war schon passiert. Was würde noch alles geschehen, bis es endlich Freitag, 11 Uhr war?

Kurze Zeit später betrat er sein Hotelzimmer und warf sich aufs Bett. An Schlaf war nicht zu denken. Seine Beunruhigung steigerte sich. Die Gespräche, die er an diesem Abend geführt hatte, lösten eine Kette von Bildern bei ihm aus, die durch den reichlich genossenen Alkohol noch verstärkt wurden.

Er hatte die Frau, Monika Bacher, die unter ihm das Zimmer bewohnte, mit dem Wagen verfolgt. Er war ihr in diesem unsäglichen Ort Malcesine auf den Fersen geblieben, bis sie sich in den Arkadengang zurückgezogen und dort an einem Tisch Platz genommen hatte. Bis dorthin hatte er sich nicht vorgewagt. Er war am Hafenbecken entlanggegangen, in dem die Motorboote für die verschiedenen Ausflugsangebote der Touristen im Wasser dümpelten, und hatte auf einer der Parkbänke Platz genommen. Um ihn herum herrschte ein unglaublicher Trubel. Hinter ihm waren die Tische eines Cafés voll besetzt. Nahezu alle Gäste saßen vor ihren orangefarbenen Flüssigkeiten. Aperol Sprizz trank man hier literweise. Offenbar wurde das Gebräu schon in Tanks angeliefert. Er konnte sich nicht vorstellen, dass die Barmänner hinter den Tresen der unzähligen *Caffè Bars* des Ortes sich der Mühe unterzogen, jeden einzelnen dieser immer gleichen Drinks selbst zu mixen. Das wäre die reinste Zeitverschwendung.

Von seiner Parkbank, die er sich mit zwei älteren deutschen Damen teilte und deren Geplauder er aufgrund des Lärmpegels um ihn herum nicht verstand, konnte er Monika Bacher gut beobachten. Sie bestellte sich einen Eisbecher. Das schien ihm in Anbetracht des Aperol-Sprizz-Überangebots eine vernünftige Wahl zu sein. Offenbar wartete sie auf jemanden. Denn sie sah unablässig auf die Uhr. Dann öffnete sie ihre Handtasche und zog eine Broschüre heraus. Wenn er sich nicht sehr täuschte, handelte es sich um den Auktionskatalog, den auch er erhalten hatte. Sie blätterte darin herum und vertiefte sich schließlich in eine Doppelseite. Er hatte keinen Zweifel, um welche Abbildung es sich dabei handelte.

Die beiden Damen neben ihm standen plötzlich auf und stellten sich vor ihn, um sich weiter angeregt zu unterhalten. Vergeblich wartete er darauf, dass sie weitergingen, wohin auch immer, und ihm nicht die Sicht versperrten. Als sie ihm nach einigen Minuten des Wartens den Gefallen absolut nicht tun wollten, blieb ihm nichts anderes übrig, als sich ebenfalls zu erheben. Er stand noch nicht richtig, da begannen die beiden Deutschen heftig zu gestikulieren. Aufgeregt deuteten sie mit ihren fleischigen Armen hinüber zum Arkadengang. Pierre Regnier schob sich energisch an ihnen vorbei und sah den Grund der Aufregung. Monika Bacher saß nicht mehr über ihr Buch gebeugt am Tisch, sondern lag reglos auf dem Boden. Wie es dazu hatte kommen können, wusste Pierre Regnier nicht. Als Detektiv wäre er eine absolute Niete, gestand er sich ein. Im Dunkel der Arkaden erkannte er zwar viele Menschen, die dort entlanggingen, aber niemand schien Notiz von der Frau zu nehmen, die auf dem Boden aufgeschlagen war. Einzig die zwei deutschen Damen hatten den Unfall bemerkt. Wenn es denn ein Unfall war.

Inzwischen war er natürlich schlauer.

Zum damaligen Zeitpunkt wusste er nur eins: dass er rasch handeln musste, bevor die Deutsche wieder in ihr Hotel zurückkehrte – wenn sie dazu überhaupt jemals wieder in der Lage sein sollte, denn sie bewegte sich nicht – oder bevor die Polizei ihr Hotelzimmer durchsuchte. Er musste ihnen zuvorkommen, was ihm dann auch geglückt war.

Pierre Regnier erhob sich vom Bett und begann sich auszukleiden. Das Zimmer war warm und stickig nach dem Spätsommertag. Er öffnete die Balkontür einen Spalt und spähte in die Nacht. Die Mauerbögen der *Arena di Verona* wurden von gelblich leuchtenden Lampen angestrahlt. Auf der *Piazza Brà* und am Eingang in die *Via Mazzini* schlenderten immer noch Menschen, unterhielten sich, lachten.

Er war nach diesem Tag zu müde und zu frustriert, um noch zu einem Abendspaziergang aufzubrechen. Er wollte nur noch ins Bett. Wie es morgen weitergehen, was er am besten tun sollte, wusste er noch nicht. Aber er musste versuchen, den neugierigen Fragen der Polizei zu entkommen. Denn dass diese im Laufe des Tages nach ihm fragen würde, daran hatte er keinen Zweifel. Er konnte nur hoffen, dass er im Hotelzimmer der Toten keine Spuren hinterlassen hatte, sonst müsste er sich eine plausible Ausrede ausdenken, was er in ihrem Zimmer zu suchen gehabt hatte. Dabei wusste er ja selbst nicht einmal, was er zu finden gehofft hatte. Auf jeden Fall hatte er, quasi zur Vorsicht, ein ziemliches Durcheinander veranstaltet. Es sollte so aussehen, als hätten rüde Burschen das Zimmer verwüstet. Warum ihm das wichtig gewesen war, konnte er sich in diesem Moment auch nicht mehr erklären.

Mit einer missmutigen Geste warf er das durchschwitzte Hemd auf den einzigen vorhandenen Polsterstuhl und ging ins Bad. Der Blick in den Spiegel zeigte ihm ein graues, müdes Gesicht, dem strähnig hellbraune Haare in die Stirn fielen. Er sah vollkommen fertig aus und so fühlte er sich auch. Alles, was er an diesem Tag erlebt oder getan hatte, war niederschmetternd, planlos und erfolglos gewesen.

Bonaventuras Aussage, die Deutsche hätte die Marinelli bedroht, kam ihm immer absurder vor. Die riskante Durchsuchung des Hotelzimmers jedenfalls hatte nichts gebracht. Er hatte dort nichts entdeckt, was auch nur im Entferntesten den Verdacht erhärtete, die Deutsche hätte der Auktion und ihrem Ablauf gefährlich werden können. Ganz zu schweigen davon, dass sie das Leben der Marinelli bedroht hätte. Nun war die angebliche Aggressorin ermordet worden. Was sagte ihm das? Wollte er das wirklich wissen? Was war das nur für ein Auftrag, in den er da geraten war? Pierre Regnier drehte den Wasserhahn auf und warf sich eiskaltes Wasser ins Gesicht. Das würde ihm beim Einschlafen sicher nicht helfen, aber vielleicht half es ihm, vorher noch so klar zu denken, dass er die Gründe für den Versuch O'Connors, ihn auf seine Seite zu ziehen, verstand.

13

Verona, Mitternacht

Michele Vivani schlug den Deckel seines Laptops zu. Mit beiden Händen fuhr er sich über die Augen und begann zu reiben. Er war hundemüde nach seinen intensiven Recherchen in diversen Datenbanken auf den Spuren des Gemäldes *Malcesine am Gardasee.* Sein Rücken schmerzte, denn der Hotelstuhl, den es zu dem schmalen Schreibtisch gab, war für ein Arbeiten über Stunden nicht gedacht. Zu seinem Bedauern hatte er kein Zimmer mehr im *Hotel Merano* bekommen. Das hätte ihm die unauffällige Observation von Verdächtigen, die dort logierten, deutlich erleichtert. Nun wohnte er einige Häuser weiter in einem kleinen B&B, im *Vicolo Tre Marchetti,* das im zweiten Stock einige Zimmer vermietete. Direkt vor ihm ragte die freistehende Außenwand der *Arena di Verona* auf, *ala* genannt. Der sogenannte Flügel war das letzte erhaltene Stück Mauer des Amphitheaters aus römischer Zeit, das im oberen Bereich die Sitzreihen mit Mauerbögen umgab. Beleuchtet erschien *la ala* wie eine Kulisse aus einem Film, unwirklich über den dunklen Dächern der Stadt und der schwarzen Nacht, vergessen von der Filmcrew, die sie nicht wieder abgebaut und weggeschafft hatte.

Vivani hatte längst seinen teuren Anzug und sein langärmeliges Hemd ausgezogen. Er saß in Boxershorts und weißem T-Shirt auf dem Stuhl und starrte gedankenverloren aus dem Fenster. Das, was er in den letzten Stunden seiner Recherche herausgefunden hatte, warf ein völlig neues Licht auf die Ermittlungen. Er war tief in das Leben von Gustav Klimt eingetaucht, hatte eine Ahnung von seinen Auftraggebern bekommen und erfahren, wo sich die meisten seiner Werke befanden. Ganze zwei aus dem reichen Schatz seines Schaffens hatte der italienische Staat einst erworben. Die wunderbare *Salome* hing in der *Ca' Rezzonico*, einem großartigen Museum in Venedig. Es wurde gemunkelt, dass die *Comune di Venezia* den Verkauf des Werks erwog, um der Stadt das längst gewünschte Fußballstadion zu verschaffen. Als Michele Vivani diese Notiz in einer kleinen italienischen Tageszeitung gelesen hatte, war in ihm die Wut hochgekocht. Wie blöd musste der gewählte Vertreter einer Kommune sein, die wahrlich andere Probleme hatte als ein fehlendes Fußballstadion? Auch nur daran zu denken, dieses Kunstwerk zu veräußern, erschien ihm als Frevel! Eine Kommune, die drauf und dran war, auf Nimmerwiedersehen in den Fluten der Adria zu versinken, brauchte vor dem Untergang noch ein Stadion? Die Gier und der Unverstand der Menschheit konnte einen schon verzweifeln lassen. Das zweite Klimtgemälde, *Die drei Lebensalter einer Frau*, befand sich in der *Galleria d'Arte Moderna* von Rom. Beide unbezahlbar und von beeindruckender künstlerischer Qualität. Die wenigen *Biennale*-Ausstellungen, an denen Klimt teilgenommen hatte, hatten dem italienischen Staat diese Ankäufe ermöglicht. Nur wenige andere Länder hatten zu Klimts Lebzeiten Werke von ihm erworben. Im internationalen Vergleich hatte er es nicht leicht. Doch sein Auskommen war durch die betuchten Auftraggeber, die es zu Hause in Wien gab, gesichert – wenn er auch selten über Geldreserven verfügte. Verdientes Geld muss ausgegeben werden, soll seine Devise gewesen sein.

Der österreichische Staat hatte Gustav Klimt mehrmals mit öffentlichen Aufträgen versehen. Aber nicht immer fielen sie so aus, dass man zufrieden war, nicht immer bezahlte der Staat den Künstler für seine Arbeit. Was dazu führte, dass Klimt sich schließlich weigerte, weitere staatliche Aufträge anzunehmen. Eine besonders prächtige und absolut akzeptierte Ausgestaltung hatte er dem Treppenhaus des *Kunsthistorischen Museums* von Wien angedeihen lassen. Der berühmte Beethovenfries, der als Wanddekoration für das Secessionsgebäude bestimmt war, fand dagegen keine Gnade vor den Augen der meisten Ausstellungsbesucher. Er wurde wieder entfernt und stückweise verkauft. Das Museum *Belvedere* in der österreichischen Hauptstadt nannte heute zahlreiche Werke des Künstlers sein Eigen, wobei man in Frage stellen könnte, ob sie immer auf legalem Weg erworben worden waren.

Und da begann es auch für die Ermittlungen interessant zu werden. Monika Bacher war nicht die einzige Anwältin gewesen, die versuchte, für Erben von Holocaustopfern enteignetes Kulturgut zurückzuholen. Vivani war bei seiner Recherche auf zahlreiche Prozesse gestoßen und auf Kanzleien, die in Wien tätig waren und nichts anderes taten, als Restitutionsverfahren anzustrengen. Nur selten waren diese Bemühungen erfolgreich, stattdessen setzte sich das Unrecht trotz rechtsstaatlicher Grundsätze bis heute fort. Und das galt nicht nur für Österreich. Auch in Deutschland, Italien oder in der Schweiz taten sich die Museen schwer, von den Nazis beschlagnahmtes Kulturgut, in dessen Besitz sie zufällig oder zu Unrecht gelangt waren, wieder herauszugeben. Für Vivani waren diese Fakten nicht neu. Auch er hatte als Vertreter einer ermittelnden Behörde mit konfiszierten Kunstschätzen, die in den 30er- und 40er-Jahren jüdischen Familien abgenommen worden waren, zu tun. Seine Behörde konnte nur fahnden und in den verschiedenen Datenbanken, in denen Abbildungen und Dokumente von *Lost Art* gespeichert waren, recherchieren. Aber sie hatte keine Befugnisse, aufgefundene Kunstwerke an die ursprünglichen Besitzer zurückzugeben. Das mussten Gerichte übernehmen. Sehr oft schon hatte er sich über die unzureichende Gesetzeslage geärgert, weil ihm klar war, wie selten die Kunst- und Kulturgüter dorthin zurückgelangten, wo sie sich einst rechtmäßig befunden hatten.

Im Fall von *Malcesine am Gardasee* tat sich noch ein weit interessanterer Aspekt auf, der ihn und die Ermittler in Verona und Traunstein beschäftigen würde.

Vivani stand von dem unbequemen Stuhl auf und begab sich ins Badezimmer. Er musste ein paar Stunden Schlaf abbekommen, damit er morgen mit Fontanaro und Mauro die nächsten Ermittlungsschritte angehen konnte. Doch zuvor würde er Patrizia Marinelli aufsuchen, und zwar in der Rolle eines Journalisten, der für die Kunstzeitschrift *Collection and Art,* eine Erfindung seiner Spezialeinheit, um ein Interview bittet. Sollte Signora Marinelli auf die Idee kommen, im Internet nach diesem Magazin zu suchen, von dem sie noch nie etwas gehört hatte, würde sie den Eindruck bekommen, es sei ihr bislang ein wichtiges Kunstmagazin nicht bekannt gewesen. Vivani hatte passende Visitenkarten dabei und konnte auch einige Artikel nennen, die er in jenem hochgelobten und arrivierten Kunstmagazin über die Jahre veröffentlich hatte. Diese Artikel zu schreiben, hatte ihm wirklich großes Vergnügen bereitet. Das war ein leider sehr selten gepflegter, aber umso interessanterer Teil seiner Ermittlertätigkeit.

Er würde Patrizia Marinelli einige unangenehme Fragen stellen. Mal sehen, ob er aus ihr etwas anderes herausbekam als Plattitüden. Auch damit hatte er Erfahrung. Die spannendste Frage von allen würde sein, wie sie dazu kam, ein Gemälde auf der Auktion anzubieten, das es seit Jahrzehnten offiziell nicht mehr gab. Schon jetzt fühlte er den Unmut in sich aufkommen, der ihn bei solchen Interviews immer überfiel, weil sie in einer Anzahl von Ausflüchten und Lügen endeten. Wie würde sie wohl ihren Kopf aus der Schlinge ziehen?

14

Mittwoch, 12.09.2018

Verona, 9.00 Uhr

Antonio Fontanaro hatte kurz und schlecht geschlafen. Nur der wunderbare Duft der *cornetti*, die seine Frau Marissa morgens aufgebacken und zum doppelten Espresso für das Frühstück zubereitet hatte, verhinderten, dass er bereits vor Beginn der Arbeit schlechte Laune hatte. Einträchtig saßen sie in der Küche beisammen und aßen mit Genuss die frischen, mit Aprikosenmarmelade gefüllten Hörnchen. Giulia, die Tochter der beiden, hatte bereits die erste Schulstunde hinter sich. Aber Antonio war nicht rechtzeitig aus den Federn gekommen.

»Es war spät gestern, oder?«, fragte Marissa und bedachte ihn mit einem prüfenden Blick. Er nickte und biss erneut in sein *cornetto*.

»Ich hab' gehört, dass es eine Tote in Malcesine gegeben haben soll«, führte sie ihr nur mangelhaft verdecktes Verhör fort. Endlich sah Antonio auf und entgegnete brüsk: »Wer hat dir denn das schon wieder erzählt?«

»Es stimmt also.« Marissa ließ sich nicht aus der Ruhe bringen. »Warst du am Tatort?«

Antonio warf seine Papierserviette auf den Dessertteller und sah seine Frau streng an.

Doch sie schien wenig beeindruckt, sondern wartete sichtlich auf eine Antwort.

»Ja, es stimmt, und nein, ich war nicht am Tatort. Ich hatte Besuch.« Und als ihn Marissa nur weiter interessiert ansah, fügte er noch hinzu: »Du weißt ganz genau, dass ich dir nicht mehr erzählen werde.«

»Ah, ihr wisst noch nicht viel. Verstehe!« Sie stand auf und lachte leise. »Ist ja auch erst einen Tag her!«

»Genau. Aber, und das interessiert dich vielleicht, Giorgio ist mit von der Partie.« Antonio musste diese Neuigkeit einfach loswerden.

Wie auf Knopfdruck wandte sich Marissa um und setzte sich wieder hin, die benutzten Dessertteller, die sie ins Spülbecken hatte stellen wollen, noch in den Händen. Antonio wusste nur zu gut, dass sie dieses Spiel mit kümmerlichen Wahrheiten, versteckten Andeutungen und vagen Vermutungen, das sie stets bei einem neuen Fall spielten, liebte. Sie wollte Teil seiner Arbeit sein. Zumindest, soweit es seine Schweigepflicht erlaubte.

»Wann kommt er?« Marissa mochte Georg Breitwieser und freute sich immer, wenn er wegen eines gemeinsamen Falls nach Verona reiste.

»Spätestens bis Freitag brauchen wir ihn hier. Ich hoffe, er kommt schon morgen.«

»Und was war das für ein Besuch, der dich abgehalten hat, nach Malcesine zu fahren?«

Antonio schob seinen Küchenstuhl zurück und stand auf. Es war Zeit, endlich in die Questura zu fahren. Er würde das Rad nehmen. Im Hinausgehen rief er ihr zu:

»Dottor Michele Vivani!«

Marissa sprang ebenfalls auf und folgte ihm rasch in die Diele, wo er bereits nach einem naturfarbenen Leinensakko griff, das er im Sommer gerne zu Baumwollhosen trug. »Es geht also um Kunst«, stellte sie ganz selbstverständlich fest. »So einen Fall hattet ihr schon länger nicht mehr. Geht es um Fälschung? Raub? Betrug?«

»Wenn wir das schon wüssten, wären wir bedeutend schlauer. Mal sehen, was die Kollegen über Nacht alles herausgefunden haben. Warte nicht mit dem Abendessen. Könnte wieder spät werden.« Er gab ihr einen warmen Kuss auf den Mund und spürte, wie sich seine Frau an ihn drängte. Fest umarmte er sie. »*Ciao cara!*«, flüsterte er ihr zärtlich ins Ohr und knabberte liebevoll an ihrer Ohrmuschel.

»Lass dich nicht aufhalten«, meinte sie neckend.

Kurze Zeit später betrat Antonio sein Büro und schaltete den PC ein. Ein Blick in den Terminkalender genügte, um ihn vollends aufzuwecken. Vincenzo Mauro, der eifrige Staatsanwalt, bat zur Besprechung pünktlich um 11 Uhr in der Questura. Bis dahin mussten er und seine Leute noch Fakten zusammentragen. Deshalb führte ihn sein nächster Weg ins Zimmer von Ispettore Enrico Brandino und Ispettrice Lavinia Strano. Die beiden saßen dicht nebeneinander, sahen in den Bildschirm von Enricos Computer und ließen die Aufnahmen der Überwachungskameras vom *Hotel Merano* laufen. Sie hatten große Kaffeebecher in Händen. Eine Seltenheit, denn die braune Brühe, die aus den Automaten der Questura lief, war ausgesprochen verpönt und nur im Notfall wagten sich die Kollegen daran. Immer dann, wenn die Bar von Signora Baldessarini morgens noch nicht geöffnet hatte, brach in der Questura der Notstand aus. Daraus schloss Antonio, dass seine beiden Mitarbeiter seit mindestens 7 Uhr morgens tätig waren.

»Ihr wart aber dazwischen schon mal zu Hause?«, fragte er vorsichtshalber nach.

»*Sì, sì*«, antwortete Enrico, aber die Anspannung in seiner Stimme war nicht zu überhören.

»Ihr habt etwas entdeckt?« Antonio zog sich einen weiteren Stuhl heran und nahm in zweiter Reihe, im Rücken der beiden, aber mit Blick auf den Bildschirm Platz. Laut Bildunterschrift lief die Kamera im Gang des dritten Stocks und hatte dort aufgezeichnet. Gerade war noch die Rückenansicht eines Mannes mit Jackett auf dem Treppenabsatz, der nach unten führte, zu erkennen. Die Uhr zeigte 8 Uhr 32 des vergangenen Tags. Doch bevor sich Antonio erkundigen konnte, was an den Aufnahmen so spannend war, wurde das Display schwarz. Enrico hatte den Film gestoppt.

»Hey, was ist los?«, begehrte Antonio auf.

»Wir haben uns die relevanten Minuten schon wiederholt angesehen. Ich spule jetzt zurück und wir zeigen dir den ganzen Ablauf von kurz nach 8 Uhr 30 gestern bis 8 Uhr 33. Das ist sehr interessant. Du wirst sehen.«

»Jetzt halt keine Volksreden, Enrico, sondern komm zum Punkt!«

15

Verona, 9.30 Uhr

Michele Vivani nahm stark an, dass sein früher Besuch bei Patrizia Marinelli auf wenig Gegenliebe stoßen würde und für sein Vorhaben ungeschickt gewählt war. Aber auch er hatte die Einladung von Vincenzo Mauro für 11 Uhr bekommen. Es blieb ihm also nicht viel Zeit. Bevor die Kollegen von der Mordkommission Verona bei der Auktionatorin vorstellig wurden, musste er seinen Part als verdeckter Ermittler erledigt haben. Nur so bekamen sie von ihr die zwei Seiten ihrer ganz persönlichen Wahrheit präsentiert. Denn er zweifelte nicht daran, dass die Aussagen, die die Signora ihm gegenüber äußern würde, ganz anders lauten würden als jene, die sie dann später Antonio Fontanaro auftischte.

Er betrat das elegante Foyer des 5-Sterne-Hotels *Excelsior* und ging auf die Rezeption zu. Er legte der jungen Frau hinter dem Tresen seinen Journalistenausweis und eine Visitenkarte vor.

»Ich habe einen Interviewtermin mit Signora Marinelli. Sie wollte mich um 9 Uhr 30 empfangen. Möchten Sie einmal nachfragen, ob ich sie bereits stören darf?« Er zauberte ein charmantes Lächeln auf sein Gesicht, was ihm nicht schwerfiel. Die Rezeptionistin zweifelte keinen Augenblick an der Richtigkeit seiner Aussage und rief im Zimmer der Auktionatorin an. Nach einem kurzen Wortwechsel, dem Vivani interessiert lauschte, während er darauf gefasst war, unverrichteter Dinge wieder abziehen zu müssen, bekam er ein weiteres Mal die Bestätigung, dass die Eitelkeit und Neugierde der Menschen über die Frechheit, nämlich die seine, siegte.

»Die Signora erwartet Sie auf Zimmer 307 im dritten Stock!«

»*Grazie!*«

Er klopfte wenig später an besagter Zimmertür, die auch gleich geöffnet wurde. Offenbar erwartete ihn die Signora sehnlichst. Vor ihm stand eine hochgewachsene, sehr schlanke Frau, in einen schwarzen Seidenkimono gehüllt. Auf der Nase hatte sie eine überdimensional große Brille mit massivem, schwarzen Kunststoffgestell sitzen und ihre Lippen zierte bereits zu dieser frühen Stunde ein intensiv rotglänzender Lippenstift.

»Kann ich Ihre Karte sehen, Signore?«

Vivani war darauf natürlich vorbereitet, zeigte erneut seinen Journalistenausweis vor und hielt Patrizia Marinelli seine Visitenkarte hin.

»Sie arbeiten für das Kunstmagazin *Collection and Art?*«, fragte sie überflüssigerweise nach. Vivani nickte und schwieg. Er sah ihren Augen an, die mehrfach über die Zeilen der kleinen Karte wanderten, dass sie fieberhaft überlegte, ob sie von diesem Magazin schon einmal gehört hatte oder ob sie es sich leisten konnte, diese dreiste Anfrage eines ihr völlig unbekannten Journalisten schlicht abzulehnen und ihn zur Hölle zu schicken. Aber nein, sie gab die Tür frei, ging ihm voraus in den Salon ihrer Suite und fragte: »Haben Sie schon gefrühstückt, Signore?«

»Das ist sehr freundlich von Ihnen, Signora, ja, ich habe schon gefrühstückt, würde mich aber über einen *espresso* freuen.«

Sie griff zum Hörer des Zimmertelefons, das auf einer Anrichte aus Nussbaum stand, die stark an die Machart von Musikschränken der 50er-Jahre erinnerte, und bestellte zwei *espressi*.

»Bitte, nehmen Sie doch Platz!«

Folgsam ließ sich Vivani auf einem schwarzen Samtsessel nieder, ein zur Anrichte passender Cocktailsessel, wie er zu tausenden produziert worden war. Ein solches Exemplar aus Plüsch oder Samt musste man damals einfach haben. Der Innenausstatter des Hotels war auf der Höhe der Zeit, denn die 50er erlebten ein beispielloses Revival. Die Fifties waren en vogue, ein Vintage-Look, dem Michele Vivani rein gar nichts abgewinnen konnte.

Völlig entspannt schlug er die Beine übereinander. Noch bevor er mit einleitenden Worten beginnen konnte, brachte der Zimmerservice die bestellten *espressi*, stellte sie zwischen Patrizia Marinelli und Michele Vivani auf einem niedrigen Nierentischchen ab und verschwand nahezu geräuschlos. Service und Ambiente des *Excelsior* ließen keine Wünsche offen.

Aufmerksam blickte die Auktionatorin durch die Brillengläser und über den Rand der Espressotasse ihrem Gast ins Gesicht.

»*Allora,* Signor ...«, sie nahm nochmals die Visitenkarte in die Hand, »Torrente, Sie möchten ein Interview mit mir führen? Dann schießen Sie los! Ich hab' nicht viel Zeit.«

»Das ist sehr freundlich von Ihnen, Signora. Mein Magazin weiß Ihr Entgegenkommen zu schätzen.«

Ein gnädiger Blick streifte ihn.

»Wie Sie sich sicher denken können, schlägt Ihre kommende Auktion hohe Wellen.«

»Hat man das sogar im fernen London mitbekommen?«, stellte sie sofort die erste Frage. Vivani konnte sich denken, dass sie ihn möglichst rasch aus dem Konzept bringen wollte. Sie war klug genug, das in ihren Augen wohl typische Spiel eines Journalisten zu durchschauen. Sie ließ sich nicht mehr auf diese Weise überrumpeln. Gut möglich, dass sie weniger eitel als vielmehr sehr neugierig darauf war zu erfahren, was er wirklich von ihr wollte.

Er beschloss, ihre Frage zu ignorieren und sich auf Begeisterungsäußerungen zu verlegen.

»Es ist ja geradezu eine Sensation, mit welchem außergewöhnlichen Kunstwerk Sie am Freitag die Käufer anlocken werden wie

Nektar die Bienen. Einen Gustav Klimt im Auktionskatalog anbieten zu können, ist ausgesprochen selten. Unsere Leserinnen und Leser interessiert es natürlich zu erfahren, wie es Ihnen gelungen ist, dieses Werk zum Kauf anzubieten.«

Vivani legte deutlich sichtbar sein Handy neben die Espressotasse auf den Couchtisch und signalisierte damit, dass er die Antworten von Patrizia Marinelli aufzeichnete.

»Wie hat denn Ihr geschätztes Magazin von dieser Auktion erfahren?«, stellte sie unbeeindruckt erneut eine Gegenfrage.

»Wir haben unsere Quellen.« Vivani erlaubte sich ein feines Lächeln.

»Soso.« Geringschätzig zog sie den linken Mundwinkel nach unten. »Es ist ein durchaus übliches Vorgehen, dass Anbieter von hochwertigen Kunstgegenständen den Weg zu Auktionshäusern nehmen, um diese zu verkaufen. So war es auch in diesem Fall. Wir bekamen ein Angebot, das wir nicht ausschlagen konnten.«

»Die Werke von Gustav Klimt befanden sich bis zu seinem Ableben zum überwiegenden Teil in den Händen österreichischer Käuferinnen und Käufer. Kam das Angebot aus dem schönen Wien?«

Jetzt lachte die Marinelli belustigt auf. »Sie glauben doch nicht im Ernst, dass ich Ihnen verrate, woher und von wem wir das Angebot bekamen?«

Vivani begriff, dass er nun in die Offensive gehen musste, wenngleich er befürchtete, damit keinen Schritt weiterzukommen. Die Auktionatorin ließ sich nicht über den Tisch ziehen. Damit hatte er rechnen müssen, wenn er sich das auch nur ungern eingestand.

»In Ihrem Katalog erwähnen Sie, dass das Bild aus italienischem Privatbesitz stammt.« Diese Behauptung erlaubte er sich. Denn im Katalog gab es keinen Hinweis darauf, dass das Werk von einem italienischen Eigentümer veräußert wurde. Er war neugierig, ob sie darauf reagierte.

»Wenn Sie so gut informiert sind, verstehe ich Ihre Frage noch weniger.«

Jetzt blieb ihm nichts anderes mehr übrig, als mit der Tür ins Haus zu fallen. Das würde der feinen Signora mit Sicherheit nicht gefallen. Er räusperte sich, setzte beide Beine nebeneinander und beugte sich ihr provokant entgegen.

»Und Sie sind sicher, dass Sie ein Original von Gustav Klimt anbieten und dafür einen unverschämt hohen Auktionspreis erwarten dürfen?«

Patrizia Marinelli sprang wie von einer Metallfeder hochkatapultiert von ihrem Sessel auf. Er lag richtig. Sie war nicht begeistert. Wütend, wenn auch im Ton beherrscht, sagte sie: »Jetzt ist es besser, wenn Sie gehen, Signor Torrente. Und kommen Sie nicht auf die Idee, sich am Freitag unter die Gäste zu mischen. Sie haben keine Einladung. Genauso wenig wie Sie die Genehmigung zu diesem Interview erhalten haben. Wer immer Sie geschickt hat, dem richten Sie bitte aus, dass ich mich nicht ausfragen lasse. Sollte ich Sie nochmals in meiner Nähe sehen, werde ich die Polizei rufen. Haben wir uns verstanden?«

Die Polizei wird in jedem Fall anwesend sein, dachte Vivani nicht ohne eine gewisse Genugtuung. Die Signora spielte ihre Rolle gut, das musste er zugeben. Aber sie wagte sich mit ihrer Auktion auf sehr gefährliches Terrain vor, an deren Ende sie nur über ihre eigenen Fallstricke stolpern konnte.

»Ich danke Ihnen für Ihre Zeit, Signora!«

»Sparen Sie sich Ihre Unverschämtheit für andere Gelegenheiten auf. Bei mir verfängt Ihre Charmeoffensive nicht.« Sie ging zur Zimmertür und öffnete sie weit.

»*Buongiorno Signore.*«

16

Verona, 10.30 Uhr

Antonio Fontanaro hatte seine Leute um sich geschart und zu dieser Vorbesprechung in den großen Konferenzraum gebeten. Er musste sich und seine Mitarbeiter auf das Gespräch mit Vincenzo Mauro vorbereiten, damit sie ihm nicht womöglich ins Messer liefen. Gerade, als er zu begrüßenden Worten ansetzen wollte, öffnete sich die Tür und Michele Vivani gesellte sich zu ihnen.

»Wunderbar, Dottore. Dann sind wir vollzählig.«

»Mauro fehlt«, brummte Fausto Castillio, der Vice Capo, in die Runde.

Antonio ging erst gar nicht auf die Bemerkung ein, die wohl witzig sein sollte. Er wollte keine Zeit mit Geplänkel verlieren.

»Dottoressa Di Silva, was haben Sie für uns?«

Die Gerichtsmedizinerin reichte ihm ein Papier über den Tisch und sagte: »Unsere Labore konnten bereits die Substanz ermitteln, mit der das Opfer vergiftet wurde.«

Alle Augenpaare waren gespannt auf die Medizinerin gerichtet. Selbst Enrico, der herausfordernd zu Antonio geblickt hatte, in der festen Annahme, er würde jetzt die Bühne für seine sensationellen Ermittlungsergebnisse bekommen, wandte sich ihr zu. Antonio hatte gute Lust, den Heißsporn Enrico Brandino auflaufen zu lassen und stattdessen Lavinia Strano, die mindestens genauso großen Anteil an der Entdeckung hatte, den Vorzug zu geben. Es war an der Zeit für Enrico zu lernen, dass nicht immer er es war, der die Lorbeeren einheimste.

»Das ging aber schnell!« Wie so oft war es Fausto, der seinen Mund nicht halten konnte und den Gedankengang Fontanaros durchkreuzte.

»In der Tat. Die Ergebnisse des Tropeninstituts habe ich zwar noch nicht, aber der Giftstoff beziehungsweise das Giftgemisch, das unsere Leute ermittelt haben, hat eine hochtoxische Wirkung. Die Menge, die der Signora gespritzt wurde, reichte völlig aus, um sie aus dem Leben zu befördern. Die eine Substanz gilt seit alters her als beliebtes Mittel verzweifelter Ehefrauen, um sich ihrer ungeliebten und untreuen Ehemänner zu entledigen.« Sie blickte ironisch lächelnd Antonio an, ganz so, als gäbe gerade er seiner Gattin Anlass zu solchen Maßnahmen. »Vielleicht war es dieses Mal ein frustrierter Ehemann, der einmal den Spieß umgedreht hat?« Als sich niemand über ihre Bemerkung amüsierte und Antonio nur säuerlich ihren Blick erwiderte, wurde sie wieder ernst und professionell. »In hoher Dosierung, als Injektion direkt in die Halsschlagader gespritzt, ist das Mittel eine todsichere Sache. Monika Bacher wurde mit einem Extrakt aus Maiglöckchen getötet. Zudem konnten unsere Leute Spuren von Digitalis nachweisen. Alle Symptome, die ich bei ihr feststellen konnte – starke Verkrampfungen im Oberkörper, genauer: des Brustkorbs, verursacht durch extreme Atemnot, folglich Kreislaufversagen bis hin zum kompletten Kollaps mit Todesfolge innerhalb kürzester Zeit – passen perfekt dazu.«

Hörbare Stille breitete sich im Konferenzraum aus. Weder Fausto noch Enrico verspürten den Wunsch, eine Bemerkung vom Stapel zu lassen.

Schließlich war es Michele Vivani, der leise bemerkte: »Kein schöner Tod!«

Antonio verkniff sich den Hinweis, dass er keinen schönen Tod kannte. Zumindest nicht in seiner Funktion als Kommissar der Mordkommission. »Dottoressa, vielen Dank. Was erwarten Sie denn von der Tropenmedizin noch für ein Ergebnis?«

»Aufgrund der Symptome hatte ich an ein Schlangengift gedacht. Doch ich glaube nicht, dass wir in dieser Hinsicht auch noch ein tragbares Ergebnis bekommen.« Sie erhob sich von ihrem Stuhl und wandte sich zum Gehen. »Mein Bericht geht im Übrigen auch direkt an Staatsanwalt Mauro. Per Mail! ... In den nächsten Minuten!«

Als sich die Tür hinter Dottoressa Di Silva schloss, räusperte sich Enrico Brandino. Doch Antonio fuhr ihm in die Parade. Im Moment konnte er die ehrgeizige Art seines Ispettore nicht vertragen.

»Lavinia, was hast du mit Enrico entdeckt?«

Überrascht hob die Ispettrice den Kopf. Freudig hellte sich ihr schmales Gesicht auf. Sie schickte einen kurzen Blick zu Enrico, als wolle sie sich vergewissern, ob er damit einverstanden war. Doch dieser zeigte sich zwangsläufig großzügig und erteilte ihr mit einer Geste seiner Hand Redeerlaubnis. Antonio nahm sich vor, mit Enrico bei nächster Gelegenheit ein ernstes Wort zu reden.

»Das *Hotel Merano* hat uns die Aufnahmen der Überwachungskameras vom gestrigen Morgen zur Verfügung gestellt«, begann die Ispettrice ohne zu zögern. »Wir konnten die Aufnahmen von mehreren Stunden zu allen Stockwerken, den Gängen und Treppen ansehen und analysieren. Dabei sind wir zu folgenden Erkenntnissen gelangt ...« Sie zögerte kurz und sah erneut zu ihrem Kollegen, der ihr gegenüber am Tisch saß. Enrico zog ein Blatt aus einer Klarsichthülle und schob es ihr zu. Antonio war besänftigt. Die beiden arbeiteten doch gut zusammen.

Lavinia begann abzulesen: »Um 8 Uhr 33 verließ Monika Bacher, unser Opfer, ihr Zimmer im zweiten Stock des Hotels, ging zum Lift und fuhr in die Tiefgarage. Dort brauchte sie eine gute Minute, bis sie ihren Mietwagen entdeckte. Offenbar hatte sie sich nicht gemerkt, wo sie diesen in der Nacht zuvor abgestellt hatte. Im dritten Stock verließ nur wenige Augenblicke nach ihr ein Mann ebenfalls sein Hotelzimmer und lief schnell ins Erdgeschoß. Sein Blick galt der Drehtür zum Ausgang und dem Lift. Die Tür zeigte keinerlei Bewegung. Der Pfeil an der Liftanzeige deutete nach unten. Der Mann setzte seinen Lauf über die Treppen in die Tiefgarage fort. Kurz nachdem er dort ankam, fuhr Monika Bacher, erkennbar im Wagen sitzend, an ihm vorbei. Er zögerte nicht, lief zu seinem Porsche und folgte ihr.«

»Ihr zwei geht also davon aus, dass der Mann unser Opfer bis Malcesine verfolgt hat?« Antonio sprach diesen Satz mitten hinein in das Erscheinen von Staatsanwalt Vincenzo Mauro.

»Ah, dachte ich's mir doch, dass Sie schon wieder alle beisammensitzen und Ergebnisse austauschen.« Nachdrücklich laut zog er die Zimmertür zu. Er hatte noch keine einzige Information bekommen und war schon aufgebracht. »Sie wollen wieder selbstherrlich an mir vorbei ermitteln. Ich soll nicht wissen, dass Sie bereits eine heiße Spur haben!« Rücksichtslos und mit übler Gewohnheit schnappte er sich einen Sessel und quetschte sich zwischen Lavinia Strano und Kriminaltechniker Silvano Petrelli. Das ging Antonio dieses Mal deutlich zu weit. Er hatte genug davon, dass die junge Kollegin permanent mit den Machos zu kämpfen hatte. Er stand auf, trat zu Vincenzo Mauro und sagte: »Dottore, mein Stuhl ist frei für Sie. Dort haben Sie deutlich mehr Platz.«

Völlig überrumpelt von diesem Angebot, erhob sich Mauro tatsächlich und setzte sich auf Antonios Stuhl neben Enrico. Antonio wiederum zog den Sessel, der Lavinia mehr als nur bedrängte, zurück und nahm in zweiter Reihe, hinter ihr und Petrelli, Platz. Er brauchte keinen Tisch vor sich. Er hatte keine Unterlagen dabei, im Gegensatz zu Vincenzo Mauro, der sich mit einem dicken Papierstapel bewaffnet hatte und sicherlich wieder einmal ganz bahnbrechende Erkenntnisse mitbrachte.

Der Staatsanwalt riss die Unterhaltung nun endgültig an sich: »Was höre ich? Wir haben einen Verdächtigen? Hat der Mann auch einen Namen?«

»Pierre Regnier!« Jetzt konnte sich Enrico nicht mehr zurückhalten. »Französischer Staatsbürger. Kunstagent. Er hat gestern wie Monika Bacher im *Hotel Merano* eingecheckt und wollte, wie unser Opfer, am Sonntag wieder abreisen.«

»Wann wird er befragt?«

»Er wurde von mir aufgefordert, sich um 11 Uhr 30 in der Questura zu melden.«

»Bei dem Verhör will ich dabei sein!«

»Befragung, Dottore, wir führen erst einmal eine Befragung durch«, wies Antonio den übereifrigen Juristen zurecht, der sehr wohl wusste, wo der Unterschied lag.

Anstelle einer Antwort sah dieser auf die Uhr. »Ich habe nicht viel Zeit!«

In Antonio stieg die Galle hoch. Er wusste nicht, wie oft er diesen pompösen Satz schon aus Mauros Mund gehört hatte. Er biss die Zähne zusammen und ließ diese Äußerung ein weiteres Mal unkommentiert, wenn es ihm auch wirklich nicht leichtfiel.

»Die Auskünfte aus Deutschland zum Opfer sind dürftig. Hier muss Ihr Freund und Kollege dringend nachbessern. Sagen Sie ihm das.«

Na, klar, dachte Fontanaro. Nichts tat er lieber, als Giorgio zu nerven. Der wusste selbst, was zu tun war. Dazu brauchte der Bayer den schlauen Staatswalt wahrlich nicht.

Vincenzo Mauro nahm seine Hornbrille von der Nase und schlug mit einem der Bügel auf seinen Papierstapel. »Meine Erkundigungen über das Auktionshaus *Colombo* haben nicht viel ergeben.«

Ja, das war doch mal was ganz Neues. Mauro konnte keine Sensation vermelden und ihnen somit nicht vorführen, wie miserabel die Ermittlungsarbeit von Fontanaro und seinem Team war.

»Das Unternehmen scheint solide, wenn auch nicht hochprofitabel zu sein. Patrizia Marinelli hat die *casa d'aste* von ihrem Vater geerbt, der das Haus Ende der 1930er-Jahre in Mailand gegründet hat. Dort befindet sich bis heute der Firmensitz. Die Bilanz des letzten Jahres weist ein Plus von einer Million Euro an Barmitteln aus. Der Wert der lagernden Kunstwerke wird mit rund zwei Millionen angegeben. Genau überprüfen lässt sich das freilich nicht. Denn diese Angaben beruhen auf Buchwerten zur Zeit des Erwerbs, sind also gegebenenfalls mit heutigen Preisen nicht vergleichbar.« Vincenzo Mauro setzte seine Brille wieder auf und machte Anstalten, sich von seinem Stuhl zu erheben, als sich Michele Vivani zu Wort meldete.

»Einen Augenblick, *Collega!* Ich kann Ihre positive Einschätzung nicht teilen.«

Geräuschvoll nahm Vincenzo Mauro wieder Platz. Schweigend und sichtlich genervt wartete er ab. Mit der Brille in der rechten Hand begann er erneut seinen Papierstapel, den er offenbar nur zur Einschüchterung mitgebracht hatte, zu malträtieren.

»Meine Recherchen heute Nacht haben ergeben, dass das Bild *Malcesine am Gardasee* im Jahr 1945, konkret am 8. Mai 1945, am letzten Kriegstag also, in einem Schloss in Niederösterreich mit anderen wertvollen Gemälden und Kunstgegenständen verbrannt ist.«

Dieser Satz reichte aus, um Vivani die volle Aufmerksamkeit aller im Raum Anwesenden zu sichern.

»In zahlreichen wissenschaftlichen Arbeiten wird von diesem Brand berichtet. Es ist unklar, wer den Brand gelegt hat und warum. Doch das ist für unsere Ermittlungen zweitrangig. Wir müssen nur wissen, dass es das Bild, das am Freitag mit großem Aufwand und Aufsehen in der ganzen Kunstwelt versteigert werden soll, nicht mehr gibt.«

»Sie wollen uns damit sagen, dass am Freitag eine Fälschung unter den Hammer kommt?« Staatsanwalt Vincenzo Mauro sprang erregt auf, schob seine Brille in die grau melierten Haare und begann an der Wand entlang hin und her zu laufen. »Das ist ja allerhand.«

Dann korrigierte er sich: »Das ist ein unglaublicher Skandal.« Er stoppte, packte mit beiden Händen die Rückenlehne des Stuhls, den er bis vor wenigen Augenblicken benutzt hatte, als suche er Halt, und blickte der Reihe nach den Mitgliedern der *polizia* in die fassungslosen Gesichter.

»*Esatto!*«, bestätigte Vivani mit einer gewissen Genugtuung.

»Bestellen Sie die Auktionatorin in die Questura, Fontanaro, und zwar augenblicklich.« Mauro war nun in seinem Element. Endlich wurde der Fall auch für die Staatsanwaltschaft interessant. Endlich tat sich etwas. Fontanaro dagegen wusste nicht, ob er für die Entwicklung dankbar sein sollte. Denn nun hatten sie es neben einem Mord auch noch mit Kunstfälschung zu tun. Gut möglich, dass beides zusammenhing. Aber sicher war das keinesfalls. In jedem Fall war er dankbar dafür, dass Michele Vivani vor Ort war.

»Dieses Auktionshaus wird ja wohl auch einen Gutachter beschäftigen, der die Echtheit der zum Aufruf kommenden Kunstgegenstände bestätigt. Den will ich auch sprechen!« Vincenzo Mauro hatte seinen Gang erneut aufgenommen und die Brille energisch wieder aufgesetzt. Dann hielt er inne, griff sich den Packen Papier und sagte zum guten Schluss: »Die Befragungen ... Verhöre ... beginnen ab 11 Uhr 30. Alle hintereinander! Lassen Sie sich aus dem *L'Attimo Caffè* von Signora Baldessarini *tramezzini* bringen. Für ein ausgiebiges Mittagessen, wie es zu Ihren täglichen Usancen gehört, fehlt Ihnen heute die Zeit.« Mit einem deutlichen Schlag fiel die Tür hinter ihm ins Schloss.

Fausto Castillio atmete hörbar aus. Die Aussicht auf eine durchgehende Befragung schmeckte ihm nicht.

Michele Vivani richtete seine Augen auf Silvano Petrelli von der Kriminaltechnik. »Signore, von Ihnen haben wir bislang noch gar nichts gehört. Ich bin sicher, auch Sie haben etwas entdeckt, was uns weiterhilft.«

Petrelli wog seinen kantigen Schädel hin und her. »Ich hab' schon befürchtet, ich bin mal wieder unsichtbar!«, antwortete Silvano Petrelli in unverkennbar ironischer Manier. Er lehnte sich entspannt in seinem Stuhl zurück und sagte: »Wir haben uns zunächst auf die persönlichen Dinge von Signora Bacher konzentriert. Das Auto, das sie gemietet hat, wartet noch auf die Untersuchung durch meine Leute. Aber wir waren in der Lage, mit Hilfe des Providers eine Anruferliste des *telefonino* von Signora Bacher zu erstellen. Außerdem ist es uns gelungen, das Passwort ihres Laptops zu knacken.«

»Und?«, fragte Antonio ungeduldig.

»Wann, sagtest du, Lavinia, hat Signora Bacher, das Hotelzimmer verlassen?«

»Um 8 Uhr 33!«

»Um ziemlich genau 8 Uhr 30 bekam sie einen Anruf von einem *Prepaid*-Handy, das wir nicht zurückverfolgen können. Das Gespräch dauerte genau eine Minute.« Aufmerksam blickte Petrelli Lavinia Strano an. »In welcher Stimmung oder Art und Weise hat die Signora das Zimmer verlassen?«

»Sehr eilig. Das ist sicher. Sie hat sich noch auf dem Gang eine Jacke übergezogen und dann sehr ungeduldig auf den Aufzug gewartet.«

»Dabei spielte sie nervös mit dem Autoschlüssel«, ergänzte Enrico Brandino. »Sie schlug mit dem Schlüssel immer wieder auf den Handrücken.«

»Sie haben die Signora nicht zu diesem Zeitpunkt angerufen, Dottore?« Diese Frage richtete Antonio an Vivani.

Dieser schüttelte entschieden den Kopf. »*No!* Ich habe mit Signora Bacher kein einziges Mal telefoniert. Wir haben unsere Nachrichten nur per Mail ausgetauscht.«

»Sie waren mit ihr um 11 Uhr auf der *Piazza Brà* verabredet?«

»Richtig. Und sie ist nicht gekommen.«

»Also hat der Anrufer oder die Anruferin von Ihrem Treffen gewusst und den Treffpunkt nach Malcesine verlegt, um dort die Tat auszuführen«, stellte Antonio klar. »Da sie Ihre Stimme nicht kannte, war das kein Problem.«

»So kann es gewesen sein, muss es aber nicht«, gab Vivani zu bedenken. Er konnte sich auch ein völlig anderes Szenario vorstellen. Wäre es nicht auch möglich, dass der Ehemann sein Opfer nach Malcesine gelockt hatte, wohl wissend, dass sich seine Frau mit ihm, Vivani, treffen wollte? Hatte er die Umstände dazu genutzt, sich seiner Ehefrau zu entledigen, in der sicheren Annahme, der Verdacht fiele auf Personen, die im Umfeld der Auktion zu suchen waren? Allerdings hätte er den Mord an seiner Frau in Auftrag geben müssen, denn Mühldorfer war, wie *Collega* Breitwieser berichtet hatte, gestern Mittag in Traunstein, als er vom Tod der Ehefrau unterrichtet wurde. Er hätte keine Möglichkeit gehabt, selbst tätig zu werden. Er konnte ein perfektes Alibi vorweisen. Unschuldig war er deshalb noch lange nicht.

»Ich tippe eindeutig auf Pierre Regnier«, meldete sich Enrico Brandino zu Wort und brachte einen neuen Verdächtigen ins Spiel. »Es ist doch kein Zufall, dass er im gleichen Hotel wohnt, im Übrigen genau das Zimmer im Stockwerk über dem Opfer bezogen hat und ihr dann in großer Eile folgt. Das passt doch alles zusammen.«

»Tut es, muss es aber nicht!« Michele Vivani blieb bei seiner zweifelnden Haltung. Erneut wandte er sich an Silvano Petrelli. »Haben Sie inzwischen auch eine komplette Liste aller Dinge erstellen können, die Signora Bacher bei sich hatte? Ihre Kleidung, die sie am Tatort getragen beziehungsweise im Hotel zurückgelassen hat, den Inhalt ihrer Handtasche, die Utensilien aus dem Auto?«

Silvano nickte. »Sie bekommen die Liste im Laufe des Nachmittags per Mail, Dottore! Aber ich warne Sie vor, auf dem Laptop des Opfers, den wir Ihnen gerne zur Verfügung stellen, befindet sich eine Unmenge von Dateien. Weder meine Leute noch ich sind in der Lage, diese Menge zu sichten oder die Artikel in deutscher Sprache zu lesen oder zu beurteilen. Da brauchen wir Ihre Hilfe und vermutlich auch Unterstützung aus Bayern.«

»Ich kümmere mich darum!« Antonio stand auf. »Enrico und Lavinia, ihr beobachtet unsere Befragung vom Nebenraum aus über die Monitore. Fausto und ich nehmen uns als erstes den Franzosen vor.«

»Warten wir auf Mauro?« Fausto konnte es nicht lassen.

Antonio warf dem Vice Capo einen genervten Blick zu. Was war nur in ihn gefahren? Statt einer Antwort gab Fontanaro Vivani ein Zeichen und gemeinsam verließen sie den Besprechungsraum.

17

Verona, 11.15 Uhr

Kurze Zeit später saßen Fontanaro und Vivani einträchtig an einem der runden Metalltischchen des *L'Attimo Caffè* von Signora Baldessarini beisammen. Der Verkehr des *Lungadige* brauste an ihnen vorbei, aber Vivanis Aufmerksamkeit gehörte den Unterlagen, die Antonio kurz vorher noch auf seine Bitte hin ausgedruckt hatte. Dabei hatte Michele den ausgeprägten Bariton seines Chefs, Capitano des *Comando Carabinieri per la Tutela del Patrimonio Culturale,* noch immer im Ohr.

»Verdammt, Vivani, wo stecken Sie? Ich lauf mir hier in der Zentrale die Hacken ab, aber Sie sind wie vom Erdboden verschluckt. Nehmen Sie sich grad 'ne Auszeit, oder was?« Der Capitano bombardierte den Avvocato mit seinen aufgebrachten Fragen. Vivani kannte das schon. Diese fordernde Art brachte ihn nur noch selten durcheinander, doch ganz abschütteln konnte er die Vorwürfe nicht.

»Ich ermittle«, hatte er trocken geantwortet.

»Und wo und wofür, wenn ich fragen darf?«

»Ich bin in Verona und ...« Weiter war er nicht gekommen, schon hatte ihn sein Chef unterbrochen: »Weshalb sind Sie schon vor Ort? Der Anruf kam doch erst vor einer knappen Stunde herein?«

»Wovon sprechen Sie? Welcher Anruf?« Fragend sah Michele jetzt Antonio an, der somit endgültig auf das Telefonat aufmerksam wurde, das der Anwalt neben ihm am Tisch führte.

»Ein Klimt soll zum Verkauf stehen. Ein anonymer Anrufer hat sich gemeldet und uns aufgefordert, der Sache nachzugehen.«

»Das ist ja hochinteressant. Konnten unsere Leute rausbringen, woher der Anruf kam?«

»Ja, das schon! Der kam aus Deutschland, genauer gesagt, aus *Baviera*. Der Anrufer konnte ganz passabel Italienisch. Aber weshalb sind Sie schon in Verona?« Inzwischen war der Capitano auf eine normale Lautstärke und einen umgänglichen Ton umgeschwenkt. Er wusste, wann er seine Spielchen beenden musste, soweit hatte Michele seinen Chef im Griff, wie er zufrieden feststellte.

»Es hat hier einen Mord an einer deutschen Avvocatessa gegeben. Sie wollte verhindern, dass – eben! – ein Klimt auf einer Auktion in Malcesine zum Verkauf angeboten wird. Und nun versucht offenbar eine weitere Person, den Ablauf am Freitag zu stoppen.«

»O.k. Alles klar, bleiben Sie dran! Und melden Sie sich mal zwischendurch, verstanden?«

Michele verabschiedete sich, legte sein Handy auf dem Metalltischchen ab und wandte sich wieder den Dokumenten von Antonio zu.

Bevor Fontanaro neugierig nachfragen konnte, kam Signora Baldessarini aus ihrer *Caffè Bar* heraus und brachte den beiden doppelte *espressi*.

»Zwanzig *tramezzini* wollt ihr mitnehmen? Richtig?«, fragte sie vorsichtshalber nach. Das war ja keine kleine Menge. Antonio nickte und die Signora verstand das als Zeichen, dass sie nicht weiter stören sollte; sie verschwand wieder im Gebäude.

»Sind Sie sicher, dass wir es mit einer Fälschung zu tun haben, Dottore?«, griff Antonio das Thema nochmals auf. »Der Anruf in Ihrer Zentrale deutet für mich auf das Gegenteil hin, wenn ich mir das richtig überlege.«

Michele hob den Kopf und sagte: »Es gibt Dokumente, die belegen, dass bei dem Brand damals alles, was in den Räumen des

Schlosses lagerte, verbrannte. Es kann also das Originalbild *Malcesine am Gardasee* mehr geben.«

Antonio nahm den ersten Schluck seines *espresso* und hakte nach: »Weiß man, wer damals das Schloss bewohnte?«

Michele Vivani schob die Dokumente in die Tischmitte und sah den Commissario direkt an. »Nach allem, was ich gelesen habe, waren dort deutsche Soldaten untergebracht. Es waren auch die Deutschen, die in den Räumen des Schlosses konfiszierte Kunstwerke von zwangsenteigneten jüdischen Familien, die in Wien gelebt haben, lagerten. Angeblich, um sie vor Bombardements der Alliierten, die im Frühjahr 1945 schwere Schäden anrichteten, in Sicherheit zu bringen.«

»Und bevor die russische Armee, die ebenfalls anrückte, das Schloss plündern konnte, haben deutsche Soldaten lieber selbst das Gebäude in Brand gesteckt, damit dem Feind die Schätze nicht in die Hände fielen?« Antonio stellte diese Frage mit einem durchaus ironischen Unterton.

»Ich weiß, worauf Sie hinauswollen, Commissario!« Natürlich hatte Michele auch diese Möglichkeit in Betracht gezogen. »Einer oder einige der Soldaten haben erneut Werke entwendet oder in Sicherheit gebracht, wohin auch immer. Am besten auf der Flucht mitgenommen und nach Hause verbracht.«

»So könnte ich mir das vorstellen!«

»Die Bilder Klimts waren keine Leichtgewichte. Die konnte man nicht so einfach unter den Arm klemmen und wegschleppen.«

»Armeefahrzeuge waren sicher vorhanden, die man als Transportmittel verwenden konnte«, warf Antonio sofort ein.

»Das ist mir auch alles durch den Kopf gegangen. Aber keines der dreizehn Gemälde von Klimt, die sich in dem Schloss befunden haben sollen, ist je wieder aufgetaucht. Da kommt es mir sehr unwahrscheinlich vor, dass nun plötzlich, nach knapp siebzig Jahren eines zum Verkauf steht, ehrlich gesagt.«

»Dreizehn Klimt-Gemälde sind damals verlorengegangen?«, fragte Antonio ungläubig nach.

»So ist es!«

»Welch ein Jammer!« Antonio leerte seine Espressotasse und schob sie mit dem Unterteller in die Tischmitte. Der Anwalt zog die Unterlagen nochmals zu sich heran. Er tippte mit dem Zeigefinder auf das oberste Blatt und sagte: »Dies ist die Liste aller zur Preview am Montagabend und zur Auktion am Freitag geladenen Gäste. Das sind wirklich alles Namen, die in der Kunstwelt einen bedeutenden Rang einnehmen. Vertreter von *Christie's* und *Sotheby's* London und New York sind dabei, ebenso die Direktoren verschiedener namhafter Museen, so vom *Oberen Belvedere* in Wien, vom *Louvre* in Paris, von der *Tate Modern* in London, von der *Brera* in Mailand, ebenso vom *Guggenheim Museum* in Venedig und nicht zuletzt vom Museum für moderne Kunst in Rovereto, kurz *Mart* genannt.«

»Das *Mart* in Rovereto liegt ganz in der Nähe von Malcesine, es ist die nächstgrößere Stadt am nördlichen Ende des Gardasees.«

»Und damit der Ort, wo der Klimt am ehesten hingehört. Die Leute vom *Oberen Belvedere* in Wien, allen voran Ferdinand Hofer, der als Abgesandter vermutlich auch schon angereist ist, werden das anders sehen, so viel ist sicher. Daneben sind auch noch einige Kunstagenten aufgeführt, unter anderem Pierre Regnier, der in wenigen Minuten in der Questura erscheinen soll.«

»Was ist mit dem Gutachter, der behauptet, der Klimt sei ein Original?«, wollte Antonio wissen.

»Es wird kein Gutachter aufgeführt, alle anderen Namen sind in Kombination mit den dazugehörigen Firmen oder Museen aufgeschlüsselt. Das wundert mich aber auch nicht. Besagter Gutachter gehört entweder zum Auktionshaus oder wurde von diesem mit der Expertise beauftragt. In beiden Fällen bekommt er zur Preview keine Extraeinladung. Doch anwesend kann er durchaus gewesen sein. Entweder er kommt, weil ihn die Interessenten interessieren und er wissen will, wie sie auf den Klimt reagieren oder er bleibt weg, weil er seine Arbeit erledigt hat. Als Käufer kommt er nicht in Betracht.«

Signora Baldessarini kam an den Tisch und stellte eine voluminöse Papiertüte ab. »*Allora*, Signori, euer Mittagessen ist gesichert.« Antonio erhob sich, um im Inneren des Cafés die Rechnung zu begleichen, als sein Handy klingelte. »*Un momento*, Signora, ich komme gleich!«

»*Lentamente*, Commissario. Es hat keine Eile.« Gelassen ging sie an einen der nächsten Tische und nahm eine Bestellung auf.

»*Ciao*, Giorgio. Was gibt's?«

»*Ciao*, alter Schwede! Dein reizender Ispettore Brandino hat sich bei mir gemeldet und gefragt, ob ich nach Verona kommen kann.«

»Ich bin nicht immer mit den Alleingängen des jungen Kollegen einverstanden, aber in diesem Fall kann ich ihm nur zustimmen. Wir haben bei der toten Anwältin einen Laptop sichergestellt, der offenbar, so schildert es Petrelli, umfangreiches, deutschsprachiges Datenmaterial enthält, das wir nicht so leicht verstehen können. Ich vielleicht schon, aber mir fehlt die Zeit dazu, mich durch einen Datensalat zu lesen.«

»Und du meinst, ich hätte die Zeit?« Georg Breitwieser lachte laut in den Hörer. »Du hast schon bessere Witze gemacht, mein Lieber.« Dann wurde er ernst. »Unsere Ermittlungsrichterin Schaller ist leider immer noch mit der Sichtung der Unterlagen beschäftigt. Wir hoffen, bald mehr Licht ins Dunkel unseres Falls bringen zu können.«

»Wir könnten euch gut beide hier gebrauchen.«

»Du hast schon manchmal wirklich völlig abwegige Ideen«, wehrte Georg sofort den Vorschlag ab. »Frau Schaller hätte doch bei euch keinerlei Befugnisse.«

Doch Antonio ließ nicht locker: »Wir können jede Unterstützung gebrauchen! Vor allem am Freitag, wenn die Auktion stattfindet, sollten wir uns mit möglichst zahlreichen zivilen Polizisten, die eng mit dem Fall vertraut sind, unter die Kaufinteressenten mischen. Das wäre eine große Hilfe, wenn ihr dabei sein könntet.«

Georg schwieg und dachte offenbar über den Vorschlag nach. »Ich brauche einen konkreten Grund, weshalb ich nach Verona reisen sollte. Wenn du mir den liefern kannst, packe ich die Koffer.« Über die Schaller verlor er kein weiteres Wort. Das ergab aus seiner Sicht keinen Sinn.

»Was denkst du denn über den Ehemann der Toten? Es wäre ja nicht das erste Mal, dass wir es mit einer Beziehungstat zu tun haben. Hältst du es für möglich, dass er den Mord an seiner Frau in Auftrag gegeben hat? Er selbst kann es wohl kaum gewesen sein.«

Vivani nickte zustimmend zu dieser Vermutung. Der Commissario dachte also auch in diese Richtung.

»Das fragen Frau Schaller und ich uns auch. Wir werden nochmals mit ihm sprechen und ihm auf den Zahn fühlen müssen.«

»Frag ihn, ob er am Freitag nach Malcesine reist, weil er bei der Auktion dabei sein will.«

»Weshalb sollte er?«

»Könnte doch sein, dass er das Mandat seiner Frau übernimmt und seinerseits versuchen wird, die Auktion zu verhindern.«

Michele Vivani hob ruckartig den Kopf. Endgültig alarmiert signalisierte er Antonio, dass er aufmerksam mithörte, und fing dann auch sofort zu sprechen an: »*Buongiorno*, Commissario, Vivani hier!«

»*Buongiorno,* Dottore.«

»Meine Einheit in Rom hat heute einen anonymen Anruf erhalten. Angeblich kam der Anrufer aus Bayern. Sie waren das nicht, oder?«

»Avvocato, ich bitte Sie! Weshalb sollte ich anonyme Anrufe tätigen?«

»Könnte das der Gatte von Frau Bacher gewesen sein? Ich bin mir nämlich ziemlich sicher, dass Herr Mühldorfer anreist. Und der

Mandant seiner Frau wird nach wie vor wollen, dass die Auktion abgeblasen wird!«

Georg brummte unwillig in den Hörer. Die Entwicklung gefiel ihm offenbar nicht. »Der Anwalt behauptet steif und fest, nichts über den Fall seiner Frau zu wissen. Keine Ahnung von ihren Mandaten zu haben.«

Michele lachte leise auf. *»Questa è la più grande idiozia, che ho mai sentito!* Das ist der größte Blödsinn, Commissario, den ich je gehört habe und den Sie doch nicht allen Ernstes glauben? Nehmen Sie ihn in die Mangel.«

»Und grüß Kriminaloberrat Pfaffenrieder von uns«, fügte Antonio hinzu. »Wenn das kein Grund ist, nach Verona zu reisen? Dann weiß ich nicht, was wir dir für weitere Gründe liefern sollten!«

»Wie du weißt, hat Pfaffenrieder da seine ganz eigene Logik. Ich melde mich.«

18

Verona, 11.30 Uhr

Pierre Regnier fühlte sich alles andere als wohl in seiner Haut. Bisher hatte er noch kein Polizeipräsidium von innen gesehen. Dass sich alle um ihn herum in einer Sprache unterhielten, die er nicht verstand, machte es nicht besser. Er war in höchstem Maße verunsichert und fragte sich, was genau sie denn von ihm wollten. Brauchte er womöglich einen Anwalt? Wo sollte er in der Kürze und in einem fremden Land einen vernünftigen Rechtsbeistand hernehmen? Ihm gegenüber am Tisch saßen ein Kommissar, soviel hatte er verstanden, und ein Staatsanwalt mit einer sehr großen Brille auf der Nase, deren Gläser auch die Augen ziemlich groß und dunkel erscheinen ließen. Der Mann lehnte entspannt und mit einer arroganten Miene in einem Holzstuhl, dabei etwas abgerückt vom Tisch, als wollte er zu ihm und dem Polizisten neben sich deutlich auf Distanz gehen.

»*Good morning, Mister Regnier. My name is Fontanaro*!«

Zumindest stellte der zuständige Kommissar klar, dass sie sich auf Englisch unterhalten würden. Da fühlte Pierre sich einigermaßen sattelfest. Er setzte ein verbindliches Lächeln auf und wartete erst einmal ab.

»Sie sind französischer Staatsbürger, wohnhaft in Paris, ist das richtig?«

Pierre Regnier nickte bestätigend und schwieg weiter.

»Sie haben auf Ihrer Visitenkarte, die Sie uns freundlicherweise überlassen haben, als Beruf oder Tätigkeit Kunstagent angegeben. Arbeiten Sie für eine bestimmte Firma?«

»Nein.« Erstmals gab Pierre eine Antwort. »Ich arbeite auf eigene Kosten und eigene Rechnung.«

»Was macht man denn als Kunstagent?« Diese Frage richtete der Staatsanwalt, der sich als Vincenzo Mauro vorgestellt hatte, an ihn.

Pierre tat es Mauro nach, schob den Stuhl vom Tisch ab, gab sich entspannt und verschränkte die Arme vor der Brust. Lässig schlug er ein Bein über das andere und begann zu dozieren. Wenn er etwas ausgesprochen gern tat, dann über seine Tätigkeit zu berichten. Da konnte er glänzen und unbedarfte Leute beeindrucken, wie er aus Erfahrung nur zu gut wusste.

»Als Kunstagent ist man Teil der Kunstwelt, einem der angesagtesten gesellschaftlichen Bereiche mit einem gehörigen ökonomischen Potenzial. Zu meinen vordringlichsten Aufgaben gehört es, die Aufmerksamkeit der Museumsdirektoren, Kuratoren, Galeristen und private Sammler auf lohnenswerte Künstler und Kunstobjekte zu lenken. Mein Bestreben ist es, Ausstellungen junger und vielversprechender Künstler und Künstlerinnen auf der ganzen Welt zu besuchen, neue Talente zu entdecken, für meine Kunden bedeutende Exponate auf Auktionen zu erwerben und mit passenden Ratschlägen für ihre unterschiedlichsten Sammlungen zu versorgen ...«

An diesem Punkt schritt der Commissario ein und fiel Pierre brüsk ins Wort.

»Sehr schön, Mister Regnier. Uns hier interessiert vor allem, weshalb Sie nach Verona gereist sind. Wer hat Sie beauftragt, in Verona nach Kunstschätzen für Ihre Klientel zu fahnden?«

Pierre beherrschte den Blick völliger Leere und Ahnungslosigkeit aus dem Effeff. Eine Begabung, die ihm bei so mancher Auktion und manchem Kunstdeal schon große Vorteile verschafft hatte. Er riss die Augen ein wenig auf und legte die Stirn in fragende Falten.

»Ich weiß ehrlich gesagt nicht, worauf Sie hinauswollen, meine Herren.«

»Weshalb halten Sie sich in Verona auf, Mister Regnier? Das ist doch eine ziemlich simple Frage.«

Bei dem hart ausgesprochenen Mister zuckte Pierre innerlich zusammen. Wie viel ansprechender klang dagegen der französische *Monsieur*? Eleganter, weicher, melodischer. Er räusperte sich und sagte: »Ich wüsste nicht, weshalb ich Ihnen die Gründe für meinen Aufenthalt hier nennen müsste. Habe ich jemanden beleidigt, verletzt? Habe ich eine Rechnung nicht bezahlt?«

»Haben Sie jemanden umgebracht?« Mauros laute Stimme ließ Pierre Regnier nun doch erschreckt zusammenfahren.

Irritiert griff er sich an den Hals, den er unter dem offenen Kragen seines Hemds fassen konnte. Aber er hatte sich rasch wieder unter Kontrolle. Wie kamen sie dazu, ausgerechnet ihn das zu fragen? So beherrscht und kühl wie möglich antwortete er: »Sie haben eine blühende Phantasie, wenn Sie mir diese Bemerkung erlauben. Welche arme Person soll ich denn um die Ecke gebracht haben?«

»Weshalb sind Sie nach Verona gereist«, wiederholte Fontanaro seine Frage. »Und speisen Sie uns nicht erneut mit nichtsagendem Geplänkel ab.«

Pierre begriff, dass er den Bogen nicht überspannen durfte. Das Bild der Frau, die am Rande des Hafenbeckens von Malcesine zusammengebrochen war und die er zuvor verfolgt und geraume Zeit beobachtet hatte, stand ihm deutlich vor Augen. Sie war von einer Minute auf die andere tot gewesen. Dass ihm der Tod der Deutschen mehr als gelegen kam, war eine Sache. Aber er hatte ihn nicht herbeigeführt. Aufmerksam sah er zu den beiden Herren, die ihn gespannt musterten. Es war wohl besser, mit der Wahrheit so weit wie möglich herauszurücken, wenn er nicht in ernste Schwierigkeiten geraten wollte.

»Ich habe vor etwa drei Wochen eine Einladung zu einer Auktion bekommen. Diese findet am Freitag in Malcesine statt. Deshalb halte ich mich in Verona auf.«

»Sie haben Interesse an dem Klimt?«, fragte der Commissario nach.

»Wer hat das nicht?«

»Halten Sie das Gemälde für ein Original?«, schaltete sich Mauro wieder ein und schickte einen abschätzigen Blick zu Pierre Regnier hinüber.

»Weshalb fragen Sie mich das? Natürlich halte ich den Klimt für echt. Sonst wäre ich nicht aus Paris angereist.«

»Was macht Sie da so sicher?« Mauro bohrte weiter.

Nun fühlte Pierre Regnier deutlich eine Beklemmung in sich hochkriechen. Die Vorstellung, einem Betrug aufgesessen zu sein und später dem Scheich von Abu Dhabi gestehen zu müssen, dass es keinen echten Klimt für den arabischen *Louvre* geben würde, ließen ihm die Schweißtropfen aus allen Poren seiner Stirn treten. Ein absoluter Albtraum wäre das. Ein Desaster.

»An diese Möglichkeit scheinen Sie nicht gedacht zu haben? Sehe ich das richtig?« Süffisant beobachtete ihn der Staatsanwalt. »Welche Garantien hat man Ihnen gegeben, dass es sich bei dem Werk um ein Original handelt? Haben Sie eine Expertise gesehen?«

Nein, bisher hatte er keine Expertise gesehen, gab Pierre Regnier zu. Er wusste noch nicht einmal, wer hinter dem Verkauf steckte, wem der Klimt im Moment gehörte. Das war allerdings oft so. Manchmal erfuhr man erst bei Aufruf der Losnummer und bei Nennung des Mindestgebots, wer verkaufte. Oft ließ man die Käufer aber auch im Dunkeln. Ihn hatte das noch nie gestört. Das Auktionshaus garantierte, dass die Werke, die unter den Hammer kamen, Originale waren. Er machte sich nicht die Mühe, jedem Kunstobjekt hinterher zu recherchieren. Diesen Aufwand konnte er nicht betreiben. Das würde im Ernstfall wochenlange Recherchen im Internet oder in Bibliotheken nötig machen. Dafür hatte er keine Zeit und dafür wurde er auch nicht bezahlt. Ihm war natürlich klar, dass auch die Auktionshäuser diese Zusatzarbeit scheuten. Sie stellten zwar Kunsthistorikerinnen und Kunsthistoriker ein, die diese Aufgabe übernehmen könnten und sollten, doch meist waren sie damit beschäftigt, Texte für Kataloge zu entwerfen und die eingesandten Werke zeitlich richtig einzuordnen. Nicht immer handelte es sich um einen bekannten Künstler, dessen Stilrichtigung und Lebenszeit bekannt waren.

»Es ist nicht üblich, im Vorfeld über die Echtheit eines Kunstwerks zu diskutieren. Das Auktionshaus steht dafür gerade.«

»Und Sie sind noch nie von einem Auktionshaus übers Ohr gehauen worden?« Gnadenlos legte Mauro nach.

»Nein! Zumindest weiß ich nichts davon!« Wer wusste schon, ob alle Werke, die er bisher in seinem Leben für andere erworben hatte, auf welche Weise auch immer, echt, ein Original gewesen waren? Eine gute Fälschung war schließlich auch ihren Preis wert. Aber das würde er hier nicht zum Besten geben.

»Kennen Sie Patrizia Marinelli persönlich?«

»Nein, tut mir leid!«

»Und das Auktionshaus *Colombo* sagt Ihnen etwas? Ist es in der Fachwelt bekannt und hat einen guten Namen?«, forschte Fontanaro weiter nach.

Pierre Regnier schüttelte den Kopf. »Um ehrlich zu sein, ich habe noch nie zuvor von dem Auktionshaus gehört. Eine kleine Klitsche ist das, mit Sitz in Mailand. Aber auch ein dummes Huhn findet manchmal ein Korn. Sagt man nicht so?«

»Und trotzdem haben Sie die Reise von Paris hierher unternommen?«

Regnier antwortete mit hochgezogenen Schultern, als wollte er damit seine Gleichgültigkeit über diese Frage signalisieren. Nie im Leben hätte er auf die Möglichkeit, einen Klimt zu ersteigern, verzichtet. Es war allemal den Versuch wert – und der Großauftrag, den neuen arabischen *Louvre* mit europäischen Glanzstücken auszustatten, die Chance seines Lebens. Anschließend wäre er saniert, könnte sich zur Ruhe setzen und selbst Bilder für sein Appartement in Paris ersteigern.

»Weshalb sind Sie am Montag einer Person mit dem Auto nach Malcesine gefolgt?«, fragte ihn der Kommissar weiter.

Pierres Herzschlag setzte einen Moment aus. Wie konnten sie das wissen?

»Wie kommen Sie auf eine solche Idee?« Mühsam zwang er sich zu dieser Gegenfrage.

»Wir haben Aufnahmen von den Überwachungskameras im *Hotel Merano* ausgewertet und wissen, dass Sie Frau Bacher am Montag um ziemlich genau 8 Uhr 35 mit dem Auto gefolgt sind. Warum?«

Fieberhaft überlegte Pierre, wie er nun weiter antworten sollte. Er konnte die Gefahr, in der er schwebte, an seinem Herzschlag spüren, der ihm schnell und hart in der Brust an die Rippen pochte. Aber was hatte er wirklich zu befürchten? Er hatte nichts getan. Egal, welche Pläne er geschmiedet hätte, um die Deutsche davon abzuhalten, die Auktion zu verhindern, sie waren nicht mehr nötig gewesen. Er hatte keinen Plan mehr gebraucht. Jemand anderes hatte die Arbeit für ihn erledigt.

»Wollen Sie uns nicht endlich erzählen, was Sie über unser Opfer, die Deutsche Monika Bacher wissen, und weshalb Sie ihr gefolgt sind? Kannten Sie sich?«

Die Tür des Vernehmungsraums ging auf und eine junge Polizistin kam herein. Sie legte ein Blatt vor dem Commissario auf den Tisch und verschwand wieder wortlos. Fontanaro las die wenigen Zeilen und reichte das Blatt weiter an den Staatanwalt.

»Mister Regnier, ich kläre Sie jetzt über Ihre Rechte auf.« Fontanaro holte sein Handy hervor, suchte offenbar nach einer bestimmten Datei und begann dann auf Englisch die Rechte eines Tatverdächtigen in Italien vorzulesen. Als er fertig war, fragte er nach: »Haben Sie das alles verstanden, Signore?«

Pierre nickte und schickte einen ziemlich hilflosen Blick zu Antonio Fontanaro hinüber. Was hatten sie gegen ihn in die Hand? Was wollten Sie von ihm? Er brauchte definitiv einen Anwalt.

»Ich möchte einen Anwalt! Ich gebe Ihnen keine weiteren Auskünfte.« Er bemühte sich, seine Stimme fest und sicher klingen zu lassen. Aber in seinen Ohren klang es nicht sehr überzeugend.

»Haben Sie Monika Bacher umgebracht?« Wieder meldete sich der Staatsanwalt zu Wort und die dunklen Augen hinter den dicken Gläsern fraßen sich in Pierres Gesicht.

»Nein!« Sehr fest klang nun seine Stimme und sehr überzeugend.

»Weshalb wollen Sie dann einen Anwalt?« Mauro ließ nicht locker.

Als Pierre nur dasaß und schwieg, ergriff der Commissario wieder Initiative.

»Lassen Sie mich einmal so fragen: Sie sind Monika Bacher am Montag gefolgt. Warum auch immer. Lassen wir das mal außer Acht. Und dann haben Sie in Malcesine beobachtet, wie jemand die Deutsche umbringt. Richtig?«

War das die Lösung? Konnte er damit die Fragerei beenden? Noch bevor er zu einem Schluss kommen konnte, fragte Antonio weiter.

»Werden Sie bedroht, weil Sie Zeuge des Mordes geworden sind? Ist es das, was Sie daran hindert, mit uns zu sprechen?«

Nur er wusste, dass er nichts gesehen hatte. Die dummen, alten Touristinnen hatten ihm im entscheidenden Moment die Sicht versperrt, hatten sich vor ihn gestellt und palavert. Außerdem war der Arkadengang der Gebäude gegenüber von seinem Beobachtungsplatz ziemlich im Dunklen gelegen. Er hatte Leute auf und ab gehen sehen, aber er hatte auf die Entfernung niemanden erkennen können.

»So ist es, ja. Ich habe jemanden gesehen.«

»Ja, und ... weiter. Lassen Sie sich doch nicht jedes Wort aus der Nase ziehen. Wie sah dieser jemand aus? Weiblich? Männlich? Alt oder jung? Groß oder klein? Oder waren es mehrere Personen?«

Pierre beschloss, ein Phantom zu erfinden. »Ich war zu weit weg, um die Person genau zu erkennen. Eine schlanke Figur in einem hellen Trenchcoat und mit einem Hut auf dem Kopf.«

»Und einer Sonnenbrille auf der Nase!«, ergänzte Mauro und begann schallend zu lachen, bevor er laut wurde: »Halten Sie uns für bescheuert? Sie befinden sich in keinem Spionagefilm nach John Le Carré, mein Lieber, sondern in einer Mordermittlung. Sie wurden beobachtet, wie Sie das Zimmer der Toten betreten haben. Ihre Fingerabdrücke wurden in deren Hotelzimmer sichergestellt. Das wurde uns soeben mitgeteilt. Was haben Sie in den Sachen von Monika Bacher gesucht? Machen Sie besser den Mund auf. Im Moment sieht es ganz schlecht für Sie aus!«

Nun presste Pierre die Lippen aufeinander. Er senkte den Kopf und schob seine Hände zwischen die Oberschenkel. Sollte er klein beigeben? Oder besser schweigen, bis sie ihm irgendeinen Winkeladvokaten schickten, der das Geld nicht wert war? Er konnte es sich nicht leisten, ernsthaft mit der Polizei in Konflikt zu geraten. Was würde Abdul dazu sagen? *Inschallah?* Allah konnte ihm im Moment nicht helfen. Pierre hob den Kopf und sah entschlossen zu den beiden Männern, die ihn nicht vom Angelhaken ließen. Er musst hier und jetzt seinen Kopf aus einer Schlinge ziehen, von der er nichts geahnt, die sich aber schon dicht um seinen Hals gegeschlungen hatte.

»*Bien!* Hören Sie gut zu und unterbrechen Sie mich nicht!«

Zwei Augenpaare waren erwartungsvoll auf ihn gerichtet.

»Kenneth O'Connor, ein hochdotierter Mitarbeiter von *Soho Fine Art Auction* aus London, hat mich Patrizia Marinelli empfohlen. Daraufhin erst habe ich die Einladung zur Preview zusammen mit dem Auktionskatalog erhalten.« Hier stockte er bereits und überlegte, ob er über sein eigenartiges Gespräch mit O'Connor berichten sollte. Entschied sich dann aber dazu, es bei der allgemeinen Bemerkung zu belassen.

»Sie müssen sich klar darüber sein, meine Herren, dass die Begehrlichkeit, die der Klimt weckt, enorm ist, dass sie zu vielen Phantasien anregt, wie man an das Bild kommen könnte.«

»Sie meinen damit auch, über Leichen zu gehen?« Mauro konnte sich nicht zurückhalten.

»Allerdings! Sie werden bei Ihren weiteren Ermittlungen feststellen, dass die Liste der potentiellen Täterinnen oder Täter länger werden wird. Und Sie tun gut daran, am Tag der Auktion Augen und Ohren offenzuhalten, damit nicht ein weiteres Unglück geschieht.«

Erschrocken hielt Pierre Regnier inne. Wie kam er dazu, solche Vermutungen zu äußern? Es war wie eine plötzliche Eingebung gewesen, die ihn diese Worte hatte formulieren lassen. Tatsächlich war sein Verdacht oder seine Vermutung nicht aus der Luft gegriffen. Nicht nur e r war auf dieses Bild angewiesen, musste es auf Biegen und Brechen ersteigern. Er zweifelte keine Sekunde daran, dass die internationalen Auktionshäuser genauso erpicht auf den Ankauf waren wie er selbst. Nicht anders war das eigenartige Bargespräch mit dem Briten und letztlich auch das noch sonderbarere Gespräch mit dem Gutachter Bonaventura bei der Preview zu verstehen. Und vermutlich hatten sich weitere Interessenten unter den Gästen der Preview befunden, die einiges unternehmen würden, um an den Klimt zu kommen. Aber wer von ihnen war deshalb bereits zum Mörder geworden?

»Was ist los, Signore? Soll das alles gewesen sein, was Sie uns erzählen wollen?« In Mauros Stimme schwang Unmut und Ärger mit. »Wie schon gesagt, wir lassen uns nicht gern für dumm verkaufen.«

»Und ich hatte Sie gebeten, mich nicht dauernd zu unterbrechen!«

»Sie glauben, Sie seien tatsächlich in der Position, uns die Bedingungen dieser Unterhaltung diktieren zu können?« Nun war es Fontanaro, der ihn maßregelte.

Pierre beschloss, einfach weiterzureden. »Auf der Preview habe ich mir das Bild genauestens angesehen, wie Sie sich denken können. Und nach allem, was ich gesehen habe, kann ich nur betonen, dass es sich um ein Original handelte, das man uns gezeigt hat. Außerdem habe ich dort den Gutachter kennengelernt, der für die Echtheit geradesteht.« Jetzt legte er eine Kunstpause ein. Keiner der zwei Männer hatte, wenig überraschend, Lust darauf, ihn erneut zu unterbrechen. Endlich war ihm ihre Aufmerksamkeit sicher. Pierre beschloss, nun den Gutachter mehr in den Fokus der beiden zu rücken.

»Alessandro Bonaventura nahm mich beiseite und vertraute mir an, dass die Deutsche, Monika Bacher, angereist war, um die Auktion zu verhindern. Zudem wurde die Auktionatorin bedroht. Sollte sie die Auktion nicht abblasen, würde ihr oder dem Gemälde *Malcesine am Gardasee* Unheil geschehen. Sehr wahrscheinlich steckte hinter dieser ›anonymen Drohung‹, so schilderte es mir Bonaventura, die Deutsche. Das ist meine Annahme dazu, nach allem, was anschließend geschehen ist.

Auf der Preview habe ich mir daraufhin die Dame näher angesehen. Sie war unscheinbar und verhielt sich völlig unauffällig. Sie schien geradezu verliebt in das Klimt-Gemälde zu sein. Andächtig stand sie immer wieder davor und versank in stiller Betrachtung. Damals konnte ich mir beim besten Willen nicht vorstellen, dass von der Anwältin eine Gefahr ausgehen könnte, dass sie in der Lage sein sollte, den spektakulärsten Aufruf bei einer Auktion zu verhindern.«

»Wie kam dieser Gutachter dazu, Ihnen Hochvertrauliches, wie mir scheint, mitzuteilen? Warum ausgerechnet Ihnen? Sie kannten sich doch gar nicht.«

Der Staatsanwalt war nicht dumm. Das musste Pierre ihm zugestehen. Doch er war nicht gewillt, den wahren Grund für das vermeintliche Vertrauen, das Bonaventura in ihn setzte, zu nennen. Abdul und der Scheich mussten bei dieser Unterhaltung absolut außen vor bleiben.

»Das fragen Sie ihn am besten selbst. Ich habe keine Ahnung!«

Dann schwieg Pierre. Er hatte nichts mehr zu sagen.

Doch der Commissario hatte noch eine entscheidende Frage: »Warum haben Sie die Deutsche verfolgt und warum sind Sie unmittelbar nach deren Tod in ihr Hotelzimmer eingedrungen?«

»Ich stand am Montagmorgen an der offenen Balkontür und habe dabei ein Telefonat aus dem Zimmer unter mir mitbekommen. Eine Frau fragte mehrmals auf Englisch nach, warum sie jetzt nach Malcesine fahren sollte, warum irgendein Treffen nicht wie geplant in Verona stattfinden sollte. Ich wusste inzwischen, dass Monika Bacher im *Hotel Merano* unter mir wohnte. Ich habe meine Autoschlüssel gepackt, noch einen Moment gewartet und dann, als die Zimmertür unter mir ins Schloss fiel, die Verfolgung aufgenommen. Ich wollte einfach wissen, mit wem sich die Deutsche trifft und warum.«

»Und mit wem hat sie sich getroffen?«

Pierre wusste, dass das der springende Punkt war, den er nicht zufriedenstellend beantworten konnte. Er entschied sich dazu, jetzt die Wahrheit zu sagen. »Ich habe niemanden gesehen. Leider. Ich saß auf der anderen Seite des Hafenbeckens, beobachtete, wie Monika Bacher einen Eisbecher bestellte und sichtlich nervös auf jemanden wartete. Dann standen plötzlich zwei alte Damen vor mir und unterhielten sich. Vergeblich wartete ich darauf, dass sie weitergingen. Schließlich stand ich selbst auf und suchte den freien Blick auf den Arkadengang gegenüber. Da sah ich, dass Monika Bacher vom Stuhl gekippt sein musste. Sie lag leblos am Boden. Wenige Augenblicke später trat ein Kellner hinzu, zog sein Handy aus der

Hosentasche und telefonierte. Mir war klar, dass es nicht gut um die Deutsche stand. Also habe ich mich entschlossen, so rasch wie möglich zum Hotel zurückzufahren. Ein freundliches Zimmermädchen öffnete mir nach großzügigem Trinkgeld die Zimmertür der Deutschen. Ich hoffte, irgendwelche Papiere, Dokumente zu finden, die mir Aufschluss darüber geben konnten, welchen Trumpf die Tote in der Hand hatte, um eine Auktion zu stoppen. Ein unglaublicher Vorgang wäre das, wenn es gelänge.«

Pierres Körper entspannte sich. Er nahm die Arme von der Brust und stellte die Beine nebeneinander auf den Boden. Erleichtert atmete er aus. Er hatte alles gesagt, was es aus seiner Sicht zu sagen gab. Forschend sah er zu den Herren, die ihm gegenübersaßen.

Brummend stand Vincenzo Mauro von seinem Stuhl auf und wandte sich in Richtung Tür. Sein Blick verriet die Zweifel, die er an Pierres Aussage hatte.

»Sie können fürs Erste gehen, Signor Regnier«, sagte er dann gnädig. »Aber halten Sie sich zu unserer Verfügung. Ihren Pass behalten wir zur Sicherheit hier. Eine fluchtartige Abreise würde ich Ihnen nicht empfehlen. Wir werden jetzt Ihre Aussagen überprüfen und dann Alessandro Bonaventura vorladen. Sollte sich bewahrheiten, was Sie uns gerade so ausführlich berichtet haben, bekommen Sie Ihren Pass zurück. *Buongiorno.*«

Die Tür fiel hinter Vincenzo Mauro ins Schloss. Pierre Regnier stand erleichtert vom Stuhl auf, drückte dem Commissario sich verabschiedend die Hand. Im Hinausgehen fragte er sich, ob die Vermutung zutraf, dass das Auktionshaus *Colombo* eine Fälschung veräußern wollte. Wie sollte er sich darüber Gewissheit verschaffen? Es gab keine Möglichkeit mehr für ihn, das Gemälde einer Prüfung zu unterziehen, bevor es am Freitag als Losnummer aufgerufen wurde. Er fürchtete sich vor einer weiteren, unweigerlich schlaflosen Nacht.

19

Traunstein, 12.00 Uhr

Georg Breitwieser saß in seinem Büro im Polizeipräsidium und ließ sich das Telefonat mit Antonio durch den Kopf gehen. Der Spezl hatte recht. Es war unbedingt nötig, erneut mit dem Ehemann von Monika Bacher zu sprechen. Mehr noch, sie mussten auch Zugang zu seinen Akten bekommen, denn genauso wie die Ermittlungsrichterin glaubte auch Georg keine Sekunde daran, dass der Anwalt ahnungslos war, was die Mandanten seiner verstorbenen Frau betraf.

Georg griff zum Telefonhörer und wählte die Nummer von Staatsanwalt Hartmann. Er brauchte einen Durchsuchungsbeschluss für Mühldorfers Räume. Die Durchsuchung von Monika Bachers Büro hatte nicht genug Beweismaterial ergeben. Da war er sich mit der Schaller einig. Sie hatten nichts zum Mandanten in New York entdeckt, was schon seltsam war.

Hartmann ließ sich Zeit und nahm nach dem fünften Klingelton endlich ab.

»Staatsanwaltschaft Traunstein. Doktor Hartmann am Apparat.« Kernig, laut und unüberhörbar gereizt, meldete er sich.

»Breitwieser hier!«

»Was gibt es denn noch?«

»Wir benötigen einen Durchsuchungsbeschluss für die Räume von Anwalt Mühldorfer.«

»Das fällt Ihnen ja früh ein! Ihnen ist schon klar, dass Dokumente von Anwälten einer besonderen Sorgfaltspflicht unterliegen?«

Georg war das durchaus klar. Auch der Durchsuchung von Monika Bachers Räumen hatte Hartmann zunächst nur zögerlich zugestimmt. Aber da sie Opfer eines Tötungsdeliktes geworden war, schien ihm die Notwendigkeit natürlich plausibel.

Unwirsch fertigte der Staatsanwalt Breitwieser ab. Ganz offensichtlich wollte er die Verantwortung abwälzen. »Ich hab' dafür jetzt keine Zeit. Wenden Sie sich damit direkt an die Schaller. Ich kann auch nichts anderes tun, als bei ihr anzurufen. Oder haben Sie neue Ermittlungsergebnisse, die ich kennen sollte?«

»Nein, leider nicht! Deshalb denke ich, wir sollten auch dem Ehemann noch mehr auf die Finger schauen!«

»Dann machen Sie das endlich! Und regeln Sie das mit der Kollegin Schaller. Ich hab' für diesen abstrusen Fall definitiv keine Kapazitäten.« Hartmann legte auf.

Georg hatte keine andere Reaktion erwartet, aber pflichtschuldig den offiziellen Dienstweg beschritten. Dennoch ärgerte ihn Hartmanns nassforsche Art. Breitwieser ließ sich nicht gerne abspeisen. Und nun sollte er sich mit der Schaller in Verbindung setzen, die ihn vermutlich gleich fragen würde, weshalb er sich mit seinem Anliegen nicht an Hartmann wandte. Einen Moment zögerte er und entschied dann, die Frage per Mail an die Richterin zu schicken. Auf eine weitere Abfuhr am Telefon hatte er keine Lust.

Anschließend führte ihn sein Weg zur Cafeteria. Salat mit Putenstreifen, Weißwürste mit Brezen und die unvermeidliche Leberkässemmel standen wie üblich auf der Tafel am Eingang. Außerdem war Gulaschsuppe das Auswahlessen für diesen Wochentag. Wenn er an Toni und an Verona dachte, so stand Georgs Sinn mehr nach gegrillter Dorade oder nach den köstlichen *spaghetti alle vongole* bei Bruno. Ob er demnächst in diesen Genuss kam? Missmutig holte er sich den Salat von der Theke, schließlich musste er irgendetwas essen, und suchte sich im hinteren, ruhigeren Teil der Cafeteria einen Tisch. Von dort konnte er den Raum gut überblicken. Zu seinem Entsetzen sah er, dass Kriminaloberrat Pfaffenrieder zielsicher auf ihn zusteuerte. Auf dessen Teller, den er wie eine Trophäe vor sich hertrug, glänzte eine dicke Scheibe Leberkäs zwischen den Hälften einer Kaisersemmel. Das kam einer seelischen Grausamkeit schon ziemlich nahe. Selbstverständlich nahm Pfaffenrieder mit einem aufreizenden Stöhnen Georg gegenüber Platz. Mit der Ruhe war es vorbei.

»Na, Breitwieser, was hör ich denn da für Sachen?«

Pfaffenrieder war kein Typ für *Smalltalk*.

Fragend zog Georg seine Stirn in Falten. Auf welche Sachen der Kriminaloberrat anspielte, konnte er nur ahnen.

»Schaun' S' ned so kritisch, Breitwieser. Ich weiß Bescheid. Frau Schaller ist deutlich mitteilsamer als Sie. Aber das ist ja nichts Neues.« Herzhaft und mit sichtbarem Genuss biss Pfaffenrieder in seine Semmel und ein kleiner Fettregen ergoss sich über den Teller und den Tisch in Richtung Georg. Demonstrativ schwieg Breitwieser weiter und spießte ein Eisbergsalatblatt mit der Gabel auf. Dass ihn der Geruch des Leberkäs' aufreizend appetitanregend in der Nase kitzelte, hätte er niemals zugegeben. Er wusste schließlich, wie man sich gesund ernährte.

»Na, schmeckt's, Breitwieser?«, fragte Pfaffenrieder mit vollem Mund.

»Wunderbar!«

Der Kriminaloberrat lachte kurz laut auf und wurde dann unversehens ernst. »Also, die Sache mit der Monika Bacher macht mich schon betroffen, ehrlich gesagt.«

Überrascht blickte Georg seinen Chef an. Konnte es sein, dass die Anwältin zu dessen Bekanntenkreis gehörte? Pfaffenrieder war bekannt wie ein bunter Hund. Er war einer, der in Traunstein geboren worden war und sonst nirgends gelebt hatte – mit Ausnahme seiner Ausbildungszeit an der Polizeiakademie in München. Selbst seinen Urlaub verbrachte er meist zuhause auf der Terrasse. Er bezeichnete sich selbst als ausgesprochen bodenständig. Dem war nichts hinzuzufügen.

»Sie müssten die Familie Bacher eigentlich auch kennen, Breitwieser!« Ein bedeutungsvoller Blick traf Georg.

Doch der konnte sich an keine Familie dieses Namens erinnern. Wobei Bacher durchaus ein gängiger Name in Bayern war.

»Also, die Großeltern von Monika Bacher haben in Chieming gelebt. Reden S' mal mit Ihrer Mutter. Ich bin mir sicher, sie kann Ihnen einiges über die Bachers erzählen.«

»Wäre das relevant für unseren Fall?«, fragte Georg unvorsichtigerweise nach. Denn die Aussicht, seine durchaus neugierige Mutter Katharina in den neuen Fall mit einzubinden, behagte ihm nur wenig.

»Weiß man's?«

Na, toll, dachte Georg, und schob einen Putenstreifen in den Mund. Das trockene Fleisch klebte ein wenig am Gaumen und wollte sich so gar nicht von den Zähnen zerkleinern lassen. Anstatt eine weitere Frage zu stellen, kämpfte er mit dem Fleischstück.

»Es ist noch gar nicht so lange her, da hab' ich die Monika am Freitag auf dem Bauernmarkt in Traunstein getroffen. Wir standen beide am Käsestand. Ham S' den Rupertigauer schon mal probiert? Ein wunderbar milder Butterkäs. Den mochte die Monika auch am liebsten.« Traurig nachsinnend blickte Pfaffenrieder auf die Reste seiner Leberkässemmel. Und es war nicht ganz klar, was er mehr bedauerte, das Ableben der Anwältin und der damit für sie verbundene, auf immer verlorene Genuss des Rupertigauer oder das Hinschwinden des Leberkäs' auf dem Teller.

Georg jedenfalls hatte keine Zeit, um am Freitagvormittag auf dem Markt einkaufen zu gehen.

»Hat Sie Ihnen vielleicht zufällig erzählt, an welchem Fall sie gerade arbeitete?« Georg wollte das Gespräch wieder auf berufliches Niveau heben. Den Rupertigauer vom Haunerdinger kannte er, aber ihm war ein milder *Taleggio* oder gar ein buttriger *Pecorino dolce* deutlich lieber. Beides hatte der italienische Delikatessenladen *Signora Maria* am Taubenmarkt im Angebot. Georg wusste natürlich, dass er schon sehr voreingenommen war, was italienische Produkte betraf. Aber sie schmeckten ihm einfach am besten.

Pfaffenrieder schüttelte den Kopf. »Über Berufliches haben wir nicht gesprochen.« Listig schaute er Georg an. »Weshalb war die Frau Anwältin eigentlich in Italien? Wissen S' das schon, Breitwieser? Das interessiert Sie doch am meisten. Hab' ich recht?«

Endlich kam das Gespräch ins richtige Gleis, dachte Georg. Pfaffenrieder und er hatten immer einen Disput, wenn ein Amtshilfegesuch aus Verona an die Dienststelle Traunstein gerichtet wurde. Der Kriminaloberrat vermutete grundsätzlich eine Spezlwirtschaft zwischen seinem Hauptkommissar Breitwieser und dem Commissario Capo Fontanaro. Georg wollte sich die Gelegenheit nicht verbauen, sich den Weg für eine Fahrt nach Malcesine zu ebnen. Denn dass er dorthin reisen würde und der Sache, wie der Kriminaloberrat den Mord an der Anwältin bezeichnete, auf den Grund gehen und den Spezl unterstützen wollte, stand außer Frage. Und Pfaffenrieder wusste das ebenso. Notfalls nahm Georg Urlaub. Davon hatte er immer reichlich übrig.

»In Malcesine findet am Freitag eine Kunstauktion statt. Frau Doktor Bacher vertrat einen Mandanten, der in New York lebt und der ein Gemälde, das unter den Hammer kommen soll, als sein Eigentum betrachtet und es zurückhaben möchte. Frau Bacher sollte versuchen, die Auktion zu stoppen, beziehungsweise das Auktionshaus davon zu überzeugen, das Bild zurückzuziehen.«

»Aha, man kann sagen, der Versuch ist missglückt.«

Die mitleidslose Ausdrucksweise überraschte Georg dann doch.

»Was ist denn das für ein Bild? Lohnt sich da ein Mord? Oder ist das nur ein Nebenschauplatz, um die Polizei in die Irre zu führen?«

»Es geht um einen Klimt!«

»Hoppala!« Sogar Pfaffenrieder war beeindruckt und riss die kleinen, blauen Augen auf. »Schätzwert?«

»Alles zwischen vierzig und hundert Millionen Euro!«

»Respekt! Und wie machen S' jetzt weiter? Also mir ist schon aus persönlichen Gründen daran gelegen, dass der Mord rasch und vollständig aufgeklärt wird.«

Das hörte Georg ausgesprochen gern. Vorsichtig stellte er seine nächste Frage. »Kennen Sie zufällig auch den Mann von Frau Bacher, Anwalt Mühldorfer?«

Der Kriminaloberrat verzog schmerzhaft das Gesicht, als hätten ihn urplötzlich Zahnschmerzen befallen. »Ja, mei, der Herr Strafverteidiger. A bisserl arrogant ist er schon und sehr von sich überzeugt. Er arbeitet mit allen Mitteln, um seine Mandanten rauszuhauen, wenn Sie verstehen, was ich meine.«

Georg nickte und wartete ab.

Pfaffenrieder faltete die Hände über seinem ansehnlichen Bierbauch und sinnierte laut vor sich hin. »Es könnt schon sein, dass es da Leute gibt, die sich an Anwalt Mühldorfer rächen wollten, weil einer zu Unrecht davongekommen ist. Nicht jeder Freispruch ist gerecht. Und das Einstellen eines Verfahrens aus Mangel an Beweisen oftmals unbefriedigend. Da sollten Sie sich mal die alten Fälle ansehen, Breitwieser, ob sich da nicht Motive und mögliche Täter oder Täterinnen auftun, die sich an seiner Frau rächen wollten. Giftmord ist ja schon mehr eine weibliche Tötungsart. Zumindest statistisch gesehen.«

Jetzt nahm das Gespräch eine Wendung, die Georg gar nicht gefiel. Alles wollte er, nur keine Akten wälzen und irgendeinem nebulösen Phantom nachjagen.

»Wie war denn die Ehe der beiden? Wissen Sie darüber etwas?«

Der Kriminaloberrat schüttelte den Kopf. »Nein! Aber das ist natürlich auch eine Idee. Beziehungstaten sind ja an der Tagesordnung.« Pfaffenrieder tat ganz so, als wäre Traunstein ein Eldorado für Ehegattenmorde. »Ihre Mutter könnte darüber vielleicht Auskunft geben. Frauen kennen sich in solchen Sachen bekanntermaßen besser aus!« Er lachte meckernd, bevor er die entscheidende Frage stellte: »Haben Sie den Mühldorfer schon genauer unter die Lupe genommen?«

»Da bin ich kurz davor. Ich warte nur noch auf den Durchsuchungsbeschluss von Frau Doktor Schaller.«

»Bestens!« Kriminaloberrat Pfaffenrieder stemmte sich an der Tischkante ab, schob den Stuhl geräuschvoll zurück und erhob sich. Schwungvoll griff er nach seinem leeren Teller und sagte abschließend: »Informieren Sie mich umgehend über die nächsten Ermittlungen. Und bleiben Sie an dem Fall dran, Breitwieser. Ich verlass' mich auf Sie!«

»Selbstverständlich!« Georg lehnte sich zurück und blickte dem breiten Rücken seines Chefs hinterher, bis dieser aus der Cafeteria verschwunden war. Dann griff Breitwieser in die Tasche der Jeans und holte sein Handy hervor. Vielleicht hatte die Ermittlungsrichterin die nötigen Papiere bereits geschickt.

Was er dann las, überraschte ihn. Dorothea Schaller übernahm erneut den Part von Staatsanwalt Hartmann, der Wichtigeres zu tun hatte, als sich um den Fall Bacher zu kümmern: »Kein Problem, Herr Breitwieser. Ich bring die Papiere mit. Schlage vor, wir treffen uns direkt vor der Kanzlei. Passt Ihnen 13 Uhr 30?«

»Passt! Bis gleich!«, mailte er umgehend zurück.

Georg erhob sich, ging Richtung Ausgang und warf doch noch einen Blick in die Buffet-Auslage. Ihn lachte eine Butterbreze an, die er im Laufen und auch beim Autofahren noch aufessen konnte. Denn Hunger hatte er nach wie vor und jetzt konnte er sich nicht mehr um die Frage »Gesund oder ungesund?« kümmern. Sein Magen forderte sein Recht.

Keine Viertelstunde später hielt er vor der Villa der Kanzlei *Bacher & Mühldorfer* und wurde Zeuge eines Gesprächs von Dorothea

Schaller mit einer Frau mittleren Alters. Sie standen im wenig gepflegten Vorgarten der Jugendstilvilla und schienen sich in einem regen Austausch zu befinden. Georg verließ seinen Alfa Romeo und ging auf die beiden Damen zu.

»Grüß Gott«, sagte er laut und deutlich.

»Ah, schön, dass Sie schon da sind, Herr Breitwieser. Das ist Frau Hinterlechner, die Eigentümerin der Villa«, stellte Dorothea Schaller die beiden einander vor.

Georg reichte Frau Hinterlechner die Hand. Diese sah ihn unsicher an. Wusste sie inzwischen, was mit ihrer Mieterin passiert war? Um nicht ins Fettnäpfchen zu treten, gab Georg für sein Erscheinen keine weitere Erklärung ab und wartete darauf, dass die Ermittlungsrichterin das geführte Gespräch wieder aufnahm. Inzwischen konnte er Frau Hinterlechner einer raschen Begutachtung unterziehen. Sie hatte eine große Handtasche am Unterarm hängen und hielt in der Hand einen umfangreichen Schlüsselbund, mit dem sie nervös spielte. Insgesamt wirkte sie unauffällig und bescheiden. Den Besitz der großen Vorstadtvilla würde man ihr nicht unbedingt ansehen. Ihr blasses, nahezu faltenfreies Gesicht, das von hellgrauen Haaren umrahmt wurde, wies keine Merkmale auf, die einem im Gedächtnis bleiben würden. Bekleidet war Frau Hinterlechner mit einer dunkelroten Strickjacke, aus der der offene Kragen einer geblümten Bluse hervorschaute. Ergänzt wurden diese Kleidungsstücke durch einen blauen Faltenrock, fleischfarbene Seidenstrümpfe und braune, nicht mehr ganz neue Halbschuhe. Georg war sich bewusst, dass er sich ihr Gesicht wirklich einprägen musste, damit er sie im Bedarfsfall wiedererkannte. Bisher hatte er der Unterhaltung nur mit halbem Ohr zugehört, doch nun fiel ein Satz, der seine volle Aufmerksamkeit erregte.

»Frau Hinterlechner hat mir vorhin berichtet, dass sie Herrn Mühldorfer gerade noch angetroffen hat, bevor er nach Italien aufbrach.«

»Hat er mitgeteilt, wohin er genau verreisen wollte?«

»Nach Malcesine wollte er«, ergriff die Vermieterin das Wort. »Da trifft er seine Frau, hat er gemeint.«

Georg und Dorothea Schaller warfen sich einen bedeutungsvollen Blick zu. Die Ermittlungsrichterin öffnete ihre Aktentasche und zog ein weißes Blatt Papier hervor, das sie Frau Hinterlechner reichte.

»Es ist gut, dass wir Sie hier angetroffen haben. Wir haben einen Durchsuchungsbeschluss für die Privat- und Geschäftsräume der Kanzlei *Bacher & Mühldorfer* dabei. Würden Sie uns bitte den Zutritt ermöglichen? Außerdem würden wir uns gerne noch ein wenig mit Ihnen unterhalten.« Freundlich blickte die Richterin der völlig überrumpelten Frau ins Gesicht.

»Ich wollte eigentlich zum Einkaufen gehen«, wagte diese einen schwachen Versuch der Verweigerung.

»Das hat doch sicher noch eine Viertelstunde Zeit!« Das war keine Frage mehr, sondern eine Feststellung von Frau Schaller, die nun einen strengeren Ton an den Tag legte. Auch ihren unnachgiebigen Blick hinter der zarten Goldrandbrille, die sie heute gar nicht trug, kannte Georg nur zu gut. Selbst ihn hatte dieser Blick schon mehrfach in die Schranken gewiesen. Und Frau Hinterlechner erging es nicht anders. Sie drehte sich auf ihren flachen Absätzen um und sperrte die Haustür auf. Dann ging sie voraus und bog in das erste Zimmer ab, das sich nach wenigen Schritten im Erdgeschoß auf der rechten Seite des Korridors öffnete.

Eine einladende und sehr geräumige Wohnküche mit erstklassiger Möblierung war durchaus auch für den Empfang von Mandanten geeignet. Eine große Espressomaschine mit zwei Siebträgern, wie Georg anerkennend feststellte, ließ sicherlich keine Wünsche offen. Frau Hinterlechner, die den Blick des Kommissars bemerkte und richtig deutete, wehrte sofort ab.

»Ich kann mit dem Ding nicht umgehen. Das sag ich Ihnen gleich. So einen neumodischen Kaffee können Sie von mir nicht bekommen. Überhaupt bedient nur der Herr Doktor die Maschine. Da lässt er nicht einmal seine Frau dran.«

»Putzt er sie auch?« In Dorothea Schallers Augen blitzte Schalk auf.

»Das weiß ich wirklich nicht. Was wollen S' denn eigentlich von den Anwälten? Sie suchen doch was! Sonst hätten Sie keinen Durchsuchungsbefehl dabei.«

»Durchsuchungsbeschluss«, stellte die Richterin sofort klar. Sie wies mit der Hand auf einen sehr hellen Holztisch, der an die Wand gerückt war und von vier Freischwingern aus Chrom und Leder zu einer Esstischgruppe ergänzt wurde.

»Setzen wir uns doch. Kommissar Breitwieser wird Ihnen einige Fragen zum Ehepaar Bacher und Mühldorfer stellen wollen.« Elegant schob die Schaller Georg den schwarzen Peter zu. Aber das war ihm egal, er wollte endlich zur Sache kommen.

»Sie sagten vorhin, Herr Mühldorfer wolle zu seiner Frau, die sich im Moment in Malcesine befindet. Habe ich das richtig verstanden?«

»Genauso ist es.«

»Hat er sonst noch etwas bezüglich seiner Frau erwähnt? Oder näher erläutert, weshalb sich beide jetzt am Gardasee treffen wollten?«

»Urlaub werden S' machen. Wurde auch höchste Zeit. Die zwei sind ja nur am Arbeiten. Nicht einmal zur Gartenarbeit reicht's. Dabei wollten sie unbedingt ein Haus mit Garten mieten. Und jetzt! Vorn und hinten wachst das Unkraut, dass es eine Schande ist. So hab' ich mir das als Vermieterin nicht vorgestellt. Wie schaut denn das aus?« Pikiert über die Nachlässigkeit ihrer Mieter schüttelte sie den Kopf.

»Das ist uns auch schon aufgefallen«, bestätigte die Schaller und setzte eine mitfühlende Miene auf. Georg ging diese Art des Gesprächs inzwischen auf die Nerven. So kamen sie nicht weiter.

»Frau Bacher wurde gestern in Malcesine tot aufgefunden. Davon hat Ihnen Herr Mühldorfer nichts berichtet?« Breitwieser hatte genug davon, um den heißen Brei herumzureden.

Frau Hinterlechner riss erschrocken die Augen auf.

»Aber …«, war alles, was sie zunächst hervorbrachte.

»Wie war denn das Verhältnis der Eheleute zueinander?«, fragte Breitwieser weiter, bevor sie sich von ihrer Überraschung erholen konnte. »Ist Ihnen da was aufgefallen?«

»Oh Gott, oh Gott … nein, darüber kann ich Ihnen nichts erzählen. Wir hatten kaum Kontakt. Es sind Mieter, die zuverlässig ihre Miete bezahlen. Das ist für mich das Wichtigste. Mehr weiß ich nicht!« Frau Hinterlechner präsentierte sich zunehmend zugeknöpft. Ob sie so ahnungslos war, wie sie sich gab, wagte Georg zu bezweifeln.

»Weshalb sind Sie denn heute vorbeigekommen?«

»Herr Mühldorfer hat mich angerufen und mir mitgeteilt, dass er einige Tage verreist, und mich gebeten, in der Zeit den Briefkasten regelmäßig zu leeren. Die beiden bekommen ja Unmengen von Post. Das können Sie sich sicher vorstellen. Er wollte mir den Schlüssel für den Postkasten geben.«

»Ist das eine gängige Abmachung zwischen Ihnen und den Anwälten?«

Böse sah die Vermieterin Breitwieser an. Es war ihr anzusehen, dass sie seine Fragen nicht weiter beantworten wollte »Wenn Sie so wollen, ja. Aber eigentlich geht Sie das alles gar nichts an. Und ich muss jetzt auch endlich meine Einkäufe erledigen.« Resolut erhob sich die Frau vom Stuhl und machte Anstalten, die Küche zu verlassen.

»Wir sind noch nicht fertig, Frau Hinterlechner.« Georgs Ton veranlasste sie, sich wieder zu setzen. Freunde wurden sie beide nicht mehr, das war unübersehbar.

Abschätzig musterte sie ihn. Der Widerwille gegen ihn war ihrem Gesicht unmissverständlich abzulesen.

Damit konnte Georg gut leben.

»Haben Sie auch Mandanten der beiden kennengelernt?«

»Nein, nie!«

»Haben Sie mitbekommen, ob die beiden mit jemandem Streit hatten? Vielleicht hat Frau Bacher Sie ins Vertrauen gezogen. Von Frau zu Frau, meine ich.«

»Was Sie für Vorstellungen haben. Nix hab' ich mitbekommen.«

Georg gab Dorothea Schaller ein Zeichen und gemeinsam standen sie von ihren Stühlen auf.

»Sie können jetzt gerne Ihre Einkäufe erledigen. Wir bleiben noch hier und sehen uns um. Anschließend versiegeln wir die Haustüre mit einer offiziellen Plakette. Wenn Sie wollen, können Sie die Tür später noch abschließen. Bis auf Weiteres ist auch Ihnen der Zutritt zum Haus untersagt.«

»Eine Unverschämtheit ist das!« Frau Hinterlechner lief rot an im Gesicht. »Ich hab' meine Kontakte! Ich werde mich über Sie beide beschweren.« Dann verließ sie die Küche und wenig später fiel die Haustür mit einem lauten Schlag ins Schloss.

»Wollen Sie schon mal vorausgehen, Frau Schaller? Ich telefoniere rasch mit Fontanaro und setze ihn über diese neue Entwicklung in Kenntnis. Die Kollegen dort müssen herausbekommen, wo Mühldorfer in Malcesine oder Verona absteigt. Bin gleich bei Ihnen.«

Georg sah ihr nach, wie sie über die Treppe nach oben ging. Dann zückte er sein Handy.

»*Pronto!*« Antonio Fontanaro war sofort am Apparat.

»Servus, alter Schwede!«, begrüßte ihn Georg. »Ich hab' interessante Neuigkeiten für euch. Mühldorfer ist auf dem Weg an den *Lago* oder nach Verona. Lasst ihn nicht aus den Augen.«

»Erst müssen wir ihn finden. Oder hat er dir die Adresse seines Hotels mitgeteilt?«

»Schlechter Scherz, Toni.«

»Habt ihr über ihn schon was herausgefunden?«

»Frau Schaller und ich nehmen uns jetzt gleich sein Büro vor. Mal sehen, ob wir Interessantes finden.«

»Es ist an der Zeit, dass auch du den Koffer packst und uns hier unterstützt. Wie gesagt, gerne zusammen mit der Ermittlungsrichterin. Bis morgen dann!« Antonio Fontanaro hatte aufgelegt.

Georg schob das Telefon in die Hosentasche seiner Jeans. Warum konnte Toni nicht aufhören, die Schaller ins Gespräch zu bringen? Was sollte sie denn in Italien? Schließlich konnten die Ermittlungen vor Ort unerwartet gefährlich werden. Da wollte er sie nicht dabeihaben. Es gab in Verona nichts für sie zu tun.

20

Mantua, 13.00 Uhr

»Ich will dich vorwarnen, Alessandro!«, Patrizia Marinellis Stimme klang gehetzt durchs Telefon. »Gerade hat mich Commissario Fontanaro angerufen. Sie suchen dich!«

»Dich nicht?« konterte Bonaventura. »Was will er denn von uns?«

»Ja, was wohl? Der Mord an dieser dummen Deutschen schlägt hohe Wellen. Das kannst du dir doch denken. Jede und jeder ist verdächtig. Wir natürlich auch! Außerdem glauben sie, dass ich eine Fälschung unter den Hammer bringen will.«

»Das ist dein Problem, Patrizia!« Ungerührt ließ er den unterschwelligen Vorwurf abprallen.

Doch sie legte nach. »Und sonst fällt dir nichts zu diesem Verdacht ein? Du bist der Gutachter. Schon vergessen? Du musst beweisen, dass es sich bei dem Klimt um ein Original handelt.«

»Natürlich ist der Klimt echt. Das weißt du genauso gut wie ich.«

»Ich hoffe es!«

»Sag mal, was fällt dir ein?«

»Du kannst das leicht hundertmal behaupten. Am Ende muss ich meinen Kopf hinhalten. Meine Existenz hängt davon ab. Wenn du dich bei einem Gutachten einmal irrst, ist das nicht so schlimm. Aber ich habe dann die Fälschung verkauft.«

»Sag mal, hörst du dir selber zu? Lass dich von der *polizia* nicht provozieren. Der Commissario stochert hoffnungslos im Nebel. Glaub mir das! Er ermittelt wild in der Gegend herum, weil er keine Anhaltspunkte im Mordfall hat. Wer immer die Deutsche um die Ecke gebracht hat, war ein Profi. Kann gut sein, dass der Mord nie aufgeklärt wird.«

»Ich war es jedenfalls nicht.«

Alessandro lachte. »Das glaub ich dir sogar aufs Wort, *cara.«*

Patrizia Marinelli ließ sich jedoch durch die Schmeichelei nicht von ihrem Thema abbringen. »Lass della Rocca aus dem Spiel, hörst du, wenn sie dich vernehmen! Über die Provenienz des Gemäldes wahrst du Stillschweigen. Das hast du mir schriftlich zugesichert.«

»Reg dich ab, Patrizia. Keiner wird es ernsthaft wagen, bis zur Auktion den Klimt als Fälschung bezeichnen. Und wenn das Gemälde erst einmal von einem Käufer erworben wurde, verschwindet es in irgendwelchen Kanälen und aus dem Blickfeld der Polizei.« Er glaubte selbst nicht, was er da sagte, aber er musste die aufgescheuchte Auktionatorin beruhigen, bevor sie noch unüberlegte Schritte unternahm. »Du kannst dich auf mich verlassen. Rocca werde ich nicht erwähnen.« Schon im eigenen Interesse nicht, dachte Alessandro, aber das musste die Marinelli nicht wissen. »*Allora*, wir sehen uns am Freitag, wie besprochen.«

Alessandro Bonaventura sah sich in seinem kleinen Chemielabor um, das er sich am Ende des langgestreckten Raums im *Piano nobile* seines Hausnachbarn della Rocca eingerichtet hatte. Seit ein paar Jahren gehörte ihm die Etage des Nachbarhauses. Rocca hatte mal wieder Geld gebraucht und seinem alten Freund das beste Stockwerk überlassen. In dem Laborraum nahm Alessandro die Untersuchungen der Gemälde vor, die er begutachten sollte. Ein kleines Röntgengerät, das er von einem befreundeten Arzt für wenig Geld hatte kaufen können, weil es für die Praxis zu veraltet war, tat ihm sehr gute Dienste, um das Innerste der Gemälde bis in ihre letzten Strukturen sichtbar werden zu lassen. Deshalb wusste er, dass Gustav Klimt bei seinem Gemälde einige Korrekturen vorgenommen hatte. Aber Bonaventura hatte keine auffälligen Übermalungen feststellen können, die darauf hindeuteten, ein Fälscher wäre hier am Werk gewesen. Niemand außer Klimt hatte die Leinwand bemalt.

Eine Reihe chemischer Mittelchen half dem Gutachter, das Alter von Leinwänden oder die Pigmente der verwendeten Farben zu untersuchen. Er war ein Profi. Fälschungen hatten bei ihm kaum eine Chance. Er ging in den Hauptraum zurück und nahm den Schlüsselbund vom Zeichentisch, den er für Skizzen benutzte. Alessandro hielt sich nicht nur für einen hervorragenden Kunstsachverständigen, sondern auch für einen begnadeten Zeichner. Die alten Meister, die sein Vater gesammelt hatte und die er nicht besonders schätzte, boten immerhin ideale Motive, um sich an Körper- und Naturstudien mit Bleistift und Kohle zu versuchen. An ihm war ein Künstler verloren gegangen. Doch für eine Karriere auf diesem Gebiet war es längst zu spät.

Alessandro zog die schwere Eichentüre ins Schloss und sperrte ab. Dann löste er den Schlüssel, der in die Verbindungstür zum Nachbarhaus passte, vom Bund und deponierte ihn in einem Blumentopf, der mit einer großblütigen, weißen Orchidee bestückt war. Die grobe, luftige Orchideenerde erlaubte es spielend, den Schlüssel am Boden des Topfes zu verstecken. Dazu musste er nur die ganze Pflanze anheben. Da die Blume kaum Wasser benötigte, bestand auch keine Gefahr, dass der Schlüssel korrodierte, wenn Alessandro ihn für eine kurze Zeit dort aufbewahrte. Nur selten sah er sich zu so einer Vorsichtsmaßnahme veranlasst.

Anschließend stellte er zwei mit dunkelrotem Samt bezogene Hochlehner aus der Barockzeit schräg vor die Tür und deponierte zwischen den beiden einen sechseckigen Tisch, dessen Platte aus schwarzem Marmor gearbeitet war. In die Tischplatte waren wertvolle Intarsieren eingelegt, die aus verschiedenfarbigen, kunstvoll geschnittenen Marmor- und Perlmuttstücken bestanden und ein Blumenbouquet in einer Silberschale darstellten. Diese wertvolle »pietre dure«-Arbeit aus dem späten 16. Jahrhundert hatte er selbst vor vielen Jahren auf einer Versteigerung bei der Marinelli erstanden. Jeder seiner Besucher war von diesem Tisch derart begeistert, dass die schwere Holztür mit Kassettenfüllung, die ins Nachbarhaus und in dessen *Piano nobile* führte, gar nicht mehr auffiel. Er konnte den Tag gelassen abwarten, an dem della Rocca auch noch das übrige Haus an ihn veräußern musste. Die Zeit und die Wettsucht seines Freundes arbeiteten für ihn.

Alessandro Bonaventura ging den kurzen Gang entlang, der ihn in den eleganten Salon seines eigenen *Piano nobile* führte. Dieser war ausgestattet mit den großformatigen Barockgemälden, die sein Vater so geliebt hatte und die Alessandro aufgrund der überwiegend dunklen Farbgebung immer aufs Gemüt schlugen. Mit großen Schritten durchmaß er den Raum, um zügig in sein Arbeitszimmer zu gelangen und die *polizia* zu erwarten. Hier hatte er einige Veduten von Guardi und Canaletto hängen. Stadtansichten von Venedig, Rom und Dresden. Letztere würde er demnächst der Marinelli zur Versteigerung anbieten. Was sollte er mit Ansichten von Dresden? Er fragte sich erneut, wie sein Vater, der ehrenwerte Duca Federico Salvatore della Bonaventura, ausgerechnet an diese Veduten gekommen war. Gut möglich, dass er sie von einem deutschen Militär während des Zweiten Weltkriegs im Austausch gegen italienische Kunstwerke für die Herren Hitler und Göring oder für geheim geleistete Dienste erhalten hatte. Die Vergangenheit des Vaters lag für ihn weitgehend im Dunkeln. Und da sollte sie auch bleiben. Die Schätze, die der alte Duca für seinen Palazzo über die Jahrzehnte herangeschleppt und nicht über seinen Kunsthandel veräußert hatte, besserten Alessandros Budget auf. Allein der Unterhalt des Palazzo verschlang große Summen.

Er trat an einen Hollywood-Barwagen aus hochpoliertem Messing, goss sich einen Fingerbreit schottischen Whiskys in einen Tumbler und stellte sich dann an eines der zwei venezianischen Fenster, die dem Raum sein elegantes Erscheinungsbild gaben. Zwei weitere dieser großartigen Fenster ließen das Licht zum *Salone* herein, soweit die gegenüberliegende Häuserfront dies zuließ. Sein *Piano nobile* hatte er in drei Zimmer aufgeteilt. Er brauchte wahrlich keinen großen Ballsaal für ausschweifende Feste. Gelassen und mit sich im Reinen sah er auf die schmale Straße hinaus.

Bernarda, seine Haushaltshilfe, würde die *polizia* zu ihm nach oben führen. Noch selten hatten ihn seine Besucher unbeeindruckt von der Kulisse seines Hauses wieder verlassen. Commissario Fontanaro würde keine Ausnahme bilden.

Bis Freitag blieb für Alessandro nicht mehr viel zu tun. Er hatte seinen Part erledigt, musste nur noch dafür sorgen, dass der Klimt am Freitag sicher und unbeschädigt im *Palazzo dei Capitani* an- und anschließend unter den Hammer kam. Er konnte sich ein kleines, hochzufriedenes Lächeln nicht verkneifen. Der Klimt war sein Bravourstück, mit nichts sonst zu vergleichen.

21

Traunstein, 14.00 Uhr

Georg Breitwieser stand mit Dorothea Schaller im Büro von Monika Bacher, nachdem die Vermieterin grußlos die Villa verlassen hatte. Die Richterin wollte sich vergewissern, dass sie beim ersten Besuch nichts Relevantes übersehen hatte.

»Ja, aber hallo! Da hat jemand inzwischen gründlich gesucht«, entfuhr es ihr. Sie holte ihr Handy aus der Manteltasche, wischte mehrmals über das Display und zeigte Georg dann eine Aufnahme, die sie am Vortag gemacht hatte. »Das Regal war komplett mit Aktenordnern gefüllt. Jetzt ist es nahezu leer.« Sie ging zum Schreibtisch der Anwältin und zog die Schubladen auf. »Die waren gestern verschlossen und ich hatte mich dagegen entschieden, sie gewaltsam zu öffnen. Irreparable Schäden hätte das verursacht. Hartmann ist bei solchen Aufgaben rigoros. Es ihm gleich zu tun, widerstrebt mir einfach. Und ich komme auch nur sehr selten in eine solche Situation« versuchte sich die Ermittlungsrichterin aus der Affäre zu ziehen. »Möbel aufzubrechen, gehört definitiv nicht zu meinen Aufgaben. Aber es war natürlich ein Fehler, wie ich jetzt einsehen muss.«

»Ich hätte mich auch so entschieden!«, gab Georg sofort zu. Auch er war zurückgeschreckt und hatte sich nicht an das wunderbare Art Déco-Möbel herangetraut. »Es wäre ein großer Schaden an dem schwarzen Hochglanzlack entstanden. Und womöglich hätte sich am Ende herausgestellt, dass wir nichts von Bedeutung finden.« Mit dieser lahmen Entschuldigung versuchte er, ihren Fehler zu bemänteln. Er war sich natürlich im Klaren darüber, dass ihnen womöglich wichtige Papiere durch die Lappen gegangen waren. Vorsichtig, geradezu ehrfürchtig, strich Georg mit der Hand über die Lackschicht. »Offenbar hat Mühldorfer wirklich nicht gewusst, an welchen Fällen seine Frau dran war«, mutmaßte Georg, als er in das Durcheinander der Schubladen blickte, das der Anwalt dort zurückgelassen hatte.

»Oder er hat Beweismittel, kompromittierende Akten und Unterlagen gesucht, um sie zu vernichten oder zumindest wegzuschaffen. Das hier jedenfalls sieht nach panischer Suche aus!« Dorothea Schaller dachte einen Moment nach und fügte dann betont langsam hinzu: »Oder ... die beiden Anwälte haben einander nicht vertraut und Mühldorfer war neugierig geworden und wollte nun wissen, für welche Mandanten seine Frau tätig gewesen war. Vielleicht wollte er auch wissen, wie viele Fälle sie zu bearbeiten hatte und in welchen Honorarregionen sie sich bewegte.«

»Das ist ja nicht das Bild, das ich mir von einem glücklich verheirateten Ehepaar machen möchte«, meinte Georg nach diesen laut geäußerten Vermutungen.

Die Richterin sah ihn eigenartig von der Seite an und sagte: »Ich hatte in den letzten Jahren selten Kontakt zu Monika. Aber ihr Verhältnis zu Peter Mühldorfer hat sich wohl ziemlich abgekühlt.«

»Woher wissen Sie denn das?«

»Vor ungefähr einem halben Jahr habe ich Monika in Traunstein zufällig auf der Straße getroffen und wir sind in ein Café gegangen. Zwei Stunden später war ich um einiges schlauer.«

»Und das sagen Sie mir erst jetzt? Also hätte Peter Mühldorfer ein Motiv, seine Frau umzubringen?«

Dorothea Schaller schüttelte entschieden den Kopf. »Nein! Monika hätte ein Motiv gehabt, ihren Mann in die Wüste zu schicken.«

»Das Übliche?«

»Das Übliche!«

Ratlos standen sie beide im Büro der Anwältin und schauten auf geleerte Regale und offene Schubladen.

»Wir werden wohl nicht klären können, nach was genau der saubere Herr Gatte bei seiner Gattin gesucht hat.« Georg hatte längst eine Antipathie gegen den Anwalt entwickelt.

»Schauen wir uns sein Büro an.« Dorothea Schaller drehte sich resolut um, stieg die Treppe in den ersten Stock hinunter und betrat das Büro von Mühldorfer. Es war unverschlossen. Georg folgte ihr und fragte sich, was sie übersehen hatten. Denn schließlich hatten er und die Schaller schwergewichtige Ordner mitgenommen und bei ihm zuhause gesichtet. Von durchgearbeitet konnte in der Kürze der Zeit jedoch nicht die Rede sein. Da hatte die Richterin schon recht. Gründliches Aktenstudium sah anders aus. Demnächst mussten sie sich jedoch die Zeit nehmen, um das nachzuholen.

Auf einem Aktenwagen türmten sich allerlei Ordner. Dorothea Schaller besah sich die Rückenschilder und meinte dann: »Weit hat er die Akten seiner Frau nicht getragen. Ich fotografiere rasch die Unterlagen und vergleiche sie mit meiner Aufnahme von gestern. Dauert einen Moment.«

»Kein Problem.« Georg wandte seine Aufmerksamkeit Mühldorfers Schreibtisch zu. Die Schreibtischplatte des antiken Möbelstücks aus dem Jugendstil war geradezu penibel aufgeräumt worden. Bei ihrem ersten Besuch hatten sich dort die Papierberge gestapelt. Außer einer Stifteschale und dem Festnetztelefon störte nichts die mehr als auffällige Ordnung. Beim Versuch, die seitlichen Schubladen aufzuziehen, scheiterte nun Georg.

»Was schlagen Sie vor, Frau Schaller?« Unentschlossen blickte er die Ermittlungsrichterin an. »Aufbrechen?« So weit reichte seine Antipathie für den Anwalt nicht, um das teure Möbel ohne Not zu beschädigen. Die beiden Advokaten erleichterten ihnen die Arbeit wirklich nicht. Dorothea Schaller schüttelte, wenn auch zögernd, den Kopf.

»Wenn sich die Verdachtsmomente gegen Mühldorfer erhärten sollten, ist immer noch Zeit. Es gibt bislang keine Belege, dass der Anwalt der Täter sein oder irgendetwas mit dem Mord an seiner Frau zu tun haben könnte.«

»Wäre möglich, dass die Beweise vor unserer Nase in einer der Schubladen verborgen sind.« Zumindest wagte Georg diesen Einwurf. Der Verdacht gegen Mühldorfer war nicht von der Hand zu weisen. Wo war er hingefahren? Wirklich nach Malcesine, wie die Vermieterin behauptete? Oder hatte er vielleicht irgendwo mit seiner Geliebten ein Stelldichein? So zumindest deutete er die Bemerkung »Das Übliche«.

»Im Moment suchen wir nach Unterlagen von Monika Bacher und Hinweisen, die belegen, dass auch Mühldorfer von den Mandanten seiner Frau wusste und an dem einen oder anderen Fall mitarbeitete«, präzisierte Dorothea Schaller ihr Vorgehen. »Konkret suchen wir die Papiere eines bestimmten Mandanten. Die von jenem Herrn, der in den USA lebt und behauptet, er habe Anspruch auf den Klimt, der in Malcesine versteigert werden soll.« Die Ermittlungsrichterin schob die Hände in die Taschen ihrer dunkelgrauen Kostümjacke. »Fällt Ihnen bei den Ordnerbeschriftungen etwas auf, Herr Breitwieser?«

Georg schüttelte den Kopf. »Was meinen Sie?«

»Frau Bacher hat alle Ordner mit Städte- oder Ortsnamen versehen. Das ist nicht unüblich. Anwälte vermeiden es, die Klarnamen ihrer Mandanten prominent auf die Aktendeckel zu schreiben. Sondern sie wählen Phantasiebegriffe, um für Außenstehende die Fälle zu anonymisieren. Monika war nicht sehr einfallsreich. Der Ordner mit dem Fall des Amerikaners trägt die Aufschrift *New York*. Dort lebt der Mandant. Sie hatte außerdem noch zwei Ordner mit dem Begriff *Wien*. Diese drei habe ich mitgenommen. Und dann gab es noch einen mit der Bezeichnung *Chieming*. Der fehlt jetzt. Auf die Idee, auch diesen mitzunehmen, bin ich leider nicht gekommen. Ich hatte mir auch die Papiere angesehen, die unter *Rosenheim* und *München* abgelegt waren. Dabei handelte es sich ausschließlich um Prozesse, die in das Gebiet des Arbeitsrechts fielen. Das habe ich bei *Chieming* auch unterstellt, aber leichtsinnigerweise nicht kontrolliert.«

Georg fiel das wenig ersprießliche Gespräch mit Pfaffenrieder wieder ein. »Ich hatte das Vergnügen, mit unserem Kriminaloberrat zu Mittag zu essen. Er erwähnte, dass er Monika Bacher persönlich kannte, und wies mich darauf hin, dass die Großeltern aus Chieming stammten. Er meinte, meine Mutter könne mir eventuell etwas über die Bachers erzählen. Ich hielt das für einen abwegigen Hinweis. Aber vielleicht sollte ich doch bei ihr nachfragen.«

»Ich bin sicher, Ihre Mutter freut sich, wenn sie Ihnen helfen kann.«

»Da bin ich mir auch sicher.« Georg lachte verhalten auf. »Fällt Ihnen noch etwas auf, was wir mitnehmen sollten?«

»Ein Laptop oder PC fehlt und der Schreibtisch ist verschlossen.« Sie zuckte mit den Schultern. »Mehr ist im Moment also nicht zu holen.«

»Aber, äh ...« Georg druckste herum. Es wäre gut für ihn, auch die Schaller würde seine Reise nach Italien gutheißen. »Pfaffenrieder liegt einiges an der schnellen Klärung des Falls. Ich würde gern der Bitte von Fontanaro folgen ...« Weiter kam er nicht.

»... und nach Italien fahren«, ergänzte Dorothea Schaller und lachte amüsiert auf. »Ich hab' mich schon gefragt, wann Sie das endlich in Erwägung ziehen wollen. Natürlich müssen Sie fahren. Jetzt, wo Mühldorfer auch noch dorthin reist, können wir hier nichts mehr bewegen. Reden Sie vorher noch mit Ihrer Mutter und setzen mich in Kenntnis darüber, was sie Ihnen erzählt hat. Und dann fahren Sie los.«

Breitwieser wand sich innerlich. Antonios Hinweis, er solle die Richterin mitbringen, war ihm nur allzu präsent. Aber er entschied sich dagegen. Eine Schnapsidee war das von Toni. Nicht jeden Blödsinn musste man mitmachen.

Dorothea Schaller sah ihn aufmerksam von der Seite an. »Wollen Sie mir noch etwas sagen, Herr Breitwieser? Sie sehen ganz danach aus.«

Georg schüttelte den Kopf. »Das täuscht! Ich werde Commissario Fontanaro um das Amtshilfegesuch bitten, damit Pfaffenrieder unterschreiben kann, und das möglichst bald.

22

Mantua, 15.00 Uhr

Mantua, die Stadt am Fluss Mincio gelegen, war im 15. und 16. Jahrhundert durch das reiche und einflussreiche Adelsgeschlecht der Gonzaga mit herrlichen und bis heute die Stadt prägenden Gebäuden beschenkt worden. Sie gehörte zu den Juwelen der Lombardei und Antonio Fontanaro freute sich, wieder einmal einen Grund zu haben, um dorthin zu fahren. Von Verona aus war die historische Altstadt in einer knappen Stunde zu erreichen. Nach Überquerung der *Ponte di San Giorgio* und einem Blick auf den wehrhaften *Palazzo Ducale*, der trutzig die Skyline der Stadt bestimmte, tauchte Antonio in das dichte Häusergewirr ein und parkte schließlich direkt vor dem Haus von Alessandro Bonaventura. Fontanaro hatte bewusst einen Streifenwagen der *polizia statale* genommen, damit er sich um das notorische Parkplatzproblem, das es in allen Altstädten Italiens gab, nicht kümmern musste. Ispettrice Lavinia Strano begleitete ihn. Sie stieg als Erste aus dem Wagen und stellte sich vor die Fassade des spektakulären Doppelhauses aus der Renaissance mit der erkennbar im venezianischen Stil errichteten Fassade.

»Ich möchte ja nicht wissen, was der Unterhalt von solch einer Immobilie kostet«, meinte sie nüchtern, »aber das Gebäude ist beeindruckend. Und ich bin sehr neugierig, wie es innen aussieht.«

Antonio konnte ihr nur beipflichten und fragte sich, wie ein Gutachter von Kunstobjekten sich dieses Haus, und sei es auch nur die Hälfte davon, leisten konnte. Er klingelte und betrachtete gleichzeitig die honigfarbene, von mehrfach kannelierten Profilen gerahmte Holztüre, die eine wunderbare Maserung zeigte und ganz offensichtlich erst vor kurzem von einem Schreiner renoviert worden war. Die Tür des Nachbarhauses erweckte dagegen einen wenig herrschaftlichen Eindruck. Das dunkle, verwitterte Holz ließ keine Schlüsse mehr auf das ursprüngliche Aussehen zu.

Eine ältere Dame in schwarzem Kostüm und weißer Schleifenbluse öffnete ihnen und fragte nach ihren Wünschen. Ohne große Umstände bat sie Fontanaro und seine Begleitung ins Haus. Antonio hatte den Eindruck, als würden sie bereits erwartet. Er konnte sich denken, wer Bonaventura den Besuch angekündigt hatte. Die Marinelli und ihren Gutachter verband ganz offensichtlich eine hervorragende oder vielleicht gar konspirative Geschäftsbeziehung. Wer mochte das wissen? Mal sehen, ob er dem Mann mehr Fakten und Hinweise entlocken konnte, als Patrizia Marinelli Dottor Vivani verraten hatte. Das Verhör der Auktionatorin hob Antonio sich für später auf. Sie musste ihre Arbeit am Freitag erst noch erledigen und lief ihnen nicht davon. Der Gutachter hatte dagegen keine Veranlassung, im Lande zu bleiben und brav auf die *polizia* zu warten. Dass er ihn empfing, wertete Antonio als gutes Zeichen. Es wäre für Bonaventura ein Leichtes gewesen, das Weite zu suchen. Niemand hatte ihn aufgefordert, sich zur Verfügung zu halten, um sich schließlich den Fragen der Polizei zu stellen.

Eine graue, wenig spektakuläre, aber steile Steintreppe führte hinauf ins *Piano nobile*. Bonaventuras Etage verfügte über weitläufige Räume mit den größten Fensterfluchten. Sehr nobel eben und herrschaftlich. Bereits der im Schachbrettmuster ausgelegte Boden des breiten Korridors, beiger Botticino und roséfarbener Veroneser Marmor, schaffte eine warme, gepflegte Atmosphäre.

Der Gutachter, wie immer in Schwarz gekleidet, lehnte an der Türeinfassung aus hellem Botticino-Marmor und sah den Besuchern mit einem charmanten Lächeln entgegen. Sollte ihm das Erscheinen der Polizei in irgendeiner Form ungelegen kommen oder ihn gar nervös werden lassen, so ließ er sich das nicht anmerken.

»*Buongiorno*, Commissario, welche Überraschung. Und wie nett, dass Sie Ihre junge Kollegin mitgebracht haben.«

Sie schüttelten sich die Hände und Bonaventura führte seine Gäste in ein geräumiges Arbeitszimmer.

»Bernarda, bitte bring uns doch allen einen *caffè* und von den *cantuccini di mandorle*, die du gestern gebacken hast.«

Wortlos verschwand die Haushälterin in den Tiefen des Palazzo. Nicht anders war das Gebäude in Antonios Augen zu bezeichnen. Die venezianischen Fenster zur Straßenseite beeindruckten ihn nachhaltig. Und der hohe, weiß getünchte Raum mit einer antiken Holzdecke aus farbig gefassten Kassetten und den unübersehbar teuren, antiken Möbeln taten sein Übriges. Bonaventura war kein armer Mann. Vermutlich gehörte er zu den immer noch zahlreichen betuchten Erben alter Adelsgeschlechter, wenn er auch den Adelstitel, den er vermutlich hatte, nicht an die große Glocke hängte. Enrico Brandino, ein Ass der Recherche, musste da einmal genauer nachsehen, was es mit dem Gutachter und dessen Ahnen auf sich hatte.

All die dunklen, alten Gemälde, Blumenbouquets und Stillleben, in riesigen, goldenen Barockrahmen, waren definitiv nicht nach Fontanaros Geschmack. Doch er riss sich vom Anblick der Scheußlichkeiten los. Schließlich war er mit Lavinia nicht hierhergekommen, um einen alten Palazzo wie ein Museum zu besichtigen.

»Signore, ich bin sicher, Sie können sich denken, weshalb wir Sie aufsuchen.«

Bonaventura nickte, blieb aber, wenig entgegenkommend, stumm. Sie saßen sich an einem runden Tisch mit vier Stühlen, die alles andere als bequem waren, gegenüber. Lavinias Blicke wanderten die Wände entlang. Sie hatte den Absprung noch nicht geschafft. Antonio konnte die Neugierde der Kollegin nur zu gut verstehen.

»Haben Sie Signora Bacher persönlich gekannt?«, begann er endlich den Gutachter zu befragen.

»Nein, tut mir leid!«

»Sie haben nie ein persönliches Gespräch geführt?«

Bonaventura schüttelte den Kopf. »*No, mi dispiace!*«

»Und was wissen Sie über die Beziehung zwischen Signora Marinelli und der Deutschen?«

»Patrizia hat mir natürlich erzählt, dass Signora Bacher unbedingt die Versteigerung des Klimt verhindern wollte. Sie hat Patrizia regelrecht gedroht.«

Antonio wurde hellhörig. »Wie meinen Sie das? In welcher Form hat Frau Bacher Ihre Geschäftspartnerin bedroht?«

»Patrizia erwähnte mir gegenüber, dass Signora Bacher von einem Anwalt sprach, der eigens aus Rom anreisen würde und der notfalls per richterlichem Beschluss die Auktion oder zumindest die Versteigerung des Klimt verhindern würde, wenn sie, Signora Marinelli, dies nicht aus freien Stücken täte. Sie würde es bereuen, meinte Signora Bacher, wenn sie ihrer Bitte keine Folge leistete.«

»Hm, ... wie hat Signora Marinelli darauf reagiert?«

»Ich war nicht dabei, Commissario!«

»Wie ernst nahm sie die Bedrohung?«

»Sie hat gelacht und meinte, die Deutschen würden immer gleich mit einem Anwalt drohen, wenn sie nicht ans Ziel kämen. Sie hat das Ganze für eine Farce gehalten. So zumindest hat sie sich mir gegenüber geäußert.«

»Irgendjemand hat das anders gesehen, wie wir jetzt wissen, und Signora Bacher ausgeschaltet.« Commissario Fontanaro sah Bonaventura bedeutungsvoll an. Doch dieser erwiderte freundlich seinen Blick, ohne sich zu einer Bemerkung hinreißen zu lassen.

»Meine Mitarbeiterin hat Interessantes entdeckt, Signor Bonaventura.«

Der Gutachter sah mäßig gespannt zu Lavinia Strano und zog die rechte Augenbraue hoch. Ihm war anzusehen, dass ihn das Gespräch zu langweilen begann.

»Wir haben uns inzwischen schlau gemacht«, informierte ihn die Ispettrice. »Das Gemälde *Malcesine am Gardasee* ist, nach allem, was wir in Erfahrung bringen konnten, in den letzten Kriegstagen vernichtet worden. Man geht davon aus, dass das Gemälde einem Brand zum Opfer fiel. Deshalb ist der Klimt, den Signora Marinelli am Freitag anbietet, aller Wahrscheinlichkeit nach eine Fälschung. Was sagen Sie dazu, Signor Bonaventura?« Charmant lächelte die Ispettrice den Gutachter an.

Um dessen vollen Mund bildete sich ein scharfer Zug. Sein kalter Blick traf Lavinia Strano.

»Ich weiß nicht, wer Ihnen diesen Bären aufgebunden hat. Aber ich kann Ihnen versichern, dass am Freitag ein echter Klimt versteigert wird und keinesfalls eine Fälschung. Wer etwas anderes behauptet, ist ein unverfrorener Lügner.«

»Weshalb sind Sie davon so felsenfest überzeugt? Fürchten Sie um Ihren Ruf? Jeder kann sich doch mal irren.«

»Ich irre mich aber nicht!« Bonaventura verschränkte die Arme vor der Brust und schlug die langen Beine übereinander. Schwarz gekleidet und sehr weiß geworden im Gesicht, bot er ein nahezu diabolisches Äußeres. Jeglicher Charme hatte ihn verlassen und war einer gefährlichen Ruhe gewichen.

»Wollen Sie uns nicht erklären, woher Ihre Überzeugung kommt? Das müsste doch für Sie ein Leichtes sein?«, versuchte Antonio mit einem gutmütigen Angebot, die Stimmung wieder zu lockern.

»Ich habe diverse chemische Untersuchungen durchgeführt und das Gemälde auch mit einem Röntgengerät durchleuchtet. Glauben Sie mir, es gibt keinen Zweifel an der Echtheit des Gemäldes.«

»Der Auktionskatalog schweigt sich über die letzten Besitzverhältnisse des Klimt aus. Wissen Sie, wer das Bild verkauft? Das würde doch sicher zur Klärung des Sachverhaltes beitragen?«

Über Bonaventuras Miene huschte ein triumphierendes Lächeln.

»Da haben Sie völlig falsche Vorstellungen, Commissario. Was sollen Provenienzen über die Echtheit eines Kunstwerkes aussagen? Für einen Kunstexperten« – ...wie mich, fügte Antonio gedanklich hinzu und beobachtete interessiert den überheblichen Gesichtsausdruck Bonaventuras und dessen unerschütterliches Selbstbewusstsein – »... sind die angewandte Maltechnik, die eingesetzten Materialen, die man einer bestimmten Zeit zuordnen kann, und die Komposition des Künstlers, die Kriterien, die darüber entscheiden, ob es sich um eine Fälschung handelt oder nicht. Eine Durchleuchtung gibt letzte Aufschlüsse.« Er unterbrach sich und sah Fontanaro herausfordernd an.

Doch der Commissario wartete einfach ab.

»Wenn Sie glauben, die Kenntnis der Provenienz brächte Sie weiter, dann müssen Sie Signora Marinelli danach fragen.«

Bonaventura erhob sich von seinem Stuhl. »Es hat mich gefreut, Sie beide kennenzulernen«, sagte er mit einer leichten Verbeugung in Richtung Lavinia Strano. »Mein guter Geist des Hauses wird Sie hinausbegleiten. Ich habe zu tun.«

Und wie auf Knopfdruck erschien die Dame in ihrem schwarzen Kostüm und ihrer weißen Schleifenbluse auf der Türschwelle. Die kurze Audienz war beendet. Für den angekündigten *caffè* war keine Zeit geblieben. Doch Antonio war noch nicht fertig.

»Sagt Ihnen der Name Pierre Regnier etwas?«

Langsam drehte sich Alessandro Bonaventura wieder um. »Nein, tut mir leid. Sollte er?«

»Hm, Signor Regnier berichtete uns, dass Sie ihn auf der Preview angesprochen haben.«

»Das muss eine Verwechslung sein. Der Name sagt mir absolut gar nichts. War's das jetzt?«

Antonio ließ nicht locker. Der gereizte Unterton des Gutachters brachte ihn auf. Der Mann log, ohne mit der Wimper zu zucken. Auch Antonio erhob sich nun vom Stuhl und baute sich dicht vor Bonaventura auf.

»Wie lange arbeiten Sie schon für Signora Marinelli?«

»Keine Ahnung. Zehn bis fünfzehn Jahre, denke ich.« Der Gutachter ging einen Schritt zurück und wich auch dem prüfenden Blick Fontanaros aus.

»Wer beauftragt Sie noch als Gutachter von Kunstwerken?«

»Sie scherzen, Commissario. Ich habe keinen Überblick über meine Auftraggeber. Ich bin seit mindestens zwanzig Jahren im Geschäft.«

»Dann rate ich Ihnen, sich dringend einen Überblick zu verschaffen und uns bis heute Abend eine Liste zur Verfügung zu stellen. Vollständig, wenn es nicht zu viel Mühe macht.«

Wortlos drehte sich Bonaventura um und verschwand in einem der nächsten Zimmer, nicht ohne die Tür nachdrücklich hinter sich zu schließen.

Wenige Augenblicke später saßen Antonio Fontanaro und Lavinia Strano wieder im Streifenwagen und fuhren zurück nach Verona.

»Was hältst du von ihm?«, fragte Antonio seine Kollegin.

»Er hat uns mindestens eine Lüge aufgetischt! Ich würde ihm kein Auto abkaufen wollen.«

»So geht es mir auch! Meinst du, wir werden die Liste seiner Auftraggeber bekommen?«

»Das halte ich für sehr unwahrscheinlich.«

»Ganz deiner Meinung. Ruf doch bitte gleich mal Dottor Michele Vivani an. Ich bin mir sehr sicher, dass er Mittel und Wege findet, den früheren Aufträgen unseres feinen Gutachters nachzuspüren.«

Erstaunt sah ihn die Ispettrice an. »Was versprichst du dir davon?«

»Ich möchte wissen, ob er schon mal aktenkundig wurde, weil er eine Fälschung nicht erkannt oder ganz bewusst versucht hat, eine solche mit Hilfe eines Auktionshauses unter den Hammer zu bringen.«

23

Chieming, 16.00 Uhr

Georg hatte keine Zeit verloren und sich mit Antonio Fontanaro in Verbindung gesetzt. Sein Spezl würde so rasch wie möglich das Amtshilfegesuch nach Traunstein faxen. Breitwieser zweifelte nicht daran, dass der Kriminaloberrat in diesem Fall seine Genehmigung erteilen würde. Beim Gespräch mit Antonio hatte Georg auch erfahren, wie die Befragung von Alessandro Bonaventura verlaufen war. Der Gutachter war mit allen Wassern gewaschen, soviel stand fest. Doch konnten sie ihm wirklich glauben, dass der Klimt ein Original war und keine Fälschung? Lag Vivani daneben? Georg war geneigt, dem Neapolitaner zu glauben. Er hielt große Stücke auf ihn und seine Expertise.

Der Mord an Monika Bacher hing aller Wahrscheinlichkeit nach mit dem Klimt zusammen. Es war unbedingt nötig, an der Auktion teilzunehmen, denn ganz sicher würde er dort auch auf Mühldorfer treffen. Warum sonst sollte der Anwalt Hals über Kopf nach Malcesine reisen? Die Auktion könnte sich als sehr sehenswerte und ereignisreiche Veranstaltung herausstellen. Da wollte er keinesfalls fehlen.

Deshalb stand er nun in seinem Schlafzimmer vor dem Kleiderschrank und stellte sich, wie schon so oft vor einer Dienstreise nach Italien, die Frage, wie das Wetter in Verona wohl werden würde.

Seine Wetter-App jedenfalls informierte ihn, dass mit sommerlichen Temperaturen zu rechnen war. Auf seine liebgewordene Angewohnheit, bei einer Fahrt nach Italien auch einen Abstecher nach Bozen zu machen, musste er dieses Mal verzichten. Es würde ihm keine Zeit bleiben, um bei seinem bevorzugten Schuhmacher ein neues Paar Schuhe anpassen zu lassen.

Marissa, Antonios Frau, die in einem Reisebüro arbeitete, kümmerte sich gerade noch um ein Hotelzimmer. Erfahrungsgemäß waren Zimmer in den besseren Häusern Veronas kurzfristig nicht zu bekommen. Privat bei den Fontanaros zu wohnen, hatte er dieses Mal freundlich abgelehnt. Beim letzten Mal hatte ihn der überraschende und gewaltsame Tod seiner Ex-Freundin derart aus der Bahn geworfen, dass er dankbar bei ihnen Unterschlupf gesucht hatte. An diesen für ihn persönlich sehr belastenden Mordfall wollte er möglichst nicht erinnert werden und den Freunden nicht erneut zur Last fallen.

Er öffnete gerade den Kleiderschrank, um ein Leinensakko herauszuholen, als er von hinten angesprochen wurde.

»Deine Mutter fragt, ob du auch einen Kaffee möchtest. Wir haben Apfelkuchen gebacken.« Maria, die polnische Pflegerin und ein inzwischen liebgewordenes Familienmitglied, war von seiner Mutter Katharina zu ihm geschickt worden. Georg drehte sich zu ihr um und sie lächelten sich an.

»Ich hab' geglaubt, sie schläft noch, darum bin ich vorhin gleich nach oben gegangen.«

»Sie hört immer, wenn du kommst.«

Georg nickte. Das war nichts Neues. »Sag ihr, ich bin gleich bei euch!«

Maria drehte sich um und ging wieder nach unten ins Wohnzimmer, wo Katharina Breitwieser sicherlich schon auf ihn wartete. Ihr musste er schonend beibringen, dass er mal wieder nach Verona aufbrach. Noch hatte er sich nicht entschieden, ob er das Thema Familie Bacher anschneiden wollte.

Der Trolley war gepackt, ein sauberes weißes Hemd und das schwarze Leinensakko, das er zu den gleichfarbigen Jeans tragen wollte, im Kleidersack verstaut. So ausstaffiert hoffte er, sich möglichst unauffällig unter die Bieter der Auktion am Freitag mischen zu können. Bisher hatte er noch nie an einer Auktion teilgenommen und war entsprechend neugierig darauf.

Um nicht sofort die Stimmung seiner Mutter zu trüben, ließ er die Gepäckstücke noch in seinem Schlafzimmer zurück, stieg die Treppen nach unten und gesellte sich zu den Damen. Seine Mutter saß aufrecht in ihrem Rollstuhl am gedeckten Kaffeetisch und sah ihm erwartungsvoll entgegen.

»Was ist los, dass du schon daheim bist?«, so lautete ihre erfrischend offene Begrüßung. »Gibt's heute nichts mehr zum ermitteln?«

»Doch, leider schon. Aber den guten Apfelkuchen lass ich mir nicht entgehen«, war Georgs nicht ganz ehrliche Antwort.

»Woher hast du denn gewusst, dass die Maria gebacken hat?«

An seiner Mutter war definitiv eine Kriminalerin verloren gegangen.

Katharina schien bester Laune, also war der Augenblick günstig, um mit ihr über alte Zeiten zu plaudern. »Sag amal, Mama, sagt dir der Name Bacher etwas?«

»Bacher?« Die Mutter runzelte die Stirn und meinte dann langsam: »Den Karl Bacher haben doch die Amerikaner abgeholt.«

Georg glaubte sich verhört zu haben. Sie war schon ein Phänomen, seine Mama.

»Wann und wo?«

»Na ja, in Chieming. Das muss Ende 1945 gewesen sein. Die Bachers haben, nicht weit von der Kirche entfernt, im alten Ortskern ein großes Haus gehabt. Da ist der Karl Bacher immer mit einem schwarzen Opel Kapitän aufgekreuzt. Mächtig angegeben haben soll er mit dem protzigen Wagen. Wer hatte denn damals in Chieming schon ein Auto?«

Georg fragte sich, ob sie beide von derselben Familie sprachen. Der Name Bacher kam schon öfter vor. Aber auch in Chieming?

»Hast du das selbst erlebt oder gar gesehen, wie sie den Bacher abgeholt haben?«

Katharina Breitwieser schüttelte den Kopf und zog sich den Teller mit dem ersten Stück Apfelkuchen heran. Maria schenkte Kaffee ein und alle beugten sich über den nach Zimtäpfeln duftenden, frischen Kuchen, der von einem ordentlichen Schlag Sahne begleitet wurde. Maria hatte beim Belag auch nicht mit Rumrosinen gespart. Ganz so, wie Georg den Obstkuchen gerne mochte.

»Nein, ich war ja damals noch ein Kind. Meine Mutter, deine Oma Resi, hat öfter über den Vorfall gesprochen. Dass die Amerikaner den Nazi Karl Bacher abgeholt und verhaftet haben, war lange Jahre Ortsgespräch. Die Oma konnte das in den glühendsten Farben schildern.« Katharina Breitwieser leerte ihren Teller und schob ihn Maria zu, damit sie ein weiteres Stück Apfelkuchen bekam. Sie schien an diesem Tag einen gesegneten Appetit zu haben, was inzwischen immer seltener wurde.

Meistens aß sie wie ein Spatz. »Ich brauch nicht mehr so viel«, war dann ihre gleichmütige Erklärung. Sowohl Georg als auch Maria beobachteten das mit Sorge.

Nach einer weiteren Gabel Apfelkuchen fuhr Katharina unbeirrt fort.

»Die restliche Familie Bacher ist dann auch sehr rasch weggezogen. Die arme Annemarie Bacher, Karls Frau, und der Sohn Ernst, wurden von den Leuten im Dorf gemieden und geschnitten. Ganz so, als wäre der Karl Bacher der einzige Nazi von Chieming gewesen.« Sie sah zu Georg und lehnte sich in ihrem Rollstuhl zurück. Sie wischte sich den Mund mit einer Papierserviette ab und fragte: »Warum interessierst du dich denn für die Bachers? Das ist ja eine ganz alte Geschichte.«

»Könnte es sein, dass eine Monika Bacher die Tochter von Ernst Bacher ist?«

»Ganz bestimmt sogar«, bekräftigte seine Mutter. »Es ist jetzt vermutlich fünf Jahre her, da stand in der Traunsteiner Zeitung ein Nachruf auf Ernst Bacher.« Sie beugte sich Georg entgegen. »Das hat mich doch interessiert, verstehst?«

Und ob er das verstand. Seine Mutter hatte die Beziehung zu der alten Geschichte, wie sie die Verhaftung von Karl Bacher bezeichnete, nicht vergessen. Er beugte sich ihr ebenfalls entgegen, als wollten sie ein Geheimnis miteinander teilen.

»Der Ernst war Staatsanwalt in Traunstein geworden und der damalige Oberstaatsanwalt hat ihn in seinem Nachruf als besonders eifrigen Juristen bezeichnet. Angeblich hat er dafür gesorgt, dass alte, ungelöste Fälle wieder aufgerollt wurden. Das stand alles im *Traunsteiner Tagblatt*«, fügte Katharina noch wichtig hinzu.

Georg staunte nicht schlecht. »So genau hast du dir das gemerkt?«

»Der Sohn von einem Nazi arbeitet für die Justiz. Da fängt man doch zu denken an, oder ned? Ich denk mir halt, der Ernst wollte das Unrecht, das der Vater und seinesgleichen begangen haben, irgendwie wiedergutmachen. Die Monika wurde in dem Nachruf auch erwähnt und als fähige Anwältin beschrieben. Einige von den alten Chiemingern, die von dem Vorfall mit den Amerikanern wussten oder das gar noch selbst erlebt hatten, lästerten, dass immer noch Nazis bei uns in den Gerichten sitzen würden. Du hättest mal die Frauen im Frauenbund hören sollen, wie sie über die Familie und vor allem auch über die Monika Bacher herzogen. Jede hatte plötzlich irgendwas gehört oder gewusst. Eine Gemeinheit ist das gewesen. Was kann denn die junge Frau dafür?«

Georg schob seinen Teller von sich weg. Ihm war der Appetit vergangen. Sollte er im aktuellen Mordfall mit der fürchterlichen Nazi-Vergangenheit seines Wohnortes konfrontiert sein? War da das Motiv zu suchen? Das mochte er sich nicht ausmalen. Ein Fass ohne Boden tat sich vor ihm auf. Nächtelange Recherchen in alten Unterlagen, gesammelt in den alten Gerichtsakten über Karl Bacher, lagen vor ihm. Das würde auch für Dorothea Schaller ein weiteres Arbeitsfeld nach sich ziehen. Bis Freitag konnten sie dieser neuen Sachlage keinesfalls auf den Grund gehen.

»Weißt du, was man Karl Bacher damals vorgeworfen hat, außer dass er ein Parteimitglied war?«

»Er war ein höheres Tier in der Gauleitung Wien. Er soll einige Sprachen ganz gut beherrscht haben und im regen Austausch zwischen Berlin, Rom und Wien tätig gewesen sein. Außerdem ist der Obersalzberg auch nicht gerade weit weg von uns. Er wird den Hitler schon gut gekannt haben, denk ich mir.«

»Ist das jetzt deine Vermutung oder hat man sich das auch erzählt?«

»Das war die Vermutung von Oma Resi. Sie hat gemeint, auf dem Weg von hier nach Wien kommt man zwangsläufig am Obersalzberg vorbei. Mehr oder weniger!« Katharina lachte.

»Was hatten denn die Amerikaner gegen Bacher in der Hand?«, wollte Georg wissen.

»Er soll Waren verschoben und sich an vormals jüdischem Eigentum vergriffen und bereichert haben. Man hat ihm eine nicht geringe Beteiligung an den Zwangsenteignungen der Wiener Juden zur Last gelegt. Dabei muss er sich den einen oder anderen Wertgegenstand unter den Nagel gerissen und zu Geld gemacht haben. Mit diesem Verhalten stand er sicher nicht allein da. Aber irgendjemand, vermutlich ein weiterer Angeklagter, hat ihn wohl bei den Amerikanern hingehängt. Viel herausgekommen ist am Ende nicht. Er bekam drei Jahre Haft und wurde frühzeitig entlassen, wenn ich mich nicht falsch erinnere. Darüber haben sich natürlich wieder alle möglichen Leute das Maul zerrissen.«

»Wo ist denn die Familie dann hingezogen?«

»Annemarie Bacher stammte von einer gutbürgerlichen Familie ab, die in Traunstein ein Haus hatte. Das Haus steht nicht mehr. Es musste der Krankenhausanlage weichen.«

Georg konnte sich jedoch gut vorstellen, dass ein Teil der wunderschönen Möbel im Bacher-Büro noch aus der guten alten Zeit stammte. Oder hatte Karl Bacher auch diese Schmuckstücke aus Wien nach Chieming transferiert? Der schwarze Schreibtisch mit seiner perfekten Lackschicht konnte sehr gut in den ehemaligen *Wiener Werkstätten* entstanden sein. Gehörte auch das Gemälde von Gustav Klimt einmal einer dieser zwangsenteigneten jüdischen Familien? Der ganze Fall schien mehr und mehr zu einer extrem unappetitlichen Angelegenheit zu werden.

»Annemarie Bacher ist mit dem Ernst zu ihren Eltern gezogen und hat sich von ihrem inhaftierten Mann scheiden lassen. Was aus ihm geworden ist, weiß ich nicht. Warum willst denn das alles wissen?«

»Wir haben einen neuen Mordfall, Mama. Monika Bacher ist gestern in Malcesine am Gardasee vergiftet worden.«

Erschrocken blickte Katharina Breitwieser ihren Sohn an. »Und du glaubst, das hängt mit den alten Geschichten zusammen?«

»Ich weiß es nicht. Aber ich muss dieser unsäglichen, alten Geschichte vermutlich nachgehen, wenn ich auch nicht recht weiß, wie ich das anstellen soll in der Kürze der Zeit.«

»Von der ursprünglichen Familie Bacher lebt niemand mehr. Ob die Monika verheiratet war, weiß ich nicht.«

»Doch, war sie. Mit einem Anwalt! Peter Mühldorfer. Hast du den Namen vielleicht schon mal gehört?«

Katharina Breitwieser schüttelte den Kopf. »Da kann ich dir nicht helfen. Gibst du mir noch ein Stück Apfelkuchen, Maria?«, fragte sie unschuldig und Georg hielt ihr ausnahmsweise keinen Vortrag darüber, dass sie mit ihrer Zuckerkrankheit besser kein drittes Stück nahm. Er sollte dankbar sein, dass nicht auch ihr der Appetit vergangen war.

»Wann musst du denn nach Italien fahren?«, fragte sie ihn hellsichtig. »Da wird dich der Fontanaro doch brauchen können!«

»Ja, so ist es. Ich hab' schon gepackt, Mama. Ich muss nochmal aufs Kommissariat und dann fahr ich direkt weiter nach Verona. Spätestens am Sonntag bin ich wieder zurück.« Aber er blieb weiter auf seinem Stuhl sitzen und ließ sich die Bemerkungen seiner Mutter durch den Kopf gehen. Dass Karl Bacher in Wien tätig gewesen war, konnte in Bezug auf den Tod seiner Enkelin kein Zufall sein. Der Ordner mit der Aufschrift *Chieming* bekam in seinen Augen immer mehr Bedeutung. Er musste nochmal mit der Schaller sprechen und sie bitten, nach den alten Gerichtsakten über Karl Bacher zu suchen. Vielleicht erfuhren sie Fakten, die ihnen beim Mordfall Monika Bacher weiterhalfen. Am besten machte er sich zuerst noch auf den Weg ins Amtsgericht und sprach direkt mit ihr.

»Weshalb man Karl Bacher damals genau angeklagt hat, weißt du nicht zufällig, Mama, oder?«

»Ich nehme an, dass es einer der typischen Entnazifizierungs-Prozesse war, die die Amerikaner geführt haben. Bacher war Parteimitglied gewesen, zudem ein höheres Tier in der Gauleitung Wien. Es dürfte ihm schwergefallen sein, zu beweisen, dass er mit den Arisierungen der Besitztümer reicher Wiener Juden nichts zu schaffen hatte. Die Nazis haben sich doch am beträchtlichen Vermögen der Juden auch bei uns schadlos gehalten.«

Monika Bacher hatte sicherlich nicht zufällig einen Mandanten in New York beraten, der behauptete, er sei der rechtmäßige Erbe des Klimt. Sie hatte vermutlich ebenfalls auf ihre Weise versucht, das Unrecht des Großvaters aufzuarbeiten, dem Nachfahren von Wiener Juden über ein Restitutionsverfahren zur Rückgabe eines zwangsenteigneten Gemäldes zu verhelfen. Und das war ihr zum Verhängnis geworden. Aber wer steckte hinter dem Mord? Der jetzige Eigentümer des Klimt? Wollte er unbedingt eine Menge Geld verdienen und nicht moralisch gezwungen werden, das Gemälde einfach zurückzugeben und auf vierzig Millionen oder mehr Euros zu verzichten? Wie war er oder sie an den Klimt gekommen?

Und gab es dieses Gemälde überhaupt? Oder war Monika Bacher umsonst gestorben? Oder hatte ein Fälscher die Hände im Spiel? Wollte er sicher sein, dass das Bild in jedem Fall zur Versteigerung kam? Hätte Monika Bacher Erfolg gehabt, wäre der Fälscher leer ausgegangen und womöglich Gefahr gelaufen, dass die Fälschung ans Licht kam? Eine Gefahr, die keinesfalls gebannt war, denn Vivani würde nicht ruhen, um genau das zu beweisen. Da konnte der Gutachter Bonaventura behaupten, was er wollte.

»Danke, Mama, du hast mir sehr geholfen.« Georg stand auf, beugte sich zu ihr und drückte ihr einen Kuss auf die Wange. »Pass gut auf dich auf und mach der Maria keinen Ärger!«

Katharina gab ihm einen Klaps auf den Rücken. »Werd' nicht frech und komm wieder gut heim. Meld' dich mal!«

24

Mantua, 16.00 Uhr

Die Gespräche mit Bonaventura, O'Connor und nicht zuletzt mit Commissario Fontanaro auf der Questura beschäftigten Pierre Regnier nachhaltig. Was wurde hier gespielt? War sein großartiger Auftrag, für den Scheich von Abu Dhabi Gemälde an Land zu ziehen, die dieser in seinem Pseudo-*Louvre* der erstaunten, arabischen Öffentlichkeit zu präsentieren gedachte, beim ersten Versuch bereits zum Scheitern verurteilt? Diese Vorstellung ließ ihn verzweifeln. Wie konnte er den Lauf der Dinge zu seinen Gunsten beeinflussen? Wie konnte er ans Ziel kommen? Diese Gedanken wälzte er und sah dabei trübsinnig zur Windschutzscheibe seines Wagens hinaus auf eine enge Straße in Mantua – einer Stadt, die er freiwillig nie im Leben besucht hätte.

Er war mit seinem Porsche am Vormittag zum Verhör in die Questura gefahren. Geparkt hatte er das Auto in Sichtweite des großen Polizeigeländes, das von einer Mauer umschlossen wurde, aber durch eine breite Einfahrt zum *Lungadige* hin offen war. Nach dem Gespräch hatte er sich in den Wagen gesetzt, gegrübelt und sich gedanklich erneut im Kreis gedreht. Wie festgenagelt hatte er in seinem Porsche gesessen, aus der Windschutzscheibe gestarrt und einfach gewartet. Sein Instinkt sagte ihm, dass der Kommissar irgendwann im Laufe des Tages herauskommen und irgendetwas unternehmen würde. Er musste seinen Fall ja lösen. Das konnte er nicht nur in seinem Büro erledigen. Fontanaro musste doch aktiv werden. Zumindest war das Pierres Einschätzung und große Hoffnung. Im besten Fall verließ Fontanaro die Questura in einem Streifenwagen und er konnte ihm folgen. Auch zu Fuß würde er ihm auf den Fersen bleiben. Wohin auch immer. In großer Hast, immer mit Blick auf die Ausfahrt der Questura, hatte er sich in einem kleinen Café einen Kaffee im Becher gekauft, was er absolut hasste, und dazu zwei Sandwiches, was für ihn normalerweise unter seiner Würde war. Damit bewaffnet hatte er sich eilig wieder hinter das Lenkrad seines Porsche gesetzt. Um kurz nach 14 Uhr wurde seine Warterei belohnt. Ein Streifenwagen fuhr auf den *Lungadige* hinaus und gerade noch im letzten Moment erkannte Pierre in dem Mann hinter dem Steuer Antonio Fontanaro in Begleitung einer Frau.

Schon einmal hatte er sich auf Verfolgungsjagd begeben. Schon einmal hatte ihn dieser Entschluss einen entscheidenden Schritt vorwärtsgebracht, wenn er auch damals nicht geahnt hatte, was ihn erwartete. Und auch dieses Mal ließ er sich vielleicht auf ein gefährliches Abenteuer ein. Aber was sollte ihm im Beisein der Polizei schon groß passieren? Seine *Beretta* jedenfalls hatte er gleich am Morgen aus dem Hotelsafe genommen und im Handschuhfach des Porsche deponiert. Man wusste ja nie! Im Hotelsafe jedenfalls nützte sie ihm wenig.

Langsam war er aus der Parklücke geschert, hatte sich nach einem weiteren Wagen in den Verkehr eingereiht und war dem gut sichtbaren Polizeiauto gefolgt – um schließlich im Winkelwerk der Altstadtgassen von Mantua zu landen. Dort wurde es schon deutlich schwieriger, nicht die Aufmerksamkeit von Fontanaro zu erregen. Was hätte er dem Kommissar erzählen sollen? Welche Ausrede hätte ihn gerettet auf die Frage: »Was führt Sie nach Mantua, Signor Regnier?« Ja, ganz ehrlich, was? Er wusste es nicht. Aber Fontanaro und seine Begleitung waren so mit sich selbst beschäftigt, dass sie seinen durchaus auffälligen Sportwagen in Signalrot nicht bemerkten. Pierre hatte sich hinter einen großen, dunkelblauen Lancia Thema gestellt, der direkt vor einem wuchtigen Palazzo im Halteverbot parkte.

Nach gut einer halben Stunde traten die beiden Polizisten wieder aus dem Haus und fuhren davon. Pierre Regnier zögerte. Was sollte er tun? Erneut folgen? Abwarten? Wen hatten sie in dem Palazzo aufgesucht? Logierte hier die Marinelli? Das konnte sich Pierre nicht vorstellen, denn das Haupthaus der *casa d'aste* befand sich in Mailand. Und Mantua schien ihm sogar ein noch schlimmeres Kaff als Verona zu sein. Wenn das überhaupt noch möglich war. Dort hatte ihn der Mief der Mittelmäßigkeit schon abgestoßen, aber diese Straße hier war an Einfachheit kaum zu überbieten. Die Gebäude, allen voran der Palazzo, unter dessen hochaufragender Fassade er parkte, waren durchaus beeindruckend und auch in einem respektablen Zustand. Aber es gab keine Geschäfte, keine Restaurants, nichts, was auch nur im Entferntesten eine städtische, umtriebige Infrastruktur suggerierte.

Und mitten hinein in diese Gedanken sah er die schwarze Gestalt von Alessandro Bonaventura aus dem Eingang treten und eilig in den Lancia Thema einsteigen. Jetzt wurde es endgültig interessant! Sein Herzschlag beschleunigte sich. Hatte die Polizei den abgebrühten Gutachter etwa aufgeschreckt? Wo wollte dieser hin?

Wieder ging es durch das Gewirr der engen Altstadtstraßen. Mit geringem Abstand folgte Pierre der dunkelblauen Limousine über den Fluss Mincio, auf die *autostrada* und bis zur Ausfahrt Affi. Jetzt konnte er erneut die immer wiederkehrenden Ausblicke auf den *Lago di Garda* genießen, während sie in gemäßigtem Tempo die *gardesana orientale* entlangfuhren. Der Verkehr war dicht. Deutsche Autokennzeichen, wohin man blickte. Pierre fragte sich zum wiederholten Male, weshalb diese Gegend so einen Hype bei den Deutschen auslöste. Er fuhr lieber an die Côte d'Azur oder nach Biarritz an den Atlantik. Meeresluft zu schnuppern, war für ihn das einzig Wahre, um auszuspannen und gleichzeitig das Flair des Hochpreisigen zu genießen.

Als Bonaventura in der Ortschaft Torri del Benaco scharf rechts in die *Via Albisano* einbog, schwante Pierre Übles. Wie sollte er, vom Gutachter unbemerkt, sich in einem Porsche weiter an dessen Fersen heften? Der Typ war nicht blöd. Pierre trat auf die Bremse und verlangsamte entschieden seine Fahrt. Das Risiko, den Verfolgten aus den Augen zu verlieren, musste er eingehen. Eine Konfrontation mit Bonaventura hier im hügeligen, unübersichtlichen Gelände musste er unter allen Umständen vermeiden. So quälte er sich im Schritttempo die Kurven hoch, ohne die geringste Ahnung zu haben, welches Ziel auf ihn wartete. Bislang hatte er nach jeder Biegung immer noch das Heck des dunkelblauen Lancia gesichtet. Doch plötzlich sah er nur noch ein offenstehendes Tor aus schwarzem Schmiedeeisen an der Spitzkehre der nächsten Kurve. Ein langer Weg führte, gesäumt von breiten Büschen und hohen Pinien, an ein noch nicht erkennbares Ende, dem der Lancia gemächlich entgegenstrebte. Immer wieder blitzten Sonnenstrahlen auf dem blanken Lack des Wagendaches auf, bevor sich wieder dunkler Schatten unter den Schirmpinien breitmachte.

Pierre Regnier parkte seinen Sportwagen mehr schlecht als recht am Straßenrand und rannte auf das Tor zu, das sich quietschend langsam, aber sicher schloss. Im letzten Moment quetschte er sich zwischen den Flügeltüren hindurch und folgte geduckt, im Schatten der Büsche, dem Weg, der schnurgerade zu einem gewaltigen Gehöft führte. Ein aus groben, gelblichen Hausteinen gebauter, zweistöckiger Kubus mit ziegelrotem Walmdach bildete das Ende des Kieswegs. An das Gebäude schlossen sich weitere weitläufige Bauten an. Eines davon zeichnete sich durch riesige Atelierfenster aus. Hier lebte zweifelsohne ein Maler. Bonaventura kannte sich offensichtlich aus. Denn er ließ den Haupteingang links liegen und strebte zielsicher dem Atelierbau zu, dessen Glastür offenstand.

»*Ciao*, Hans!«, begrüßte Bonaventura einen Mann, den Pierre zunächst nicht sehen konnte. Er drückte sich an die Hauswand, schlich so nah wie möglich an die Tür heran und spähte vorsichtig hinein. Ein sehr großer Typ, der sogar Bonaventura noch um einige Zentimeter überragte, bekleidet mit einem über und über mit Farbe bekleckstem, ehemals wohl weißen Mantel, schlug dem Gutachter jovial auf die Schulter. Man kannte sich gut. Die folgende Unterhaltung führten die beiden überraschenderweise auf Deutsch. Eine Sprache, die Pierre Regnier zumindest rudimentär verstehen konnte. Sprechen konnte er sie nicht. Welcher Franzose sprach schon Deutsch? Er zumindest kannte keinen. Aber Bonaventura schien darin sehr geübt zu sein.

»*Ciao*, Sandro! Treibt dich die Ungeduld zu mir?«

»Wie weit bist du?«

»Längst fertig! Was denkst du denn!«

»Kann ich es sehen?«

Der Maler setzte sich auf die Kante eines Tisches, der irgendwann einmal in einem Esszimmer oder einer Wohnküche gestanden haben mochte, nun aber mit vielen Gläsern, in denen Pinsel steckten, mit Ölfarben-Tuben und Spraydosen gut vollgestellt war. Hans griff nach einem Lappen, der dort ebenfalls zwischen all den Malutensilien lag, und wischte sich umständlich die Finger ab. Ganz offensichtlich brauchte er Zeit für seine Antwort.

»Traust du mir nicht?« Die Stirn in Falten gelegt, musterte er kühl sein Gegenüber.

»Du willst eine Stange Geld für das Gemälde. Also werde ich es wohl auch sehen dürfen, wenn es fertig ist, wie du behauptest.«

»Du siehst es, wie immer, auf der Auktion.«

»Das ist nicht irgendein Barockschinken, sondern ein ziemlich wertvoller Klimt. Also, ... wo hast du das Gemälde?«

»Ich habe es in Sicherheit gebracht. Hier kann ich es ja kaum herumstehen lassen. Du hast noch nie die Details wissen wollen.

Frei nach dem Motto: Was ich nicht weiß, macht mich nicht heiß. Und dabei sollten wir es belassen.«

»Du meinst wohl, du hast beide in Sicherheit gebracht?« In Alessandro Bonaventuras Stimme klang unverhohlener Zorn durch. »Halt mich nicht für blöd, Hans. Ich will den Klimt sehen! Jetzt!«

»Das kann schon sein. Aber er ist nicht mehr da! Frag Patrizia. Sie hat das Sagen, was die Bedingungen für die Auktion angeht. Ich bin nur Befehlsempfänger, von dir und von ihr. Eine Scheißsituation ist das, kann ich dir verraten.« Dann warf Hans den Kopf in den Nacken und lachte schallend. Postwendend traf ihn ein gezielter Kinnhaken, der ihn zunächst mit dem Rücken auf seinen Malertisch warf und ihn schließlich wie in Zeitlupe über die Tischkante nach unten rutschen ließ, bis er am Boden zu liegen kam. Bonaventura sprang zur Seite, um von den herabfallenden Malutensilien nicht getroffen zu werden. Ganz so, als hätte ihn plötzlich Ekel vor dem Maler und dessen Gerätschaften erfasst.

Pierre Regnier konnte kaum glauben, was sich vor seinen Augen abspielte. Sollte er flüchten? War das klug? Oder sollte er weiter beobachten? Sinnigerweise lag die *Beretta* immer noch im Handschuhfach seines Wagens. Sehr schlau hatte er das wieder angestellt. Als Waffenheld war er wahrlich eine Niete. Aber für Ärger auf sich selbst war nun keine Zeit. Seine Augen folgten dem Gutachter, der an zwei Staffeleien vorbeiging, die großformatige, mit wuchtigen Pinselstrichen gefüllte Leinwände trugen, und schließlich eine Tür öffnete, die in einen weiteren, dunklen Raum führte. Licht wurde angeknipst und die Tür wieder geschlossen. Hans lag immer noch regungslos unter dem Malertisch, die Beine Richtung Pierre gereckt. Ein Glas mit Malerpinseln war umgekippt. Die meisten Pinsel lagen verstreut auf dem Tisch, einige auf dem Boden und eine Flüssigkeit rann aus dem Glas und tropfte stetig über die Tischkante auf die linke Wange des Mannes. Hatte Bonaventura ihn nur bewusstlos geschlagen oder hatte der Schlag ausgereicht, um ihn ins Jenseits zu befördern?

Regnier hatte genug gesehen, um zu wissen, dass er hier nichts mehr verloren hatte. Rasch drehte er sich um, fing an zu laufen und kletterte schließlich am Ende des Wegs mit Mühe und großer Kraftanstrengung über das Tor aus Schmiedeeisen. Völlig außer Atem ließ er sich in den Wagensitz fallen. Sein Gedankenkarussell kam wieder in Schwung. Zu den bisher schon offenen Fragen hatten sich weitere gesellt. Er war sicher, dass die Fahrt zurück nach Verona nicht ausreichen würde, um dieses Karussell zum Stillstand zu bringen. Was hatte Bonaventura mit seiner Frage nach dem Klimt gemeint? Weshalb konnte der als Hans bezeichnete Maler eine Stange Geld dafür verlangen? Die Lösung lag für Pierre auf der Hand: Hans hatte eine Kopie angefertigt. Eine Fälschung. Und diese wollten die beiden auf der Auktion dem dummen Käufer unterjubeln. Wer würde den echten Klimt behalten? Bonaventura? Der Maler Hans selbst? Die Marinelli? Oder war der echte Klimt bereits von O'Connor erworben worden, nachdem Pierre nicht auf den vorgeschlagenen Deal eingegangen war? Oder war dies die Finte von O'Connor gewesen, ihm von vorneherein eine Fälschung anzudrehen und das zu einem enorm hohen Preis? Steckte er womöglich mit der Marinelli unter einer Decke? Wer würde am Ende als Sieger aus dem Rennen gehen, wer bekam das Original? Das war die eigentliche Frage, die Pierre Regnier ab sofort umtreiben würde.

Mit einem satten Brummen startete er den Porsche und wendete in der Spitzkehre. Nochmals fiel sein Blick auf das Einfahrtstor und auf die Steinstelen, an denen die Flügeltüren befestigt waren. Ein glänzendes Messingschild auf der rechten zierte der Namenszug *Hans Stade*. Nichts weiter! Pierre fuhr langsam die steile Straße hinab, nahm Kurve für Kurve, dem *Lago di Garda* entgegen. Er war sich fast hundertprozentig sicher, dass auf der Auktion eine Fälschung versteigert werden sollte.

25

Traunstein, 17.00 Uhr

»Das ist ja eine fürchterliche Geschichte, Herr Breitwieser!«

Georg war auf dem schnellsten Weg nach Traunstein gefahren und hatte Ermittlungsrichterin Schaller in ihrem Büro aufgesucht. Auf ihrem gewaltigen Schreibtisch lagen geöffnete Ordner übereinander. Ihr Laptop war aufgeklappt und daneben hatte sie sich zahlreiche Notizen auf einem Schreibblock gemacht. Es gab keinen Zweifel, sie hatte sich in den Fall Bacher vergraben.

»Passen die Erinnerungen meiner Mutter irgendwie mit den Fakten zusammen, die hier vor Ihnen auf dem Schreibtisch liegen?«, fragte Georg hoffnungsvoll.

»Ja und nein!«, war die wenig erbauliche Antwort von Dorothea Schaller. »Sollte Monika Bachers Tod direkt mit der Vergangenheit des Großvaters zu tun haben, so kann ich das den Akten hier nicht entnehmen. Fakt ist, dass sie einem jüdischen Nachfahren helfen will, das Klimt-Gemälde *Malcesine am Gardasee*, das sich 1938 nachweislich im Eigentum von dessen Familie befunden hatte, wieder zurückzubekommen. An keiner Stelle nennt sie den Namen des Mandanten. Außer dem Mandat für ein Resitutionsverfahren, das sie aufgrund der Faktenlage angenommen hat, gibt es keine weiteren Hinweise. Monika hat keinen Mailverkehr abgelegt, sofern es diesen gab, und auch keinerlei Papiere, die direkt auf den Mandanten verweisen.«

»Ist diese Geheimniskrämerei nicht sehr auffällig, verdächtig vielleicht sogar?«

»Monika Bacher war sehr vorsichtig. Vielleicht wurde sie schon längere Zeit bedroht, ohne dass wir dafür bisher irgendwelche Belege entdeckt hätten.«

»Ihr Mann jedenfalls hat uns davon nichts berichtet.«

»Wie gesagt, das Verhältnis der Eheleute war nicht gut. Andererseits ist sein Verhalten als Anwalt völlig korrekt. Stillschweigen hat oberste Priorität, wenn es um Mandantenschutz geht.«

»Aber was enthalten denn dann diese Ordner vor Ihnen auf dem Schreibtisch? Das ist doch enorm viel Material?« Einen Teil davon hatte er auch schon durchgesehen, als sie beide in Chieming abends die Unterlagen gesichtet hatten. Ein mühsames und fruchtloses Unterfangen war das bis hierher gewesen.

»Es gibt einen Vertrag der Kanzlei *Bacher & Mühldorfer* mit einer amerikanischen Anwaltskanzlei, die als Zwischenvermittler tätig ist. Dieser legt fest, dass sich die Kanzleien zuarbeiten, und er bekräftigt zudem, dass der Mandant solvent genug ist, um im Fall eines Scheiterns des Verfahrens auch die Kosten zu tragen.«

»Reizend!«

Dorothea Schaller lachte verhalten. »Auch Rechtsanwälte müssen von etwas leben, Herr Breitwieser!«

»Das ist schon klar. So meinte ich das auch nicht«, verteidigte sich Georg, obwohl er es natürlich genauso gemeint hatte. »Ich meinte die Vertragslage. Aber das kann ja nicht alles sein.«

»Nein, ist es auch nicht. Monika hat sehr viel Zeit und Energie hineingesteckt, sich über die verschiedenen Wege, die die Werke von Gustav Klimt genommen haben, zu informieren. Sie hat akribisch recherchiert, wer wann einen Klimt gekauft hat – entweder direkt beim Künstler, über eine Galerie oder auf einer Versteigerung.

Gustav Klimt ist am 6. Februar 1918 verstorben. Bereits davor und auch danach wurden seine Werke unter Privatleuten weiterverkauft oder sie waren auf dem Kunstmarkt zu erwerben oder sie wurden vererbt. Je näher Monika bei ihren Recherchen den Jahren 1939 und folgende kam, desto schwieriger wurde es, nach dem Verbleib der Gemälde zu forschen.

Im Gegensatz zu Dottor Vivani wollte Monika jedoch nicht glauben, dass das Gemälde, das in Malcesine entstanden war, verbrannt sein soll. Und dafür scheint sie auch einen Beweis gefunden zu haben. Doch schriftlich hat sie keine Details niedergelegt. Was ich verstehe. Das ist Zündstoff und dieses Wissen hat sie für sich behalten.«

»Oder im Ordner *Chieming* abgelegt, der uns fehlt.«

Dorothea Schaller warf ihm einen warnenden Blick zu. Sie hatte es nicht gerne, wenn er sie auf einen Fehler hinwies.

»Ja, das könnte sein«, gab sie zögernd zu, »muss es aber nicht. Haben denn Ihre Kollegen in Italien bei Monika Bacher nichts sichergestellt, was uns weiterhilft? Ich kann mir nicht vorstellen, dass sie mit leeren Händen nach Italien gereist ist und meinte, sie könnte Vivani von ihren Annahmen lediglich mündlich überzeugen? So blauäugig kann sie doch nicht gewesen sein.«

»Sie meinen, sie hat die Beweise, nach denen wir so verzweifelt suchen, bei sich gehabt?«

»Ja, das halte ich für möglich. Oder aber Peter Mühldorfer hat sie im Ordner *Chieming* entdeckt und ist deshalb nach Malcesine aufgebrochen.«

»Um die Auktion zu verhindern? Halten Sie das für möglich?«

»Ja, ... wenn er die Vertretung des Mandanten in New York übernommen hat, weil er im Sinne seiner Frau den Fall weiter betreuen will, damit ihr Tod nicht vergeblich war. Dann halte ich das für möglich.«

Georg sah alarmiert auf seine Uhr. Er war um kurz nach 13 Uhr vor der Villa der Bachers in Traunstein angekommen und hatte dort die Richterin getroffen. »Hat Ihnen Frau Hinterlechner gesagt, wann Peter Mühldorfer nach Malcesine aufgebrochen ist?«

»Ich habe ihn knapp verpasst!«

»Wenn wir Pech haben, ist er bereits in Malcesine eingetroffen und hat in einem der zahlreichen Hotels eingecheckt.« Ihn dann zu finden, würde Stunden in Anspruch nehmen. Ohne weitere Erklärung zog Georg sein Handy aus der Hosentasche und rief Antonio an.

»Servus, Toni. Wir haben den Verdacht, dass der Ehemann unseres Opfers bereits in Malcesine ist«, kam er sofort zum Punkt. »Könnt ihr trotzdem an den Ortsenden Kontrollen durchführen, ihn gegebenenfalls abfangen und zu euch in die Questura bringen? Möglicherweise schwebt auch er in Lebensgefahr.« Georg übertrieb die Lage bewusst, um Antonio zum raschen Handeln zu bewegen. »Nehmt ihm alle Papiere ab und den Laptop, sollte er einen dabeihaben.«

»Was wollt ihr denn von ihm wissen?«

»Das schreibt dir Dottoressa Schaller!«

Bevor Fontanaro noch weitere Fragen stellte, legte Georg auf.

Ein kritischer Blick aus blauen Augen traf ihn.

»Was werde ich schreiben, Herr Hauptkommissar?« Dorothea Schaller hatte nun endgültig den strengen Unterton in der Stimme, den er nur zu gut kannte und der ihm unmissverständlich signalisierte, dass sie nun sehr dienstlich mit ihm verhandelte.

Allerdings ließ sich Georg nicht aus der Ruhe bringen. Genauso ernst und nachdrücklich erklärte er ihr, dass sie sehr viel eher in der Lage war, die wenigen Fakten, die sie den Ordnern entnommen hatte, und die Vermutungen, die sie daraus ableitete, zu formulieren.

»Darf ich Sie bitten, auch mir diese Mailnachricht weiterzuleiten?«

Sie nickte. »Wie gehen Sie jetzt weiter vor?«

Georg, der bisher auf einem Stuhl vor Schallers Schreibtisch Platz genommen hatte, erhob sich und sagte: »Ich habe schon gepackt und fahre ohne weiteren Verzug nach Verona.«

»Pfaffenrieder war wohl dieses Mal von der schnellen Truppe?«

»Er ist immer mal wieder für eine Überraschung gut!«

»Halten Sie mich bitte auf dem Laufenden, Herr Breitwieser. Und ich suche hier weiter.« Mit einer resignierten Handbewegung zeigte sie auf die geöffneten Ordner. »Irgendetwas wird sich hoffentlich finden.«

26

Verona, 18.00 Uhr

Die Bar des *Caffè* und *Ristorante Vittorio Emmanuele*, einer gastronomischen Institution in Verona seit 1895, war für Kenneth O'Connor, den weit gereisten Kunstexperten des Hauses *Soho Fine Art Auction* aus London, der Lichtblick des Tages schlechthin. Er hatte eine Führung durch die römischen Gemäuer der *Arena di Verona* hinter sich gebracht, war über heiße Steinstufen gestiegen, hatte sich von römischen Gladiatorenkämpfen berichten lassen und war den Geschichten über die zahlreichen Opernsänger und Operndiven gefolgt, die die Führerin in plastischen Farben zu schildern verstand. Bei einem späten Mittagessen hatte er sich eine opulente Pizza mit Meeresfrüchten gegönnt, war dann an den Gardasee gefahren, um neben hunderten von Touristen in Garda die Uferpromenade entlang zu lustwandeln, hatte einen noch opulenteren Eisbecher genossen und wartete nun auf einen Whisky on the Rocks, der seinen lädierten Magen wieder in Ordnung bringen sollte. Er schlug die Zeit tot, wie er sich selbst eingestand. Diese Form von Warten und Nichtstun fiel ihm unendlich schwer und er ertappte sich immer wieder dabei, wie er auf die Uhr sah oder auf das Display seines Handys, in der vergeblichen Hoffnung, irgendetwas von Bedeutung würde sich ereignen.

Da auch der Kellner mit dem ersehnten Nass nicht in Sicht kam, brauchte O'Connor endlich eine Ablenkung. Dem grandiosen Ambiente der Bar hatte er bereits genug Aufmerksamkeit geschenkt, wohlwollend auch den mehrarmigen Muranolüster studiert, der auf den gedeckten Tischen, bereit schon für das bald folgende Dinner, die Kristallgläser und Silberbestecke richtiggehend zum Blitzen brachte. Deshalb griff er nach dem Fachmagazin *The Art Newspaper*, das er sich besorgt hatte in der sicheren Annahme, spannende Neuigkeiten aus der Kunstwelt zu erfahren. Und er wurde nicht enttäuscht. Bereits auf dem unteren Teil der Frontseite sprang ihn ein Name an, der schon geraume Zeit die Aufmerksamkeit der internationalen Auktionshäuser erregte. Es ging dabei um den ehemaligen Generaldirektor der Neapolitanischen Nationalbibliothek. Ihm wurde Schwerwiegendes zur Last gelegt: Diebstahl von unbezahlbar wertvollen wissenschaftlichen Büchern Galileo Galileis und diversen Kupferstichen, die der saubere Direktor aus jahrhundertealten Büchern geschnitten und für viel Geld den Auktionshäusern angeboten haben soll. Jener skrupellose Herr befand sich, wie man annehmen konnte, auf der Flucht. Zumindest war er seit mehreren Wochen nicht mehr am Arbeitsplatz erschienen. Von ihm fehlte jede Spur.

Ein Kellner kam und stellte Kenneth O'Connor einen gut gefüllten Whiskytumbler auf den Tisch. O'Connor hatte sich einen Doppelten bestellt. Der Abend bis zum Dinner war noch lang. Begleitet wurde der honiggelbe Hochprozentige von einer kleinen Silber-Etagere. Auf deren Tellern befanden sich Blätterteiggebäck und kleine Tramezzini, gefüllt mit Cremes, die O'Connor erst noch versuchen musste, um zu wissen, was ihn zwischen den beiden Weißbrotdeckeln erwartete. Er nahm genussvoll den ersten Schluck und war angetan vom malzig weichen Geschmack des Schottischen Whiskys, den er ausgewählt hatte. Dann vertiefte er sich in die neuesten Nachrichten zu einem besonderen Coup aus Neapel. Das, was er da las, machte ihn nicht nur neugierig, nein, es versetzte ihn geradezu in Euphorie. Denn er hatte plötzlich das Gefühl, als Kunstexperte hier in Verona ganz genau am richtigen Fleck zu sein. Die Sondereinheit in Rom, jene Einheit, die nach gestohlenen oder sonst auf irgendeine Weise abhanden gekommene Kunst- und Kulturgüter fahndete, nahm an, dass sich der feine Herr Generaldirektor erneut in den Raum Verona geflüchtet hatte. Seine Diebstähle lagen Jahre zurück, hunderte der gestohlenen Bücher waren in Rom, London und München bei Auktionen und in Antiquariaten aufgetaucht, ein Großteil daraufhin an die Bibliothek zurückgegeben worden. Dies konnte als ein glücklicher Fall von Rückgabe gestohlener Werke bezeichnet werden.

Der Generaldirektor hatte eine Gefängnisstrafe aufgebrummt bekommen, war aber seit einem Jahr wieder auf freiem Fuß und hatte, man mochte es kaum glauben, wieder eine Stellung als Bibliothekar angetreten. Allerdings war er seit Tagen nicht mehr am Arbeitsplatz erschienen. War er erneut in der Nähe von Verona untergetaucht wie nach seinem damaligen Raubzug? Jedenfalls wurden jetzt Bücher angeboten, die von diesem Diebstahl stammten und der Bibliothek in Neapel nach wie vor fehlten. Ausgerechnet *Soho Fine Art Auction*, mit Sitz in London, hatte die Bücher zur Prüfung erhalten. Wer steckte hinter dieser Dreistigkeit? Der Ex-Direktor? Was taten seine Kollegen und Kolleginnen mit den Buchschätzen? Mehr aufs Höchste gespannt als über die kriminellen Machenschaffen des Biblothekars betroffen oder gar erzürnt, griff O'Connor nach seinem Handy. Endlich kam Bewegung in seinen Abend!

»Hi, Paula«, begrüßte er seine Kollegin, Expertin für antiquarische Bücher, für Kupferstiche und Lithografien. »Ich sitze hier in Verona und lese gerade von den unglaublichen Buchpreziosen, die uns angeboten werden. Was sagst du dazu?«

Die Kollegin schwieg geraume Zeit, bevor sie eine Gegenfrage stellte: »Das ist nicht dein Gebiet, Ken, weshalb interessierst du dich dafür?«

»Das ist doch eine unglaublich spannende Sache! Ich bin in Verona, wie gesagt. Kann ich irgendwie helfen?«

»Das würde dir so passen! Auch noch in meinem Gebiet zu wildern und auf fette Provisionen zu hoffen. Vergiss es, Ken! Es gibt nichts zu holen in diesem Fall.«

»Ist die Provenienz so eindeutig? Seid ihr sicher, dass die Bücher aus der Nationalbibliothek von Neapel stammen?«

»Ich brauche deine Hilfe nicht, Ken! *Bye!*«

Nachdenklich ließ O'Connor das Handy auf den Marmortisch gleiten. Er griff nach seinem Whiskyglas und nahm einen Schluck. Es gab für ihn im Moment keine Möglichkeit, nach dem Aufenthaltsort des Diebes zu fahnden. So naiv war er nicht. Aber er war umgeben von Fachleuten, von Italienern, die vermutlich noch sehr viel mehr über den Bücherraub von 2012 wussten. Ein bisschen in den alten Geschichten zu graben, dumme Fragen zu stellen, konnte sich doch vielleicht lohnen. Patrizia Marinelli schätzte er auf jeden Fall so ein, dass sie jedes Geschäft mitnahm, das sich ihr bot. Und sein Chef war immer für eine Sonderlocke gut. Es wäre nicht das erste Mal, dass sie beide an *Soho Fine Art Auction* vorbei Verkäufe abwickelten und die Erlöse in die eigene Tasche stecken würden. Nur mit Paula ließen sich solche Deals nicht abschließen. Das war ihm klar. Mal sehen, was sich in Verona noch für Geschäfte ergaben.

Er griff nach der Speisekarte, die der Kellner dezent auf dem Marmortisch platziert hatte. Großen Hunger hatte er nach all den reichlich genossenen Mahlzeiten nicht, aber das *Grand Plateau Royal* klang schon sehr nach seinem Geschmack. Austern, rote Scampi, Thunfischtartar und ein Carpaccio von Jakobsmuscheln, mit einer Flasche bestem Champagner genossen, wäre jetzt genau richtig. Von italienischen Weinen und Sekten ließ er lieber die Finger. Damit hatte er so gar keine Erfahrung und die große Meeresfrüchteplatte versprach einen unvergleichlichen Genuss, den er sich durch falsche Getränkewahl nicht verderben wollte.

Doch zu einer Bestellung kam er zumindest in diesem Moment noch nicht. Denn ein Schatten fiel auf Marmortisch und Whiskytumbler.

»Ja, da schau her, Mister O'Connor ganz persönlich!« Das weiche Idiom einer unverkennbar aus Wien stammenden Stimme schreckte den Briten auf. Sein Deutsch war nicht besonders gut, aber das Englisch von Ferdinand Hofer, dem diese Stimme gehörte, war weniger als passabel. Das war nicht sein Tag. Den Wiener wieder loszuwerden, würde ein hartes Stück Arbeit bedeuten.

»*Good evening*, Mister Hofer!« Kenneth O'Connor gab sich zugeknöpft und griff erneut zu seinem Kunstmagazin, in der Hoffnung diese abweisende Geste, die jeder andere vermutlich zu deuten gewusst hätte, reiche aus, um Ferdinand Hofer auf Abstand zu halten.

»Gestatten?« Der Österreicher hatte wenig Feingefühl, zog sich einen Stuhl heran und setzte sich gegenüber. »Was trink ma denn da?« Mit spitzem Zeigefinger auf den halb geleerten Whiskytumbler deutend, hob Hofer fragend die linke Augenbraue in die Stirn. »Genießbar?« Ein weiterer fragender Blick veranlasste Kenneth O'Connor, seine abwehrende Haltung aufzugeben. Es hatte ohnehin keinen Sinn. Er winkte den Kellner herbei und bestellte für den Österreicher ein weiteres Glas.

»Ich habe Sie auf der Preview vermisst, Mister Hofer.« Kenneth entschied sich nun für die Offensive. Vielleicht war es ganz gut zu erfahren, was der Österreicher vorhatte. Ferdinand Hofer arbeitete für den öffentlichen Dienst in Wien. Er war für die zahlreichen Kunstmuseen dort zuständig. Ein Mann, der Gelder für Ausstellungen organisierte, mit den Kuratorinnen und Kuratoren der staatlichen Museen zusammenarbeitete, Türen öffnete und manches Mal auch an Versteigerungen teilnahm, um für die Museen interessante Werke an Land zu ziehen. Da das *Obere Belvedere* weltweit bekannt für seine umfassende Sammlung von Werken Gustav Klimts war, bedeutete die Anwesenheit Hofers in Verona wahrlich keine Überraschung. Vielmehr interessierte sich O'Connor nun dafür, welche Summe der österreichische Staat für den Klimt auszugeben bereit war, der in zwei Tagen versteigert werden sollte. Vielleicht ließ sich ja mit Hofer ein Deal abschließen? Zu testen, ob der Beamte bestechlich war, konnte sich lohnen. Vertrauensvoll beugte sich O'Connor deshalb leicht über den Marmortisch und Hofer entgegen.

»Ich kann mir sehr gut vorstellen, dass die Österreichischen Museen scharf darauf sind, sich einen weiteren Klimt zu schnappen.« Er hob seinen Tumbler und prostete Hofer konspirativ zu. So, als wollte er damit ausdrücken, ich kenn mich aus, ich weiß genau, was du willst, aber ich werde es verhindern.

Doch die Reaktion seines Gegenübers war dann selbst für O'Connor eine Überraschung. Ferdinand Hofer lachte laut los. Fast verschluckte er sich an seinem Whisky.

»Guter Witz, O'Connor! Kompliment!«

Kenneth lehnte sich zurück und wartete ab. Was war das doch für ein Clown. Sie waren schon mehrfach aufeinandergetroffen und hatten so manchen Drink an einer Hotelbar gekippt, selten noch hatte er den Mann in Staatsdiensten für voll genommen. Die finanziellen Möglichkeiten der österreichischen Museen waren begrenzt. Für ein Gemälde fünfzig, sechzig oder gar mehr Millionen Euro auf den Tisch zu legen, war ihnen in der Regel nicht möglich.

»Ich schau mir das Spektakel gerne an.« Hofer schien bester Laune. »Und ich bin gespannt, wer von euch Schlaubergern sich die Fälschung andrehen lässt.« Ein bedeutungsvoll listiger Blick traf Kenneth O'Connor, der glaubte, sich verhört zu haben.

»Von welcher Fälschung sprechen Sie?«

»Sie glauben doch nicht im Ernst, dass der Klimt echt ist?«

»Das Gutachten ...«

»Vergessen S' des Gutachten, O'Connor. Wer immer dieses Gutachten fabriziert hat, ist ein Meister seines Fachs. Dennoch ist der Klimt eine Fälschung. Ihr habt alle eure Hausaufgaben nicht gemacht. Nicht richtig recherchiert. Sonst wüsstet ihr sogenannten Kunstexperten der Galerien und Auktionshäuser, dass das Bild *Malcesine am Gardasee* am 8. Mai 1945 in Flammen aufgegangen ist.« Hofer nahm genüsslich einen weiteren Schluck seines Whiskys und beobachtete Kenneth O'Connors Reaktion mit großem Interesse.

»Wenn Ihnen das so genau bekannt ist, warum haben Sie dann die Reise nach Verona auf sich genommen?«

Was glaubte der Kerl? Sollte er zu jedem Kunstobjekt, das zur Versteigerung irgendwo auf der Welt anstand und das er im Auftrag der Firma ersteigern sollte, vorab recherchieren? Auktionshäuser waren zur Nachprüfung verpflichtet. Auf dem Papier. Doch nicht alle nahmen diese Aufgabe ernst und gaben Geld für Experten in den eigenen Häusern aus. Niemand wusste das besser als er.

»Schlichte Neugierde!« Hofer legte eine Kunstpause ein, bevor er fortfuhr: »Außerdem will ich wissen, wohin der sogenannte Klimt verschwindet. Wo sich in Zukunft eine Fälschung befindet. Es gibt durchaus Sammler, denen ist es egal, ob sie eine Fälschung an der Wand hängen haben oder ein Original. Das ist doch auch für Sie nichts Neues. Solange das Werk für teures Geld erworben wurde und das vor aller Augen mit einer riesigen Presseresonanz, hat der Erwerber seinen Auftritt gehabt, bestmögliche Publicity erzeugt. Für manche Großindustrielle ist das eine reine Marketingshow. In spätestens fünf Jahren landet das Bild dann wieder auf dem freien Markt.«

»Und spätestens dann ist es unverkäuflich«, warf O'Connor ein, der sich langsam wieder gefangen hatte und überlegte, was diese Neuigkeit für sein Auktionshaus und für ihn ganz persönlich bedeutete. Er wollte schließlich nicht wie ein Idiot dastehen und womöglich sechzig Millionen Euro in den Sand setzen. Er musterte den Österreicher scharf. Ihn zu unterschätzen, war offenbar ein schwerer Fehler, den er sich nicht weiter erlauben durfte. Hofers Antwort war nur die Hälfte der Wahrheit. Da war sich O'Connor fast sicher. Und so beschloss er, einen weiteren Versuchsballon steigen zu lassen.

»Ich nehme an, Sie steigern dennoch für die Museen mit, um den Preis ein wenig in die Höhe zu treiben. Oder irre ich mich? Jede hohe Summe, die einmal in einer Versteigerung aufgerufen wurde, erhöht den Wert der österreichischen Klimt-Sammlung. Das ist insbesondere gut für den Fall, dass die österreichischen Museen einmal gezwungen sein sollten, einen Klimt zu verkaufen.«

Ferdinand Hofer schmunzelte und strich sich mit der rechten Hand nachlässig über das Revers seines hellgrauen Sommersakkos. Es war eine selbstzufriedene Geste, die O'Connors Widerwillen weiter anstachelte: »Wie weit wollen Sie gehen? Haben Sie keine Angst, dass der falsche Klimt dann an Ihnen und den hochgelobten österreichischen Museen kleben bleibt? Sie wären für eine nachhaltige Rufschädigung verantwortlich!«

»Was wollen Sie?«

Die beiden maßen sich mit Blicken. Jeder lotete den anderen aus.

Schließlich war es Hofer, der die entscheidende Frage stellte: »Wollen Sie mir ein Angebot unterbreiten, Mister O'Connor?«

Der Typ war gerissener als gedacht. Doch Kenneth sollte auf der Hut sein. Noch war er keineswegs davon überzeugt, dass am Freitag eine Fälschung unter den Hammer kam. Zu viele bekannte Kunstexperten und Auktionshäuser hatte er auf der Preview gesehen. Was würde Pierre Regnier zu dieser neuen Entwicklung sagen? Oder wusste auch er Bescheid? Kenneth hatte Grund zu der Annahme, dass der Franzose, der regelmäßig für vielfache Millionäre und Milliardäre tätig war, für einen stinkreichen Araber mitsteigern würde. Dessen Kunden gehörten gegebenenfalls genau zu jenem Typ Sammler, den Hofer skizziert hatte.

»Sind Sie an einer Absprache interessiert?«, fragte Hofer schließlich lauernd. »Was ist Ihnen mein Schweigen über die Hintergründe wert?«

»Wo sehen Sie Ihr Limit?«

Ferdinand Hofer leerte seinen Tumbler und stellte ihn nachdrücklich auf dem Marmortisch ab. Aufmerksam beobachtete er sein Gegenüber und wartete ab.

War das eine Falle, die ihm der Österreicher stellte, fragte sich der Brite, oder konnte man mit ihm tatsächlich einen Deal aushandeln?

»Was würde meinen Auftraggeber eine Absprache kosten?«

Hofer griff in die Innentasche seines Sakkos, zog ein Notizbuch mit Stift hervor und notierte etwas. Dann riss er die Seite heraus und schob das Blatt verdeckt über den Tisch zu O'Connor.

Kenneth drehte erwartungsvoll das Blatt um und las. Die Summe war deutlich unter dem Vorschlag, den er dem Franzosen unterbreitet hatte. Letztlich waren zwei Millionen Euro Peanuts für *Soho Fine Art Auction.* Kenneth O'Connor ließ sich den Stift geben, notierte fünfundvierzig Millionen als Absprachesumme und unterschrieb mit seinem Namen und Datum. Einen Moment hielt er inne. Er hatte solche Deals schon öfter abgeschlossen. Doch er konnte den Österreicher nicht wirklich einschätzen. Andererseits hatte er bereits genug riskiert und unternommen, um an den Klimt zu kommen. Da spielte diese Absprache nun auch keine große Rolle mehr. Der Österreicher würde hoffentlich seine Klappe halten, nicht in der Welt herumposaunen, dass eine Fälschung unter den Hammer kam. Sollte an dieser Behauptung überhaupt etwas Wahres dran sein. Aufgrund seiner Tätigkeit für *Soho Fine Art Auction* befand sich Kenneth schon seit langem mit einem Bein im Gefängnis. Sollte Hofer das Gespräch mit dem Handy aufgezeichnet haben, wäre Kenneth ohnehin geliefert. Dann würde er bis zum Hals in Schwierigkeiten stecken.

Ach was! Entschlossen schob er das Blatt zurück. Auf eine weitere kriminelle Tat im Dienst seines Arbeitgebers kam es nicht mehr an.

Hofer faltete das Papier mehrfach akribisch und ließ es in der Innentasche seines Sakkos verschwinden.

»Gute Entscheidung, Mister O'Connor! Man sieht sich!« Er erhob sich von seinem Stuhl, schob diesen ordentlich zurück und tippte sich mit der rechten Hand verabschiedend an die Stirn.

Wie viele solcher Zettel hatten wohl seit der Preview die Besitzer gewechselt? Wem hatte der Österreicher bereits von seiner Annahme erzählt, fragte sich Kenneth O'Connor und hatte plötzlich keinen Appetit mehr auf das *Grand Plateau Royal*. Hatte er gerade einen unverzeihlichen Fehler begangen? Hatte ihn Hofer hereingelegt? Ihm von einer Fälschung vorgeschwafelt, um den österreichischen Museen einen weiteren Klimt zu günstigen Konditionen zu sichern? Anschließend würde dieser Kerl womöglich den Bestechungsversuch von Kenneth an die große Glocke hängen! Das war nicht nur ein gebrauchter Tag für ihn gewesen, sondern ein absolutes Desaster, wenn es sehr schlecht für ihn lief.

27

Verona, 18.00 Uhr

Zur selben Zeit kam Michele Vivani sehr gerne der Bitte Fontanaros nach, die Vita von Alessandro Bonaventura näher zu durchleuchten. Er saß in seinem geräumigen Zimmer des B&B, hatte hervorragenden Internetempfang und durchforstete das Datenmaterial seiner Spezialeinheit für Kulturgüterschutz. Eine Stunde später war er bedeutend schlauer. Das, was er herausgefunden hatte, war hochinteressant.

Alessandro Bonaventura konnte man in der Tat nicht als unbeschriebenes Blatt bezeichnen. Es gab zwei Verdachtsfälle gegen ihn. Beide Male wurde er beschuldigt, falsche Expertisen erstellt zu haben. Später stellten sich die untersuchten Gemälde tatsächlich als Fälschungen heraus. Allerdings lagen diese Vorfälle viele Jahre zurück. Einmal ging es um einen Frauenakt von Modigliani, der von einem Museum bei einer Auktion ersteigert worden war, und einmal um eine der vielen *Mont Sainte-Victoire*-Ansichten Cézannes. Von diesem Berg in der Provence hatte der Maler so viele verschiedene Bilder angefertigt, dass sich auch die Kunstexperten nicht sicher waren, ob sie alle kannten. Diesen Umstand hatte Bonaventura ausgenutzt. Er bezeichnete in seiner Expertise, die er ebenfalls für ein Auktionshaus in Rom erstellt hatte, die Entdeckung des Cézanne als Sensationsfund und wurde prompt überführt. In beiden Fällen wurde Bonaventura der Prozess gemacht. Und in beiden Fällen wurde er zu Geldstrafen verurteilt. Der letzte Prozess lag fünf Jahre zurück. Seit damals war Bonaventura nicht mehr aktenkundig geworden. Was nichts heißen musste, wie Vivani nur zu gut wusste. Gutachter irrten sich bisweilen. Ob wissentlich oder aus Unkenntnis, spielte dabei allerdings eine erhebliche Rolle. Gut möglich, dass es Bonaventura nicht mehr wagte, mit Fälschungen in die Schlagzeilen zu geraten. Ob Patrizia Marinelli diese wenig rühmliche Vergangenheit ihres Gutachters kannte? Konnte es sein, dass ihr das vielleicht sogar gleichgültig war? Wer mochte wissen, welche Beziehung die beiden zueinander pflegten?

Aber Vivani hatte auch noch eine weitere interessante Entdeckung gemacht, die ihm zu denken gab. Alessandro Bonaventura stammte in der Tat von einem alten Adelsgeschlecht ab. Duca Alessandro Ludovico della Bonaventura, wie er korrekt hieß, gehörte zu den Della Bonaventuras, die sich bis ins 16. Jahrhundert in Mantua nachweisen ließen, und er bewohnte immer noch den Palazzo der Familie, der in derselben Zeit erbaut worden war. Immer schon hatte sich die Familie Bonaventura dieses herrschaftliche Gebäude mit dem Geschlecht der della Rocca geteilt.

Alessandros Vater, Duca Federico Salvatore della Bonaventura, war ebenfalls in den Dateien der Spezialeinheit der Carabinieri für Kulturgüterschutz, der Vivani angehörte, erfasst. Er war als Galerist und Kunsthändler in Mantua tätig gewesen und stand in den 40er-Jahren des letzten Jahrhunderts mit einem Kunstagenten aus Wien, Alois Oberberger, in regem geschäftlichem Austausch. Oberberger erledigte für Adolf Hitler Einkäufe, um mit den erworbenen Kunstwerken das in Linz geplante große »Führermuseum« zu bestücken, und besorgte zudem von Hermann Göring gewünschte Gemälde aus italienischen Museen, um dessen prunkvolles Gut *Waldhof Carinhall*, das sich in der Schorfheide in Brandenburg befunden hatte, damit auszustatten. Bonaventura organisierte Tauschgeschäfte im großen Stil. Selbst ein begeisterter Sammler alter Meister, sorgte er dafür, dass die modernen Gemälde, die sich im Eigentum jüdischer Familien in Deutschland, Italien und Österreich befunden hatten, gegen Bilder aus der deutschen und österreichischen Romantik getauscht wurden. Hitler hatte eindeutig eine romantische Ader, wie Vivani wusste. Bonaventuras Freund della Rocca besaß große Gemälde aus dem italienischen Barock, die Göring spannend fand. Eine Madonna von Raffael oder von Guido Reni zu besitzen, war sein großer Wunsch gewesen. Besonderes Interesse hegte er auch für Veduten von Guardi oder Canaletto. Rocca selbst wollte dafür im Gegenzug moderne oder auch »entartete Kunst«. Vivani nahm an, dass bei den Konfiszierungen von Kunstbesitz jüdischer Familien und den Raubzügen durch die Museen Italiens mit Genehmigung Benito Mussolinis immer mal wieder das eine oder andere Gemälde auch für Bonaventura senior abfiel. Und so entwickelte sich ein reger Tauschhandel mit Hilfe von Oberberger und Bonaventura, um den Wünschen der Nazi-Größen gerecht zu werden. Wie oft schon hatte Vivani solche Viten und Sachverhalte zu lesen bekommen. 1946 hatte Bonaventura eine blutjunge Baroness Sophie von und zu Auerberg in Wien geheiratet. Der einzige Sohn kam erst 1955 zur Welt. Alessandro Bonaventura hatte also auch adelige Wurzeln in Wien. Jener Stadt, aus der auch Gustav Klimt stammte. War hier ein Zusammenhang zu sehen? Und wenn ja, welcher?

Anfang der 80er-Jahre des letzten Jahrhunderts, Bonaventura senior war inzwischen selbst knapp achtzig Jahre alt geworden, geriet er in den Verdacht, mit einem Kunstfälscher in regem geschäftlichem Austausch gestanden zu haben. Der Käufer einer dieser Fälschungen hatte ihn schließlich angezeigt. Doch es kam nicht mehr zum Prozess. Bevor Anklage erhoben werden konnte, verstarb der Fälscher an Herzversagen. In der Datenbank hieß es: »... der drohenden Strafe und dem Gesichtsverlust, den er als Künstler, der in der Kunstwelt auch mit eigenen Werken vertreten war, zu befürchten hatte, konnte er nicht standhalten. Sein Herztod wird als durchaus nachvollziehbare logische Folge angesehen ...«

Michele Vivani zog ganz andere Schlüsse aus diesem Sachverhalt. Bei ihm leuchteten alle Lampen rot auf. Unverzüglich forderte er die Akte des Falls Romano Stefano an. So hatte der so plötzlich Verstorbene von damals geheißen. Vielleicht gab es einen Hinweis darauf, dass der ehrenwerte Duca Federico Salvatore della Bonaventura seine Finger beim Tod des Geschäftspartners im Spiel, also beim Herztod ein wenig nachgeholfen hatte. Vivani klappte seinen Laptop zu, sah zum Fenster und in den inzwischen dunkel gewordenen Himmel über Verona hinaus. Die Bonaventuras umgab eine Aura der gefährlichen Geheimniskrämerei. Alles drehte sich dabei um Kunst und das nicht immer lautere Geschäft damit. Allerdings hatte er keine Lust, weitere Ahnenforschung zu betreiben und womöglich im 16. Jahrhundert auch noch auf einen Dieb und Fälscher zu stoßen, der mit dem ergaunerten Geld einen großartigen Palazzo erbauen ließ. Vivani musste über seine Phantasie selbst ein wenig lachen.

Ein nettes Abendessen im *Ristorante Da Bruno* wäre jetzt genau nach seinem Geschmack gewesen. Aber zuvor musste er noch Silvano Petrelli, dem Chef der Kriminaltechnik und geschätzten Kollegen von Commissario Fontanaro, einen Besuch abstatten. Er wollte nicht glauben, dass Monika Bacher keine Unterlagen, keinerlei Beweise bei sich gehabt hatte, die sie ihm vorlegen wollte. Es war doch nicht möglich, dass sie allen Ernstes angenommen hatte, er würde sich, allein aufgrund ihrer Vermutungen und Recherchen, die sie ihm dann nicht belegen konnte, dazu hinreißen lassen, eine Auktion zu stoppen? In der Kürze der Zeit wären die juristischen Maßnahmen dafür sowieso nicht umsetzbar gewesen. Er war kein Zauberer und italienische Beamte galten nicht gerade als Sprinter. Hätte ihn Vincenzo Mauro gegebenenfalls unterstützt? Sicher nicht ohne klare Beweislage. Das musste doch auch der Toten bewusst gewesen sein!

Vivani verließ die Pension und begab sich auf den Weg zur Questura, um mit Petrelli zu sprechen. Ihn zuvor anzurufen, um sicher zu gehen, dass er auch noch in seinem Büro anzutreffen war, hielt er für keine gute Idee. Es war spät geworden. Petrelli würde den Besucher am Telefon abwimmeln. Vivani musste das Risiko eingehen, unverrichteter Dinge wieder abziehen zu müssen.

Als er den Gang zur im Keller gelegenen Kriminaltechnik unter der hellen Beleuchtung aus vielen Neonröhren entlangschritt, hörte er unverkennbar die Ouvertüre zu Verdis *La Traviata*. Petrelli verknüpfte seine Arbeit offenbar mit schwungvoller Opernmusik. Die Tür zu seinem Büro stand offen und Silvano Petrelli summte vor sich hin, während er sich den Arbeitsmantel auszog. Michele Vivani klopfte zunächst zaghaft, dann deutlich fester auf das Türblatt. Doch Petrelli hatte nur Ohren für die Musik.

»*Buonasera*, Signor Petrelli!« Laut und deutlich grüßte der Anwalt.

Völlig überrumpelt drehte sich der Kriminaltechniker zu ihm um.

»Ah, Dottore!«, war die nicht wirklich freudige Reaktion. Michele sah Petrelli deutlich an, dass sein Besuch nicht auf Gegenliebe stieß. Aber der Kriminaltechniker wusste, wann er verloren hatte. Er schlüpfte wieder in den Arbeitsmantel, stellte die Musik ab und signalisierte damit, dass er noch dienstlich zu sprechen war.

»Was kann ich für Sie tun?«

»Ich weiß, es ist spät. Aber mir lässt die Tote keine Ruhe.«

»Da sind Sie nicht allein!«

»Ich kann einfach nicht glauben, dass sie überhaupt keine Beweise für ihre Forderung, die Auktion abzusagen, dabeigehabt haben soll. Sie haben in ihrem Laptop oder auf ihrem Handy nichts gelesen, was mir weiterhilft?«

»Na ja, so würde ich das nicht sagen, Dottore! Die Auswertung des Laptops steht ja noch aus. Hier hoffen wir auf die Hilfe von Collega Breitwieser, der heute Abend oder in der Nacht noch erwartet wird. Außerdem fragen wir uns, von wem sie am Tag ihres

Todes um 8 Uhr 30 einen Anruf erhalten hat, den wir nicht nachverfolgen können. Gut möglich, dass sie mit ihrem späteren Mörder telefoniert hat. Denn danach hat sie ihre Pläne grundlegend geändert. Das wissen Sie besser als ich!« Ein müder Blick traf Michele Vivani. Er wusste, er sollte wieder gehen und dem Kriminaltechniker nicht den Abend verderben. Doch eine Sache hatte er noch auf dem Herzen.

»Haben Sie selbst den Inhalt der Handtasche von Signora Bacher angesehen, kontrolliert, protokolliert?«

Sichtlich überrascht sah ihn Silvano Petrelli an, dann schüttelte er langsam den Kopf. »Das hat ein Kollege erledigt.«

»Kann ich das Protokoll sehen?«

»Das habe ich noch nicht, Dottore. Tut mir leid!«

»Kann ich die Handtasche und ihren Inhalt selbst überprüfen?«

Petrelli wand sich sichtlich. Diese Bitte ging entschieden zu weit. Doch dann gab er sich einen Ruck.

»Gut, sehen wir uns die Sachen gemeinsam an. Schadet ja nicht, wenn ich auch weiß, was die Signora bei sich hatte. Kommen Sie.«

Gemeinsam traten sie auf den Gang hinaus und schritten bis zu dessen Ende. Mit einer Chipkarte und einem Code ließ sich eine Stahltür öffnen und sie betraten eine riesige Halle, die sogenannte Asservatenkammer. Ein hier wirklich komischer Begriff, wenn Michele die Dimension des Raums betrachtete. Die Halle war von oben bis unten mit Metallregalen, Registraturen und Plastikbehältnissen gefüllt. Auf einem Tisch stand ein PC, Petrelli loggte sich ein, tippte schnell Buchstabenfolgen auf die Tastatur und ging dann an mehreren Regalwänden entlang, bevor er in einen schmalen Gang trat und einen der Plastikbehälter vom Regalboden zog. An einer Längswand des Raums stand ein Metalltisch. Auf ihm breitete Silvano Petrelli den Inhalt des Behälters aus.

Schweigend folgte Michele Vivani den Bewegungen des Kriminaltechnikers. Es war schon verwunderlich, was eine Damenhandtasche, die zugegebenermaßen mehr Beutel als Tasche war, alles enthielt: einen Kamm, einen Handspiegel, zwei verschiedene Lippenstifte, ein kleines Notizbuch, einen Schlüsselbund mit einem Herzanhänger aus Leder, einen Schlüsselbund für einen Leihwagen, eine Packung Papiertaschentücher. Abgesehen von derlei Utensilien, die Frau üblicherweise mit sich führte, wurde es interessant. Sie fanden die Liste der Experten, die die Marinelli zur Preview eingeladen hatte, und ein kleines Ölbild mit einer Ansicht von Malcesine.

Wie von einem Magneten angezogen, griff Vivani nach dem Gemälde. Es war eines der typischen Touristenbildchen, wie sie Hobbymaler und notleidende Künstler an den Plätzen verkauften, wo die Tagestouristen in Strömen durch die Gassen wanderten. Jeder Ort entlang des Gardasees eröffnete für die Künstler ein Eldorado. Die Einnahmen mussten hier nur so sprudeln.

Doch das Bild, das Monika Bacher erstanden hatte, stammte von keinem Hobbymaler oder Dilettanten. Es hatte nichts von der sonst gängigen, glänzenden Buntheit, die entstand, wenn die Ölfarben zu dick aufgetragen wurden. Die Farben für die Natur hatten eine bewusst gewählte, durchaus satte Tönung in Blau und Grün, während die Farbigkeit der Häuser entlang des Hafens, so wie sie sich vom Wasser aus dem Betrachter darbot, zurückgenommen wirkte. Das dunkle Rot, das helle Gelb und das leuchtende Weiß, Farben, wie sie an den Fassaden des Ortes in Wirklichkeit vorkamen, erschienen, als hätte sich ein Schleier darübergelegt. Dass die Tote dieses Bild gekauft hatte, wunderte Michele überhaupt nicht. Es gab keine Sicherheit darüber, welche Töne Gustav Klimt in seinem Gemälde *Malcesine am Gardasee* genau gewählt hatte. Die erhaltene Fotografie, die in den verschiedenen Publikationen, auf Postern oder Postkarten abgebildet wurde, zeigte abweichende Farbnuancen. Die Reproduktionen differierten in ihrer Farbigkeit stark. Michele tendierte dazu, anzunehmen, dass das Original von Klimt dem kleinen Bild sehr nahekam, obwohl der Wiener gerade für seine farbenfrohen Werke berühmt war. Warum Vivani so dachte, hätte er nicht sagen können. Aber Monika Bacher hatte mit der Wahl ihres Souvenirs in eine ähnliche Richtung tendiert. Dabei hatte der Maler des kleinen Ölbilds keineswegs den gleichen Bildausschnitt wie Gustav Klimt gewählt. Die Wasserfront von Malcesine ließ allerdings keine großen Spielräume für Varianten zu. Der Blick, der sich heute dem Betrachter darbot, zeigte einen Ort, der in die Breite und Höhe gewachsen war. Schon allein deshalb konnte es nur eine grundsätzliche Ähnlichkeit zwischen dem Touristenbildchen und dem Klimt-Gemälde bezüglich der Gebäude rund um das Hafenbecken geben. Doch interessanterweise befand sich in diesem Hafenbecken jeweils ein alter Zweimaster. In beiden Fällen lag er, von der Seeseite gesehen, am linken Hafenbeckenrand vor Anker. Wie alt mochte das Holzboot sein?

»*Allora,* Dottore, hilft Ihnen das weiter?«

»Hm.« Michele besah sich den rechten unteren Rand des Bildchens genauer und entdeckte eine Signatur. Wenn er richtig las, waren zwei Buchstaben ineinander verschlungen. Ein großes H und ein großes S. Und es folgte die Jahreszahl 2018.

»Ich muss mich wohl auf die Suche nach diesem Maler begeben.«

Ungläubig musterte Petrelli die Ansicht. »Na ja, das ist kein Meisterwerk. Ein Souvenir.«

»Doch, es ist ein kleines Meisterwerk. Und unser Opfer hat sich das Bild ganz bewusst gekauft.« Leider konnte er in diesem Moment keinen direkten Vergleich mit Klimts Ansicht ziehen. Denn der Auktionskatalog, der sich ursprünglich ebenfalls im Besitz des Opfers befunden hatte, war im Büro von Commissario Fontanaro zurückgeblieben.

»Wenn Sie das sagen«, Petrelli lachte nachsichtig. »Kann ich alles wieder einräumen?«, fragte er hoffnungsvoll.

»Einen Moment noch!« Vivani nahm jeden einzelnen Gegenstand in die Hand. Schraubte die Lippenstifte auf. Blätterte in dem

Notizbuch. Sein Deutsch war nicht schlecht. Aber die Schrift der Toten war nicht leicht zu entziffern. Dazu brauchte er Ruhe und Zeit. »Kann ich das Buch mitnehmen!«

»Das muss ich melden!« Als wäre das ein Problem oder ein Grund für Vivani, auf seine Bitte zu verzichten!

Schnell schob Vivani das Buch in die Tasche seines Sakkos. Als nächstes nahm er sich den dicken Schlüsselbund vor. Vor allem interessierte ihn der Anhänger. Ein rotes Lederherz, das sich anfühlte, als stecke etwas in ihm. Der Anwalt drehte und wendete den Anhänger, zog am Ring, der ihn mit dem Schlüsselbund verband – und hatte plötzlich einen USB-Stick in der Hand!

»Na, wer sagt's denn!« Triumphierend hielt er den Stick Petrelli entgegen. Der fuhr sich mit einer verlegenen Geste durch die Haare.

»Gut, dass wir nachgesehen haben, Dottore«, gab er unumwunden zu. »Da muss mein Kollege noch einiges lernen. Das hätte ihm nicht durch die Lappen gehen dürfen.«

»Das kann schon mal passieren.«

»Darf es aber nicht. Wir müssen nochmals in mein Büro und ein Protokoll verfassen, das ich Mauro vorlegen muss.« Petrelli sah Michele Vivani an. »Sie wissen, dass wir den Stick der Staatsanwaltschaft geben müssen.«

Michele nickte. »Aber erst morgen in der Früh. Vincenzo Mauro hat heute Abend gewiss keine Zeit, sich damit zu beschäftigen.«

»Das sehe ich genauso, Dottore!«

28

Donnerstag, 13.09.2018

Verona, 2.30 Uhr

Als um halb drei Uhr das Handy auf dem Nachtkästchen schrille Töne von sich gab, hatte Antonio Fontanaro das Gefühl, gerade einmal fünf Minuten geschlafen zu haben. Unwillig drehte er sich auf die andere Seite des Bettes, hin zu seiner Frau Marissa. Der absurde Wunsch, diese Aktion würde das nervige Handy zum Schweigen bringen, blieb natürlich unerfüllt.

»Tonio, bitte geh ran. Ich will weiterschlafen!« Marissa stupste ihn an der Schulter an. Als er nicht reagierte, wurden ihre Weckversuche deutlicher.

Mit großem Widerwillen drehte er sich zurück, stand schlaftrunken auf, schnappte sich das Handy und verließ geräuschvoll das Schlafzimmer. Sein kleines Reich, ein Raum am Ende des Korridors der Etagenwohnung, enthielt seine Bibliothek. An so manchem Abend hatte er hier mit Giorgio bei einem Glas Rotwein die aktuelle Lage eines gemeinsamen Falls besprochen. Der Freund und Kollege fehlte ihm. Und er freute sich darauf, ihn an diesem Vormittag endlich zu sehen und zu sprechen. Giorgio war inzwischen in Verona angekommen und in dem kleinen Hotel am Stadtrand abgestiegen, das ihm Marissa über das Reisebüro noch hatte besorgen können.

»*Pronto!*«, meldete er sich endlich am Telefon.

»Wir haben ihn!«, war dann auch die knappe Antwort von Enrico Brandino. Gemeinsam mit Lavinia Strano durchkämmte er seit Stunden die Hotels, Bars und Restaurants von Malcesine auf der Suche nach Peter Mühldorfer, wie Antonio nur zu gut wusste. Er hatte die beiden selbst für diese Mission ausgewählt und zusammen mit weiteren Kollegen losgeschickt. Die Straßensperren hatten bisher keinen Erfolg gehabt. Zudem war Mühldorfer weder mit dem Zug gefahren noch mit dem Flugzeug nach Verona gereist. Fausto Castillio, der Vice Capo Commissario, hatte diese Verkehrswege pflichtschuldig überprüft und einige Stunden zuvor Antonio Fontanaro das negative Ergebnis seiner Recherche mitgeteilt. Dann war auch er nach Hause gegangen. Sein Hund wartete auf die tägliche Abendrunde und davon ließ sich Fausto nur in ganz dringenden Fällen abhalten. Sein kleiner Bauernhof und seine Familie waren ihm in der Regel wichtiger als irgendein Mordfall. Seine Devise: Tote hatten es nicht mehr eilig.

Antonio hatte es eher gehofft als wirklich geglaubt, dass sich der Anwalt aus Traunstein, Witwer des Opfers, in Malcesine aufhielt und dass seine beiden jungen Kollegen den wichtigen Zeugen wenn nicht gar Verdächtigen in der Nacht schon noch aufstöbern würden. Und er hatte recht behalten, wie er jetzt erleichtert feststellte.

»Wo seid ihr?«

»Im *Hotel Mediterraneo*. Dort an der Bar haben wir ihn angetroffen. Und bevor du fragst, er ist nicht vernehmungsfähig.«

»Verdammt, warum holst du mich dann aus dem Bett? Bringt ihn zum Ausnüchtern in die Questura und gleich morgen früh knöpfen wir ihn uns vor.«

»Er wurde zusammengeschlagen!«

»Von wem?« Augenblicklich war Antonio hellwach.

»Der Barista sprach von zwei jungen Burschen, die mit dem Gast einen Streit anfingen, der in einer kurzen, aber wirkungsvollen Schlägerei endete. Mühldorfer hatte wohl keine Chance, sich effektiv zu wehren.«

»Gibt es brauchbare Zeugen?«

»Nein, so wie es aussieht, interessierte sich niemand für den *straniero*. Niemand will etwas gesehen oder gehört haben.«

Antonio seufzte. Es war doch immer die gleiche Geschichte. Ein Ausländer wurde ignoriert, wenn er in Schwierigkeiten kam. Gerne nahmen die Hoteliers das Geld der Touristen. Sie waren uneingeschränkt gastfreundlich, empfahlen Restaurants von Freunden oder Familienangehörigen, gaben Tipps für die besten Geschäfte im Ort und halfen, wenn einer ihrer Gäste krank wurde. Wenn die *polizia* ins Spiel kam, dann hatten seine Landsleute jedoch taube Ohren und blinde Augen.

Selbst seine Tochter Giulia hatte beim Abendessen einen ähnlichen Vorfall von der Schule berichtet.

Er war hundemüde am Abend nach Hause gekommen. Mürrisch und schlechter Laune, weil sie in dem Fall nicht weiterkamen, hatte er sich zum Abendessen an den Küchentisch gesetzt. Giulia erzählte irgendeine Story, die er schweigend verfolgte. Es ging um einen Mitschüler, der auf dem Pausenhof kleine Beutelchen mit weißem Pulver verkauft hatte. Giulia regte sich mächtig darüber auf, dass der aufsichtshabende Lehrer schlicht wegsah, keinen Ärger haben wollte und den Schüler gewähren ließ.

»Als ich ihn darauf hingewiesen habe, meinte der Blödmann, ich solle mich nicht einmischen, solle den Mund halten und mich um meinen eigenen Kram kümmern. Was glaubt der eigentlich? Papa, kannst du nicht gegen diese Typen vorgehen?« Erwartungsvoll hatten ihn seine beiden Damen angesehen.

Es kam nicht oft vor, dass sie alle gemeinsam zu Abend aßen. In diesen seltenen Fällen sollte er mehr Interesse an den Erzählungen von Marissa und Giulia zeigen. Das war ihm durchaus bewusst. Doch an diesem Abend tat er sich schwer, sich darauf zu konzentrieren. Der Fall lag ihm auf der Seele.

»Hast du überhaupt zugehört?«, hatte ihn dann auch Marissa vorwurfsvoll gefragt.

»Natürlich habe ich zugehört. Aber es ist schwierig, jemanden im Nachhinein wegen Drogenhandels anzuzeigen. Da wird immer Aussage gegen Aussage stehen. Die besten Chancen, einen Dealer zur Rechenschaft zu ziehen, hat man immer, wenn man ihn auf frischer Tat stellt.«

»Das habe ich ja versucht, Papa. Aber der Lehrer hat abgeblockt und weggeschaut.«

In diesem Moment, als auch Enrico von seiner erfolglosen Zeugenbefragung berichtete, hoffte Antonio inständig, seine Tochter würde nicht auch eines Tages bei der *polizia* landen. Ihr Gerechtigkeitssinn und ihr Bewusstsein für Straftaten waren schon sehr ausgeprägt und es würde ihn nicht wundern, wenn sie in seine und in die Fußstapfen ihres Großvaters mütterlicherseits treten würde. Doch eigentlich wünschte er sich für seine liebenswerte Tochter einen anderen Beruf.

»Es wäre die Pflicht des Lehrers, den Schüler zur Rede zu stellen und die Sache vor das Direktorat der Schule zu bringen, um die Schülerinnen und Schüler vor Rauschgiftkonsum zu schützen. Aber es ist einfacher und für den Lehrer weniger gefährlich, wenn er die Augen vor den Tatsachen verschließt. Mit dieser Haltung ist er nicht allein. Die meisten Menschen reagieren so. Und dagegen ist auch kaum etwas zu unternehmen«, war seine wenig ermutigende Antwort für Giulia gewesen.

Und ähnlich erging es gerade Enrico Brandino.

»Lavinia hat einen Krankenwagen gerufen und begleitet Mühldorfer jetzt ins Hospital«, sprach der Ispettore in seine Gedanken hinein. »Ich nehme hier noch die Personalien des Hoteliers und des Barista auf, aber ich verspreche mir davon nicht viel.«

»Alles klar! Wir sehen uns morgen in der Questura.«

Aber Enrico war noch nicht fertig.

»Mühldorfer hatte die Chipkarte des Hotels bei sich. Spricht etwas dagegen, dass wir sein Zimmer unter die Lupe nehmen?«

»Nein, natürlich nicht! Alles mitbringen und bei Petrelli abgeben. Mauro wird uns das morgen sicherlich absegnen.«

Am frühen Abend hatte Antonio schon den Laptop von Monika Bacher in Giorgios Hotel bringen lassen. Er hoffte, dass sich der Bayer sofort an die Arbeit gemacht und nach relevanten Dokumenten Ausschau gehalten hatte.

Warum war Mühldorfer nach Malcesine gekommen? Interessierte er sich nur für die Ermittlungen im Todesfall seiner Frau? Wollte er helfen, den Täter zu finden? Hatte er womöglich Papiere dabei, die ihnen Hinweise gaben? Oder ging es ihm ums Geschäft? Wollte er das Mandat seiner Frau weiterführen? Sobald Petrelli die Sachen aus Mühldorfers Hotelzimmer freigab, würde Giorgio weitere Aufträge bekommen. Sie hatten nur noch einen Tag Zeit, bevor am Freitagvormittag die Auktion begann. Wenn Mühldorfer ebenfalls vorhatte, die Auktion zu stoppen, dann würde das unter Umständen den Angriff an der Hotelbar erklären. Aber wen hatte er über sein Kommen informiert? Wer wollte unbedingt, dass die Auktion über die Bühne ging?

Viele, sehr viele Personen hatten ein Interesse daran, wie Antonio nur zu gut wusste. Wenn er es sich genau überlegte: alle Personen auf der Einladungsliste zur Preview und natürlich im Speziellen das Auktionshaus von Patrizia Marinelli. Diesen Personenkreis zu befragen, würde Tage dauern.

Antonio stöhnte auf und erhob sich vom Sessel. Inzwischen fühlte er sich wie ein Eiszapfen. Es wurde Zeit, dass er wieder ins Bett kam. Morgen erwartete ihn ein anstrengender Tag mit unzähligen Gesprächen. Die halbe Kunstwelt mussten sie unter die Lupe nehmen. Das würde kein Spaß werden.

29

Mantua, 8.00 Uhr

Alessandro Bonaventura stand im Bad vor dem Spiegel und besah sich sein blaues Auge. Hans Stade hatte eine gewaltige Handschrift, das musste der Neid ihm lassen. Bonaventura nahm das kleine Säckchen mit Eiswürfeln und drückte es sich auf das Veilchen. So gewappnet ging er in sein Arbeitszimmer, wo bereits das Frühstück auf ihn wartete. Eine Tasse *cappuccino* und ein *cornetto* hatte ihm seine Perle bereitgestellt. Er würde sie nicht zu Gesicht bekommen. Sie wusste, dass er morgens für ein Gespräch nicht zu gebrauchen war. Missmutig biss er in das Gebäck. Er hatte kurz zuvor einen Anruf von der Questura bekommen, was seine Laune nicht hob. Der Commissario erwartete ihn um zehn Uhr zu einer weiteren Aussage. Diese geballte Aufmerksamkeit an seiner Person passte ihm überhaupt nicht. Dieses Mal würde er deutliche Worte in Richtung Patrizia Marinelli finden. Die *polizia* sollte sich besser eingehend mit ihr beschäftigen und ihn in Ruhe lassen.

Die Auseinandersetzung mit Hans steckte ihm noch in den Knochen. Überraschendweise hatte sich der Maler rasch von dem Kinnhaken, den er ihm verpasst hatte, erholt und war ihm in das Hinterzimmer gefolgt, wo Stade seine Leinwände zum Trocknen aufstellte. Dort befanden sich in der Regel die fertiggestellten Werke. Vorzugsweise Hans Stades eigene Gemälde, die er an eine Galerie in Rom in Kommission gab. Eine große Retrospektive stand an. Das wusste Alessandro.

Deshalb hatte er sich dann doch gewundert, wie viele Staffeleien, auf denen normalerweise die großformatigen Leinwände zum Trocknen oder Fertigstellen aufgestellt waren, leer in den Raum gähnten. Einige waren zusammengeklappt und auf dem Boden gestapelt. Was hatte das zu bedeuten? Selbst für eine Retrospektive plünderte ein Maler in der Regel nicht das ganze Atelier. Auch vom Klimt fehlte jede Spur. Und Hans Stade hatte ihn auch weiter im Ungewissen gelassen, wo er das Original und seine Kopie davon aufbewahrte. Darüber waren sie erneut in einen handfesten Streit geraten. Hans dürfte ebenso blaue Flecken und Blessuren im Gesicht davongetragen haben, so nahm Alessandro mit einer gewissen Genugtuung an. Gleichzeitig war er beunruhigt, weil der Maler seit ihrer Auseinandersetzung nicht mehr ans Telefon ging. Waren seine letzten Schläge vielleicht doch zu heftig gewesen und hatte er Hans Stade ernstlich verletzt? Der Deutsche würde sich schon zu helfen wissen, versuchte er sich einzureden. Gut möglich, dass er einfach nicht mehr mit ihm sprechen wollte. Denn die Frage, wo sich die Gemälde befanden, würde er ihm auch bei nochmaligem Nachfragen nicht beantworten. Das war Alessandro klar.

Er warf seine Serviette neben die geleerte Cappuccinotasse und stand auf. Das Säckchen mit den Eiswürfeln legte er in die Tasse. Stattdessen griff er sich den Schlüsselbund. Er musste aufbrechen, wenn er um zehn Uhr in der Questura sein wollte. Zumindest sollte er den Anschein erwecken, dass er pflichtschuldig den Bitten des Commissario nachkam.

Als Bonaventura aus dem Haus trat, fiel ihm ein roter Porsche auf, der in einiger Entfernung parkte. Irgendwie hatte er das Gefühl, dass diese Gefährte momentan zum Schleuderpreis unters

Volk gebracht wurden. Wenn er sich nicht sehr irrte, hatte er diese Sportwagen vermehrt in den letzten Tagen gesehen. Wenn man sich unbedingt für 100.000 Euro wie ein Klappmesser hinterm Steuer zusammenkauern wollte, bitte schön. Er wusste sein Geld anderweitig auszugeben. Diese Art von Statussymbol brauchte er nicht. Er sperrte seinen in die Jahre gekommenen Lancia Thema auf und ließ sich genussvoll in den bequemen Sitz fallen. Während der Fahrt würde er genug Zeit haben, um sich bezüglich seines blauen Auges eine glaubhafte Geschichte für Commissario Fontanaro zurechtzulegen. Ein Lächeln glitt über sein Gesicht. Eine schöne Geschichte würde er ihm erzählen, soviel war sicher. Aber zuvor wollte er nochmals bei Patrizia Marinelli vorbeischauen und nachfragen, wie es ihr so ging. Morgen war der große Tag. Morgen wurde es spannend.

30

Verona, 8.00 Uhr

Nur eine Tasse *espresso* hatte sich Antonio am Morgen gegönnt. Ohne weitere Zeit zu verlieren, war er bereits unterwegs. Sein erster Gang führte ihn ins *Borgo Trento Ospedale Civile Maggiore*, wo man Mühldorfer in der Nacht noch in der Notaufnahme versorgt hatte. Von ihm zuhause brauchte er dazu nur knapp zehn Minuten zu Fuß. Er war voller Vorfreude. Denn vor dem Eingang zum Klinikum erwartete ihn bereits Georg Breitwieser. Dieser sah ihn aus schläfrigen Augen an. Müde lehnte der Bayer an einem Mauervorsprung und es war ihm anzusehen, dass er alles andere als ausgeschlafen und erbaut über diesen frühen Krankenbesuch war.

»Servus, alter Schwede!«, begrüßte ihn Georg mit seinem Spruch, den er normalerweise nur am Telefon auf Lager hatte. »Du schaust auch nicht gerade taufrisch aus!«, zog er seinen Freund auf.

»Gleichfalls!« Antonio lächelte und umarmte den Bayer kurz und kräftig, bevor er sofort nachfragte: »Was weißt du über unser neues Opfer, den Anwalt aus Traunstein?« Eigentlich sollte er sich nach Katharina Breitweiser erkundigen, Grüsse von Marissa bestellen, die sich über den Besuch Georgs freute, all dies musste unterbleiben, weil oben im Krankenbett ein weiteres Opfer wartete, um befragt zu werden.

Gleichzeitig schob er die schwere Glastüre nach innen und sie betraten das Foyer des Klinikums. Rechter Hand gab es eine Besuchertheke, die sie ansteuerten, um zu erfahren, auf welcher Station und in welchem Zimmer Peter Mühldorfer untergebracht worden war.

Die Dame hinter dem Tresen bemühte ihren PC und schrieb schließlich die Daten auf einen kleinen Zettel. »Der Patient ist angegriffen. Die Ärzte erlauben höchstens fünfzehn Minuten für Ihre Befragung.« Streng sah sie die beiden Kommissare an. Offenbar hatte der Auftritt von Lavinia Strano in der Nacht geklärt, dass es sich um einen Patienten handelte, um den sich die Kriminalpolizei schnellstens kümmern würde. »Ich gebe auf Station Bescheid, dass Sie kommen.«

Antonio Fontanaro nickte. Mehr blieb ihm auch nicht übrig. Anstatt Georg groß zu erklären, was Peter Mühldorfer in der Nacht zugestoßen war, hielt er ihm sein Handy hin und gab ihm die letzte Nachricht, die Lavinia morgens um fünf Uhr noch aus dem Krankenhaus geschickt hatte, zum Lesen: *Das Opfer weist zahlreiche Hämatome am Körper und im Gesicht auf. Eine Platzwunde über dem linken Auge musste genäht werden. Ansonsten hat der Patient keine Frakturen oder innere Verletzungen erlitten. Sein Zustand kann als stabil bezeichnet werden. Er bleibt zwei Tage zur weiteren Beobachtung stationär.*

»Also ist er vernehmungsfähig«, stellte Georg nüchtern fest. »Wer immer den Auftrag zu diesem Überfall gab, hat sein Ziel erreicht. Mühldorfer kann vermutlich morgen nicht an der Auktion teilnehmen. Ob er das wollte und wenn ja, warum, werden wir gleich wissen.«

»Du gehst also nicht von einem Zufall aus? Es wurde kein beliebiger Tourist angegriffen, um ihn ausrauben zu können, sondern ein bestelltes Kommando sollte den Avvocato außer Gefecht setzen?«

»Allerdings. Oder siehst du das anders?«

Sie hatten inzwischen den vierten Stock erreicht und standen vor Zimmer 404. Enrico Brandino saß vor der Tür und hielt offenbar Wache.

Brandino erhob sich und gab Georg strahlend die Hand. »*Ciao*, Commissario. Wunderbar, dass Sie angereist sind. Bringen Sie Neuigkeiten mit?« Fragend blickte der Ispettore von einem zum anderen.

Beide Kommissare schüttelten den Kopf.

»Ich hab' mir zwar die halbe Nacht um die Ohren geschlagen und den Laptop von Monika Bacher durchforstet, aber ich habe nichts entdeckt, was Aufschluss über unseren Fall gibt.« Georg blickte bedrückt zu Boden. Ihn ärgerte es maßlos, dass die Anwältin nichts auf ihrem Gerät oder in ihren Akten aufgehoben hatte, was Licht ins Dunkel des Falls brachte. Er konnte sich diese Leere nicht erklären. Auch Dorothea Schaller stand vor einem Rätsel. Diese Art der Geheimhaltung kam auch ihr inzwischen sehr seltsam vor.

»Dann hören wir mal, was Peter Mühldorfer zu erzählen hat.« Antonio Fontanaro klopfte an die Tür des Krankenzimmers 404 und trat mit Georg ein, bevor der Patient auch nur einen Laut von sich geben konnte. Mühldorfer saß, durch das hochgestellte Rückenteil des Krankenbetts und ein dickes Kissen gestützt, aufrecht da und hatte das Klappbrett des Nachtkästchens vor sich. Er war gerade dabei, die Kaffeetasse an den Mund zu führen, als die Kommissare sein Zimmer betraten. Sein Gesicht sah übel aus. Über dem linken Auge hatte man ein großes Pflaster angebracht, das nur spärlich die große Schwellung abdeckte. Darunter verbarg sich wohl die Platzwunde, die in der Nacht versorgt worden war. Der Tränensack hatte eine lila-grünliche Färbung angenommen. Die Haut der rechten Wange changierte in verschiedenen Tönen von Grün und Blau. Doch insgesamt wirkte der Patient keineswegs besonders mitgenommen. Mühldorfer hatte ein großes Einzelzimmer bekommen, vermutlich deshalb, weil Lavinia Strano für Polizeischutz gesorgt hatte, und konnte eine Aussicht auf die grünen Hügel im Norden von Verona genießen. Der Anwalt richtete seinen Blick auf Georg Breitwieser.

»Hat man vor Ihnen überhaupt keine Ruhe? Was wollen Sie hier?«

Amüsiert stellte sich Antonio auf einen Schlagabtausch der beiden Bayern ein. Doch Georg bedachte den Anwalt zunächst nur mit einem ungerührten Blick. Es war ihm anzusehen, dass er für dessen Mätzchen keinen Sinn hatte. Und so begann er auch sofort mit der Befragung und ließ Fontanaro nicht den Vortritt, obwohl sein Spezl durchaus Heimrecht hätte beanspruchen können. Er war offensichtlich viel zu aufgebracht, um über Rücksichtnahme auch nur nachzudenken.

»So, Herr Mühldorfer, jetzt sprechen wir mal Klartext«, begann er laut. Doch er hatte die Rechnung ohne den Anwalt gemacht.

»Für Sie immer noch Doktor Mühldorfer«, ging das Opfer dazwischen.

Georg brachte die Zurechtweisung noch mehr auf. »Was führt Sie nach Malcesine? Und erzählen Sie mir nichts von einem schönen Ort am Gardasee, den Sie mit wunderbaren Erinnerungen, auch an Ihre Frau, verbinden.«

Antonio zuckte unwillkürlich zusammen. Was war in den Bayern gefahren? Diese Art der Zeugenvernehmung war selten erfolgreich.

»Sie haben gegenüber Ermittlungsrichterin Doktor Schaller und mir angegeben, dass Sie nichts über den Fall wüssten, an dem Ihre Frau zuletzt gearbeitet hat. Und Sie erzählten uns, dass Sie nichts über ihre Reise nach Malcesine wussten. Was können Sie uns nun ergänzend zu dieser Aussage mitteilen?«

»Nichts weiter! Es gibt nichts Neues! Ich weiß nicht mehr als am Dienstag, als Sie mein Haus stürmten. Und eine Befragung führen Sie in Italien nicht durch. Ist das klar? Dazu sind Sie nicht befugt.«

Von Stürmen konnte freilich keine Rede sein. Georg überging auch diese Zurechtweisung. »Weshalb hat man Sie dann gestern an der Hotelbar zusammengeschlagen?«

»Das fragen Sie am besten die beiden Typen, die da einfach hereinspaziert kamen und Streit provozierten.«

Jetzt schaltete sich Antonio Fontanaro ein. In gemäßigtem, leiserem Ton fragte er nach: »Wie gelang es denn den beiden Typen, Sie zu provozieren?«

Überrascht sah Mühldorfer Fontanaro an. Bislang hatte er von dem zweiten Kommissar überhaupt keine Notiz genommen. Er fuhr sich mit der Hand durch die verklebten Haare und sagte dann versöhnlicher: »Ich sollte am Bartresen Platz machen, sollte am besten meinen Barhocker für die beiden freigeben. Ich hätte mein Glas leergetrunken und damit sei es Zeit zu gehen.«

»Haben Sie die beiden vorher schon einmal gesehen?«

»Nein!«

Für Antonio war das die erste wirklich ehrliche Antwort, die Mühldorfer gab.

»Warum glauben Sie, hatten sie es auf Sie abgesehen?«

»Ich habe keinen blassen Schimmer. Wie gesagt, finden Sie die Kerle und befragen Sie sie. Das ist doch Ihre Aufgabe, oder etwa nicht?« Nun traf auch Antonio ein herausfordernderer Blick.

»Nehmen wir einmal an, dass Sie an der Aufklärung der Todesumstände Ihrer Gattin interessiert und deshalb nach Malcesine gereist sind und nehmen wir weiter an, dass Sie die Aufklärung des Mordes auf eigene Faust vorantreiben wollen ...« Antonio sah Mühldorfer fragend an, doch dieser blickte stur aus dem Fenster und reagierte nicht.

»Außerdem nehme ich an«, mischte sich der Bayer jetzt ein, »dass Sie bereits gestern, kurz nach Ihrem Eintreffen in Malcesine, jemandem gehörig auf die Füße getreten sind. Dieser jemand hat Ihnen einen Schlägertrupp geschickt, um Sie zu warnen. Um Ihnen zu verdeutlichen, dass Sie besser abreisen, bevor Sie das gleiche Schicksal wie das Ihrer Gattin ereilt. Wer steckt Ihrer Meinung hinter dem Mord und dem Anschlag? Wer will verhindern, dass die Auktion abgebrochen wird? Darum dreht sich doch alles! Oder haben Sie dazu eine andere Information?«

»Ihre Phantasie ist beneidenswert, Herr Breitwieser. Und ich habe keine Ahnung, wer mir den Schlägertrupp geschickt und wer meine Frau ermordet hat.« Böse blickte Mühldorfer die Kommissare an. Dann schlug er mit der flachen Hand auf das Klapptischchen, dass der Kaffeelöffel in hohem Bogen scheppernd zu Boden fiel. »Erledigen Sie endlich Ihren verdammten Job und halten Sie sich nicht mit mir auf. Sie sollten die Typen und den Mörder suchen und nicht mir auf die Eier gehen.«

»Wer bedroht Sie, Dottore, dass Sie jegliche Zusammenarbeit verweigern? Wer hat Ihre Frau bedroht? Mit wem hatte sie in Malcesine oder Verona Kontakt?«

»Ich weiß es nicht, verdammt noch mal. Wie oft soll ich das noch wiederholen?«

»Gar nicht. Sagen Sie uns endlich die Wahrheit.«

»Hauen S i e endlich ab! Ich werde keine weitere Frage beantworten.«

Antonio blickte Georg an und dieser nickte. Grußlos verließen sie das Krankenzimmer.

»Was sagt er?«, war dann auch Enrico Brandinos prompte Frage.

»Er verweigert die Aussage. Sorg für deine Ablösung, Enrico. Wir brauchen dich in der Questura. Die Kollegin oder der Kollege muss Mühldorfer unbedingt im Auge behalten. Ich gehe davon aus, dass er sich über das Gebot der Ärzte, bis Samstag in der Klinik zu bleiben, hinwegsetzen wird. Sollte er frühzeitig entlassen werden, brauchen wir umgehend Bescheid und jemand muss seine Verfolgung aufnehmen. Wir müssen wissen, wohin ihn seine nächsten Schritte führen. Klar?«

»*Naturalmente.*«

»Giorgio und ich müssen zurück in die Questura. Wir treffen dort Vivani und später natürlich auch noch Mauro. Bis dann.«

Die Kommissare fuhren mit dem Lift ins Erdgeschoss und gelangten wenig später zum Ausgang.

»Diese Krankenhausluft macht mich fertig.« Georg Breitwieser atmete laut und vernehmlich ein und aus. »Daran werde ich mich nie gewöhnen.«

Antonio ging auf das Gejammer erst gar nicht ein. Er telefonierte stattdessen mit Lavinia Strano.

»Bist du nochmals zum *Hotel Mediterraneo* in Malcesine gefahren?«

»Ja, bin ich.«

»Hast du Zeugen befragen können, die die beiden Burschen von gestern Abend wenigstens beschreiben oder Aussagen darüber machen können, wie es zu dem Zwischenfall an der Hotelbar kam?«

»Ja, einer der Security-Leute war dann doch bereit, eine Beschreibung abzugeben. Angeblich handelte es sich um zwei circa Achtzehnjährige mit dunkler Hautfarbe.«

»Und man hat sie einfach so in die Hotelbar gelassen? Das ist schon sehr ungewöhnlich.« Antonio wusste, dass Afrikaner in den Restaurants und Bars nicht gerne gesehen wurden. In den Küchen konnte man sie gut gebrauchen, oft illegal, aber im Gastraum waren sie nicht erwünscht.

»Das habe ich den Security-Mann auch gefragt. Er meinte, die beiden hätten sich über den Hintereingang Zutritt verschafft. Ein Kumpel in der Küche hat sie eingeschleust. Ich muss nicht betonen, dass nun auch von diesem Kumpel jede Spur fehlt.«

»Das ist vermutlich ein *dead end.* Da brauchen wir nicht weiter nachzuforschen, kostet nur unnötig Zeit«, meinte Georg pessimistisch.

Doch Antonio wollte nicht so einfach aufgeben. »Wie hat der Security-Mann denn die beiden noch beschrieben?«

»Unauffällig. Hoodies und Jeans hätten die beiden getragen. Sneakers sowieso. So sehen hunderte von Jugendlichen aus. Keine besonderen Merkmale außer der dunklen Hautfarbe.«

Antonio konnte sich denken, wie die Presse darüber schreiben würde. Zwei Afrikaner hatten einen deutschen Touristen überfallen.

Dann würde wieder die Diskussion darüber losgehen, dass Italien endlich keine Flüchtlinge mehr aufnehmen sollte, weil sie alle kriminell seien. Tatsächlich befanden sich viele von ihnen in der Abhängigkeit von kriminellen Italienern, die ihre Notlage ausnutzten, ihnen Geld versprachen und sich ihrer für schmutzige Machenschaften bedienten.

Resigniert sagte er: »O.k., wir treffen uns in der Questura.«

Antonio setzte sich in Breitwiesers Alfa, der auf dem Parkplatz des Krankenhauses abgestellt war. Auf dem Weg Richtung *Lungadige* fragte Georg: »Was denkst du? Du hast doch bestimmt einen Verdacht, Tonio. Wer steckt hinter den Anschlägen?«

»Die Kunstwelt.«

Ein schräger Blick traf Antonio.

»Geht's auch ein bisserl genauer?«

»Leider nein. Es kommen wirklich so ziemlich alle Personen infrage, die auf der Einladungsliste der *Casa d'Aste Colombo* stehen.«

»Und wie viele sind das?«

»Fünfunddreißig Personen.«

»Ah, ned mehr? Das beruhigt mich aber!« Georg ließ einen kleinen Lacher hören.

31

Verona, 9.30 Uhr

Alessandro Bonaventura hob die Hand, um an die Hoteltür zu klopfen, als diese unvermittelt von innen aufgezogen wurde. Vor ihm stand Patrizia Marinelli in schwarzem Mantel, hochhackigen Lederpumps und einem feuerroten Chiffonschal, den sie sich um den Hals geschlungen hatte. Sie war auf dem Sprung, wie er unschwer erkennen konnte.

»Was willst du hier?«, fragte sie ungehalten. »Ich hab' jetzt keine Zeit.« Argwöhnisch betrachte sie sein Gesicht. »Wer hat dich denn so zugerichtet?«

Alessandro war nicht gewillt, ihr genau darüber Auskunft zu geben, sondern sagte sehr bestimmt: »Die Zeit wirst du dir jetzt nehmen müssen.« Ohne Rücksicht auf ihre abwehrende Haltung drängte er sie in das Hotelzimmer zurück und schloss die Tür hinter sich.

»Hast du von Hans gehört?«

»Deshalb kommst du zu mir? Ein Anruf hätte es auch getan.«

»Ich schau dir bei deinen Antworten lieber in die Augen. Also, hast du von ihm gehört?« Sein Puls beschleunigte sich. Er war keineswegs so selbstsicher, wie er sich gab. Seine Auseinandersetzung mit dem Kunstmaler hatte unter Umständen Folgen, die für ihn gravierend sein konnten. Der Streit zwischen ihnen war eskaliert und am Ende hatte er den Maler am Boden liegend zurückgelassen.

»Das geht dich überhaupt nichts an, Alessandro. Bisher hast du dich nie dafür interessiert, wie Hans und ich die Angelegenheiten regeln. Und dabei sollten wir es belassen.«

Ein Verdacht, den Alessandro bisher verdrängt hatte, kam jetzt unaufhaltsam hoch, ließ sich nicht länger unterdrücken. Betrogen ihn die beiden? War er am Ende nicht der schlaue Fuchs, für den er sich gerne hielt, sondern der hintergangene Idiot? Im Moment hatte er keine Möglichkeit, diesem Verdacht nachzugehen, wollte er die Situation nicht weiter verschärfen. Aber entgegen seiner sonstigen Überzeugung, den Auktionen der Marinelli besser fernzubleiben, nachdem er sich mit ihr und Hans handelseinig geworden war, würde er dieses Mal das Schauspiel selbst beobachten müssen. Irgendetwas lief gehörig schief und vermutlich nicht zu seinen Gunsten. Denn weder die feine Auktionatorin noch der saubere Kunstmaler wollten ihm Rede und Antwort stehen, mauerten regelrecht. Und bei genau diesem Gemälde ließ er sich ganz gewiss nicht übers Ohr hauen. Es war zu viel Geld im Spiel.

»Wie wollt ihr denn die Bilder am Freitag in den Palazzo bringen lassen? Über die enge Gasse in der Altstadt ist das ja nur schwer möglich. Also, wie soll das gehen?« Vielleicht konnte er mit dieser pragmatischen Frage mehr aus Patrizia herauskitzeln.

Doch es traf ihn nur ein böser Blick aus Augenschlitzen.

»Auch das ist und war noch nie dein Problem, Alessandro. Hans und ich wissen schon, wie wir den Bildertransport organisieren müssen. Lass das mal unsere Sorge sein. Schließlich haben wir es auch zur Preview ohne deine Hilfe geschafft.«

Da hatte sie natürlich recht und es hatte ihn am Montag auch nicht die Bohne interessiert. Doch jetzt sagte ihm sein Instinkt, dass er den beiden nicht mehr trauen konnte.

»War's das jetzt oder hast du noch eine weitere wichtige Frage auf dem Herzen, die nicht warten kann?« Spöttisch sah sie ihn an und bewegte sich zielstrebig Richtung Zimmertür. Es war klar, dass er nicht viel mehr von ihr erfahren würde. Aber, in der Tat, er hatte noch eine Frage.

»Wurdest du auch von Anwalt Peter Mühldorfer, dem Gatten von Monika Bacher, kontaktiert?«

Patrizia Marinelli hielt in ihrer Bewegung inne und zögerte mit ihrer Antwort. Dann sagte sie: »So ist es ... er hat mich angerufen.«

Alessandro war unschlüssig, ob er noch eine weitere Frage riskieren konnte. Zu gern hätte er gewusst, was der Deutsche von ihr gewollt und wie sie darauf reagiert hatte. Doch Patrizia Marinelli schob Bonaventura rüde beiseite, öffnete die Zimmertür und drängte ihn auf den Hotelgang hinaus.

»Ich habe einen Termin und bin schon zu spät.« Sie zog die Tür ins Schloss und ging mit entschiedenen Schritten den Gang entlang zum Lift.

Alessandro sah ihr gedankenverloren nach. Wo wollte sie hin, fragte er sich. Sein Wagen stand in der Parkgarage, die zur *Arena di Verona* gehörte. Zu weit weg, um die Verfolgung aufzunehmen. Er jedenfalls musste in die Questura.

32

Verona, 9.30 Uhr

Michele Vivani hatte eine lange Nacht hinter sich, die ihn zwar einen entscheidenden Schritt vorwärtsgebracht hatte, seine Laune aber nicht hob. Er musste ein Bekenntnis ablegen. Ein Umstand, der ihm gar nicht lag. Und dies vor versammelter Runde im Besprechungsraum der Questura. Der ganze Stab von Antonio Fontanaro, einschließlich Georg Breitwieser und Staatsanwalt Vincenzo Mauro hatten Platz genommen, um sich kurz vor den Befragungen von Patrizia Marinelli und Alessandro Bonaventura zu beraten. Ihnen allen war klar, dass es bei diesen beiden nicht bleiben würde. Sie standen unter Zeitdruck. Schon am nächsten Tag sollte die Auktion stattfinden und sie hatten keinen blassen Schimmer, wer für den Mord und nun auch noch für die Schlägerei mit Peter Mühldorfer verantwortlich war. Michele spürte die Unruhe der anderen nur zu deutlich.

»*Allora*, Dottore, machen Sie es nicht so spannend.« Vincenzo Mauro, die personifizierte Ungeduld, schlug ein Bein über das andere, lehnte sich in seinem Stuhl zurück und schenkte dem Juristen ein aufmunterndes Lächeln. »Was gibt es so Wichtiges, dass wir nicht gleich mit den Befragungen beginnen können? Wir haben alle keine Zeit zu verlieren.«

Michele hielt sich dann auch nicht mit einleitenden Worten auf, sondern sagte, um es hinter sich zu bringen: »Ich habe mich geirrt!«, ein denkwürdiges Statement aus seinem Mund.

Es ging förmlich ein Ruck durch den Körper des Staatsanwalts. Seine joviale Miene verdüsterte sich und er fragte: »Wie darf ich das verstehen?«

Sämtliche Augenpaare waren auf Michele Vivani gerichtet. Sonst nicht verlegen bei so offensichtlich erregter Aufmerksamkeit, war ihm in diesem Fall das Interesse aller mehr als peinlich. Er war in eine Falle getappt. Nun wollte er die Angelegenheit so rasch wie möglich aus der Welt schaffen.

»Mir ließ die Tatsache, dass unser Opfer keine Dokumente bei sich gehabt haben sollte, keine Ruhe. Deshalb habe ich gestern Abend noch Silvano Petrelli in seinen Räumen aufgesucht.«

Ein freundliches Lächeln des Kriminaltechnikers traf ihn, obwohl auch dieser keine Ahnung von der Tragweite der Entdeckung hatte, die der Besuch bei ihm nach sich zog. Vor sich auf dem Besprechungstisch hatte Vivani einen Schlüsselanhänger in Form eines roten Lederherzes abgelegt. Diesen nahm er nun in die Hand und zeigte ihn in die Runde. Dann zog er an der Mittelöse des Schlüsselbundes, dort, wo die zwei Hälften des Herzens zusammentrafen. Unversehens hatte er den USB-Stick in der Hand.

»Diesen Stick hatte unser Opfer in der Handtasche dabei. Ich habe ihn in der Nacht noch am PC eingelesen. Monika Bacher hat sich sehr intensiv mit dem Nachlass von Gustav Klimt befasst und versucht, herauszubekommen, wo all seine Werke nach seinem Tod verblieben sind. Dies interessierte sie nicht nur, um ihrem Mandanten zu seinem Bild und damit zu seinem Recht und Erbe zu verhelfen. Vielmehr hatte sie ganz persönliche Gründe, dem Verbleib des Klimt und anderer von den Nazis konfiszierter Gemälde nachzugehen.«

Ein Raunen ging durch den Raum. Vor allem Fontanaro und Mauro waren nun endgültig wach und sahen Michele aufmerksam ins Gesicht. Nur Breitwieser blieb vergleichsweise gelassen und schien ruhig abzuwarten.

»Entgegen der allgemeinen Annahme, das Gemälde *Malcesine am Gardasee* sei einem Brand zum Opfer gefallen, gibt es Hinweise, dass sich das Werk zu keinem Zeitpunkt im Schloss Immendorf in Niederösterreich befunden hat. Sehr viele Autoren und sogenannte Kunstsachverständige haben dieses Märchen vom Verlust des Bildes wiederholt, ohne groß den Wahrheitsgehalt dieser Annahme zu überprüfen, sondern in vielen Publikationen als gesicherten, wissenschaftlichen Fakt veröffentlicht. Leider bin auch ich diesem Irrtum aufgesessen.«

Michele Vivani blickte in die Runde und sah in viele fragende Gesichter. Was bedeutete nun seine Entdeckung oder vielmehr die Entdeckung von Monika Bacher?

»Eine amerikanische Wissenschaftlerin konnte anhand der penibel geführten Inventarlisten der Nazis nachweisen, dass der Klimt nie im Schloss eingelagert worden war. Ferner wusste man, in wessen Eigentum sich das Gemälde bis zum Jahr 1940 befunden hatte. Der Schriftverkehr, den Monika Bacher mit ihrem Mandanten in den USA führte und der mir nun erstmals bekannt geworden ist, legt zweifelsfrei nahe, dass sie mit den Nachfahren der vormaligen Eigentümer im Kontakt stand. Und dass diese Nachfahren zu Recht Anspruch auf das Gemälde erhoben. Unser Opfer hat akribisch recherchiert, täglich im Internet nach dem Gemälde gesucht. Zudem hatte sie sich Hilfe von einem renommierten Auktionshaus in München gesucht, das ihr dann den entscheidenden Hinweis gab. Der Leiter des Auktionshauses hatte eine Einladung und den Katalog für die Auktion in Malcesine erhalten. Er hat unser Opfer sofort informiert. Nur ihrer Hartnäckigkeit ist es zu verdanken, dass der geschädigte Mandant eine kleine Chance hat, das Familienerbe zurückzuerhalten.«

Wieder legte Michele eine kleine Pause ein, bevor er fortfuhr: »Aber Monika Bacher machte zudem, vor einigen Jahren schon, eine Entdeckung, die sie vermutlich dazu gebracht hat, auch nach anderen verschollenen Kunstwerken zu fahnden, die während des NS-Regimes von jüdischen Eigentümern zwangsenteignet worden waren. Ihr Recherchematerial zeigt, dass sie Unmengen von Daten und Dokumenten erfasst und nachverfolgt hat. Warum dieser Aufwand? Warum diese Mühe?«

»Das hängt mit ihrer Familiengeschichte zusammen«, warf Georg Breitwieser ungefragt ein.

Michele nickte und sah den Bayern einigermaßen überrascht an. »*Esatto*, Commissario. Sie wissen also davon?«

»Meine Mutter konnte mir einiges über die Familie Bacher erzählen, die einmal in meinem Heimatort gelebt hat. Aber ich will Ihnen nicht vorgreifen. Denn mein Wissen ist mehr Hörensagen als gestützte Faktenlage.« Breitwieser gab sich betont defensiv, wofür ihm Vivani dankbar war.

»Der Nachlass ihres Großvaters, Karl Bacher, der ihr erst nach dem Tod des eigenen Vaters, Ernst Bacher, ehemals Staatsanwalt von Traunstein, zugänglich wurde, hat ihr die wenig rühmliche Karriere ihres Großvaters vor Augen geführt«, fuhr Michele mit seinem Bericht fort. »Es ist anzunehmen, dass Monika Bachers juristisches Ehrgefühl die Oberhand gewann und sie dazu brachte, in der Familienhistorie nachzuforschen. Dabei ist sie auch auf das Klimt-Gemälde gestoßen. Sie hat Briefe und Kaufbelege gefunden, die darauf hindeuten, dass der Großvater ganz entscheidend bei den Enteignungen mitgewirkt und mit dem Kunsteinkäufer Hitlers, Alois Oberberger, zusammengearbeitet hat – jener Alois Oberberger, der auch mit dem Vater von Alessandro Bonaventura, dem ehrenwehrten Duca Federico Salvatore della Bonaventura, gemeinsam in Wien tätig war. Bonaventura senior war zeitlebens als Kunsthändler sehr aktiv, hatte während der NS-Zeit sowohl in den italienischen Museen für Hitler und Göring nach passenden Gemälden Ausschau gehalten, als auch die Enteignungen jüdischer Familien in der österreichischen Hauptstadt persönlich vorgenommen. Vermutlich hat Monika Bacher von sich aus den Kontakt zu den Erben des Klimt-Gemäldes gesucht. Hier also schließt sich der Kreis.«

Michele Vivani lehnte sich in seinem Stuhl zurück und atmete erstmal durch. Das Wichtigste hatte er erzählt. Er war auf ein Geflecht von Personen gestoßen, das durch die Ankündigung der Auktion plötzlich und unvermutet ans Tageslicht gekommen war.

»Über die Machenschaften seines Vaters muss uns doch auch Bonaventura Auskunft geben können«, schlussfolgerte Vincenzo Mauro mit seinem scharfen Verstand, damit auch alle im Raum kapierten, um was es ging.

Michele tat ihm den Gefallen und ersparte ihm eine ironische Bemerkung. »Mehr als das«, bestätigte er stattdessen. »Der Duca hat sich nicht mit Ruhm bekleckert und er nahm ein ziemlich unrühmliches Ende. Man hat ihn angeklagt, ihn der Kollaboration mit einem Kunstfälscher bezichtigt, der den Anstand hatte, kurz vor Prozessbeginn an einem Herzstillstand zu sterben. Er konnte nicht mehr aussagen. Der Fälscher, Romano Stefano, ist bei meiner Behörde nicht aktenkundig. Der Straftäter ist tot, Ende der Datenerfassung. Mich hat sein für Bonaventura ausgesprochen willkommener Tod schon stutzig werden lassen.« Zu gerne hätte Michele einen weiteren Bezug zum aktuellen Fall hergestellt. Aber dieser Clou blieb ihm – zumindest bislang – verwehrt.

Antonio Fontanaro beugte sich dem Anwalt entgegen und fragte langsam, als kämen ihm die Gedanken erst nach und nach so richtig in den Sinn: »Dann könnte Bonaventura unter Umständen genau wissen, wer im Moment noch der offizielle Eigentümer des Klimt-Bildes ist?«

Michele nickte. »Das denke ich auch!«

»Und deshalb können wir vielleicht doch davon ausgehen, dass sein Gutachten stimmt. Patrizia Marinelli hat vermutlich einen echten Klimt im Angebot«, mutmaßte Fontanaro weiter.

Dem wollte Vivani nicht vorbehaltlos zustimmen. Er hob die Hände in einer zweifelnden Geste. »Ich wäre mir da nicht so sicher! Das Gutachten ist möglicherweise korrekt. Ob das Klimt-Bild, das am Freitag unter den Hammer kommen soll, auch echt ist, bleibt dennoch zweifelhaft.«

»Was wollen Sie denn damit wieder sagen, Dottore? Welche weiteren Informationen halten Sie zurück?«, schoss Vincenzo Mauro ungehalten dazwischen.

»Auch Alessandro Bonaventura kam schon mit dem Gesetz in Konflikt«, erzählte Vivani. »Er soll einem gefälschten Cézanne und einem gefälschten Modigliani durch positive Gutachten zu erfolgreichen Versteigerungen verholfen haben.«

»Wie der Vater, so der Sohn«, resümierte Mauro und fügte hinzu: »Was für eine durch und durch verkommene Familie. Und welch kriminelle Geschäfte sich mit Kunstobjekten machen lassen! Es ist einfach unglaublich.« In gut gespielter Entrüstung zeigte der Staatsanwalt seinen Ärger. Abschätzig sah er zum Anwalt und Ermittler aus Rom. »Was haben Sie noch für uns? Das war doch sicher noch nicht alles?« Heiser lachte er auf, als wollte er sich über seinen eigenen Witz amüsieren.

Michele Vivani zögerte einen Moment. In seiner Aktentasche, die er an die Stuhlbeine gelehnt hatte, steckte noch das kleine Bild vom Maler mit der Signatur HS. Sein letzter Trumpf! Er war alles andere als der Meinung, Monika Bacher habe dieses Souvenir zufällig gekauft. Doch er behielt dieses Pfand erst einmal für sich.

»Ich halte keine weiteren Informationen zurück, *caro collega*. Genauso wie Sie bin ich sehr neugierig auf die Befragung von Alessandro Bonaventura, der inzwischen in der Questura eingetroffen sein sollte.« Michele nahm an, dass eine Frage nach HS den Gutachter aus Mantua vielleicht verunsichern oder aus der Reserve locken könnte. In jedem Fall wollte er genau beobachten, wie Bonaventura auf die Erwähnung des Malers reagierte. Vivani spekulierte, dass

HS der gesuchte Fälscher sein könnte. Sollte man Bonaventura eine weitere Zusammenarbeit mit einem kriminellen Maler nachweisen, wäre sein Ruf in der Kunstwelt sicherlich für immer ruiniert. Ob er wirklich so skrupellos war und dann eine weitere Anklage riskierte, nur weil sich damit vermutlich sehr viel Geld verdienen ließ? Michele war versucht, genau das anzunehmen.

Vincenzo Mauro hatte genug gehört, schob geräuschvoll seinen Stuhl zurück und verließ postwendend den Besprechungsraum. Er drückte aufs Tempo.

»Eine Frage hätte ich noch, Avvocato.« Es war Georg Breitwieser, der die weitere Auflösung der Beratung verhinderte. Alle nahmen wieder Platz und schauten den Bayern45 gespannt an.

»Das Auktionshaus hat den Namen des jetzigen Eigentümers nicht preisgegeben?«

»Nein. Im Katalog lautet die Angabe zur Provenienz schlicht: In Privatbesitz.«

»Ohne Angabe einer Jahreszahl, seit wann es sich im Privatbesitz befindet?«

»Keine Angabe dazu, korrekt«, bestätigte Vivani.

»Aber ist das Auktionshaus nicht verpflichtet, sich über die Eigentumsverhältnisse und Vorbesitzer, also die Provenienz jeder Losnummer, die bei der Auktion zum Aufruf kommt, zu informieren?«, wollte Georg Breitwieser wissen.

»Ja, innerhalb eines zumutbaren Rahmens. Was noch zumutbar ist, ist Definitionsfrage. Zudem sind nicht alle Auktionshäuser mit einem Expertenteam gesegnet und daher gar nicht in der Lage, umfassend jeder Losnummer nachzuforschen«, entgegnete Vivani und in seiner Stimme lag hörbar Resignation. »Auf meiner Dienststelle sind wir auch immer wieder mit dem Problem der Provenienz und der manchmal daraus resultierenden Restitution, also der Rückgabe der Kunstwerke an die ursprünglichen Eigentümer, konfrontiert. Sehr selten sind die aktuellen Besitzer bereit, auf ihr Erbe, das kaum je anfechtbar ist, oder auf ihren mit viel Geld bei einer Galerie oder auf einer Auktion erworbenen Schatz zu verzichten. Niemand ist verpflichtet, Nazi-Raubkunst zurückzugeben. Alle Ansprüche diesbezüglich sind verjährt oder durch zwischenzeitlich wechselnde Eigentumsverhältnisse hinfällig geworden. Ab und an gelingt ein Vergleich. Sehr oft jedoch gehen die ursprünglichen Eigentümer erneut leer aus.«

»Das heißt, das Unrecht der Enteignung durch die Nazis wird durch die neuen Besitzer beziehungsweise auch durch die Justiz fortgesetzt, die eine Rückgabe nicht erzwingen kann, sehe ich das richtig?«, fragte nun auch Antonio bei Vivani nach.

Michele Vivani konnte deutlich sehen, wie angespannt plötzlich alle im Besprechungsraum waren. Die unbefriedigende Rechtslage der Opfer von Raubkunst kam erschwerend zum Mordfall hinzu. Um allem die Krone aufzusetzen, gab es jemanden, der mit allen Mitteln die Rückgabe des Klimt an den Erben in den USA zu verhindern versuchte. Er oder sie vertraute nicht darauf, dass allein die Versteigerung neue Eigentumsverhältnisse schuf. Eigentlich deutete alles darauf hin, dass der Täter oder die Täterin den Klimt selbst erwerben wollte.

»Ja, das sehen Sie leider richtig, Commissario. Die *Washingtoner Erklärung* von 1998, die eine Rückgabe von Raubkunst dringend empfiehlt und die von vielen Staaten unterzeichnet wurde, ist eben lediglich eine Erklärung und leider keine gesetzliche Vorschrift. Manche Auktionshäuser, die die Provenienz eines Kunstwerks nicht nachvollziehen können oder wollen, weil die Nachweise nur durch aufwendige und zeitraubende Recherche zu finden sind, bringen die betreffende Losnummer unter Berücksichtigung dieser *Washingtoner Erklärung* zur Versteigerung. Dies funktioniert zum Beispiel, wenn das Auktionshaus offen mit den Erben verhandelt und man sich darauf einigt, den Erlös der Versteigerung unter allen Parteien aufzuteilen. Die erzielte Summe wird unter Vorbesitzer,

Erben und dem Auktionshaus gesplittet. Die Erben bekommen Geld, aber nicht das Kunstwerk zurück. Es geht an den neuen Eigentümer oder die Eigentümerin. Damit wird Restitution ad absurdum geführt, die Erben werden zum Verzicht überredet. Sie verlieren das Recht auf das Kunstwerk ein weiteres Mal. Und dieses Vorgehen setzt voraus, dass der aktuelle Veräußerer bereit ist, eine Menge Geld abzuschreiben. Ein so behaftetes Kunstwerk lässt sich nicht mehr so gut versteigern wie ein unbelastetes Objekt. Deshalb haben manche Auktionshäuser nur ein geringes Interesse daran, über die Provenienz der Einsendungen zur Auktion genauer nachzudenken. Und es setzt voraus, dass die Faktenlage, die die Wissenschaft liefert, hieb- und stichfest ist. In unserem Fall war diese Bedingung leider sowieso nicht gegeben!«

»Und wir sind wieder am Anfang angelangt«, gab Georg Breitwieser resigniert von sich. »Jemand, der von dem Versuch unseres Opfers, die Auktion zu stoppen, Wind bekommen hatte, hat die hartnäckige Anwältin aus dem Weg geräumt. Wer von den bekannten Verdächtigen kommt dafür am ehesten in Betracht?«

»Alle Verdächtigen«, antwortete Fontanaro sofort. »Einschließlich Ehemann!«

»Aber er selbst kann den Mord nicht ausgeführt haben«, warf Breitwieser sofort ein. »Er war zur Tatzeit nachweislich auf dem Weg von Berlin nach Traunstein.«

»Mag sein«, gab Fontanaro zurück, »... aber er kann auch jemanden beauftragt haben. Sollte er vergessen haben, diesen zu bezahlen, würde der Überfall auf ihn in der Hotelbar durchaus Sinn ergeben.«

33

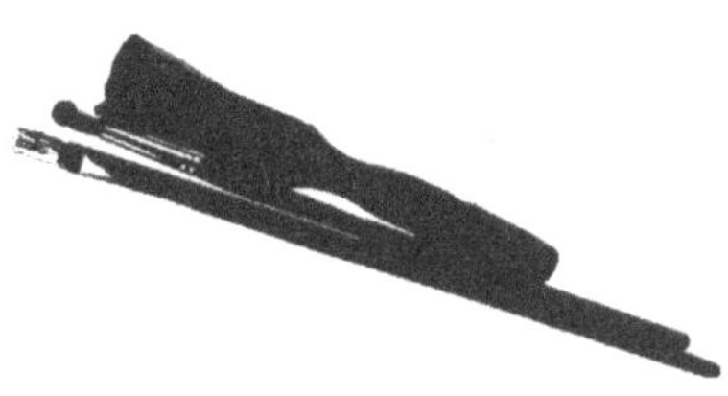

Torri del Benaco, 10.30 Uhr

Der rote Leih-Porsche von Pierre Regnier fuhr röhrend die ansteigende *Via Albisano* in die Hügel hinter Torri del Benaco empor. Diese Spritztour kurz nach dem Frühstück unternahm Pierre alles andere als freiwillig. Eine weitere Mail von Abdul aus Abu Dhabi hatte ihm den Appetit auf das Frühstück verdorben. Regelrecht schlecht war ihm bei der Lektüre der Mail geworden. Und das lag nicht am *cappuccino* des Hotels, der viel zu viel Milch abbekommen hatte.

Abdul schrieb: »*Cher* Pierre, der Scheich von Abu Dhabi, der gütige Vater unseres Volkes, ist in Gedanken bei Dir und sein Wohlwollen ist so groß, wie sich die weite Wüste in unserem Land erstreckt. Er vertraut darauf, dass Du ihn und sein großartiges Volk nicht enttäuschen wirst und dafür sorgst, dass wir bald ein Werk ungeahnter Schönheit und unermesslichen Wertes in unserer Hauptstadt erwarten dürfen. Gleichzeitig weiß der Scheich von Abu Dhabi, dass du unsere finanziellen Möglichkeiten schonen und keine unverzeihlich hohen Ausgaben tätigen wirst, die unserem geliebten Volke anschließend für wichtige Investitionen fehlen würden. Morgen nun ist der große Tag gekommen. Unsere Augen richten sich erwartungsvoll auf das Land, wo die Zitronen blühen, und auf Dich, *cher* Pierre, der Du mit der Weisheit des Gelehrten und mit dem Verstand des Geizes gesegnet bist. Allah wird über Dich wachen und Dir zur Seite stehen. *Inschallah!*«

Nach der Lektüre der Mail war es um den Seelenfrieden von Pierre Regnier endgültig geschehen. Er hatte *cappuccino* und *cornetto* von sich weg in die Mitte des Tisches geschoben und unverzüglich die Hotelgarage aufgesucht. Die so blumig wie brutal versteckte Drohung verängstigte ihn und führte ihn nahe an eine Panikattacke. Ihm war erstmals aufgegangen, dass er beobachtet, vielleicht sogar beschattet wurde. »Allah wird über Dich wachen« war wenig beruhigend. Und dass der Scheich ihm vertraute, besserte seine Lage keinesfalls.

In dieser bedrängenden Lage fiel ihm Hans Stade ein. Das Gespräch zwischen dem Künstler und Bonaventura, das er belauscht hatte, hatte ihn davon überzeugt, dass es nicht nur einen Klimt gab. Ein Original vielleicht, aber mindestens auch eine Fälschung. Pierre fasste in seiner Not den Entschluss, Hans Stade mit diesem Wissen zu erpressen. Etwas Besseres oder Wirkungsvolleres fiel ihm auf die Schnelle nicht ein. Er könnte morgen auf der Auktion die Bombe platzen lassen und das Gemälde, sollte es wirklich zur Versteigerung kommen, als Fälschung entlarven. Ja, könnte! Doch er glaubte nicht, dass Hans Stade bereit war, dieses Risiko einzugehen. Anschließend wäre er als Künstler erledigt, würde er sich einem Prozess stellen und vermutlich auch eine Gefängnisstrafe verbüßen müssen. Pierre war sich sicher, dass Stade es nicht so weit kommen lassen wollte. Der ruinierte Ruf als Künstler würde ihm ewig anhängen. Pierre würde sich auch mit der Fälschung zufriedengeben, wenn es hart auf hart käme. Sollten sich die anderen morgen um das Bild eine Schlacht liefern. Er wäre aus dem Schneider. Abdul würde das gutheißen und dem Scheich musste es egal sein. Sein *Louvre* könnte einen mehr als kostengünstigen Klimt dem staunenden Publikum präsentieren. Wer wollte wissen, ob er echt war oder nicht?

Der Porsche nahm die letzte Kurve und Pierre hielt wieder dicht am Straßenrand, nicht weit entfernt vom Eingangstor. Er hatte sich schon darauf eingestellt, dieses wieder kletternd überwinden zu müssen, aber das Tor stand sperrangelweit offen. Kurz war er versucht, mit dem Wagen auf das Grundstück zu fahren. Doch wenn es dumm lief, kam er nach einer möglichen Auseinandersetzung mit Stade, und mit einer solchen musste er natürlich rechnen, nicht mehr von dessen Grundstück, weil der Maler die automatischen Tore schließen würde. Dann konnte er zwar über das Tor klettern, aber der Porsche bliebe zurück und ein langer Marsch stände ihm bevor. All diese Unwägbarkeiten wollte er nicht eingehen. Er schob sich die *Beretta* in den Hosenbund, zog sein leichtes Sommersakko rüber und ging los.

Die Luft an diesem wolkenlosen Morgen war angenehm kühl. Feuchtigkeit, die durch die Schirmpinien für die ersten Stunden des Vormittags gespeichert wurde, schimmerte auf den Steinplatten des Wegs. Schattig und windstill lag der Park vor ihm, der das Anwesen des Malers umgab. Eine unwirkliche Idylle, fand Pierre, wenn man bedachte, was sich hinter den Mauern abspielte. Als er schließlich aus dem Schatten der Pinien und Sträucher trat, die mannshoch am Wegrand wuchsen, fiel ihm als erstes ein Mercedes Cabrio auf. Hans Stade hatte Besuch. Wieder einmal schlich sich Pierre Regnier an der Hausmauer entlang und lugte in das Atelier. Er erkannte eine Frau in schwarzem Mantel und mit einem roten Schal, der ihr locker ein Stück in den Rücken fiel. An den heftigen Armbewegungen erkannte er unschwer, dass die beiden aufgeregt diskutierten. Noch ein Stück näher wagte er sich heran, damit er dem Wortwechsel folgen konnte. Doch die großen Glastüren waren verschlossen. Er konnte nicht verstehen, was gesprochen wurde.

Da entdeckten sie ihn. Die Frau, in der Pierre zweifelsfrei Patrizia Marinelli erkannte, drehte sich unvermittelt zu den Türen um und auch Stade ging einige Schritte nach vorne. Für einen Rückzug war es zu spät.

Hans Stade riss die Tür auf und bellte ihn an: »Wer sind Sie? Was wollen Sie hier? Das ist Privatgrund.«

Pierre Regniers rudimentäres Deutsch reichte aus, um annähernd zu verstehen, was Stade ihn fragte. Auch die Marinelli trat jetzt näher heran.

»Da schau einmal einer an. Monsieur Regnier persönlich.« Ihr Französisch war einwandfrei.

Der Maler blickte von einem zum anderen und bemerkte: »Ihr kennt euch? Was ist das für ein Vogel, Patrizia? Klär mich auf.« Sein Französisch war weniger perfekt, aber akzeptabel. Trotz des Schreckens, der Pierre durch und durch ging, konnte er die sprachlichen Feinheiten wohlwollend wahrnehmen. Es war also davon auszugehen, dass der Kunstmaler und Fälscher ihn verstand. Das war schon ein erheblicher Vorteil.

»Darf ich eintreten?«, fragte er, schob sich an Patrizia Marinelli vorbei und stand unversehens im Atelier. Das Durcheinander vom Vortag war unverändert. Eine Staffelei stand in der Mitte des Raums, wurde von den Fenstern perfekt beleuchtet und die Farben, die der Maler großzügig und großflächig aufgetragen hatte, strahlten in Gelb und Blau. Pierre konnte mit dem Strudel, den die Pinselstriche auf der Leinwand erzeugt hatten, kein Thema verbinden, aber er musste zugeben, dass ihm der Farbenrausch gefiel. Stade bemerkte die Faszination, die sein Gemälde auf den Besucher ausübte, und meinte weniger abweisend: »Ah, Sie wollen eines meiner Gemälde kaufen. Das freut mich. Ich melde mich bei Ihnen, wenn das Werk fertig ist.« Aus der Tasche seines Mantels, den er auch an diesem Tag trug, fischte er eine Visitenkarte, die er Pierre hinhielt und ergänzte: »Man sieht sich! *Au revoir, Monsieur!*«

»Man sieht sich, sehr richtig«, antwortete Pierre Regnier, »aber vermutlich bei einer anderen Gelegenheit, als Sie vermuten. Ich hätte Geschäftliches mit Ihnen zu besprechen, Herr Stade. Haben Sie eine Minute?«

Argwöhnisch sahen ihn der Maler und die Auktionatorin an.

»Wer ist das, Patrizia?«

»Ein möglicher Käufer des Klimt. Monsieur Regnier, Kunstagent aus Paris, er war auf der Preview. Keine Ahnung, was er von dir will.«

Hans Stade zog die Augenbrauen über der Nasenwurzel zusammen und sah den Franzosen herausfordernd an. »Was hätten wir zu besprechen, Monsieur?«

»Ich wurde gestern Zeuge Ihrer Auseinandersetzung mit Alessandro Bonaventura. Und wenn ich mir Ihr Gesicht genauer ansehe, dann hat der Kinnhaken von Bonaventura wirklich gesessen. Das war beeindruckend, wie Sie rückwärts, mehr oder weniger aus dem Stand auf den Tisch dort hinter Ihnen gefallen sind. Tat weh, nicht wahr?«

Die Unterseite von Stades Kinn changierte zwischen dunkelblau und grün. Es würde einige Tage dauern, bis sich der Bluterguss gelöst haben würde. Doch nun wurde der Kunstmaler zudem noch feuerrot im Gesicht.

»Was bist denn du für einer? Spionierst mir nach, betrittst meinen Privatgrund, begehst Hausfriedensbruch. Ich rufe jetzt die Polizei. Die soll sich mit dir beschäftigen.«

»Das würde ich an Ihrer Stelle ganz schön bleiben lassen. Könnte sein, dass ich der Polizei entscheidende Hinweise geben könnte, was Sie hier so treiben.«

»Spricht der Typ von Orgien, Patrizia? Was ich hier so treibe! Hoho, ich bin ja ein ganz Schlimmer.« Unversehens sprang Stade auf Pierre zu und griff sich das Revers des Sommersakkos. Ohne große Kraftanstrengung hob er den zierlichen Franzosen in die Höhe. »Du sagst jetzt, was du auf dem Herzen hast und dann verschwindest du auf Nimmerwiedersehen, verstanden?«

Pierre hatte Mühe, einigermaßen selbstsicher zu klingen, während er so unschön in der Luft hing: »Sie beide bringen morgen eine Fälschung unter den Hammer. Noch können wir uns gütlich einigen, im anderen Fall lass ich Sie beide morgen hochgehen.«

Stade ließ Pierre so unvermittelt los, wie er ihn hochgehoben hatte, und lachte schallend. »Du bist ja ein richtiger Witzbold.« Unversehens drehte er sich zum Maltisch um und hatte plötzlich ein kleines Klappmesser in der Hand, das er ihm drohend entgegenhielt, als wollte er jeden Moment damit zustechen.

»Hans«, rief Patrizia erschrocken, »mach keinen Blödsinn!«

Pierre griff unter sein Sakko und zog die *Beretta* aus dem Hosenbund. »Lassen Sie das Messer fallen, Stade!«

»Das könnte dir so passen, du Wicht! Verschwinde, ehe ich mich vergesse.« Völlig unerwartet warf Hans das Messer. Pierre meinte einen Luftzug am Ohr zu spüren, als die Stichwaffe an ihm vorbei und dann durch die offene Tür ins Freie flog. Doch gleichzeitig sprang ihn die Marinelli an und versuchte, ihm die Pistole aus der Hand zu schlagen. Plötzlich befand er sich in einem Gerangel mit der Auktionatorin, die sich als sehr kräftig erwies. Schließlich bekam sie Schützenhilfe von Hans Stade. Gemeinsam zerrten sie an Pierre, der mit eisernem Griff die entsicherte Waffe festhielt.

»Lass los, du Idiot.« Hans Stade schlug ihm mit der Handkante auf den Arm. Der schrie auf, und dann löste sich ein Schuss.

34

Verona, 10.30 Uhr

Antonio Fontanaro ging auf dem Weg zum Verhörraum bei Ispettrice Lavinia Strano vorbei.

»Sind die Zeugen anwesend?«

Lavinia schüttelte verneinend den Kopf.

»Nur der Gutachter, Bonaventura, ist bisher eingetroffen.«

»Konntest du Patrizia Marinelli schon auf dem Handy erreichen?«

»*No*, nur die Mailbox. Ich hab' ihr schon zweimal draufgesprochen, dass sie unverzüglich zu erscheinen hat.«

Antonio zog die Bürotür zu und strebte, gefolgt von Georg Breitwieser und Michele Vivani, dem Vernehmungsraum zu. Der Anwalt telefonierte noch und gab einsilbige Antworten, die Antonio zwar hörte, aber nicht weiter beachtete. Gedanklich war er bereits mit dem ersten Verhör beschäftigt. Als er den Vernehmungsraum betrat, warteten schon Staatsanwalt Mauro und Bonaventura auf ihn und seine Begleiter.

Mauro saß, wie er das gerne tat, abseits in einer Ecke des Raums, Beine übereinandergeschlagen, Arme vor der Brust verschränkt und entspannt im Stuhl zurückgelehnt. Antonio nahm an, dass er so glaubte, größtmögliche Überlegenheit und Souveränität auszustrahlen. Er fand die Attitude einfach nur lächerlich und unpassend arrogant.

Alessandro Bonaventura hatte am Besprechungstisch Platz genommen, die Arme in den Schoß gelegt und die Augen fast schläfrig auf die drei Kommissare gerichtet, die sich um ihn herum gruppierten.

Michele Vivani und Georg Breitwieser stellten sich vor.

»Warum dieses Aufgebot?«, fragte Bonaventura. »Ich glaube kaum, dass ich Neuigkeiten für Sie habe. Es ist alles gesagt.« Nun lehnte auch er sich zurück und wartete ab.

Michele Vivani legte sein Handy mit dem Display nach unten auf den Tisch und übernahm zunächst die Befragung.

»Signor Bonaventura, Sie behaupten also weiterhin, dass es sich bei dem Klimt, der morgen von Patrizia Marinelli versteigert wird, um ein Original handelt?«

»Natürlich. Weil es so ist!«

»Was macht Sie da so sicher?«

Bonaventura erlaubte sich ein amüsiertes Lächeln. »Weil ich mein Handwerk verstehe, Commissario. Ich bin schon länger im Geschäft.«

»Das ist uns bekannt und wir wissen auch, dass Ihnen durchaus schon lästige Fehler unterlaufen sind. Wir denken da an die Gutachten für einen gefälschten Cézanne und einen gefälschten Modigliani.«

Bonaventura sah Michele unbeteiligt an und schwieg dazu.

»Ich habe mich mit Ihrer Familiengeschichte auseinandergesetzt und bin der Meinung, dass es nicht Ihr Sachverstand ist, der Ihnen die Sicherheit gibt, einen echten Klimt begutachtet zu haben, sondern vielmehr Ihre Kenntnis des jetzigen Eigentümers des Gemäldes.«

Bonaventura sah Michele Vivani nur grimmig an.

»Wer will den Klimt verkaufen?«

»Fragen Sie die Marinelli. Ich habe keine Ahnung!«

»Wer braucht so viel Geld, dass er sich von so einem Original trennen möchte oder muss?«

»In meinen Augen ein Idiot!«, war Bonaventuras unfeine Ansicht dazu.

»An wen hat Ihr Vater den Klimt in den 40er- oder 50er-Jahren verkauft oder gegen andere Gemälde getauscht? Er hatte ja die Möglichkeit, aus nahezu allen Epochen Kunstwerke zu beschaffen. Und sein Kunsthandel, den er nach dem Krieg gewinnbringend weitergeführt hat, hat sich aus diesen Kunstschätzen viele Jahre lang gespeist. Davon hat Ihre Familie vermutlich ganz gut gelebt.«

»Wenn Sie das sagen!«

»Hören Sie auf, den Dummen zu spielen«, platzte Georg schließlich der Kragen. »Wir wissen aus den Unterlagen von Monika Bacher, dass die Gemälde von Klimt begehrte Objekte der Nazis waren und wir wissen, dass Ihr Vater, Signor Bonaventura, in Wien an der entscheidenden Stelle tätig war, dort, wo die Arisierung jüdischen Besitzes vollzogen wurde. Damals wurde genau Buch geführt, von wem die wertvollen Stücke stammten und wo man sie deponiert hatte. Die Wissenschaft ist lange fälschlicherweise davon ausgegangen, dass das Bild auf Schloss Immendorf lagerte, bis es dort verbrannte. Aber nun wissen wir, dass die Inventarliste des Schlosses keinen Nachweis dafür liefert. Wo das Gemälde stattdessen aufbewahrt wurde und wohin es schlussendlich geriet, wusste aber vermutlich Ihr Vater. Also, was können Sie uns dazu sagen?«

»Sie reden immer von meinem Vater! Ich will gar nicht abstreiten, dass unsere Familie während des Zweiten Weltkriegs eine unrühmliche Rolle gespielt hat. Aber was habe ich mit den Machenschaften meines Vaters zu tun? Er hat mit mir nie sein Wissen über Nazi-Raubkunst, wie Sie das nennen, geteilt, und schon gar nicht hat er mich darüber informiert, woher die Werke kamen, die er in seinem Kunsthandel vertrieben hat. Mich hat das alles nicht interessiert.«

»Und trotzdem sind auch Sie in den Kunsthandel im weitesten Sinne eingestiegen und haben mehr oder weniger die Arbeit Ihres Vaters fortgeführt.«

»Ich habe noch nie ein Kunstwerk verkauft. Ich begutachte sie, aber ich verkaufe sie nicht.«

Mauro konnte nun auch nicht mehr an sich halten und warf ein: »Ihr Vater hat schon mit Kunstfälschern gearbeitet, war mit dem Gesetz in Konflikt gekommen, und auch Sie wurden wegen solcher Delikte bereits angeklagt. Das ist doch eine schöne Familientradition!«

Bonaventura sah über die Köpfe der Kommissare hinweg und fixierte einen Punkt an der gegenüberliegenden Wand. Es war klar, dass er zu diesen Vorwürfen nichts sagen würde.

Michele Vivani ergriff wieder die Initiative. »Wir würden gerne von Ihnen mehr über den Maler HS erfahren.« Ganz bewusst stellte er die Frage so, als wäre völlig klar, dass der Zeuge den Kunstmaler kannte.

Für einen kurzen Moment war Bonaventura irritiert und richtete seine dunklen Augen voll auf Vivani. Kurz schien er zu überlegen, wie er auf diese Mitteilung reagieren sollte. Dann sah er in seinen Schoß und schwieg.

Deshalb zog Michele Vivani nun aus seiner Ledermappe, die er mitgebracht hatte, das kleine Bild heraus, das sich Monika Bacher gekauft hatte, und legte es vor dem Gutachter auf den Tisch.

Mauro stand von seinem Stuhl auf und eilte ebenfalls hinzu. Ärgerlich schob er sich die Brille in die Haare und trat ganz nah an das Bild heran. Alle Köpfe beugten sich über den Tisch. Nur Vivani und Bonaventura musterten sich abschätzig.

»Nun, was sagen Sie dazu?«

Der Gutachter lachte kehlig auf. »Sie wollen meine Meinung zu diesem Hobby-Kunstwerk wissen? Ist das Ihr Ernst?« Gelangweilt beugte nun auch er sich über das Bild mit der Ansicht von Malcesine. »Ganz nett. Der Maler ist kein Stümper, aber große Kunst ist das auch nicht.«

»Wer ist HS?«

»Halten Sie mich für einen Hellseher?« Nun lachte Bonaventura augenscheinlich in sich hinein. »Diesen grandiosen Maler soll ich kennen?« Er gewann sichtlich an Sicherheit und lehnte sich wieder zurück.

Antonio musterte Vivani von der Seite. Es war ihm anzusehen, dass er mit der Vorgehensweise des Anwalts nicht einverstanden war. »Von wem haben Sie das?« Das war eine unmögliche Frage vor einem verdächtigen Zeugen, aber Fontanaro konnte diese Frage nicht zurückhalten. Auch Mauro schaute verärgert in Vivanis Richtung. Alle warteten sie auf eine Reaktion von ihm.

»*Un attimino,* ich bin gleich zurück.« Michele Vivani schnappte sich sein Handy und verließ den Vernehmungsraum, dicht gefolgt von Antonio. So wollte der sich nicht an der Nase herumführen lassen.

»Was soll das Theater, Dottore? Wie können Sie uns vor Bonaventura nur so blamieren und mit einem neuen Indiz konfrontieren, das wir alle nicht kennen?«

»Lassen Sie uns in Ihr Büro gehen, Commissario.«

Energisch schritt Antonio voran und schloss nachdrücklich die Tür hinter Vivani. »Ich höre!«

»Das Bild hat sich unser Opfer vermutlich vor dem geplanten Treffen mit mir in Malcesine gekauft. Ich habe recheriert und auf der Website des Ortes einen Hinweis gefunden, dass ein Hans Stade sich um Malcesine verdient macht, indem er Ansichten davon für wenige Euro an die Touristen verkauft. Für den Ort ist das kostenlose Publicity. Inzwischen weiß ich, dass Hans Stade ein anerkannter Kunstmaler ist. Ich konnte die Adresse recherchieren und hab Ispettore Brandino hingeschickt mit der Bitte, sich dort einmal umzusehen und vielleicht auch mit dem Maler zu sprechen. Mich interessiert, ob Bonaventura und Stade sich kennen.«

»Darum also ist Brandino nicht in der Questura. Sie agieren schon recht eigenmächtig, Avvocato, wenn Sie mir diese Bemerkung erlauben.« Antonio war wütend und nahm Vivani die Aktion übel.

»Für besondere Nachfragen und Erlaubnisse ist keine Zeit mehr, Commissario. Lesen Sie mit mir die Nachricht, die Brandino vor wenigen Augenblicken geschickt hat.« Vivani öffnete das Display seines Handys, damit Antonio mitlesen konnte:

»Ich kam leider einen Augenblick zu spät, Dottore. Das Anwesen von Hans Stade ist von einem großen Zaun umgeben. Als ich dort ankam, schlossen sich die Tore. Und zwei Wagen fuhren an mir vorbei. Ein Mercedes Cabrio, in dem Patrizia Marinelli saß, und ein alter, großer Volvo Van mit einem Mann am Steuer. Ich habe beide Nummernschilder notiert und bitte gleich Lavinia, den

Halter zu ermitteln. Außerdem steht hier am Straßenrand ein roter Porsche. Auch dessen Nummernschild habe ich an die Kollegin weitergegeben.«

Vivani schob das Handy in die Tasche seiner Anzughose und sagte: »Die Marinelli und Stade kennen sich. Und offenbar war ein Dritter mit im Bunde bei der Zusammenkunft heute Morgen, der entweder noch auf dem Anwesen ist oder sich in dem Viertel herumtreibt.«

Antonio schluckte den Ärger über Vivani hinunter. Der Ermittler erwies sich einmal mehr als sehr effizient.

»Wie sind Sie an das Bild gelangt?«

»Auf die gleiche Weise wie an den USB-Stick. Petrelli und ich haben gestern Abend die Handtasche von Monika Bacher noch einer sehr genauen Prüfung unterzogen.«

»Was, glauben Sie, hat das Treffen von Stade und der Marinelli für einen Grund?«

»Da kann ich nur spekulieren. Obwohl ein Original von Klimt existiert, glaube ich, dass morgen eine Fälschung auf der Versteigerung zum Aufruf kommen soll. Und diese Fälschung hat Stade angefertigt. Vielleicht hatten die beiden noch organisatorische Fragen zu erörtern? Vielleicht hatten die beiden auch eine Auseinandersetzung? Das können wir im Moment nicht klären. Was mir jedoch sehr zu denken gibt, ist die Frage nach der dritten offenbar beteiligten Person. Wenn sie sich noch auf dem Grundstück von Stade befinden sollte, dann ist sie dort, so fürchte ich, zumindest eingesperrt, wird festgehalten.«

»Oder lebt nicht mehr? Wollen Sie das andeuten?«

»Ich will es nicht ausschließen. Mehr und mehr gewinne ich den Eindruck, dass wir es hier mit Beteiligten zu tun haben, die für teure Kunst sehr viel riskieren und auch vor Mord nicht zurückschrecken.«

»Ich ruf Petrelli an. Er soll sich mit seinen Leuten auf dem Grundstück von Stade umsehen.«

»Mauro?«

»Den bitten wir später um Genehmigung der Durchsuchung. Das hält uns sonst nur auf.«

Nachdem Fontanaro Petrelli informiert hatte, ging er mit Vivani zurück in den Vernehmungsraum. Nun übernahm Antonio die Befragung des Zeugen.

»Wer hat Sie eigentlich so zugerichtet?«

»Die steile Steintreppe in meinem Palazzo ist mir zum Verhängnis geworden.«

Ungläubig musterte ihn der Commissario, aber er beließ es dabei und fragte: »Wann haben Sie Patrizia Marinelli zuletzt gesehen?«

Alessandro Bonaventura hob, überrascht vom unvermittelten Themenwechsel, den Kopf. Es war ihm anzusehen, dass er mit dieser Frage nicht gerechnet hatte. »Heute Morgen im Hotel. Wir hatten Organisatorisches vor der Auktion zu besprechen, deshalb bin ich zu ihr gegangen.«

»Wohin wollte sie anschließend?«

»Sie sagte, sie hätte noch einen Termin. Was sie vorhatte, weiß ich nicht.«

Antonio nickte. Das war wohl die erste ehrliche Antwort des Gutachters. »Sie ist zu dem Maler HS gefahren.« Antonio hielt es für besser, bei dem Kürzel zu bleiben. »Was sagen Sie dazu?«

»Signora Marinelli ist ein freier Mensch.«

Laut schob Vincenzo Mauro seinen Stuhl zurück, stand auf und trat erneut an den Besprechungstisch. Er beugte sich dem Zeugen entgegen und sagte: »Was ich im Moment von Ihnen nicht sagen kann, Signore.«

Alessandro Bonaventura wurde blass.

»Entweder Sie kooperieren jetzt mit uns oder wir sehen uns in Ihrem Haus ein wenig um. Da wir Ermittler uns ebenfalls noch austauschen müssen, entschuldigen Sie uns jetzt für eine Stunde. Dann sehen wir weiter.« Mauro schritt zur Tür und bedeutete den

Kommissaren, ihm zu folgen. Ohne sich weiter umzudrehen, eilte er voraus in das Büro von Antonio Fontanaro.

»Was geht hier vor, Commissario?« Sein Blick war streng auf Antonio gerichtet.

»Ispettore Brandino hält sich zurzeit in Torri del Benaco auf. Dort ist HS, der sich Hans Stade nennt, wohnhaft. Er war es vermutlich, der vor wenigen Augenblicken zusammen mit einer Frau, vermutlich Patrizia Marinelli, das Anwesen verlassen hat. Ich habe Petrelli und seine Leute hingeschickt.«

»Das wird ja immer besser. Wer ist denn dieser Stade überhaupt und was hat er mit der ganzen Geschichte zu tun? Ich höre, Commissario.«

Fontanaro erklärte ihm kurz, was sie bislang über den Maler in Erfahrung gebracht hatten. Viel war es nicht. Deshalb schaltete sich Vivani ein. »Die Ermittlung in Torri geht auf meine Kappe, Dottore. Im Moment versucht Ispettrice Strano herauszubekommen, wem der rote Porsche gehört, der vor dem Anwesen Stades parkt.«

»Was denn für ein Porsche? Ich bekomme immer mehr den Eindruck, dass Sie alle munter an mir vorbei ermitteln. Was vermuten Sie denn?«

»Warten wir doch einfach ab, Dottore. Spekulationen bringen uns nicht weiter.«

»Ihre Eigenmächtigkeiten werden ein Nachspiel haben, sollte sich herausstellen, dass Sie unbescholtenen Bürgern mit der Polizei auf die Pelle gerückt sind.« Mauro blickte böse von einem zum anderen.

Vivani blickte unbeeindruckt zurück. Antonio sah Georg Breitwieser an, der gleichgültig mit den Schultern zuckte. Es war erkennbar, dass auch ihm jedes Mittel recht wäre, im Mordfall Bacher weiterzukommen.

»Wollen Sie wirklich das Haus von Bonaventura durchsuchen lassen?«, fragte Fontanaro.

»Das war eine Finte! Das wissen Sie doch, Commissario. Sie haben so wenige stichhaltige Beweise gegen den Gutachter in Händen, dass eine Durchsuchung von dessen Privaträumen keine Rechtfertigung hätte. Also sehen Sie zu, dass Sie etwas finden!«

Es klopfte an der Bürotür und Lavinia Strano steckte vorsichtig den Kopf herein. Antonio winkte ihr zu und sie betrat das Büro. In der Hand hielt sie einen Zettel.

»Wie schon vermutet«, begann sie unvorsichtigerweise – Mauro schnaubte bereits hörbar durch die Nase – »gehört der Volvo Van dem Maler Hans Stade.«

Vivani nickte. Er hatte es nicht anders erwartet.

»Das Mercedes Cabrio ist auf Patrizia Marinelli zugelassen. Und der Porsche wurde von einer Mietwagenfirma in Verona an den Kunden Pierre Regnier entliehen.«

»Haben wir eine Handynummer von Pierre Regnier?«, wollte Antonio wissen.

»Haben wir. Sie ist auf der Einladungsliste für die Preview vermerkt. Ich habe sie für dich notiert.« Mit diesen Worten reichte sie Fontanaro den Zettel.

Sofort zog er sein Handy aus der Gesäßtasche der Jeans und wählte die Nummer. Er ließ es lange läuten, doch niemand hob ab. Alarmiert sah er in die Runde. Dann wandte er sich an Vivani.

»Sie hatten den richtigen Riecher, Dottore. Regnier, der vermutlich auf Stades Anwesen zurückgelassen wurde, schwebt zumindest in Gefahr. Hoffen wir, dass ihm nichts Schlimmeres zugestoßen ist. Wir fahren unverzüglich nach Torri del Benaco. Mal sehen, wie weit Petrelli und die Kollegen mit ihren Ermittlungen sind.«

»Kommen Sie nicht wieder mit leeren Händen zurück.« Staatsanwalt Vincenzo Mauro schaute einen nach dem anderen finster an. »Und den Durchsuchungsbeschluss besorge ich Ihnen. Sie wollen doch nicht ohne dort aktiv werden, oder?« Auf diese rein rhetorische Frage antwortete ihm niemand.

35

Verona, 12.00 Uhr

Patrizia Marinelli fuhr den *Lungadige* entlang, auf der Suche nach einem Parkplatz. Ihre Hände umklammerten das Lenkrad ihres Cabrios, als könnte es ihr Leben retten. Das Herz hämmerte ihr in der Brust, seit sie im Anwesen von Hans Stade zur Putzfrau degradiert worden war. Ihr Rücken fühlte sich schweißnass an, sie fror. Und das kam nicht von der ungewohnten Arbeit. Der Tote hatte furchtbar ausgesehen. Der tödliche Schuss hatte Pierre Regnier in den Bauch getroffen. Die Blutlache flimmerte ihr als riesiger, roter Fleck vor den Augen. Sie musste sich sehr konzentrieren, damit sie in der Lage war, den Wagen in der Spur zu halten, die anderen Verkehrsteilnehmer überhaupt wahrzunehmen, in ihrem Tempo richtig einzuschätzen.

Stade hatte ihr einen Eimer mit Spülwasser und einen bereits gut gebrauchten Putzlappen in die Hand gedrückt.

»Mach die Sauerei hier weg. Um den Toten kümmere ich mich. Und fall mir jetzt nicht zartbesaitet in Ohnmacht. Verstanden? Das bisschen Blut wirst du wohl verkraften und wegwischen können.«

Dann hatte er Pierre Regnier an den Fußgelenken gepackt, ihn über den Boden seines Ateliers geschleift und bis zum Hinterzimmer geschleppt. Patrizia hatte Stades Tun nicht weiterverfolgt. Sie wollte gar nicht wissen, was er mit der Leiche vorhatte, wo er sie verstecken würde. So rasch wie möglich versuchte sie, die Blutspuren, die schließlich im ganzen Atelier sichtbar waren, zu beseitigen. Anschließend putzte sie auch die Türklinke ab, die sie beim Eintreten ins Atelier angefasst hatte. Hektisch überlegte sie, was sie alles bei Stade berührt hatte. Doch dann war ihr bewusst geworden, dass sie den Kunstmaler schon sehr oft besucht hatte. Ihre Fingerabdrücke waren mit Sicherheit an vielen Stellen zu finden.

Hans Stade ließ ihr auch keine Zeit für besondere weitere Reinigungsaktivitäten. Er bugsierte sie aus dem Haus, kippte das Waschwasser ins Erdreich, warf Eimer und Putzlappen in hohem Bogen in das Gestrüpp, das sich um sein Haus über die Jahre gebildet hatte, und forderte sie auf, unverzüglich das Grundstück zu verlassen.

»Ich verschwinde für einige Zeit.«

»Wie läuft das morgen? Wer bringt den Klimt?«

»Das ist alles längst geregelt. Der Klimt wird geliefert, wie besprochen.«

»Nichts ist besprochen, verdammt. Du hältst mich seit Tagen hin.«

Stade drehte sich wortlos um und strebte seinem Volvo zu, den er am Ende des Grundstücks geparkt hatte. Er stieg ein und der Motor heulte auf.

Es war ihr nichts anderes übriggeblieben, als in ihr Cabrio zu steigen, den Weg für ihn zu räumen und ebenfalls das Grundstück zu verlassen. Sie war die *gardesana* entlanggefahren, ohne zu wissen, was sie jetzt tun sollte. Am Ende hatte sie sich doch entschlossen, nach Verona zu fahren. Sie sollte sich in der Questura melden. Endlich fand sie eine Parklücke am *Lungadige* und schaltete den Motor aus. Doch dann wusste sie nicht weiter, lehnte den Kopf an das Lenkrad und überlegte, ob sie in der Lage war, den Fragen des Commissario standzuhalten. Was wollte Fontanaro von ihr? Ging es erneut um die dumme Deutsche? Um den Klimt? Oder wusste die *polizia* etwa schon über den Vorfall in Stades Atelier Bescheid? Konnte das sein? Angeekelt betrachtete sie ihre Hände, die vor kurzem noch das Blut des Franzosen weggewischt hatten. Sie drehte sie hin und her, kontrollierte, ob es Blutreste auf der Haut gab. Dann besah sie sich die Vorderfläche ihres schwarzen Popelinemantels. Es schien alles in Ordnung zu sein. Doch das war es selbstverständlich nicht. Würde ihr Leben jemals wieder in Ordnung sein? Würde nach dieser unseligen Auktion, die sie nun am liebsten selbst abgesagt hätte, alles wieder so wie früher werden? Was hatte Stade vor? Seine Worte hallten noch in ihr nach. Sie würden sie auch in vielen Nächten weiterverfolgen. Da hatte sie keinen Zweifel.

»Patrizia, wir wissen beide, wer geschossen hat. Solltest du auf die dumme Idee kommen, mich als Täter hinzustellen, werde ich wissen, was zu tun ist.«

Was würde er tun? Sie umbringen? Oder behaupten, sie hätte geschossen? Es hatte sich ein Schuss gelöst. Regnier hatte auf Stade gezielt. Hans und sie hatten versucht, ihm die Waffe aus der Hand zu schlagen, dann zu winden. Plötzlich gab es einen Knall und der Franzose kippte vor ihren Augen um, fiel auf den Bauch und lag unversehens in seinem eigenen Blut. Eine Verkettung unglücklicher Umstände. Weshalb war der Franzose bewaffnet bei Stade erschienen? Das war doch die eigentliche Frage. Patrizia fühlte sich besser, als ihr diese Schlussfolgerung durch den Kopf ging. Ganz genau, das war doch der entscheidende Punkt. Was hatten er und Stade für einen Konflikt? Und was hatte Alessandro Bonaventura bei Stade gewollt? Jenes Gespräch, dass der Franzose angeblich belauscht hatte. Was hatte er erfahren, dass er so mutig wurde und den Kunstmaler mit der Waffe bedrohte? Ohne jeden Zweifel ging es um die Auktion. Darüberhinaus hatten die Personen keine Berührungspunkte. Entgegen ihrer forschen Antwort an Bonaventura, er solle den Transport des Klimt ihr und Stade überlassen, hatte sie keine Ahnung davon, was Stade wirklich geplant hatte. Bevor sie ihn weiter in die Mangel hätte nehmen können, war dieser aufgeregte Franzose auf der Bildfläche erschienen und hatte diese Katastrophe ausgelöst.

Eine Auktion war doch das Einfachste auf der Welt. Normalerweise! Ein Klimt wurde versteigert. Eine Sensation! Gut! Geschenkt! Die Bieter nennen ihre Gebote. Am Ende bekommt der Meistbietende das Gemälde. Ende der Geschichte.

Doch so einfach war es nicht. Stade, Bonaventura und sie selbst wollten jeder ein Stück vom großen Kuchen. Ihre langjährigen Geschäftspartner waren dieses Mal zu gierig geworden. Noch nie hatte sie ein Los im Angebot gehabt, das das Zeug dazu hatte, vierzig, fünfzig, vielleicht sogar achtzig Millionen Euro einzuspielen. Da schossen die Phantasien ins Kraut. Zwei Menschenleben hatten sie schon gekostet.

Patrizia Marinelli nahm ihren ganzen Mut zusammen und stieg aus dem Cabrio aus, überquerte den *Lungadige* und betrat wenige Augenblicke später die Questura. Doch beim Anblick der dunklen Gänge, der uniformierten Polizisten, die sie freundlich grüßten, kamen ihr Zweifel. Sie trat zum Lift, drückte eine Taste für den zweiten Stock und kehrte schnell auf dem Absatz um, bevor sie noch angesprochen wurde. Es würde ihr nicht möglich sein, Fragen nach dem Klimt, nach Stade, nach Bonaventura und dem Verbleib des Franzosen zu beantworten. Sie würde sich in Widersprüche verstricken. Wer würde ihren Aussagen Glauben schenken? Am Ende lieferte sie sich selbst aus und Stade lachte sich ins Fäustchen.

So rasch es ihre hohen Schuhe zuließen, lief sie zum Wagen zurück, ließ den Motor an und scherte aus der Parklücke aus. Sie würde bis morgen 11 Uhr untertauchen. Was Stade konnte, konnte sie auch. Sie würde nicht ins Hotel zurückkehren, sondern nach Mailand fahren. Dort hatte sie mehrere Möglichkeiten, erst einmal von der Bildfläche zu verschwinden. Knapp vor Auktionsbeginn würde sie in Malcesine eintreffen. Dann hoffte sie, dass die Polizei sie mit der Auktion beginnen ließ, bevor sie sie befragten oder gar festnahmen. Unbemerkt aus dem *Palazzo dei Capitani* zu flüchten, war nicht möglich. Dort saßen alle, die an der Auktion teilnahmen, in der Falle, wenn es die Polizei darauf anlegte. Stade würde sich der Gefahr nicht aussetzen. Das war ihr klar. Er hatte auch überhaupt keinen Grund, dort aufzutauchen. Aber was hatte Alessandro Bonaventura im Sinn? Sollte er anwesend sein, würde er ihr nicht helfen, sondern nur den Beobachter geben. In Gedanken ging sie all jene Geschäftspartner durch, die sich morgen wie die Geier auf den Klimt stürzen würden. War das Bild erst mal verkauft, hatte sie keine Freunde mehr. Bisher hatte sie diese Kehrseite ihres Berufs und Geschäftsmodells nicht gestört. Ganz im Gegenteil. Sie hatte ein eigenes, ganz gut florierendes Unternehmen. Sie war niemandem Rechenschaft schuldig. Doch das Klimt-Gemälde, das ihr della Rocca zur Versteigerung eingereicht hatte, stellte sich als Riesenproblem heraus. Ihre Begeisterung, einmal einen richtigen Coup landen zu können, einmal als ernstzunehmendes Auktionshaus von den Fachleuten der Kunstwelt und von der Presse wahrgenommen zu werden, löste sich in Rauch auf. Sie konnte bei der ganzen Sache nur verlieren.

36

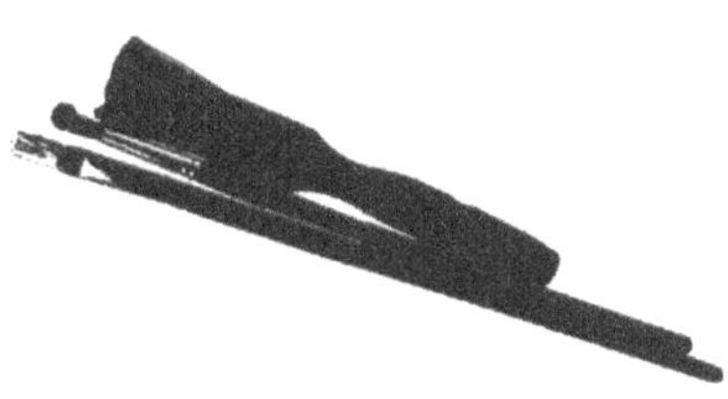

Torri del Benaco, 12.30 Uhr

»Hier hat jemand versucht, aufzuwischen.« Silvano Petrelli beleuchtete mit Blaulicht den Boden des Malerateliers. »Allerdings nur mit mäßigem Erfolg.« Fast zufrieden lachte Petrelli in sich hinein. Die Spuren, die mit der Stableuchte sichtbar wurden, durchzogen den ganzen Raum und führten die Ermittler zum Hinterzimmer. Dort hatte niemand aufgewischt. Es war offensichtlich, dass eine Person reichlich Blut verloren hatte. Ab der Mitte des Raums jedoch gab es keine Hinweise mehr auf ein Verbrechen.

»Was denkst du, Silvano, ist hier passiert?«, fragte Antonio den Kriminaltechniker.

»Bei dem großen Blutverlust der Person tippe ich auf eine vehemente Messerattacke oder auf eine Schussverletzung. Meine Leute durchsuchen das Atelier nach einer Patronenhülse oder einem Projektil. Vielleicht haben wir Glück.«

»Gibt es hier einen rückwärtigen Ausgang?«, wollte Vivani wissen. »Die Leiche oder der Verletzte muss ja von hier aus weitertransportiert worden sein.«

»Bisher haben wir keinen Ausgang entdeckt.«

»Ich schau mich mal draußen um«, sagte Breitwieser, ging über das Atelier zurück und hinaus in den riesigen Garten, der sich über die Jahre in eine Wildnis verwandelt hatte. Georg nahm zunächst einen gepflasterten, teilweise überwucherten Weg, der in einem notdürftigen Carport endete. Dort blieb er stehen und besah sich das hohe Gras, das an einigen Stellen zusammengetreten war. Er folgte der Spur, ging am Haus entlang, das ihm von außen länger erschien, als er von innen angenommen hatte. Die Spuren führten am Ende des Gebäudes um die Ecke herum und verloren sich schließlich auf der rechten Rückseite. Georg stand vor einem Holztor, das mit einem kräftigen Sicherheitsschloss abgesperrt war. Er blickte zurück zum Carport und erkannte den Pfad, den vermutlich Stade zu seinem Wagen genommen hatte. Ob mit oder ohne Leiche, das war noch zu klären. Für den Transport einer schweren Last schien ihm die Spur zu wenig ausgeprägt. Georg ging ins Haus zurück und bat die Kollegen der Kriminaltechnik, das Sicherheitsschloss aufzubrechen.

Dann suchte er im Hinterzimmer an der Rückwand nach einer Türe, stand jedoch vor einem riesigen, alten Kleiderschrank. So schlau der Kunstmaler es auch angestellt hatte, war sein Geheimzimmer dennoch problemlos zu entdecken, wenn man einmal die Holztüre außen gefunden hatte. Georg öffnete eine der Schranktüren und stand unversehens in einem leeren Holzrahmen. Stade hatte den Schrank komplett entbeint, zurückgeblieben waren lediglich der Außenrahmen und ein hohes Fach, gemeinhin für Hüte gedacht, das die Konstruktion stabilisierte. Einen Arm weit entfernt befand sich eine weitere, allerdings massive Eisentür. Petrellis Leute mussten erneut helfen und diese mit Bohrer und schwerem Gerät aufbrechen. Anschließend ließ sich die Tür nach innen öffnen. Stockdunkle Finsternis breitete sich vor Georg aus. Der sich vor ihm auftuende Raum war fensterlos und ein Lichtschalter nicht zu finden. Dort einfach hineinzutreten, widerstrebte Breitwieser. Wer mochte wissen, was direkt vor ihm auf dem Boden lag?

»Kann mir mal jemand eine starke Lampe bringen?«, rief er ins Hinterzimmer. Es war Michele Vivani, der mit einer Stableuchte auftauchte. Der Anwalt stellte sich dicht neben Breitwieser und hielt die Lampe ins Dunkel. Konturen von leeren Staffeleien tauchten auf, ebenfalls leere Malereimer standen gestapelt nicht weit von ihnen entfernt auf dem Boden. Außerdem noch volle Gebinde von Acrylfarbe. Vivani leuchtete am Türrahmen entlang und entdeckte schließlich doch einen Lichtschalter. Mehrere Glühbirnen flammten auf und erhellten schonungslos blendendweiße Wände, sowie ein längliches Bündel, bestehend aus einem alten Teppich.

»Mein lieber Mann«, rief Breitwieser aus. »Da hat jemand aber aufgeräumt.«

»Bis auf eine Kleinigkeit«, entgegnete Vivani trocken.

Gemeinsam näherten sie sich dem Bündel, das am anderen Ende des Raums lag, nahe der Holztüre, die die Kollegen gerade ebenfalls erfolgreich aufbrachen, sodass heller Sonnenschein hereinflutete. Betreten sahen sie alle auf den blutdurchtränkten Teppich, dessen Inhalt unschwer zu erkennen war, denn an einem Ende ragte ein Hosenbein mit einem hellbraunen Lederslipper heraus. Der Kennerblick Breitwiesers, der für Schuhe immer eine Schwäche hatte, bewunderte insgeheim das weiche Wildleder. Leider hatten Blutspritzer das teure Schuhwerk für immer verdorben.

»Zumindest ist die Leiche nicht weit«, stellte er fest. »Dann brauchen wir nicht nach ihr zu suchen. Wir sollten nichts anfassen, bevor Petrelli die Arbeit erledigt hat.«

Doch Vivani war nicht zu stoppen. Dort, wo er den Kopf vermutete, begann er das Bündel zu öffnen. »Also doch«, entfuhr es ihm.

Auch Breitwieser trat neugierig heran. »Wer ist das?«

»Pierre Regnier, ein Kunstagent aus Paris.«

»Wie vermutet! ... Und weiter? Was wisst ihr über ihn?«

»Wir haben ihn gestern befragt. Er war in Malcesine, nicht weit vom Tatort entfernt. Er war der Letzte, der Monika Bacher lebend gesehen hat. Angeblich war ihm der Blick verstellt, als der Täter oder die Täterin zugeschlagen hat.«

Georg erinnerte sich an die wenigen Informationen, die ihm Antonio zu den Verhören gegeben hatte. Gespannt sah er den Ermittler an.

»Oder er wurde so zum lästigen Mitwisser und Zeugen.« Nachdenklich betrachtete er die Leiche. »Was sagt uns das? Hans Stade und Patrizia Marinelli werden so zu unseren Hauptverdächtigen? Oder sehen Sie das anders, Avvocato?«

Michele Vivani äußerte sich zurückhaltend. »Möglich! In jedem Fall wird Fontanaro an dem weiteren Mord wenig Freude haben. Jetzt haben wir zwei Tote, zudem einen zusammengeschlagenen Anwaltskollegen aus Deutschland, vom zweifelhaften Klimt-Gemälde ganz zu schweigen.« Er blickte vielsagend auf die zahlreichen leeren Staffeleien. »Stade hat einiges weggefahren oder wegfahren lassen. Für seine großformatigen Bilder benötigt er sicherlich eine Spezialspedition. Kunsttransporte sind heikel.«

»Was erwarten Sie, was morgen auf der Auktion passiert?«, fragte Georg neugierig.

»Ich bete darum, dass es keine weiteren Toten gibt«, war alles, was der Anwalt dazu äußerte.

37

Garda, 14.00 Uhr

Kenneth O'Connor hatte beschlossen, keinen weiteren Tag in Verona zuzubringen, sondern war nach Garda aufgebrochen, um am Ufer des *Lago*, in einem Strandcafé, die Aussicht und die Sonne zu genießen. Nach weiteren Sightseeing-Touren stand ihm nicht der Sinn. Auch die Lektüre von *The Art Newspaper* hatte er erledigt und keinen weiteren Bezug zum dreisten Bücherraub des einstigen Museumsdirektors von Neapel entdeckt. Im Moment war O'Connor viel zu faul, um dieser nebulösen Spur nachzugehen. Sollte sich seine Kollegin darum kümmern. Er fand an seinem ungewohnten Müßiggang mehr und mehr Gefallen, fand es wunderbar, dass es nichts für ihn zu tun gab. Der morgige Tag würde aufregend genug werden.

The Guardian, das britische Tagesblatt, das er gelegentlich am Handy las, berichtete ausführlich über die Spekulationen, die den Einsturz der Brücke in Genua betrafen. Wieder fühlte sich Kenneth in seinem Vorurteil bestätigt, dass die Bau-Mafia in Italien auch für dieses Unglück verantwortlich war. Marode Bausubstanz allerorten, so das allgemeine Lamento. Ihm war jedoch klar, dass auch die Bausubstanz der öffentlichen wie privaten Gebäude in England, besser noch: in ganz Großbritannien, kaum einer genaueren Prüfung standgehalten hätten. EU-Richtlinien zu erfüllen, fiel dem Königreich immer schwerer. Nun ja, dachte er, ein Brexit würde auch dieses Problem lösen, wie manch anderes auch. Gut fand er die Bemühungen um den Austritt aus der EU nicht. Es würde den Handel mit Kunst weiter erschweren. Die strengen Ausfuhrgesetze für Kunst- und Kulturgüter stellten die Auktionshäuser immer wieder vor Probleme. Einzig die Anwälte hatten eine sichere Einnahmequelle, indem sie wasserdichte Ausfuhrverträge erstellten.

Wieder fiel sein Blick auf den stehengebliebenen Brückenpfeiler, der seltsam unvermittelt in die Landschaft ragte und im *Guardian* abgebildet war. Jeder Staat konnte von Glück reden, wenn ihm ein solches Unglück, wie es gerade in Genua passiert war, erspart blieb. Selbst die gründlichen Deutschen mussten inzwischen einräumen, dass mindestens die Hälfte ihrer Autobahnbrücken den Sicherheitsvorgaben nicht mehr entsprachen.

In diese tiefschürfenden Gedanken hinein, die Kenneth O'Connor bei einem Glas Aperol Sprizz wälzte, gab sein Handy einen leisen Klingelton von sich, der ihm sagte, dass eine Mailnachricht eingetroffen war. Gelangweilt nahm er einen weiteren Schluck, blickte hinaus auf die glatte Oberfläche des *Lago di Garda*, der unter einem diesigen Himmel den Eindruck von träger Stille vermittelte. Bleiern lag die Luft über dem See. Kein Windhauch störte den silbrig glänzenden Wasserspiegel. Die Gipfel der Berge von gegenüber waren unter einer dunklen, aufgebauschten Wolkenwand verschwunden. Kenneth hatte bisher gar nicht bemerkt, dass sich am gegenüberliegenden Ufer ein Gewitter zusammenbraute. Sein Ausflug würde bald ein Ende nehmen. Doch im Moment sah er keine Veranlassung, in aller Eile seinen Platz zu räumen.

Uninteressiert und nur weil er sonst nichts zu tun hatte, griff er nach seinem Telefon, das er auf dem Tisch abgelegt hatte, und sah nach, wer ihm eine Mail geschickt hatte. Der Absendername jedoch ließ sein Desinteresse schmelzen wie Eis in der Sonne und machte einer steigenden inneren Erregung Platz. Kurz war er versucht, das Telefon einfach zurück auf den Tisch zu legen und die Nachricht bis auf Weiteres zu ignorieren. Doch er wusste natürlich, dass er das nicht aushalten würde. Ein großer, weiterer Schluck seines Aperol Sprizz brachte nicht die gewünschte Beruhigung. Sein Puls stieg stetig an, dabei wollte er gar nicht so genau wissen, was ihm Abdul aus Abu Dhabi mitzuteilen hatte. Eines war sicher: Die Nachricht bedeutete nichts Gutes.

Kenneth war mit seinen Deals gescheitert. Denn ob das Leichtgewicht Ferdinand Hofer aus Österreich wirklich gewillt war, mit ihm gemeinsame Sache zu machen, um den Franzosen in Schach zu halten, war alles andere als sicher. Hofer hatte den Zettel zwar eingeschoben, aber was hieß das schon? Wenn Kenneth Pech hatte, verwendete der Österreicher das Angebot nicht für sich, sondern informierte die Polizei, sollte es hart auf hart kommen. Denn zweifellos hatte Kenneth versucht, Hofer zu bestechen. Und nun Abdul. Der Araber hatte ihm versichert, dass er ihn lediglich als Rückfalloption betrachtete, wenn Pierre Regnier aussteigen sollte. Der Franzose hatte jedoch nicht den Eindruck vermittelt, als wolle er aus seiner Verpflichtung mit dem Scheich ausscheren. Das Gespräch in der Hotelbar hatte Kenneth gezeigt, dass am Entschluss des Franzosen, den Klimt unter allen Umständen zu erwerben, kein Zweifel bestand. Und so hatte Kenneth keinen Gedanken an einen möglichen Auftrag des Scheichs von Abu Dhabi verschwendet. Sondern nur an sein eigenes Geschäft und die Provision von *Soho Fine Art Auction* gedacht, die ihm beim Erwerb des Klimt winkte.

»*Dear* Kenneth«, begann die Mail von Abdul. »der Vater unseres großartigen Volkes, der Scheich von Abu Dhabi, und ich sind in großer Sorge.« Das begann gar nicht gut und Kenneth schaute gedankenverloren auf den See, dessen silbrig graue Farbe zu einem tiefen, dunklen Grün gewechselt hatte. Eine stark gewellte Wasseroberfläche deutete darauf hin, dass die ersten Windböen vom anderen Ufer anlandeten. Es wurde ungemütlich kühl auf der Terrasse des Strandcafés. Verdorrte Olivenbaumblätter wirbelten über den staubigen Betonboden. Hibisken in Plastiktöpfen verloren ihre Blütenkelche. Nicht mehr lange und der Sturm würde auch über Garda hinwegfegen.

»Wie unser Informant uns wissen ließ, hat Allah in seiner grenzenlosen Güte Pierre Regnier von der grausamen Welt erlöst. Er wird uns nun sehr fehlen, und so ist der Scheich betrübt und bestürzt darüber, dass sein Wunsch, seinem geliebten Volk ein Bild von unschätzbarem Wert zu schenken, gefährdet sein könnte.«

Was zum Teufel für ein Informant, fragte sich Kenneth beklommen. Hatten die Araber nichts dem Zufall überlassen und sogar noch eine weitere Person auf den Klimt angesetzt oder dafür abgestellt, die beiden Kunstspezialisten zu beschatten und zu kontrollieren, ob sie auch im Sinne des Scheichtums tätig wurden? Die Beklemmung in seiner Herzgegend nahm weiter zu. Mit welchen Leuten hatte er sich da eingelassen? Es war das erste Mal gewesen, dass sich der Scheich von Abu Dhabi an ihn gewandt hatte. Der Bestückung des *Louvre* in den Vereinigten Arabischen Emiraten galt dessen stete Sorge und Aufmerksamkeit. Kenneth hatte ein Riesenproblem, wenn Pierre Regnier als Käufer ausfiel.

In allererster Linie hatte der Scheich natürlich einem Franzosen vertraut. Sein eigener *Louvre* wurde mit zahlreichen Gemälden aus dem Depot des Pariser Originals großzügig ausgestattet. Abu Dhabi hatte mit der französischen Regierung einen Vertrag über dreißig Jahre abgeschlossen. Dieser Vertrag sicherte dem Scheichtum umfangreiche Leihgaben von Kunstwerken aus dem *Louvre* in Paris für den vereinbarten Zeitraum zu. Außerdem, und das war das Wichtigste: Das Museum in Abu Dhabi durfte sich mit dem berühmten Namen schmücken. Dies alles ließ sich der Scheich eine

Kleinigkeit kosten. Der französische Präsident half, wo er konnte, auch wenn ihm das zuhause nicht viele Freunde einbrachte. Es war naheliegend, dass ein französischer Kunstagent, der mit Sicherheit auch von der französischen Regierung für den Job in Malcesine ausgesucht worden war, erste Wahl für den Scheich darstellte. Und nun kamen sie auf Kenneth zu. Was bedeutete der Satz, Allah habe in seiner grenzenlosen Güte Pierre Regnier von der grausamen Welt geholt? Hatte jemand den kleinen Franzosen um die Ecke gebracht? Oder war er plötzlich einfach so verstorben? War das möglich? Und wie hatte der Scheich von Abu Dhabi so rasch davon erfahren? Kenneth zwang sich dazu, die Mail zu Ende zu lesen.

»Wir sind überzeugt davon, dass wir in Ihnen, *dear* Kenneth, einen ebenso erfolgreichen wie besonnenen Geschäftspartner für unsere Sache verpflichtet haben. Der Scheich von Abu Dhabi erwartet die erfolgreiche Ersteigerung des Klimt und wird sich in jeder Hinsicht großzügig zeigen.«

»Verpflichtet« klang in seinen Ohren nun mehr als bedrohlich. Und was bedeutete »in jeder Hinsicht«, fragte sich Kenneth beklommen. Zahlten sie gut? Und wenn ja, was hieß für ein Scheichtum »gut«? War die doppelte Provision, wie sie *Soho Fine Art Auction* bereit war zu berappen, eine gute Entschädigung für diesen Überfall einen Tag vor der Auktion? Oder ließen sie ihn schlicht am Leben, wenn er ihnen den Klimt beschaffte? Was würde passieren, wenn es ihm nicht gelänge, das Gemälde zu ersteigern? Oder wenn er sich weigerte, aufgrund der kurzfristigen Auftragsvergabe für den Scheich tätig zu werden? Er stand schließlich bei *Soho Fine Art Auction* unter Vertrag.

Was hatte Pierre Regnier getan oder unterlassen, dass er von dieser Welt geholt wurde? Steckte Abu Dhabi gar selbst dahinter? Wussten sie deshalb Bescheid und brauchten für diese Erkenntnis keinen weiteren Informanten in Malcesine? Konnte Abdul deshalb umgehend die Dienste von Kenneth einfordern? Er gestand sich in diesem Moment ein, dass er seine Zusage für die Vereinigten Arabischen Emirate zu leichtfertig gegeben hatte. Nichts war vertraglich geregelt. Er musste dringend mit seinem Chef sprechen, sich Rückendeckung holen oder eine Strategie mit ihm entwickeln, wie er morgen vorgehen sollte. Die letzten Zeilen der Mail ließen keinen Zweifel aufkommen, dass man im fernen Arabien davon ausging, in Kenneth O'Connor einen großartigen Ersatz für Pierre Regnier verpflichtet zu haben.

»Wohlwollend werden wir aus der Ferne den Fortgang der Auktion und schließlich den erfolgreichen, aber auch besonnenen Erwerb des von uns so begehrten Klimt-Gemäldes beobachten. Allah wacht über unser aller Tun und begleitet all unsere Gedanken. Auch Ihnen ist die Gunst Allahs sicher. *Inschallah!*«

Kenneth O'Connor knallte einen Zehn-Euro-Schein auf den Tisch und schob ihn unter das leere Glas, als eine heftige Windböe den Geldschein zu erfassen drohte. Donner grollte über den See. Angst und Zorn erfassten Kenneth mit einer Wucht, die ihn kopflos durch die Gassen von Garda laufen ließ. Kurz verlor er die Orientierung und fragte sich, wo der verdammte Parkplatz lag, auf dem er seinen Mietwagen abgestellt hatte. Was die verklausulierte Bemerkung »besonnener Erwerb« bedeutete, war ihm glasklar. Der Scheich war ein Schnäppchenjäger, begierig, möglichst billig an den Klimt kommen. Regnier hatte ihn ja fast ausgelacht, als Kenneth seine Schätzung mit achtzig bis hundert Millionen Euro angab, eine Summe, die die Auktion seiner Meinung nach erbringen würde. Regnier hatte ihm signalisiert, dass sein Kunde, und Kenneth wusste natürlich, um wen es sich dabei handelte, nicht bereit war, ohne Not in dieser Preiskategorie zu denken.

Doch billig wurde die Sache keinesfalls. Diese Bedingung konnte Kenneth nicht erfüllen. Auch sein eigener Chef war ein Pfennigfuchser, aber kannte sich mit Marktpreisen aus, verlangte keine Billigware. Doch der Scheich schien durch die Geschenke und Zuwendungen, die ihm die französische Regierung auf dem Silbertablett darbot, verdorben. Wenn er glaubte, auch Großbritannien würde großzügig mit Leihgaben aus den arrivierten Museen dem notleidenden Scheichtum unter die Arme greifen, dann würde er eine herbe Enttäuschung erleben. Kenneth stürzte die Fußgängerzone von Garda entlang, neben sich die aufgeschreckten Touristen, die vor dem nahenden Gewitter flüchteten. Für Kenneth war das das kleinste Übel. Er musste ins Hotel zurück und mit London telefonieren.

38

Torri del Benaco, 15.00 Uhr

Ein überlanger, schwarzer Lancia Thema Variant, zu einem Leichenwagen umgebaut, hatte den toten Franzosen Pierre Regnier abgeholt. Die Ermittler ließen ihn in die Questura und zur Gerichtsmedizinerin Dottoressa Di Silva bringen. Die Todesursache war klar. Ein Bauchschuss mit Todesfolge, dachte Vivani. Doch Petrelli und seine Leute hatten bisher vergeblich nach einer Patrone oder Patronenhülse gesucht. Gut möglich, dass sich die Kugel noch im Körper der Leiche befand. So genau hatte Vivani den Toten nicht untersucht. Solche Tätigkeiten liebte er überhaupt nicht.

Sein Interesse galt jetzt dem Atelier. Er fragte sich, was den Maler mit den Interessenten des Klimt-Gemäldes verband. Weder die Marinelli noch Pierre Regnier waren hier zu einem Gespräch unter Freunden zusammengekommen. Es hatte eine handfeste Auseinandersetzung gegeben. Doch was war der Auslöser dafür?

Michele Vivani begann die wenigen verbliebenen Leinwände, die auf Staffeleien standen oder an die Wände des Ateliers gelehnt waren, abzuschreiten und zu untersuchen. Leerstellen, von denen staubfreie Flächen am Boden zeugten, gab es eine ganze Menge. Ganz offensichtlich hatte der Künstler erst kürzlich Werke aus dem Atelier fortgeschafft.

»Was denken Sie, Avvocato?«, fragte dann auch Antonio. Georg Breitwieser folgte den beiden auf Schritt und Tritt und betrachtete die übriggebliebenen Gemälde von Stade mit geringem Kunstinteresse.

Vivani dagegen fragte sich mehr und mehr, ob er sich irrte. Hatte er Stade über- oder schlicht falsch eingeschätzt? War der Deutsche nicht der geniale Fälscher, der sich hinter dem grandiosen Gutachter Bonaventura und der willigen Helferin Marinelli verschanzte? Michele Vivani ging davon aus, dass er es mit drei kriminellen Akteuren der Kunstszene zu tun hatte, die notfalls mordeten, um an die begehrten Gemälde, Skulpturen oder vielleicht auch antiken Artefakte zu kommen. Er hatte sich die Kataloge der letzten Auktionen der *Casa d'Aste Colombo* angesehen und dort römische Vasen und griechische Krater entdeckt, Tongefäße, die zweifelsohne ihre Käufer und Käuferinnen gefunden hatten. Nicht immer waren die Exponate, seiner Erfahrung nach, 3.000 oder mehr Jahre alt. Es war nicht das erste Mal, dass er es mit einer Gruppe von Leuten zu tun hatte, die zusammenarbeiteten, um möglichst hohe Gewinne einzustreichen. Und es mussten Experten auf ihren Gebieten sein. Er zweifelte keine Sekunde daran, dass Stade, Bonaventura und die Marinelli genau wussten, was sie taten und aneinander hatten. Doch irgendetwas war hier vor wenigen Stunden aus dem Ruder gelaufen.

Und eine weitere Frage beschäftigte ihn, während er ein Baumwolltuch von der nächsten Leinwand zog. Der Mord im Atelier war nach seinem Dafürhalten aus der Situation entstanden, keineswegs von langer Hand geplant gewesen. Niemals hätte Stade in seinem Atelier einen Mord verüben wollen. Soviel schien er sicher annehmen zu können. Doch ging der Mord an Monika Bacher auch auf das Konto des deutschen Kunstmalers? Kannten sich die beiden? War ihr Kauf bei ihm in Malcesine kein Zufall gewesen? Er drehte sich zu Breitwieser um und sagte: »Haben Sie eine Möglichkeit, herauszubekommen, ob es zwischen Hans Stade und Monika Bacher oder der Kanzlei *Bacher & Mühldorfer* eine Verbindung gibt?«

»Sie denken, er hat die Anwältin umgebracht?«

»Ich denke, wir können diese Möglichkeit nicht ausschließen.«

»Ich werde mit Ermittlungsrichterin Schaller sprechen und sie bitten, uns hier mit Informationen weiterzuhelfen.«

»Gut, aber warten Sie noch einen Moment damit, bis wir hier alles überprüft haben. Ich war so sicher, hier eindeutige Beweise für die Fälschertätigkeit von Stade zu finden.«

Energisch betrat er nochmals das Hinterzimmer, schaltete das Licht ein und sah sich um. Doch er fand keine verdächtigen Gemälde, nur noch ein paar Farbkompositionen des Deutschen. In einer Ecke schließlich stand ein größerer Aluminiumkoffer. Vivani wollte den Koffer hochheben, hielt aber, überrascht von dessen Gewicht, inne.

Breitwieser erkannte das Problem des Ermittlers.

»Lassen S' mich das Ungetüm heben«, bot er an, griff zu und schleppte den Koffer ins Atelier, das nur noch von dürftigem Licht erhellt war. Die Sonne war hinter einem dichten Schleier aus Dunst und Wolken verschwunden. In der Ferne grollte Donner. »Kommt ein Gewitter?«, fragte Breitwieser überflüssig nach.

»Möglich, aber das dauert noch.« Antonio beruhigte den Bayern. »Lässt sich der Koffer öffnen?«, wollte er wissen.

Georg legte das Gepäckstück flach auf den Boden, drückte auf die Schlösser und der Deckel sprang einen Spalt auf. Breitwieser schob ihn ganz auf und sowohl Vivani wie auch Fontanaro beugten sich sofort darüber.

»Schau mal einer an«, entfuhr es dem römischen Ermittler. »Lauter kleine Bildchen für die kaufwilligen Touristen.«

Sie hatten die verschiedenen Städteansichten rund um den Gardasee vor sich. Michele Vivani nahm eines nach dem anderen heraus. Die Ansichten der untersten Schicht ähnelten sich auf frappierende Weise. Vivani nahm auch diese heraus und legte sie nebeneinander, für alle gut sicht- und vergleichbar, auf den Boden: fünfzehn Bilder im Format zwanzig auf zwanzig Zentimeter. Sie alle zeigten die Uferpromenade von Malcesine vom See aus. Dabei unterschieden sie sich lediglich durch feine Farbabstufungen. Das Motiv blieb bei allen das gleiche.

Breitwieser pfiff durch die Zähne. »Eines von dieser Serie hat unser Opfer aus Traunstein erworben.«

»Ganz genau«, pflichtete ihm Michele Vivani bei. »Wir dürfen annehmen, dass Stade nur immer einige wenige dieser Ansichten den Touristen angeboten hat. Im anderen Fall hätte er sich den Vorwurf gefallen lassen müssen, Malcesine in Serienproduktion mit immer gleicher Perspektive anzubieten. Käufer reagieren da empfindlich. Sie wollen ein Unikat, etwas Besonderes erwerben und keine Dutzendware. Dabei ist ihnen selten klar, dass diese sogenannten Hobby-Maler, die mit dem Verkauf der Souvenirs gutes Geld verdienen, keine kreativen Schaffensprozesse durchleben. Die Produktion der Bilder darf kaum Zeit kosten, ihnen müssen die Motive leicht von der Hand gehen, damit sich der Aufwand und der Einsatz der kostspieligen Materialien lohnt. Doch Stade hat hier noch ganz anderes im Sinn.«

Antonio sah ihm an, dass er von den Bildern regelrecht beeindruckt war. Er nahm immer wieder eines in die Hand, hielt es ans Licht und verglich es mit dem nächsten Exemplar. Fontanaro wusste nicht, was den Ermittler an den Ansichten so faszinierte. »Entschuldigen Sie, Avvocato, aber was ist so einzigartig an diesen Werken? Es ist doch immer wieder dasselbe Motiv.«

»Hm, das schon«, bestätigte der Anwalt, »aber sehen Sie nicht, warum Stade das getan hat?«

Antonio und Georg schüttelten beide die Köpfe.

»Er hat Farbnuancen ausprobiert, versucht, den Farben Klimts, die dieser für das Gemälde *Malcesine am Gardasee* verwendet hat, so nahe wie möglich zu kommen, bevor er anfing, das Original zu kopieren. Jetzt wissen wir, dass seine Ansicht mehr in Blau- und Grüntönen gehalten war, weniger bunt, als moderne Reproduktionen das bisher suggeriert haben. Auf diese Weise spart Stade Zeit, Leinwand und Ölfarbe. Gleichzeitig schafft er Produkte, die er verkaufen kann. Das ist alles sehr effektiv und ökonomisch gedacht.

Neben der Farbe hat er auch ausgelotet, wo Klimt stand, als er das Bild hier am Gardasee gemalt hat. Entgegen der allgemeinen Annahme, Klimt hätte sich ein Boot genommen und wäre auf den See hinausgefahren, um dort die Ansicht zu malen, hat sich der Künstler auf dem Festland befunden.«

»Wie kommen Sie auf diese Idee?«, fragte Antonio überrascht. »Das ist doch eindeutig eine Ansicht, die man nur und sehr einfach vom See aus malen kann.«

»Leider falsch, Commissario. Für unsere Ermittlungen spielt es keine Rolle, wo Klimt stand, als er sein Werk herstellte. Aber ich erzähle Ihnen gerne, dass er seine Staffelei nicht auf einem Boot oder in Tremosine am Westufer des *Lago* aufgestellt hatte, sondern im Garten der Villa Gruber, dem heutigen *Hotel Bellevue San Lorenzo* am südlichen Ende von Malcesine. Klimt verbrachte in der Regel seine Sommerferien am Attersee. Dort bestieg er auch oftmals ein Boot und skizzierte Landschaftsansichten vom See aus. Deshalb dachte man lange, er habe es am Gardasee genauso gehandhabt. Immer hatte er bei seinen Ausflügen auch einen Feldstecher dabei. Doch 1913, als er von seinem Freund Max von Gruber eingeladen wurde, reiste er mit seiner Entourage nach Malcesine und malte dort zwei seiner bedeutendsten Landschaftsbilder: *Malcesine am Gardasee* und die *Kirche von Cassone*. Beide Ansichten haben eine Größe von 110 auf 110 Zentimetern. Eine solche Leinwand will man wohl eher nicht im Boot und auf schwappender Wasseroberfläche auf eine Staffelei stellen, um in Ruhe zu malen.«

Antonio und Georg mussten bei dieser Vorstellung dann doch schmunzeln. »Sie gehen also nach dieser Entdeckung sicher davon aus, dass Hans Stade als Kunstfälscher tätig ist?«

»*Esatto, Commissario, senza dubbio!*«

»Also kommt morgen eine Fälschung unter den Hammer«, stellte Georg abschließend fest. »Und Stade ist mit dem Original verschwunden. Verkaufen kann er es ja wohl nicht.«

»*Forse*«, schränkte Vivani sofort ein, »vielleicht. Ich kann mir mehrere Szenarien vorstellen.«

Beide Kommissare sahen ihn erwartungsvoll an.

»Stade hat sich sehr viel Mühe gegeben, wollte der Farbgebung Klimts so nah wie möglich kommen. Vielleicht hat er sogar verschiedene Ölfarbenmischungen und Qualitäten ausprobiert, mit alten Farben, die es zu Klimts Zeit gab, experimentiert. Das könnte nur eine chemische Untersuchung der Bilder, die uns vorliegen, bestätigen. Dazu fehlt uns die Zeit. Und diese Untersuchung ergibt erst Sinn, wenn wir morgen das Bild beschlagnahmen, das zur Versteigerung kommt. Dann werden wir im Anschluss sicher wissen, ob eine Kopie, also eine Fälschung, oder wirklich das Original unter den Hammer kommen soll.«

»Aber es ist doch sonnenklar, dass nur die Fälschung zum Aufruf kommt. Und das offenbar mit dem Wissen der Auktionatorin.« Georg sah keine andere Möglichkeit.

»So sicher ist das nicht, Commissario«, gab Vivani erneut zu bedenken. »Ich kann mir auch vorstellen, dass es einige Leute gibt, die den Klimt haben möchten. Manchen davon ist es vielleicht egal, welches Werk sie später zuhause aufhängen und den staunenden Freunden präsentieren. So ein Gemälde ist ein Prestigeobjekt, damit wirbt man für sich oder für die eigenen Unternehmen, zeigt, dass man das Geld dafür hat. Selbst Museen und Galerien sind nicht zimperlich, wenn sie eine sehr gute Fälschung ausstellen oder für viel Geld verkaufen können. All diese Interessenten werden morgen mitbieten. Zahlreiche Museen haben Fälschungen in ihren Ausstellungsräumen oder Depots. Solange niemand gezielt diese Exponate in Frage stellt, Expertisen in Auftrag gibt, chemische oder röntgenologische Untersuchungen vornimmt, spielt es eine untergeordnete Rolle. Die Fälschungen oder Kopien, wenn Sie so wollen, sind in der Regel so großartig gelungen, dass dem Besucher auf jeden Fall ein Kunstgenuss sicher ist. Und darum geht es doch in erster Linie.

Und es bleibt die Möglichkeit, dass Stade nicht nur eine Version gemalt, sondern vielleicht zwei oder gar drei Exemplare hergestellt hat. Wer weiß schon, weshalb Regnier zu ihm kam? Wollte er wirklich das Original oder wäre er mit der Kopie zufrieden gewesen? Sollte Stade das Exemplar mit seinem Signet *HS* gekennzeichnet haben, hätte er sich nicht einmal einer Straftat schuldig gemacht. Kunstwerke zu kopieren ist nicht verboten. Nur für die Marinelli wäre es problematisch. Würde sie das Gemälde als echten Klimt bei der Auktion aufrufen, machte sie sich eindeutig des Betrugs schuldig. Gut möglich, dass sie das Geschäft zwischen den beiden Männern entdeckt und vereitelt hat.«

»Und wer ist besonders scharf auf das Original, koste es, was es wolle?«, fragte Antonio nach.

»Das werden wir morgen auf der Auktion mitbekommen. Vorher wohl eher nicht. Außer, es gelingt uns, bis morgen 11 Uhr den oder die Mörder von Monika Bacher und Pierre Regnier zu stellen.«

Im Atelier wurde es dunkel. Die Sonne hatte sich endgültig verzogen und der Wind zerrte am Buschwerk, das nicht weit vom Haus des Künstlers vor sich hin wucherte. Für einen kurzen Moment erhellte ein Blitz das Atelier. Fernes Brummen rollender Donner ließ keinen Zweifel daran, dass das Unwetter nicht mehr lange auf sich warten ließ.

»Wir sollten schleunigst zusammenpacken.« Antonio ging auf zwei Kollegen zu, die vor dem Gebäude standen und abwarteten, ob sie noch gebraucht wurden. »Wir ziehen hier ab. Wenn Petrelli mit seinen Leuten fertig ist, versiegeln Sie bitte die Türen des ganzen Hauses, schließen das vordere Tor und beziehen in einem zivilen Dienstfahrzeug Posten vor dem Grundstück. Ich will nicht ausschließen, dass Hans Stade in der Nacht nochmals zurückkommt, halte es allerdings für nicht sehr wahrscheinlich. Vielleicht hat er irgendetwas vergessen, was er vor den neugierigen Augen der *polizia* verschwinden lassen will. Vielleicht holt er seine restlichen Bilder ab, um endgültig zu verschwinden. Sollte er auftauchen, fordern Sie unverzüglich Verstärkung an und informieren mich. Da wir die Tatwaffe bisher nicht sicherstellen konnten, müssen wir annehmen, dass Stade sie behalten hat. Der Mann ist gefährlich. Unternehmen Sie nichts auf eigene Faust.«

39

Verona, 16.30 Uhr

Im *Ristorante Da Bruno* war alles dunkel. Die drei Ermittler standen vor der verschlossenen Tür. Georg schaute zu einem der Fenster hinein. »Ich hab' es euch gleich gesagt, dass Bruno nicht durchgehend warme Küche hat. Er hat ja schließlich keine Touristenkneipe mit Pizza und Weißbier.«

»So schlau bin ich auch! Ich lebe hier, schon vergessen?« Antonio reagierte angesäuert, was ihm sofort leidtat. Ihm war sehr bewusst, dass Georgs Nerven mindestens so angespannt waren wie seine eigenen. Der neue Mord stellte alle Ermittler vor weitere Probleme und eine Aufklärung der Fälle war nicht in Sicht. Antonio läutete. Es sollte ihn wundern, wenn Bruno nicht eine Kleinigkeit auf den Tisch bringen könnte, obwohl sein Restaurant um diese Zeit natürlich geschlossen hatte. Der Einsatz in Torri del Benaco war in die Mittagszeit gefallen. Der tote Franzose war zudem keine Augenweide gewesen, was sich durchaus negativ auf den Appetit ausgewirkt hatte. Doch jetzt krachte ihnen allen der Magen. Obwohl sie einiges zu besprechen hatten, brauchten sie eine Pause. Und bei Bruno ließ es sich immer gut unterhalten. Ein gewisser Abstand zu den Ereignissen konnte ihnen nur guttun, dachte Antonio nicht ohne Eigennutz. Zumal die Meldungen aus der Questura wenig erbaulich waren. Sie mussten eine Strategie für den morgigen Auktionstag entwickeln.

Aus dem Augenwinkel sah Antonio auch den Staatsanwalt heraneilen. Er hatte den Ortstermin in Torri del Benaco verpasst. Petrelli hatte ihn noch vor Ort per Handy ins Bild gesetzt. Es war anzunehmen, dass auch er noch Ideen hatte für den kommenden Großkampftag.

Während er darauf wartete, dass Bruno seine Pforten öffnete, hörte er hinter sich sowohl Vivani als auch Breitwieser telefonieren. Verstehen konnte er nicht viel, denn die beiden Sprachen überschnitten sich. Im Inneren des Restaurants wurde ein Schlüssel im Schloss gedreht und auf der Schwelle erschien Bruno in Poloshirt und Jeans. Mit diesen späten Mittagsgästen hatte er nicht gerechnet.

»*Ciao*, Tonio!« Erstaunt, aber nicht ärgerlich sah er von einem zum anderen. »Was verschafft mir die Ehre derart hohen Besuchs? *Buonasera Dottori! Entrate, per favore!*«

Er ließ sie eintreten und sperrte anschließend die Tür des Restaurants wieder zu.

»Ihr braucht das Separee?«

»*Esatto*, Bruno. Wenn es möglich ist.«

»Nichts ist unmöglich!« Das bezog sich wohl auch auf den Überfall der Ermittler zu dieser unpassenden Stunde.

Bruno ging voraus, an seiner verwaisten Küche vorbei und in einen rückwärtigen Raum, in dessen Mitte nur ein großer, runder Tisch mit sechs Stühlen drumherum stand. Ohne nach ihren Wünschen zu fragen, verschwand er für kurze Zeit, kam mit fünf Sektkelchen und einer Flasche Spumante wieder. Es war das obligatorische Begrüßungsgetränk bei ihm und noch selten hatte Antonio das Glas Spumante abgelehnt.

»Ihr seht zwar nicht so aus, als hättet ihr Grund zum Feiern, aber eine kleine Beruhigung der Nerven hat noch nie geschadet.« Bruno entkorkte die Flasche, füllte die Gläser und setzte sich zu den Ermittlern.

»*Allora*, was wollt ihr essen? Speisekarte habe ich für diese Zeit des Tages keine. Aber ich kann euch Folgendes vorschlagen ...«

Bruno wollte nun in die Details gehen, doch Mauro stoppte ihn mit einer energischen Handbewegung. »Signor Bruno, wir nehmen alles, was Sie uns um diese Zeit zubereiten können. Es reicht ein einfaches Pasta-Gericht für alle. Aber es muss schnell gehen, denn wir haben eine Menge zu besprechen.«

Nun doch pikiert vom rüden Ton des Staatsanwalts, erhob sich Bruno, nahm sein Glas mit und murmelte: »*La polizia è sempre in fretta!*« Und sein Missfallen war aus jedem Wort herauszuhören. Ja ja, die Polizei hatte es immer eilig.

Kaum war der Wirt in seiner Küche verschwunden, ergriff erneut Mauro das Wort. »Wir hatten Pierre Regnier gestern noch zum Verhör auf der Questura«, erläuterte er überflüssigerweise. »Er hat versucht, uns ein Lügengebilde aufzutischen. Gibt es weitere Neuigkeiten zu ihm, Tenente?«

Michele Vivani fasste in kurzen Worten zusammen, was er seit dem Verhör über Pierre Regnier ermitteln konnte. »Fest steht: Er gehörte zu den angesehensten Kunstagenten von Paris. Selbst die französische Regierung griff auf seine Dienste zurück, wenn für eines der wichtigen Museen der Stadt ein bedeutendes Gemälde oder Kunstobjekt angeschafft werden sollte.«

»Heißt das, der Tote war im Auftrag der französischen Regierung hier? Er selbst wollte uns seinen Auftraggeber nicht nennen.«

»Das können wir nicht ausschließen. Frankreich hat bislang nur ein Werk des österreichischen Künstlers in seinen Museen. *Rosen unter Bäumen* kann im *Musée d'Orsay* in Paris besichtigt werden. Als Frankreich das Bild in den 1980er-Jahren erwarb, war die Provenienz des Gemäldes nicht erforscht. Nach der *Washingtoner Erklärung* von 1998 begann man auch in Frankreich, die Museumsbestände nach Nazi-Raubkunst zu durchsuchen. Zwischenzeitlich hat sich tatsächlich herausgestellt, dass auch bei diesem Gemälde eine jüdischen Familie in Wien zwangsenteignet worden war. Frankreich erwägt, das Gemälde zu restituieren. Anschließend wäre in den französischen Museen kein Gemälde Klimts mehr vorhanden. Deshalb liegt es schon nahe, dass der französische Staat an *Malcesine am Gardasee* ein gewisses Interesse hat. Die Gefahr, erneut ein Werk anzukaufen, dem der Verdacht anhaftet, Nazi-Raubkunst zu sein, ist, wie wir wissen, allerdings akut. Und es ist deshalb fraglich, ob Pierre Regnier tatsächlich offiziell als Käufer für die Regierung tätig werden sollte.«

»Selbstverständlich kann ihn auch jemand anderes beauftragt haben«, gab Antonio zu bedenken. »Wir besitzen keinen Hinweis, der Aufschluss über den konkreten Auftraggeber geben würde. Das Handy des Opfers jedenfalls ist verschwunden. Es liegt nahe, dass der oder die Täter das Telefon mitgenommen haben. Bis wir eine Auswertung des Providers bekommen, wird es Tage dauern.«

»Haben Sie denn eine Fahndung nach den beiden Flüchtigen veranlasst?«, wollte Mauro wissen.

»Selbstverständlich, Dottore. Doch wir erwarten uns keine raschen Ergebnisse. Und wir wollen speziell im Fall von Patrizia Marinelli nicht vorschnell handeln.«

»Was heißt das? Vorschnell?« Mauro sah Antonio entrüstet an.

»Wir alle wollen, dass die Auktion morgen stattfindet. Dort haben wir am ehesten die Chance, den oder die Täter aufzuspüren. Ich kann mir nicht vorstellen, dass Signora Marinelli morgen nicht auftaucht.«

»Wenn sie Ersatz schickt? Ihr Auktionshaus ist ja kein Einmannbetrieb!«, warf Mauro aufgebracht dazwischen. »Dann haben wir viel Zeit verloren und sie hat die Möglichkeit, bis dahin über alle Berge zu sein. Das, was Sie da vorschlagen, ist die reinste Schlamperei, Commissario.«

Bevor sich Antonio gegen diesen Verbalangriff wehren konnte, schaltete sich Michele Vivani ein. »Bei allem Respekt, Collega. Aber der Commissario hat bei dieser Entscheidung meine volle Unterstützung. Wir haben eine Kollegin zum *Hotel Excelsior* geschickt, in dem die Signora abgestiegen ist. Sobald die Marinelli dort auftaucht, werden wir informiert. Ich denke allerdings nicht, dass das passiert.«

»Aber ich habe Neuigkeiten von Enrico Brandino und Lavinia Strano.« Fontanaro wechselte abrupt das Thema. Er hatte keine Lust, sich weiter fruchtlos mit dem Staatsanwalt herumzuschlagen. »Wie erwartet, hat sich Peter Mühldorfer selbst aus der Klinik entlassen. Er ist ins *Hotel Mediterraneo* nach Malcesine zurückgekehrt. Unsere Leute bleiben dort auf Posten und geben Bescheid, wenn sich Unvorhergesehenes ereignet.« Mühldorfer war eine Person, die sie überhaupt nicht einschätzen konnten. Auch Breitwieser hatte keine Informationen mitgebracht, die Aufschluss darüber gaben, was genau der Anwalt aus Traunstein in Malcesine wollte.

Ein Blitz erhellte das Nebenzimmer des Restaurants und unmittelbar darauf krachte ein Donner, so dass Mauro regelrecht zusammenzuckte. »Da haben wir gerade noch die Kurve gekriegt«, meinte er. Regen klatschte an das Fenster des Speisezimmers. Der Wind warf das Wasser geradezu in Böen an die Scheiben. Für einen Moment waren die Ermittler stumm und sahen sich schweigend das Unwetter an, das draußen tobte. Bruno holte sie in die Wirklichkeit zurück und brachte vier Teller an den Tisch, auf denen Scheiben von Parmaschinken, Salami und verschiedene in Knoblauchöl eingelegte Gemüsesorten appetitlich angerichtet waren. Zwei große Brotkörbe mit Weißbrot ergänzten die Vorspeisen.

»Wollt ihr auch Wein dazu?« Bruno blieb geschäftsmäßig. Eine weitere Rüge von Mauro wollte er sich nicht einhandeln, aber einen ordentlichen Umsatz wollte er natürlich schon haben. »Darf's ein Hauswein sein für die Dottori?«

Antonio kannte den Hauswein von Bruno, ein von dessen Bruder im Valpolicella angebauter Weißwein, der bestens geeignet war für ein unkompliziertes, einfaches Essen.

»Sehr gerne, Bruno. Das ist eine gute Idee!« Er versuchte die Scharte, die sich Mauro geleistet hatte, auszuwetzen. Mit Bruno durfte man es sich nicht verscherzen. Auf dem Gesicht des Wirts erschien ein kleines Lächeln und er zwinkerte Antonio zu. Die Welt zwischen den beiden war wieder in Ordnung.

Vincenzo Mauro, der von diesen zwischenmenschlichen Wellen nichts mitbekam, hakte nach. »Also, die Marinelli erwarten wir morgen in Malcesine. Ich hoffe, Sie irren sich nicht, meine Herren.« Dabei trafen Antonio und Michele durch die dicken Brillengläser des Staatsanwalts strenge Blicke. »Sorgen Sie dafür, dass Petrelli vor Ort ist. Für alle Fälle! Was ist mit dem Maler? Was wissen wir über ihn? Wohin könnte er geflüchtet sein?«

Georg Breitweiser räusperte sich. »Ich habe unsere Datenbank konsultiert. Hans Stade ist nicht aktenkundig. Dennoch habe ich ihn zur Fahndung ausschreiben lassen und Ermittlungsrichterin Schaller gebeten, ebenfalls nach Stade zu forschen, ob juristisch etwas gegen ihn vorliegt. Gemeldet ist er nur in Torri del Benaco. Ein weiterer Wohnsitz ist uns nicht bekannt, was aber nichts heißen muss. Er kann bei Freunden unterkommen oder hat sonst eine Möglichkeit, unbemerkt für geraume Zeit von der Bildfläche zu verschwinden.

Richterin Schaller hat sich auch nochmals die Unterlagen von Monika Bacher vorgenommen. Dort taucht der Name Hans Stade nicht auf. Das wundert mich auch nicht. Ich glaube nicht, dass Frau Bacher den Kunstmaler kannte.«

»Aber weshalb hat sie ein Bild von ihm gekauft? Eines, das Ihrer Ansicht nach, Dottore, zur Serie der Bilder gehört, die Stade als Studienobjekte, wie mir Petrelli mitteilte, für seine Klimt-Fälschung gedient haben soll?« Mauro gab keine Ruhe und legte erneut den Ermittlern seinen Finger in die Wunde.

Vivani besaß die Größe und gab ihm bei dieser Frage erstmals recht. »Sehr richtig, Dottore. Das habe ich mich auch schon gefragt.

Es wäre schon eine enorme Dreistigkeit des Malers, ihr eines dieser Bilder zu schenken. Es kann Zufall gewesen sein, dass sie das Bild als Souvenir gekauft hat, aber wer von uns glaubt schon an Zufälle?«

»Könnte es sein, dass sie Stade bei der Gelegenheit zur Aufgabe genötigt hat? Sie ihm auf den Kopf zusagte, dass er den Klimt für die Marinelli gefälscht hat und wissen wollte, wo sich das Original befindet? Das wäre ein weiterer, triftigerer Grund für Monika Bacher gewesen, die Auktion abbrechen zu lassen. Sie wollte schließlich für ihren Mandanten keine Fälschung zurückholen. Und es wäre ein Mordmotiv für Marinelli und für Stade.«

»Wir drehen uns im Kreis!« Mauro schien erstmals eine mentale Erschöpfung zu zeigen. »Und nun tauchte auch noch der Franzose bei Stade auf und beschuldigte ihn vielleicht ebenfalls. Es kam zum Streit und infolge dessen fiel ein tödlicher Schuss. Aber der Deutsche hat sicher nicht Monika Bacher vergiftet!«

»Es gibt keine Sicherheiten, Dottore!«, entgegnete Georg scharf.

»Giftmord gehört schon mehr ins Profil einer Täterin.« Mauro überhörte geflissentlich die Bemerkung Breitwiesers und gab ungerührt dieses Vorurteil zum Besten. »Also könnte die Marinelli für beide Morde in Frage kommen. Auch sie könnte geschossen haben.«

»Es könnte aber auch noch eine weitere Person auf dem Grundstück des Malers gewesen sein«, gab Michele Vivani zu bedenken. »Wer sagt uns denn, dass nur Stade und die Marinelli mit dem Franzosen zusammengetroffen sind? Ispettore Brandino hat zwei Autos wegfahren sehen. Aber die zwei Personen waren mit dem Wegräumen der Leiche und mit Putzen beschäftigt. Das kostete Zeit. Gut möglich, dass zuvor schon der Täter oder die Täterin das Weite gesucht hat.«

»An wen denken Sie da?«, fragte Antonio nach.

»Beim Verhör erwähnte Pierre Regnier Kenneth O'Connor aus London. Bisher haben wir ihn nicht vorgeladen. Aber das sollten wir schnellstens nachholen.«

Während sich Antonio Vivanis Gedankengang durch den Kopf gehen ließ, meldete sich Petrelli bei ihm am Telefon. »Ich stell dich laut, Silvano. Wir sitzen bei Bruno und versuchen, uns Klarheit zu verschaffen. Was hast du für uns?«

»Na klar, bei Bruno. Wo auch sonst? Die beste Klarheit erhält man bei einem Glas Spumante. Alte Weisheit von Bruno.« Silvano Petrellis Stimme klang leicht pikiert. »Hauptsache, einer arbeitet.« Das musste er offenbar unbedingt loswerden. »Von der Dottoressa soll ich euch ausrichten, dass sie aus dem Bauchraum der Leiche eine Kugel entfernen konnte. Sie hat sie mir zusammen mit dem Bericht gebracht. Es handelt sich um Kaliber 9 mm. Ferner schreibt sie, dass der Bauchraum des Opfers ziemlich zerstört ist. Ob Pierre Regnier an irgendwelchen Krankheiten des Verdauungstrakts litt, lässt sich nicht mehr feststellen.«

»Keine Details bitte, Petrelli. Wir haben noch nicht gegessen«, versuchte Mauro unvorsichtig, den Kriminaltechniker in seinem Bericht zu stoppen.

»Ha«, meinte er, »dann will ich euch doch nicht vorenthalten, was unser Opfer gefrühstückt hat. *Allora* ...«

»Bitte nicht, Silvano.« Es war Antonio, der den Kollegen stoppte. »Nur das Wesentliche.«

»Das rechte Handgelenk des Opfers weist Ödeme auf, so als hätte man ihn dort sehr fest umklammert. Der Schuss wurde aus nächster Nähe abgefeuert und zwar von unserem Opfer selbst.«

»Waaas?« Es war ein Ausruf aus vier Mündern.

Petrelli lachte. »Dachte ich es mir doch, dass euch das interessiert. Ich denke, es hat ein Handgemenge gegeben, es hat sich ein Schuss gelöst und Pierre Regnier ist durch die eigene Hand gestorben. Ich glaube nicht, dass er das beabsichtigt hat. Zumindest hat er Schmauchspuren an der rechten Hand. Solltet ihr innerhalb der nächsten Stunden die beiden Flüchtenden aufgreifen können, dann würde ich deren Hände auch gerne untersuchen. Gut möglich, dass ich bei einer oder sogar bei beiden Personen ebenfalls Schmauchspuren feststellen kann. Lavinia hat sich mit den Kollegen in Paris in Verbindung gesetzt. Von dort wurde bestätigt, dass auf Pierre Regnier eine *Beretta FS 92*, 9 mm zugelassen ist. Eines der häufigsten Modelle, das auch im Polizeibetrieb verwendet wird. Offenbar fühlte sich unser Opfer bedroht.« Diese wichtigste Mitteilung von allen hatte sich Petrelli bis zum Schluss aufgehoben.

»Das könnte bedeuten, dass Pierre Regnier die Waffe gezogen hat. Aber warum?« Michele Vivani sprach aus, was sich auch Antonio Fontanaro dachte. Der Franzose hatte den Kunstmaler besucht. Warum? Das war die entscheidende Frage. Hatte er etwa Wind davon bekommen, dass Stade eine Fälschung des Klimt angefertigt hatte? Wollte er ihn zur Rede stellen? Wollte er das Original haben? Oder hatte er Stade bedroht, erpresst, die Polizei ins Spiel gebracht? Und was hatte Patrizia Marinelli bei diesem Treffen für eine Rolle gespielt? War es Zufall, dass auch sie vor Ort war? Hatte Regnier sie zur Unterstützung mitgebracht, um Druck auf Hans Stade auszuüben? Und hatte sich die Marinelli dann auf die Seite von Stade geschlagen, um ihre Auktion nicht zu gefährden? Wer könnte noch vor Ort gewesen sein? Alessandro Bonaventura? Ihr Freund und erprobter Gutachter? Hatte die Marinelli ihn mitgenommen, um bei Stade Original und Fälschung zu identifizieren? Oder wer von den anderen Galeristen, Kunstagenten und Abgesandten der internationalen Museen und Auktionshäuser hatte den Weg nach Torri del Benaco genommen, um sich bei Stade das Original zu holen? Immer vorausgesetzt, dass inzwischen eine ganze Reihe von Leuten annahmen, auf der morgigen Auktion würde nicht unbedingt der echte Klimt unter den Hammer kommen. Nicht nur Vivani konnte recherchieren. Der Tod von Monika Bacher dürfte sich herumgesprochen und die Kunstwelt aufgeschreckt haben. Sie alle mussten sich fragen, warum die Deutsche die Auktion verhindern wollte und weshalb sie sterben musste.

Sie waren keinen Schritt weitergekommen. Das war Antonios trauriges Fazit, als Bruno mit weiteren vier Tellern aus der Küche kam. Er hatte ihnen ein *risotto nero* mit Tintenfischstücken zubereitet. Es duftete geradezu aufregend nach frischem Fisch. Der Hauswein des Bruders passte dazu perfekt. Bruno hatte das natürlich mit einkalkuliert.

»Du bist der Beste, Bruno!« Antonio strahlte ihn an und der Wirt strahlte mindestens genauso glücklich zurück. Was gab es für ihn Schöneres als zufriedene Gäste! »*Buon appetito a tutti.*«

Nur Vincenzo Mauro zeigte eine mürrische Miene. Er schob den Teller weit von sich und meinte: »Haben Sie für mich noch eine Käseplatte, Signor Bruno?«

Bruno lächelte zufrieden. Antonio begriff, dass das *risotto nero* die Retourkutsche des Wirts war, der den Freibrief des Staatsanwalts, der für alle nur ein einfaches Pasta-Gericht hatte haben wollen, so ausgelegt hatte. Bruno wusste, dass Vincenzo Mauro nicht gerne Meeresgetier aß, am wenigsten war Tintenfisch seine erste Wahl.

»*Ma certo, Dottore.* Kommt sofort!« Bruno warf Antonio einen schelmischen Blick zu, bevor er sich umdrehte, um wieder in Richtung Küche zu verschwinden.

»*Un momento,* Bruno!« Es war Antonio, der ihn aufhielt. Ihm war eine Idee gekommen. »Sag mal, du hast doch in den letzten Tagen ganz sicherlich etliche Gäste aus der Kunstszene bei dir zum Essen gehabt.«

»Vermutlich. Sie haben sich aber bei mir nicht so vorgestellt.« Bruno lachte. »Hast du jemanden Speziellen im Sinn?« Es wäre nicht das erste Mal, dass Antonio von ihm einen Tipp bekam, der bei den Ermittlungen weiterhalf. Er suchte in seinem Handy nach den Fotos der Tatverdächtigen, die Lavinia allen Ermittlern zugespielt hatte. »Schau dir mal diese Personen an, bitte. Erkennst du jemanden davon?«

»Allerdings«, entgegnete Bruno ohne zu zögern. »Der schwarzgekleidete Herr war gestern Abend mit diesem schmächtigen Franzosen bei mir. Die beiden haben richtig getafelt. Über 500 Euro Umsatz konnte ich einstreichen. Kommt nicht alle Tage vor.«

Mauro pfiff durch die Zähne. »Das hört sich nach einem konspirativen Treffen an.«

»Wer hat bezahlt?«, wollte Vivani wissen.

»Der kleine Franzose!«

»Konntest du hören, was die beiden besprochen haben?«, fragte Antonio nach.

»Hören schon, aber ich bin des Französischen nur sehr eingeschränkt mächtig. Sie wirkten nicht auf mich, als wären sie die besten Freunde. Aber ich kann dir nicht sagen, worüber sie sich unterhalten haben.«

»*Grazie*, Bruno!«

Die Ermittler sahen sich an und dann ergriff Michele Vivani nochmals das Wort. »Der andere Mann war Alessandro Bonaventura. Haben wir eine Möglichkeit, ihn ab sofort beschatten zu lassen?«

»Ich gebe Lavinia Bescheid. Sie soll bei den Kollegen von Mantua Unterstützung anfordern.«

»Morgen brauchen wir jeden Kollegen und jede Kollegin, die Sie in der Questura entbehren können, Commissario. Am besten sowohl in Zivil als auch in Uniform. Es muss allen Anwesenden bei der Auktion klar sein, dass sie unter Beobachtung stehen. Unsere Hauptverdächtigen Bonaventura, Marinelli und auch O'Connor. Ferner ist mir noch der Vertreter der österreichischen Museen, Ferdinand Hofer, auf der Einladungsliste zur Preview aufgefallen. Es ist mehr als naheliegend, dass auch der österreichische Staat die Gelegenheit nutzen wird, den Klimt zu ersteigern. Außerdem stehen auf der Liste noch zwei Vertreter der bekannten Auktionshäuser in London und New York. Ich schicke Ihnen Fotos auf Ihre Handys, damit Sie diese unter den Gästen auch erkennen können. Sie waren nicht auf der Preview, wie mir die Angestellte von Patrizia Marinelli notiert hat. Die Vertreter verursachen keine unnötigen Spesen und reisen vermutlich erst heute im Laufe des Tages an. Damit kämen sie als Täter nicht in Betracht. Doch auch das wissen wir nicht mit Sicherheit.

Im Übrigen müssen wir einfach die Augen offenhalten, schauen, was passiert, wenn der Klimt zum Aufruf kommt. Wer bietet, wer treibt den Preis hoch, wer gibt auf, wer rastet frustriert aus oder wer macht sich heimlich still und leise aus dem Staub? Niemand darf den Saal verlassen, bevor die Auktion zu Ende ist. Dafür müssen ihre Leute sorgen, Commissario.«

Nichts leichter als das, dachte Antonio erbittert. Der römische Ermittler tat gerade so, als stünde ihm eine Hundertschaft an Kolleginnen und Kollegen zur Observierung zur Verfügung. Es war nur gut, dass der *Palazzo dei Capitani* lediglich zwei Zugänge hatte, einer führte in die Altstadt und der andere zum Wasser. Der Palazzo hieß nicht ohne Grund *dei Capitani*. Er gehörte vormals einem alten Adelsgeschlecht, das sich als Kapitäne auf dem Gardasee profiliert hatte. Der Palazzo stand direkt am Ufer. Ein vorgelagerter kleiner Garten, der von einer hohen Mauer mit Schwalbenschwanzzinnen zum See hin geschützt wurde, hatte jedoch einen schmalen Durchlass, an dem Boote anlegen konnten. Vom großen Empfangs- und Ballsaal im ersten Stock des Gebäudes hatte man einen wunderbaren Blick auf den Garten, den *Lago* und den Anleger. Dort würde auch die Auktion stattfinden. Die Besucher kamen sicher alle über den Eingang von der Altstadt ins Gebäude. Ob die Gemälde, die das Auktionshaus *Colombo* aufrufen würde, ebenfalls durch diesen Eingang gebracht wurden, wusste Antonio nicht. Er würde den Anleger wählen, wenn er sich das genau überlegte. Problemlos konnten die Gemälde von dort über den geräumigen Eingangsbereich und die schmale Treppe nach oben in den großen Saal getragen werden. Bei beiden Zugängen mussten in jedem Fall Kollegen Posten beziehen und das bereits am frühen Morgen. Auch er würde mindestens zwei Stunden vor Beginn der Auktion vor Ort sein und beobachten, wer dort alles ein und aus ging.

Leider hatte die Kommune von Malcesine nicht zugestimmt, dass die *polizia* Kameras im Gebäude installieren durfte. Es hätte ihnen die Möglichkeit gegeben, später anhand der Videoaufzeichnungen die einzelnen Besucher nochmals genauer in ihrem Verhalten zu studieren. Doch die Kommunalreferentin hatte Fausto Castillio, den Vice Commissario, mit aufgebrachten Worten abgefertigt.

Fausto hatte Antonio telefonisch von dem Gespräch berichtet, als Fontanaro mit den anderen Ermittlern von Torri del Benaco zurück nach Verona gefahren war.

»Die dumme Gans hat was von Denkmalschutz gefaselt«, hatte sich Fausto ereifert, »und herumgemeckert von wegen ›unmögliche Ansprüche der Polizei‹. Die Beschädigung der Fresken und der bemalten Holzdecken wären ein nicht wiedergutzumachender Schaden, den unsere Leute dort anrichten würden. Sie tat ganz so, als hätten wir den *Palazzo dei Capitani* bereits in eine Bruchbude verwandelt. Wir müssen ohne auskommen.« Dann hatte Fausto aufgelegt.

Auch er würde morgen zur Stelle sein. Darauf konnte sich Antonio verlassen.

40

Verona, 18.30 Uhr

Kenneth O'Connor hatte sich noch kaum von dem Schock erholt, den die Nachricht aus Abu Dhabi bei ihm ausgelöst hatte, als ein Ispettore Brandino ihn im Hotel aufsuchte und ihn mit in die Questura nahm. Nun fand er sich in einem Besprechungsraum wieder, konfrontiert mit drei Kommissaren und einem Staatsanwalt. Was wollten sie von ihm? Wann fand dieser fürchterliche Tag ein Ende?

Das Telefonat mit seinem Chef, das er gleich nach der Rückkehr von Garda geführt hatte, lag ihm tonnenschwer im Magen. Unterstützung aus London konnte er nicht erwarten. Ganz im Gegenteil. Dort setzte man vielmehr voraus, dass er den Klimt für das Auktionshaus ersteigerte. Die Araber konnten später bei *Soho Fine Art Auction* zuschlagen, wenn sie den Klimt unbedingt haben wollten. Man sah keine Veranlassung, dem Wunsch aus Abu Dhabi zu entsprechen. Kenneth konnte sich dieser einfachen Lösung freilich nicht anschließen. Aber der Fehler lag eindeutig bei ihm selbst. Er hatte die Hartnäckigkeit der Leute aus den Vereinigten Arabischen Emiraten unterschätzt, es für völlig abwegig gehalten, von dort einen Auftrag zu bekommen. Deshalb hatte er London von dem Vorstoß Abduls, ihn gegebenenfalls als Ersatzmann einzuspannen, nichts mitgeteilt. Jetzt seinen Chef davon in Kenntnis zu setzen, hatte er sich nicht getraut. Vielmehr hatte er so getan, als wäre die

Anfrage heute völlig unerwartet an ihn herangetragen worden. Dass der Franzose, der damit zunächst beauftragt worden war, vermutlich nicht mehr lebte, hatte er auch verschwiegen. Ob das klug war, bezweifelte er im Moment sehr stark.

»Mister O'Connor, wir haben Sie hierhergebeten, um einige wenige Fragen mit Ihnen zu klären«, begann Antonio Fontanaro.

So hatte er sich das schon gedacht. »Sie haben mich hierher zitiert!«, korrigierte ihn O'Connor sofort. Seine Lage mochte nicht rosig sein, aber er sah keinen Grund, weshalb sich die Polizei ausgerechnet für ihn interessierte. Deshalb fügte er hinzu: »Was kann ich für Sie tun?«

»Sagt Ihnen der Name Pierre Regnier etwas, Mister O'Connor?« Antonio Fontanaro startete das Verhör. Vincenzo Mauro, Michele Vivani und Georg Breitwieser bildeten die zunächst stummen Zeugen.

Kenneth O'Connor schüttelte den Kopf. »Nein, tut mir leid.«

Antonio legte ihm das Handy mit der Fotografie des Franzosen vor. »Sie sind sicher, dass Sie diesen Mann noch nie gesehen haben?«

»Das ist eine andere Frage«, stellte O'Connor richtig. »Ich kenne den Mann nicht«, betonte er, was natürlich falsch war, »aber ich habe diesen Mann auf der Preview im *Palazzo dei Capitani* gesehen, mit zahlreichen anderen Gästen.«

»Sie wollen uns damit sagen, dass Sie keine Worte mit dem Mann gewechselt haben?«, fragte Mauro nun nach.

»Genau das will ich sagen!« Dass er den Franzosen der Marinelli empfohlen hatte, behielt er für sich. Im Nachhinein war das sein größter Fehler gewesen. Aber Abdul hatte nachdrücklich darum gebeten, damit der *Louvre* von Abu Dhabi für das Auktionshaus gar nicht erst als potentieller Kunde auftrat.

»Ihr Gedächtnis scheint nicht das Beste zu sein, wenn Sie mir diese Bemerkung erlauben«, reagierte Mauro süffisant. »Obwohl Sie den Franzosen nicht kennen – angeblich –, erzählte er uns, dass Sie der Marinelli nahegelegt haben, ihn einzuladen.«

»Ich kenne Regnier nur sehr flüchtig, wie man sich in der Kunstwelt eben so kennt.« Notdürftig versuchte O'Connor den Schnitzer wieder gutzumachen.

»So, so!« Mauro überzeugte seine Aussage natürlich nicht.

Möglichst unbeteiligt schaute Kenneth dem Staatsanwalt ins Gesicht. Er hoffte, dass ihn dieser endlich von der Angel ließ. Er hatte ganz andere Probleme. Die Plauderei mit dem Franzosen in der Hotelbar hatte nicht zum Ziel geführt. Das wäre letztlich die sicherste Lösung für Abu Dhabi gewesen. Zwei Kunstexperten boten auf der Auktion für das Scheichtum mit, um die begehrte Trophäe für den neuen *Louvre* zu ersteigern. Sein Chef hätte sicher bereitwillig den Klimt weitergereicht. Das war auch beim heutigen Telefonat klar geworden. Soweit hatte er die Lage richtig eingeschätzt. Doch das half ihm nun nichts mehr.

Antonio suchte inzwischen nach einer weiteren Aufnahme, die ihm Petrelli geschickt hatte, und schob das Handy erneut über den Tisch. Der Brite riss nun doch sehr erschrocken die Augen auf.

»Was ist passiert?«, wollte er wissen. Die Frage rutschte ihm einfach so heraus.

»Das hätten wir gerne von Ihnen erfahren.« Aufmerksam blickten ihn die drei Ermittler an. »Waren Sie dabei, als Regnier von einem tödlichen Schuss getroffen wurde?«

»Sind Sie von allen guten Geistern verlassen? Sie denken, ich habe mit diesem ...«, er suchte nach dem richtigen Wort, »... Gemetzel etwas zu tun? Das glauben Sie doch wohl selbst nicht!« Am unteren Rand der Fotografie entdeckte er zu seiner großen Erleichterung das Datum und die Uhrzeit der Aufnahme. »Wer immer das Foto geschossen hat, hat es zu einem Zeitpunkt aufgenommen, als ich noch in Garda in einem Strandcafé saß und das Gewitter über den Bergen auf den See zukommen sah.« Nun war klar, weshalb ihm Abdul postwendend eine Nachricht geschickt hatte. Aber wer hatte den so schnell informiert? Es musste eine weitere Person geben, die mit dem Araber in engstem Kontakt stand. Langsam, aber sicher wurde es Kenneth mehr als mulmig. Nun waren zwei Personen aus dem Kreis der Leute tot, die morgen wegen des Klimt auf der Auktion erschienen wären. Was würde mit ihm geschehen, wenn Abdul bemerkte, dass Kenneth nicht nach den Regeln von Abu Dhabi spielte? Würde er dann das nächste Opfer sein?

»Was denken Sie, Mister O'Connor? Sie sehen im Moment ziemlich blass um die Nase aus.«

Kenneth fuhr sich mit der Zungenspitze über die Unterlippe. Konnte er der Polizei vertrauen? Würden sie ihn im Zweifelsfall schützen können?

»Der Anblick eines Toten mag für Sie Tagesgeschäft sein, für mich ist das Foto ziemlich schockierend.«

Nun schaltete sich Michele Vivani ein. »Mister O'Connor, wir haben Grund zu der Annahme, dass es jemanden unter den geladenen Kunstexperten gibt, der oder die es darauf abgesehen hat, alle aus dem Weg zu räumen, die den Zuschlag vermasseln könnten. Morgen seid ihr alle keine Freunde mehr. Ist Ihnen die Brisanz der Situation bewusst?«

»Ich beginne sie langsam zu begreifen.« Hielten sie ihn für bescheuert? Stellten sie ihm ernstlich diese Frage?

»Gut. Für welchen Auftraggeber arbeiten Sie?«

»Für das Auktionshaus *Soho Fine Art Auction* in London.«

»Wie hoch ist das Limit? Bis zu welcher Summe können Sie mitbieten?«

Kenneth fühlte, wie er rot wurde. Nicht vor Scham, sondern vor Ärger. Seine Wangen brannten plötzlich. Eine solch dreiste Frage hatte noch niemand gewagt zu stellen. »Ich bin nicht befugt, darüber Auskunft zu geben.«

»Lassen Sie mich anders fragen«, lenkte Vivani ein. »Wären Sie in jedem Fall der letzte Bieter? Sind Sie beauftragt, den Klimt unter allen Umständen und egal zu welchem Preis für Ihre Firma zu ersteigern?«

Das war eine heikle Frage. Kenneth sah auf seine Hände und überlegte, was er darauf antworten sollte.

»Wenn ich mit meiner Unterstellung richtig liege«, fuhr Vivani fort, »und Sie in der Tat für den Mord an Pierre Regnier nicht in Frage kommen, dann leben Sie vermutlich ab sofort sehr gefährlich. Und nur damit wir uns recht verstehen: Wir werden Ihr Alibi, das Sie uns so bereitwillig präsentiert haben, in den nächsten Minuten überprüfen lassen.«

»Tun Sie das. Ich war in der *Caffè Bar Piccolo*, direkt vorne am Hafenbecken. Ich hoffe, der Kellner erinnert sich an mich.«

»Sagt Ihnen der Name Hans Stade etwas?« Antonio ergriff wieder die Initiative.

O'Connor brauchte sich nicht zu verstellen. »Nein, keine Ahnung, wer das sein soll.«

»Wie gut kennen Sie Patrizia Marinelli?« Schlag auf Schlag folgten die Fragen der Ermittler.

»Nicht sehr gut. Die Lady ist auf mich zugekommen und hat mir eine Einladung geschickt. Ich hatte zuvor noch nie von dem Auktionshaus *Colombo* in Mailand gehört. Und ehrlich gesagt, wüsste ich zu gern, wie ausgerechnet diese kleine Klitsche dazu kommt, einen Klimt zu versteigern. Haben Sie da eine Idee?«

»Wir hatten gehofft, Sie könnten uns bei dieser spannenden Frage weiterhelfen.« Es war nun Vincenzo Mauro, der das Wort ergriff.

O'Connor lachte nur und wartete ab.

»Haben Sie ein gutes Gefühl, wenn Sie an morgen denken?«

»Wie meinen Sie das?« Der Brite fühlte sich ertappt und schaute Mauro unsicher an.

»Was denken Sie? Kann so eine kleine Klitsche, wie Sie das Auktionshaus *Colombo* bezeichnen, wirklich einen wertvollen, einzigartigen Klimt zum Aufruf bringen?« Mauro hatte sichtlich Vernügen daran, den Briten mit Fragen zu bombardieren.

Und der römische Ermittler setzte noch eins darauf, als er sagte: »Fühlen Sie sich wohl bei dem Gedanken, dass im Raum vermutlich ein Mörder oder eine Mörderin sitzt, mit Ihnen um den Klimt kämpft und nicht zimperlich sein wird, wenn Sie derjenige sind, der den Zuschlag bekommt? Was, denken Sie, wird dann geschehen?« Vivani provozierte bewusst und spann die unheilvollen Gedanken des Staatsanwalts eifrig weiter. Und er hatte damit Erfolg. Die Fassade, die Kenneth O'Connor aufgebaut hatte, begann zu bröckeln. Nervös fuhr er mit der rechten Hand unter seinen offenstehenden Hemdkragen. Er rang mit sich. Und Vivani setzte nach.

»Wir sind uns einig, dass Sie unser zweites Mordopfer kannten, und ich bin mir sehr sicher, dass Sie wissen, wer dessen Auftraggeber war. Also, wer steckt hinter den beiden Morden? Wer hat ein so großes Interesse an dem Gemälde, dass er über Leichen geht? Und erzählen Sie uns nicht, dass Sie das alles kalt lässt. Ihre Miene spricht eine deutliche Sprache.«

Kenneth O'Connor sah Vivani direkt ins Gesicht und sagte laut und deutlich: »Der Scheich von Abu Dhabi.«

Die Ermittler und der Staatsanwalt sogen überrascht die Luft ein. Dem Briten fiel eine große Last von den Schultern. Nun war er es, der sein Handy zückte, die Nachricht von Abdul suchte und sie Antonio Fontanaro und den anderen zu lesen gab.

»Leiten Sie mir die Nachricht weiter?«, fragte Antonio.

»Kein Problem!«

»Eine letzte Frage noch, Mister O'Connor.« Es war Vivani, der sich nochmals einschaltete. »Welche Rolle spielt Hans Stade bei dieser Auktion?«

»Es tut mir sehr leid, aber dazu kann ich Ihnen beim besten Willen nichts sagen. Ich habe den Namen noch nie gehört.«

»Sie interessieren sich nicht für moderne Kunst?«

O'Connor schüttelte den Kopf. »Das ist nicht unser Metier. Im Bereich des Zeitgenössischen hat unser Auktionshaus keine Experten.« Er stand vom Stuhl auf und blickte Fontanaro ernst an.

»Wie sorgen Sie morgen für meine Sicherheit?«

»Denken Sie nicht darüber nach. Wir sind vor Ort.«

Er schaute von einem zum anderen und wurde das Gefühl nicht los, dass er wohl besser beraten war, selbst auf sich aufzupassen. Vielleicht wäre es sogar angezeigt, abzureisen. Doch Abdul würde dafür kaum Verständnis aufbringen. Kenneth O'Connor wusste, dass er in eine Falle getappt war, die dabei war, zuzuschnappen.

41

Verona, 20.00 Uhr

Michele Vivani hatte sich nach der Befragung des Briten in sein Bed & Breakfast zurückgezogen. Nun saß er vor seinem offenen Laptop und begann mit einer Recherche über das Fälschermilieu Deutschlands. Allerdings hatte er keine Ahnung, wie weit er zurückgehen musste, um Hans Stade auf die Spur zu kommen. Er war inzwischen der Ansicht, dass Bonaventura und Stade ein seit vielen Jahren eingespieltes Team waren. Der Gutachter hatte Erfahrung in der Zusammenarbeit mit Fälschern, ebenso dessen Vater. Das Kunstgeschäft der beiden basierte zu großen Teilen auf Fälschungen. Nur mit knapper Not waren sie immer wieder den Fängen der Justiz entkommen, hatten sich ein blaues Auge geholt, aber nie eine Gefängnisstrafe eingefangen. Sollte sich herausstellen, dass die Morde auf das Konto einer Gruppe von Betrügern gingen, bestehend aus Marinelli, Bonaventura und Stade, dann war es mit der gemütlichen Zeit der drei endgültig vorbei. Vivani würde nicht ruhen, bis er den Kriminellen das Handwerk gelegt hatte.

Doch wo in der Vergangenheit sollte er ansetzen? Er begann mit einer sehr primitiven Abfrage der Datei seiner Einheit für Kunst- und Kulturgüterschutz und suchte nach Fälschern in Deutschland. Er grenzte den Personenkreis ein, indem er den Beginn der Tätigkeit Stades in den 90er-Jahren annahm. Stade mochte jetzt Anfang bis Mitte fünzig sein. Ging man davon aus, dass Stade ein Kunststudium absolviert hatte, konnte er mit Anfang dreißig ins Fälschermetier eingestiegen sein. Bei seinem Talent war er dazu bestimmt in der Lage gewesen. Es blieben immer noch zehn Personen übrig, die in Frage kamen. Davon befanden sich in diesem Moment drei in Haft. Ein Stade war selbstverständlich nicht dabei unter den letzten sieben verbleibenden Personen.

Einen Moment zögerte Michele noch, doch dann griff er zum Telefon. Er hatte sich den Namen der Ermittlungsrichterin gemerkt, die Georg Breitwieser genannt hatte, als es um die Hintergrundinformationen zu Monika Bacher und Hans Stade ging. Es war nicht schwierig für ihn gewesen, die Dienstnummer von Dorothea Schaller herauszufinden. Vielleicht hatte er Glück und sie war noch im Amt.

Nach dem dritten Klingelton meldete sie sich: »Schaller.«

»*Buonasera*, Dottoressa Schaller. Hier spricht Michele Vivani aus Verona.«

»Oh, Dottore, welche Überraschung. Was kann ich für Sie tun? Ist alles in Ordnung mit Kommissar Breitwieser?« Ihre Stimme klang unversehens sehr besorgt.

»Ich kann Sie beruhigen, Dottoressa. Mit dem Commissario ist alles in Ordnung. Nur mit unserem Fall treten wir auf der Stelle. Aber ich habe die Hoffnung, dass Sie mir vielleicht weiterhelfen können.«

Vivani erklärte ihr, nach wem er suchte. Er ging davon aus, dass Stade einen falschen Namen angenommen hatte, nachdem er einmal aufgeflogen war. Er hatte unter den verbliebenen potentiellen Kandidaten drei entdeckt, die etwa Stades Alter hatten. Einer davon, ein Gerhard Bode, hatte sich in jungen Jahren einen Namen als abstrakter Maler gemacht. Vivani fand im Web einen Eintrag, der auf eine Kunstausstellung in Berlin im Jahr 1998 hinwies. Einige Bilder von Bode fanden sich auf der Website der Galerie, in der seine Werke damals ausgestellt wurden. Der Künstler hatte eine starke Farbigkeit bevorzugt, jedoch einen völlig anderen Strich gehabt. Vivani verglich gedanklich die wenigen Bilder von Stade, die er in dessen Atelier gesehen hatte, mit den Abbildungen auf der

Website. Aber ein Künstler entwickelte sich auch. Weitere Hinweise auf Verkaufsausstellungen fanden sich nicht. Ende 2002 jedoch gab es eine Pressemitteilung. Dort hieß es, Gerhard Bode habe zu Weihnachten eines seiner Gemälde einem Waisenhaus in Berlin für den Speisesaal geschenkt. Eine schöne Geste, fand Vivani, aber auch eine deprimierende Information. Was tat ein begabter Künstler, der keine Werke verkaufen konnte? Wechselte er den Beruf? Wurde er zum Hobby-Künstler? Versuchte er, in der Werbe- und Designbranche sein Glück und mit Auftragsarbeiten seinen Lebensunterhalt zu finanzieren? Fuhr er Taxi? Oder wurde er kriminell und versuchte sich als Fälscher? Da stellte sich die nächste Frage: Wie bekam man gewinnbringend Fälschungen los? Wer kaufte einem solche Werke ab? Und wie schaffte man es, dabei nicht entdeckt zu werden?

Welchen Weg davon Gerhard Bode gegebenenfalls eingeschlagen hatte, darüber konnte Vivani nur spekulieren. Er stellte jedoch fest, dass ab Anfang 2004 der Name Gerhard Bode komplett aus der Kunstszene verschwunden war.

»Sie glauben also, dass Gerhard Bode und Hans Stade ein und dieselbe Person sein könnten?«, fasste Dorothea Schaller Michele Vivanis Gedanken zusammen.

»Ja, ich halte das für möglich. Aber selbstverständlich schicke ich Ihnen die komplette Liste der sieben verbliebenen, verdächtigen Personen, die ich in unserer Datei entdeckt habe. Vielleicht wurde eine davon in Deutschland verurteilt.«

»Das ist eine spannende Geschichte, Dottore. Diese Art der Verbrecherrecherche ist mal ganz etwas anderes.« Dorothea Schaller lachte.

»Ich freue mich, dass Sie das so sehen.« Auch Vivani musste schmunzeln. »Selbstverständlich werde ich parallel zu Ihnen weiter unsere Dateien durchsuchen. Sie können mich jederzeit, auch in den frühen Morgenstunden, zurückrufen, Dottoressa. So habe ich die vage Hoffnung, wir wüssten bis morgen mehr über diesen Täterkreis von deutschen Fälschern.«

»Sie machen mir Spaß! Auch in den frühen Morgenstunden.« Sie lachte nochmals kurz auf und meinte dann aber sehr ernst: »Auf Wunsch von Kommissar Breitwieser habe ich unsere Datenbank in einem Punkt schon mal durchgesehen: Juristisch belangt wurde Hans Stade in Deutschland bislang nicht. Ihr Ansatz könnte vielleicht den Durchbruch in den Ermittlungen bringen. Ich setze mich sofort dran, Dottore, und melde mich, sobald ich fündig geworden bin – oder nicht. *Buonasera e a dopo.*«

Nachdenklich legte Vivani sein Mobiltelefon auf dem Tisch ab. Zum wiederholten Male befragte er die Datenbank seiner Diensteinheit nach Patrizia Marinelli und Alessandro Bonaventura. Die Marinelli tauchte überhaupt nicht auf. Ebenso wenig ihr Auktionshaus in Mailand. Unbeschriebene Blätter. Die alten Geschichten von Bonaventura waren ihm bekannt. In den letzten Jahren war der Gutachter aus Mantua nicht mehr auffällig geworden.

Blieb ihnen wirklich nur noch die morgige Auktion, um die Mörder zu stellen? Hatten sie es mit einem oder zwei Tätern oder Täterinnen zu tun? Selbst diese Frage konnten sie bisher nicht klären. Und er fürchtete, dass auch der morgige Tag noch nicht der letzte für ihre Ermittlertätigkeit sein könnte. Die Aussage von Kenneth O'Connor, ein Kunstexperte sei für den Scheich von Abu Dhabi unter den Bietern, hatte die Lage, seiner Meinung nach, nochmals verschärft. Wer sagte ihnen denn, dass irgendjemand von den Abgesandten der Museen, Galerien oder Auktionshäuser, die morgen auf der Auktion persönlich anwesend sein würden, auch die Verbrechen verübt oder in Auftrag gegeben hatten. Telefonisch Mitbietende zumindest würde es morgen nicht geben. Patrizia Marinelli hatte eine ausschließlich in Präsenz stattfindende Auktion angekündigt. Oft genug ersteigerten Bieter per Telefon die wertvollsten Stücke, blieben so meist anonym und niemand konnte anschließend nachvollziehen, welchen Weg das ersteigerte Kunstwerk schlussendlich nahm. Auch hier konnte Michele Vivani nur spekulieren, weshalb die Auktionatorin dieses unübliche Verfahren einschlug. Weshalb war es ihr so wichtig, den Käufer oder die Käuferin zu kennen? Wollte das Trio wissen, wer ihre Fälschung erwarb? Vivani überdachte diese Annahme und kam zu dem Schluss, dass das ein weiterer schlauer Schachzug der drei sein konnte. Sollte irgendwann der Klimt erneut zum Verkauf angeboten werden, wären sie vorgewarnt, wüssten sie, dass ihre Fälschung eine weitere Reise antrat, und konnten Vorkehrungen treffen, falls ein neues Gutachten den falschen Klimt enttarnen sollte.

Aber damit nicht genug. Wer würde den echten Klimt für sich behalten? Einer oder eine der drei? Sahnte Patrizia Marinelli zweimal ab? Verkaufte offiziell auf der Auktion unter aller Augen den falschen Klimt und später unter der Hand das Original an einen Käufer, der bereit war, noch einige weitere Millionen auf das Bietergebot draufzulegen, um an den echten Klimt zu kommen? Der Scheich vielleicht?

Was führte der Anwalt aus Traunstein im Schilde? War er angereist, um den Mörder seiner Frau zu stellen? Hatte er das Mandat seiner Frau übernommen und versuchte, den rechtmäßigen Erben von *Malcesine am Gardasee* seinem Anspruch näher zu bringen? Michele Vivani war sicher, dass sich Peter Mühldorfer die Fahrt nach Malcesine hätte sparen können. Der tätliche Angriff auf ihn war eine deutliche Warnung gewesen, keinesfalls die Auktion zu gefährden. Vivani hoffte, dass der deutsche Anwalt die Botschaft verstanden hatte. Zudem würde niemand, der das Bild ersteigerte, es an den ominösen Mandanten zurückgeben. Und die Marinelli und ihr Auktionshaus würden niemals auf das erkleckliche Aufgeld, in der Regel fünfzehn bis zwanzig Prozent der Bietersumme zuzüglich Mehrwertsteuer, verzichten. Bei einem Erlös von geschätzten sechzig bis achtzig Millionen Euro war es sehr unwahrscheinlich, dass der jetzige Eigentümer, wer immer das auch sein mochte, das Gemälde zurückzog. Niemand konnte die Restitution an den Mandanten in den USA erzwingen. Und bei solchen Summen hörten in der Regel die Guttaten auf.

42

Verona, 20.00 Uhr

Während Michele Vivani sich erneut in seine Recherchearbeit vergrub, nahmen sich Antonio Fontanaro und Georg Breitwieser vor, das Hotelzimmer von Patrizia Marinelli und nochmals das von Pierre Regnier einer genaueren Prüfung zu unterziehen. Der Staatsanwalt hatte sehr bereitwillig Durchsuchungsbeschlüsse vom Ermittlungsrichter erwirkt. Petrelli und zwei seiner Leute begleiteten die Kommissare. Sie begannen mit der Hotelsuite von Patrizia Marinelli.

»Man gönnt sich ja sonst nichts!« Breitwieser grinste, als er die Suite mit einem Blick erfasste. »Da hat jemand schon mal im Vorgriff auf die zu erwartenden Gewinne richtig in die noch leere Brieftasche gegriffen.«

Silvano Petrelli lachte laut auf. »Nur kein Neid, Commissario. Die Dame hat auch einen erlesenen Geschmack. Nur schwarze Designer-Klamotten und feuerrote Accessoires. So geht Kombikleidung. Das muss ich mir merken.« Jetzt lachten sie alle.

Doch zunächst war ihre Ausbeute gering. Sie fanden keine Unterlagen, keine elektronischen Geräte.

Petrelli steuerte das Badezimmer an. »Ich nehme mir ihre Haarbürste mit, dann können wir einen DNA-Abgleich mit den Spuren in Stades Atelier machen. Oder wir finden einen Match an der Leiche mit einer anderen Person. Und den Zahnputzbecher nehme ich auch mit. Da sind zwei wunderbare Exemplare von Fingerabdrücken drauf.« Sie hörten Petrelli im Badezimmer klappern, doch dann wurde es auffällig still.

Antonio folgte ihm. Silvano Petrelli stand vor dem geöffneten Spiegelschrank und hielt ein kleines, dunkelbraunes Glasfläschchen in Händen. Er schraubte es auf. Im Deckel steckte eine Pipette. Damit konnte man den flüssigen Inhalt des Fläschchens tröpfchenweise portionieren.

Vorsichtig schraubte der Kriminaltechniker das Fläschchen wieder zu und sah Antonio an. »Was, denkst du, habe ich da entdeckt?«

»Ein Konzentrat aus dem Gift von Maiglöckchen?«

»Man riecht es deutlich: das Aldehyd Bourgeonal. Ein süßlicher, auch als *grün* bezeichneter Duftstoff, der in der Kosmetikindustrie Verwendung findet. Ob dieser Flüssigkeit hier Digitalis zugesetzt wurde, kann ich nicht feststellen. Das muss unser Labor übernehmen, denn Digitalis ist geruchlos. Nach der Untersuchung des Fläschcheninhalts wissen wir hoffentlich, ob es der Giftstoff ist, den man Monika Bacher gespritzt hat.«

»Da wollte jemand auf Nummer sicher gehen.«

»Allerdings«, stimmte Petrelli zu. »Selbst wenn ein Arzt neben unserem Opfer gesessen hätte, er hätte nur zusehen können, wie Signora Bacher vor seinen Augen mit dem Tod kämpft und den Kampf am Ende sehr rasch verliert.«

»Sollte Mauro recht behalten? Frauen sind die Giftmischer, Männer ballern durch die Gegend? Patrizia Marinelli hat Monika Bacher, die keine Ruhe gab und unbedingt die Auktion verhindern wollte, vergiftet? Vor aller Augen in Malcesine?«, sinnierte Antonio laut vor sich hin und schlussfolgerte dann: »Das würde bedeuten, dass sie auch für den Tod von Regnier in Frage kommen könnte. Sie war in jedem Fall vor Ort und er könnte sie erpresst haben.«

»Könnte sein, muss aber nicht. Das würde Vivani sagen.« Silvano Petrelli schob das Fläschchen in einen kleinen Blechbehälter, den er in seinem Metallkoffer deponierte.

»Aber das wäre schon ein sehr unwahrscheinlicher Zufall, dass die Marinelli das Gift hier aufbewahrt und dennoch für den Mord nicht in Frage käme«, bemerkte Georg wenig überzeugt.

»Wäre sie so dumm und ließe dieses Beweisstück in ihrem Hotelzimmer zurück?«, fragte Petrelli süffisant nach. »Ich halte das für wenig wahrscheinlich. Vielmehr glaube ich, jemand will ihr den Giftmord in die Schuhe schieben.«

»Also doch noch keine Fahndung nach ihr auslösen?«, fragte Fontanaro seine Kollegen. »Ich will mich vor Mauro nicht gänzlich blamieren, wenn es sich vermeiden lässt.«

»Nein, ich würde, so wie ihr das beschlossen habt, bis morgen abwarten.« Silvano Petrelli schlug den Deckel seines Arbeitskoffers zu und wandte sich zum Gehen.

»Schauen wir uns im *Hotel Merano* bei Pierre Regnier um. Vielleicht finden wir irgendwelche Hinweise dafür, weshalb er heute Nachmittag sterben musste.« In Antonio Fontanaros Stimme schwang leise Resignation mit. Der Tag war lang gewesen und ziemlich fruchtlos. Er hatte wenig Hoffnung, dass sich im Hotelzimmer des toten Franzosen neue Hinweise entdecken ließen.

Aber er täuschte sich. Das Erste, was ihm auffiel, war die offene Tür des Hotelsafes. Er schob die Tür ganz auf und entnahm dem kleinen Tresor ein Pistolenfutteral. Es war leer.

»Wir wissen zwar schon, dass die Waffe, mit der Regnier getötet wurde, ihm selbst gehört hat, aber das Etui liefert die Bestätigung.« Antonio steckte seinen Fund in einen Plastikbeutel, den Petrelli an sich nahm. Anschließend verschwand der Kriminaltechniker im Bad, um dort wie zuvor seine Spurensammlung zu ergänzen. Die Zahnbürste und ein Zahnputzbecher wanderten in die nächste Plastiktüte.

Georg Breitwieser hatte sich den Kleiderschrank vorgenommen. Der dunkelblaue Anzug, den Regnier vermutlich auf der Auktion hatte tragen wollen, war von einem Maßschneider in Paris angefertigt worden. Keine billige Stangenware. Auf dem Schrankboden standen handgearbeitete schwarze Schnürschuhe. Fast ehrfürchtig hob Georg das Paar hoch und ging damit zu einer Stehleuchte, um sie sich im Licht besser ansehen zu können. Mit den Fingerkuppen strich er über die Schuhkappen. Der Schuster hatte ein dünnes, aber dennoch stabiles, strapazierfähiges Rindsleder verwendet und einen Schuh gearbeitet, der Halt gab, aber im Sommer leicht und angenehm zu tragen war. Er zog sein Handy hervor und fotografierte die Innenseite des Schuhs. Vielleicht käme er einmal nach Paris, dann könnte er den Schuhmacher einfach mal so aus reinem Interesse in dessen Laden aufsuchen.

»Giorgio, vergiss es!« Es war Antonio, der das Treiben des Freundes beobachtet hatte. »Dein Gehalt reicht nicht aus, um so ein Paar Schuhe zu erwerben. Bleib bei deinem Schuster in Bozen. Der fertigt mindestens genauso schöne Schuhe zum halben Preis an.«

»Schau mal, das wunderbare Leder!«

»Ich verstehe nichts davon.«

»Wenn du diesen Schuh richtig pflegst, dann hast du mindestens zehn Jahre Freude daran.«

»Sehr schön.« Antonio schüttelte amüsiert den Kopf. »Vielleicht möchte ich gar nicht zehn Jahre ein und denselben Schuh tragen.« Er wandte sich dem kleinen Sekretär zu, zog die Lade unter der Schreibplatte auf und fand darin ein Tablet. »Schau mal einer an.« Er schlug den Deckel auf und die Icons verschiedener Apps leuchteten auf dem Hintergrundfoto des Eiffelturms bunt auf. Pierre Regnier war offenbar Franzose durch und durch!

Er hatte es nicht einmal für nötig gehalten, sein Gerät mit einem Passwort zu schützen. Der pure Leichtsinn, die pure Sorglosigkeit. Er hatte sein Handy mit dem Tablet verknüpft. So konnte er auf beiden Geräten seine Mails lesen. Antonio tippte das entsprechende Icon an und eine Menge gelesener Nachrichten poppten auf. Die letzte stammte aus Abu Dhabi und hatte den Betreff *Louvre*.

Jetzt wurde es spannend. Antonio und Georg beugten sich beide über das Gerät und begannen zu lesen, was Abdul zu berichten hatte. Alarmiert durch den Inhalt, scrollte Antonio nach unten und weitere Nachrichten aus Abu Dhabi poppten auf.

»Kenneth O'Connor hat uns kein Blech erzählt«, fasste Georg die Erkenntnisse aus den Mails zusammen. »Der Scheich von Abu Dhabi ist hinter dem Klimt her. Und das in einer mehr als zwingenden Art und Weise. Der kleine Franzose dürfte hochgradig nervös geworden sein. Denn wer garantierte ihm, dass er es sein würde, der den Klimt schlussendlich ersteigert?«

»Er muss rausgefunden haben, dass sich das Gemälde bei Stade befinden könnte oder dass dieser eine Kopie angefertigt hatte. Deshalb fuhr er heute nach Torri del Benaco. Den Rest der Geschichte kennen wir.«

»Nicht ganz«, schränkte Antonio sofort ein. »Kenneth O'Connor ist jetzt wohl auf das Bild angesetzt worden. Wer hat den Scheich über den Tod seines Auftragnehmers so rasch informiert, dass man O'Connor derartig schnell auffordern konnte, den freigewordenen Auftrag zu übernehmen? Dass der Brite um seine Sicherheit besorgt ist, kann ich gut nachvollziehen. Doch wen außer ihm müssen wir morgen besonders im Auge behalten?«

»Du denkst, eine weitere Person, neben O'Connor, soll nun den Kauf für den *Louvre* in Arabien erledigen?«

»So hört sich das für mich an.« Georg schob die Hände in die Hosentaschen und begann, im Hotelzimmer auf und ab zu gehen. »Meinst du, wir können Lavinia bitten, sich neben O'Connor zu setzen, um ihn und seine Umgebung im Auge zu behalten?«

»Das muss ich mir erst durch den Kopf gehen lassen. Für heute ist Schluss. Morgen wird ein anstrengender Tag.«

43

Mantua, 21.00 Uhr

Unruhig wanderte Alessandro Bonaventura in seinem geheimen Atelierzimmer hin und her. Das Verhalten von Hans Stade gefiel ihm überhaupt nicht und entsprach in keiner Weise den Vereinbarungen, die sie getroffen hatten. Bonaventura hatte ihm vor gut zwei Monaten eine stattliche Summe in die Hand gedrückt und der Maler hatte im Gegenzug versprochen, rechtzeitig vor der Auktion den echten Klimt vorbeizubringen. So hatten sie es bisher immer gehandhabt. Am Tag der Auktionen waren beide grundsätzlich für die nächsten zwei bis drei Wochen verreist. An keiner hatten sie jemals persönlich teilgenommen. Doch dieses Mal lief alles anders. Bonaventura war natürlich klar, dass der Klimt ein Schwergewicht war im Vergleich zum kleinen Matisse oder zum Stillleben von Braque. Beide Werke hingen unter anderen hier bei ihm im Raum und erfreuten ihn täglich, wenn er sich an seinen Zeichentisch setzte.

Insgeheim rechnete er nicht mehr damit, dass Hans Stade noch auftauchte. Der Deutsche hatte sich mit dem Klimt abgesetzt, war irgendwohin verschwunden, wo ihn keiner fand.

Bonaventura starrte ein weißes Stück Wand an. Mehrere Gemälde hatte er umgehängt, um die Freifläche von zwei Metern auf zwei Meter zu erhalten. Dort sollte seine Neuerwerbung ihren Platz finden. Der sehr schrille Klingelton seines Mobiltelefons schreckte ihn auf. So hektisch wie erfolglos suchte er in seinen Hosentaschen nach dem Telefon und entdeckte es schließlich zwischen Kreiden und Papieren unterschiedlicher Stärken auf dem großen Zeichentisch. Rasch griff er danach und hielt es sich ans Ohr.

»*Pronto!*«

»Mach mir das große Tor des Rückgebäudes auf, Sandro, damit ich abladen kann.«

»Weshalb nimmst du nicht den großen Vordereingang?«

»Weil dort ein dunkelblauer Alfa steht, in dem zwei Personen sitzen, die sich gerade Burger mit Cola gönnen. Du wirst bewacht oder beobachtet. Und wir wollen beide nicht von den Typen blöd befragt werden.«

Aufgescheucht trat Alessandro ans Fenster, blieb sorgsam hinter einem dunklen Vorhang verdeckt und lurte auf die Straße hinaus. Hans Stade hatte recht. Dort stand ein Alfa unmittelbar hinter seinem Lancia Thema. Ein Zivilfahrzeug der Polizei? Es war jedenfalls nicht ausgeschlossen.

»Ich komme runter. Dauert einen Moment. Ich muss erst noch durch den Garten laufen. Aber das weißt du ja.«

Wenige Minuten später zog er das schwere Eisentor auf, das auf eine kaum befahrene Nebenstraße hinausging. Dort hatte Bonaventura in einem niedrigen Gebäude, das die Rückseite seines Gartens abschloss, eine geräumige Garage gemietet. Hans Stade manövrierte seinen Volvo bequem hinein. Unverzüglich schloss Bonaventura das Eisentor wieder und betätigte den Lichtschalter. Dann spähte er in den Innenraum des Fahrzeugs. Die Rückbank hatte Stade umgeklappt und auf der Ladefläche eine quadratische, flache Klimakiste, wie sie für wertvolle Gemälde zum Transport verwendet wurden, deponiert. Der Klimt! War das wirklich wahr? Alessandro spürte, wie eine Gänsehaut seine Arme überrieselte. Er war am Ziel. Kaum konnte er sein Glück fassen.

Hans Stade stieg aus seinem Wagen und grinste Bonaventura an. »Na, hast du mit mir noch gerechnet oder hast du das Objekt deiner Begierde insgeheim schon abgeschrieben?«

Bonaventura knurrte ärgerlich. Für Späße oder Ironie fehlte ihm der Nerv, zu groß war seine Anspannung gewesen. Stade hatte ihn bis zur letzten Minute hingehalten, ihn immer wieder vertröstet. Der Deutsche öffnete den Kofferraum. »Pack mal mit an, Sandro. Die Kiste hat schon ein sattes Gewicht.«

Gemeinsam schleppten sie diese durch den nächtlichen Garten. Niemand konnte sie dabei beobachten. Della Rocca, Alessandros Nachbar und noch Eigentümer des Klimt, war seit drei Wochen nicht mehr gesehen worden. Er war der Einzige, der von den Fenstern aus einen Blick in den gemeinsamen Garten werfen konnte. Aber er interessierte sich weder für den Garten noch für seinen restlichen Anteil des Palazzo oder seine bis auf wenige Gemälde zusammengeschrumpfte Kunstsammlung. Ihn interessierten lediglich die Rennbahnen. Alessandro hatte keine Ahnung, wo sich sein Freund und Nachbar gerade aufhielt. Und es war ihm auch herzlich egal.

Vor ungefähr einem Vierteljahr hatte Patrizia Marinelli della Rocca besucht, um sich den Klimt anzusehen. Bonaventura war natürlich dabei gewesen und hatte damals schon die Echtheit des Gemäldes bestätigt. Danach hatten die Marinelli und della Rocca einen Vertrag abgeschlossen, der die Versteigerung des Klimt-Gemäldes zum Gegenstand hatte. Alles war sauber abgelaufen. Jetzt musste nur noch Stade seinen Part erfüllen. Dann konnte Alessandro wieder ruhig schlafen und in seinen Mußestunden die Neuerwerbung betrachten, so oft und so lange er wollte. Die steile Treppe hinauf ins *Piano nobile* würde die letzte Hürde sein, dann würde die Klimakiste im Atelier auf dem Parkettboden liegen.

Bonaventura holte einen Schraubendreher, um die Klimakiste zu öffnen.

»Ich kann mich nicht lange aufhalten«, begann Hans Stade. »Die Kiste kannst du auch allein öffnen. Gib mir das Geld und den Canaletto und wir sind quitt.«

Langsam legte Alessandro den Schraubendreher auf den Zeichentisch. »Du glaubst doch nicht im Ernst, dass du jetzt einfach verschwinden kannst. Vertrauen ist gut, Kontrolle bekanntlich besser. So viel Zeit wirst du dir schon nehmen müssen. Wir packen den Klimt gemeinsam aus. Weshalb kommst du auch so spät und unangemeldet?« Er trat näher an Stade heran und betrachte die Jeans, die dieser wie immer trug. »Hast du heute mit Rostrot gemalt? Dieser Farbton kommt eigentlich in deiner Farbpalette nicht vor.« Argwöhnisch sah er dem Deutschen ins Gesicht. »Oder ist das da getrocknetes Blut auf deinem rechten Oberschenkel?«

»Kümmere dich um deinen Kram. Und beeil dich. Ich hab' nicht ewig Zeit.«

Alessandro griff wieder nach dem Schraubendreher, um die Arbeit fortzusetzen, als ihm Stade unwirsch das Werkzeug entriss. »Gib her. Du bist nicht der Schnellste.« Er bückte sich und begann, sich mit der Schraube an der linken oberen Ecke der Kiste zu beschäftigen. Dabei rutschte sein Sweatshirt hoch und gab Alessandro den Blick auf Rücken und Hosenbund frei.

Er pfiff leise durch die Zähne. »Seit wann kommst du bewaffnet zu mir? Was soll das?« Er trat einige Schritte zurück, als würde ihn die Entfernung schützen.

»Mach dir nicht ins Hemd, Sandro. Die Waffe gehört mir nicht. Ich hab' sie nur in Verwahrung genommen.«

»Hältst du mich für blöd? Warum brauchst du eine Waffe, Hans? Was ist los? Gibt es Ärger?«

»Ja, es gibt gleich Ärger, wenn du nicht aufhörst, dämliche Fragen zu stellen. Halt jetzt deinen Mund oder ich lass dich mit dieser verdammten Kiste allein.« Der Ton seiner Stimme war eine Spur höher als sonst. Verbissen arbeitete er weiter, löste schließlich die letzte Schraube und hob den Kistendeckel hoch. Ein weiches, dickes Vlies umhüllte das Gemälde. Unwirsch zog er den Stoff vom Rahmen. Darunter kam endlich *Malcesine am Gardasee* zum Vorschein. Alessandro trat wieder heran und hob das Bild hoch. Eingehend betrachtete er es und drehte es schließlich um. Die Plakette der einzigen Ausstellung, die das Bild Ende der 20er-Jahre des 20. Jahrhunderts erlebt hatte, klebte am unteren, rechten Rand. Stade hatte Wort gehalten und ihm den echten Klimt gebracht. Dieses Mal hatte Bonaventura befürchtet, dass der Deutsche versuchen würde, ihn über den Tisch zu ziehen. Auch wenn Stade mehrmals beteuert hatte, dass er an anderen Originalen als seinen eigenen kein Interesse habe.

»Ich bin Künstler, Sandro, mit meinem ganz eigenen Anspruch, Stil und Selbstverständnis. Du profitierst von meiner Begabung, andere Künstler täuschend echt fälschen zu können. Diese Begabung bringt mir das nötige Geld ein, um das malen und schaffen zu können, was mir wichtig ist. Ich lebe gut von deinen Aufträgen. Glaub's mir einfach.« Erst kürzlich hatten sie erneut diesen Diskurs geführt.

So einfach glauben wollte Alessandro dem Deutschen nie. Doch nun hatte er den Klimt in Händen. Das Gemälde würde seine Sammlung krönen. Ob er jemals noch ein weiteres Original über Stade erwerben wollte oder konnte, wusste er nicht. Die Gefahr, entdeckt zu werden, wurde mit jeder Fälschung von Stade größer. Doch im Moment war Alessandro einfach nur glücklich. Vielleicht sollte er endlich Ruhe geben und zufrieden sein.

Geradezu ehrfürchtig trug er den Klimt zu einer Stehleuchte und wollte gerade das Licht anknipsen, als ihn Hans mit dem Ausruf: »Tu das ja nicht!«, stoppte. »Kein weiteres Licht, verstanden? Willst du alle Welt darüber informieren, dass du Besuch hast?«

Alessandro drehte sich zu ihm um und sah die Mündung der Pistole direkt auf seinen Kopf gerichtet. Vorsichtig senkte er das

Bild und lehnte es an der Wand an. Hatte er Stade doch falsch eingeschätzt? Hätte er die Gunst der Stunde nutzen und dem Deutschen die Lichter ausblasen sollen, als er sich mit ihm in dessen Atelier lediglich geprügelt hatte? Doch wer hätte ihm dann den Klimt beschafft? Aus der Freude und Euphorie, die ihm noch vor wenigen Augenblicken durch die Adern pulsiert waren, war tödliche Kälte geworden.

»Was ist denn in dich gefahren, Hans?« Betont ruhig und mit normaler Lautstärke sprach er den Kunstmaler an. Um nichts in der Welt würde er auf den Klimt verzichten. Er musste die Situation entschärfen. »Nimmst du mir den Kinnhaken immer noch übel? Du warst ja selbst schuld. Ich wollte nur eine Antwort von dir ...«

»Halt dein blödes Maul, Sandro. Wo ist das Geld? Halt mich nicht weiter hin!«

»Wir sind seit Jahren Geschäftspartner. Warum bedrohst du mich heute mit einer Waffe? Du bekommst dein Geld und auch den Canaletto. Wo ist das Problem?«

»Hör doch endlich mit deiner Fragerei auf, Sandro.« Flehentlich fast klang seine Stimme. Bonaventura meinte herauszuhören, wie Stade um Haltung kämpfte. »Ich muss so rasch wie möglich verschwinden«, fuhr der Deutsche fort. »Ob ich jemals nach Torri del Benaco zurückkehren kann, weiß ich noch nicht. Im Moment wartet dort die Polizei auf mich. Und auf dich ebenso, wenn ich das Fahrzeug vor deiner Tür richtig einschätze.«

»Sind wir aufgeflogen? Hat die Marinelli kalte Füße bekommen und uns noch vor der Auktion bei der Polizei hingehängt? Mach den Mund auf, Hans. Muss ich verschwinden?«

Hans Stade schüttelte den Kopf. »Nein, wir sind nicht aufgeflogen. Die Auktion morgen wird so wie immer ablaufen. Aber es hat heute Nachmittag in meinem Atelier einen Zwischenfall gegeben. Mehr will ich nicht sagen. Was du nicht weißt, kannst du bei der Polizei auch nicht ausplaudern. Also gib mir das Geld, wie besprochen, und den Canaletto mit der Vedute von Venedig und dann *ciao*. Das war's mit uns. Und du kannst dich nicht beschweren. Wenn ich mich hier so umschaue, hast du eine schöne Bildergalerie zusammenbekommen.« Er streckte ihm die offene, linke Hand hin. In seiner Rechten hielt er zitternd die Waffe.

Alessandro hob beide Arme. »Ich gehe jetzt an meinen Schreibtisch im Arbeitszimmer und hole den Umschlag. Komm mit! Auf dem Weg dorthin kannst du dir den Canaletto von der Wand holen. Du weißt ja, wo er hängt.«

44

Freitag, 14.09.2018

Malcesine, 8.00 Uhr

Das Gewitter des Vortags hatte die sommerliche Schwüle vertrieben. Der Gardasee präsentierte sich herbstlich tiefblau, mit sachtem, in der strahlenden Sonne aufblitzendem Wellenschlag. Ein frischer Wind wehte bis hinein in den kleinen Garten des *Palazzo dei Capitani*. Die klare Luft ließ eine brillante Sicht bis hinauf nach Riva zu und die Berggipfel des gegenüberliegenden Ufers schienen zum Greifen nah, der Himmel wölbte sich wolkenlos darüber. Es war ein Bilderbuchtag, wie er nicht schöner hätte sein können. Antonio fröstelte in seinem dunkelblauen Sommeranzug. Die Umfassungsmauer des Palazzo wies zum See hin eine Lücke auf. Dort befand sich die Anlegestelle für Boote und eine bemooste Treppe, deren letzte Stufen im Wasser verschwanden. Übernächtigt stand Antonio im Durchzug der Mauerlücke und beobachtete die Spediteure, wie sie die Klimakisten mit den Gemälden von einer in die Jahre gekommenen Motorjacht abluden.

Neben ihm lehnte Georg Breitwieser an der Umfassungsmauer, die den Garten umgab, und schaute verfroren auf den See hinaus. Er hatte die Arme vor der Brust verschränkt. Doch der Wind drang durch das dünne, weiße Hemd, und das schwarze Leinenjackett darüber wärmte nicht wirklich. Georg war es verdammt kalt und er dachte grimmig, dass nach einem Wetterumschwung auch in Italien nicht ewig sommerliche Hitze herrschte. Fast beneidete er den römischen Ermittler, der kerzengerade neben Antonio stand und sehr genau auf den Entladungsvorgang blickte. Er trug wie so oft einen anthrazitfarbigen Anzug aus leichter Schurwolle mit dezentem Streifenmuster. Ihm schien die kühle Luft nach dem Unwetter des Vorabends nichts anhaben zu können. Gemeinsam standen sie am Anleger des Palazzo und beobachteten aufmerksam vier kräftige Männer, die insgesamt fünf Gemälde von der Jacht luden. Sie hoben die Last über die moosig glitschigen Stufen, trugen die Klimakisten durch den Garten und schließlich durch die offene Rundbogentür in die Eingangshalle des Palazzo. Vom Auktionshaus war bisher niemand eingetroffen, um die Ankunft der Spediteure zu beaufsichtigen.

Antonios Beunruhigung wuchs. Zum wiederholten Male fragte er sich, ob Patrizia Marinelli überhaupt auftauchen würde. Er folgte den Männern der Spedition, die begannen, die schweren Kunststoffkisten über die schmale, steile Treppe in den ersten Stock hochzuwuchten. Oben angelangt, trafen sie auf eine junge Dame, die die *Comune di Malcesine* geschickt und die die Türen des Palazzo kurz vor acht Uhr morgens geöffnet hatte. Sie kontrollierte sehr genau, ob die Männer vorsichtig waren und die Wandbemalung oder den Terrazzoboden mit den sperrigen Gegenständen nicht beschädigten. Der Palazzo aus dem 13. Jahrhundert galt als Juwel unter den antiken Gebäuden rund um den Gardasee und wurde während der Sommermonate für vielfältigste Veranstaltungen genutzt, die man für die Touristen organisierte. Die Anlage ging, wie so viele andere rund um den *Lago*, auf das Geschlecht der Scaliger zurück. Der große Saal des *Piano nobile*, seine Ausgestaltung mit Fresken, die bemalte Holzdecke und der bunte Terrazzoboden stammten allerdings von den nachfolgenden Eigentümern, dem Adelsgeschlecht der Miniscalchi, die ab dem 16. Jahrhundert Hausherren des Gebäudes waren.

Antonio verschaffte sich einen Überblick über den Prunksaal, den seine Leute kontrollieren mussten. Er war für die Auktion locker mit Stuhlreihen bestückt worden. Zwei Blöcke zu je fünf Reihen mit jeweils fünf Plätzen waren aufgestellt worden, getrennt durch einen breiten Mittelgang, den die Träger nun mit einer der Klimakisten entlangschritten. Im vorderen Bereich des Saals hatte man in der rechten Ecke ein großes Auktionspult aufgebaut und mit einer Mikrofonanlage ausgestattet. Dort würde Patrizia Marinelli stehen, wenn sie denn erschien, um die Versteigerung durchzuführen. Die venezianischen Fenster im gotischen Stil ließen das glasklare Licht herein. Vor ihnen befand sich ein langer Tisch, drapiert mit einem goldfarbigen Tuch aus Kunstdamast und mit zwei kleineren Blumenbouquets geschmückt. Die Tafel bot Platz für sechs Personen, die den Verlauf der Auktion beobachten und die Gebote notieren würden. Gegen elf Uhr mittags würde der Saal vermutlich weitgehend im Dunkeln liegen. Nur ein Lüster aus Schmiedeeisen, mit Kugelleuchten versehen, erhellte den großen Raum.

Vom Prunksaal gingen rechts und links Nebenräume ab. Auf der rechten Seite befand sich ein geräumiges Kaminzimmer, in dem die Männer die Gemäldekisten abstellten. Antonio stand an der Wand und beobachtete die Männer der Spedition. Georg und Michele hatten sich zu ihm gesellt. Als die letzte und größte Kiste, der ihr Hauptinteresse galt, endlich auch im Kaminzimmer eingetroffen war, wischten sich die vier Träger den Schweiß von der Stirn. Ihnen war sicherlich nicht kalt, ging es Antonio unpassend durch den Kopf. Er trat auf einen der Männer zu, hielt ihm seinen Dienstausweis hin und sagte: »*Piacere*, Fontanaro. Ich bin Commissario Capo von der Mordkommission Verona und werde von einem Tenente aus Rom und einem Commissario aus *Baviera* begleitet.«

Die Männer sahen alarmiert von einem zu anderen. Schließlich ergriff einer von ihnen das Wort. »Weshalb ist die Mordkommission hier? Was haben wir mit einem Mord zu tun?«

»Ich bin mir sicher, dass Sie nichts mit unseren Kriminalfällen zu tun haben«, sagte Antonio sehr überzeugend, obwohl der Begriff *Kriminalfall* nicht nur die Morde umfasste. Inwieweit die Männer mit der Fälschung zu tun hatten, die Antonio und seine Kollegen unterstellten, würde er versuchen zu klären.

»Wer hat Sie denn mit dem Transport der Klimakisten beauftragt?«

»Keine Ahnung, da müssen Sie unseren Chef fragen.«

»Haben Sie einen Namen und eine Telefonnummer für mich?«

Der Mann zog eine Visitenkarte aus seiner Arbeitshose und reichte sie Antonio.

»Haben Sie schon öfter für das Auktionshaus *Colombo* gearbeitet?«

»Keine Ahnung. Ehrlich! Wir führen täglich Kunsttransporte durch. Wir verpacken täglich irgendwelche Gemälde in Klimakisten. Wir wissen nicht, von wem die Werke sind, was sie wert sind, warum wir sie irgendwohin fahren sollen. Das ist uns auch alles gleichgültig. Die Fahrt heute und schon am Montagnachmittag mit einer Motorjacht war für uns allerdings etwas völlig Neues. Für die Gemälde ist das ziemlich gefährlich. So hervorragend die Klimakisten auch abgedichtet sind, gegen die Feuchtigkeit auf dem See sind sie nicht sicher. Da dringt was durch. Das können wir gar nicht verhindern. Dabei sollen Gemälde möglichst immer in der gleichen Lufttemperatur und Luftfeuchtigkeit aufbewahrt werden.« Er drehte sich im Raum um und vollführte eine ausgreifende Armbewegung. »Auch das Zimmer hier ist für die Gemälde völlig ungeeignet. Zu feucht, zu kühl.« Ernst sah er Antonio an. »Die Spedition kommt für keinerlei Schäden auf, die vielleicht durch diesen unsachgemäß in Auftrag gegebenen Transport entstanden sind. Das möchte ich mal festhalten.«

»Da haben Sie völlig recht«, bekräftigte Vivani. »Wir werden die Kisten heute noch öffnen, damit sich die Gemälde ein wenig an die neue Umgebung anpassen können. Normalerweise braucht man dafür ein oder besser noch zwei Tage, Hoffen wir, dass keine Schäden entstanden sind.« Einen Moment zögerte er, dann fragte er: »Haben Sie die Gemälde am Montagabend auch wieder abgeholt?«

»Nein, da war eine andere Gruppe von uns tätig, nehme ich jedenfalls an.« Und dann fügte er noch hinzu: »Wir sind dann hier fertig.«

»Sollen Sie die Gemälde heute Nachmittag wieder abholen?«, wollte nun Antonio wissen.

»Keine Ahnung! Wir erfahren erst mittags, welche Fuhren wir den Rest des Tags übernehmen sollen.«

Entweder spielte er nur den Dummen oder er und seine Begleiter wussten wirklich nicht, wer den Auftrag für diesen Transport gegeben hatte. Antonio verabschiedete die Männer und rief die Nummer auf der Visitenkarte an. Ein Mario Stanic meldete sich.

Fontanaro stellte sich vor und fragte den Spediteur nach dem Auftraggeber.

»Das war ein Deutscher. Warten Sie.« Stanic schob hörbar Papiere beiseite oder übereinander. »Stade, Hans Stade.«

»Haben Sie schon öfter für Signor Stade gearbeitet?«

»Ja, wir haben seine Gemälde schon durch halb Europa transportiert. Aber per Schiff haben wir noch nie geliefert. Doch es waren ja nur fünf Gemälde. Der große Rest ging per LKW nach Frankfurt.«

»Nach Frankfurt?«

Vivani, der neben Antonio stand, runzelte die Stirn. Offenbar hatte er diese Destination nicht erwartet. Antonio stellte sein Telefon auf laut.

»Lieferung direkt zum Frankfurter *aeroporto*. So lautete der weitere Frachtauftrag.«

»Sind Sie sicher? Zum Flughafen?«

Nun schüttelte Vivani den Kopf und seine Miene verdüsterte sich. Ganz offensichtlich gefiel ihm die Antwort nicht.

»*Certo, aeroporto!*«, bekräftigte Stanic.

»Von wie vielen Gemälden reden wir denn da?«

»Auch das kann ich Ihnen sagen.« Die Stimme des Spediteurs verriet Ungeduld. »Fünfzehn sehr großformatige Werke haben wir in Spezialkisten verpackt und acht kleinere.«

Antonios Gedanken rotierten. Stade brachte seine Werke außer Landes. Soviel war klar. »Wissen Sie, wohin die Reise ab Flughafen Frankfurt gehen sollte? Wohin will Stade seine Kunstwerke transportieren lassen?«

»Das interessierte mich nicht. War nicht mein Auftrag«, gab Stanic unwirsch Auskunft. Mit der Geduld des Spediteurs war es vorbei.

»Wann hat Ihnen der Deutsche den Auftrag erteilt?«

»Das ist schon ein paar Wochen her. Warten Sie!« Stanic kramte wieder hörbar in seinen Papieren herum und sagte dann: »Ziemlich genau vor drei Wochen, am 25. Juli. Sonst noch was?«

»Ja, eine letzte Frage habe ich noch. Wann haben Sie die Gemälde von Hans Stade per LKW nach Frankfurt gebracht?«

»Wir haben das Frachtgut am Montagabend in Klimakisten verpackt und am Dienstagmorgen um 6 Uhr früh in den LKW geladen. Sagen Sie mal, warum wollen Sie das denn alles wissen?«

»*Mille grazie,* Sie haben mir sehr geholfen.« Antonio verabschiedete sich und sah seine Kollegen bedeutungsvoll an: »Stade hat seinen Abgang von langer Hand geplant. Die Ereignisse gestern in seinem Haus haben ihn vermutlich veranlasst, sofort seinen Bildern zu folgen. Wohin auch immer.« Er strich sich die Haare aus der Stirn und rieb mit den Fingern über die Haut. Dann fragte er Vivani: »Dottore, was bedeutet die Fracht nach Frankfurt?«

»Meinen Recherchen zufolge«, begann Michele Vivani, »soll es in der Hamburger Kunsthalle ab November eine große Retrospektive für Hans Stade geben. Für den ›verdienten Maler der Stadt‹, wie es dort heißt. Eigentlich müssten seine Gemälde sehr rasch dorthin transportiert werden, damit die Ausstellung pünktlich eröffnet werden kann. Dass die Gemälde zum Flughafen Frankfurt gebracht wurden, ergibt deshalb für mich keinen Sinn.« Wobei sich Michele außerdem fragte, ob Stade wirklich Hamburger war, oder ob ›Stade‹ als Pseudonym oder schlicht als falscher Name dazu diente, ihn im Zweifel wieder in seine alte Identität schlüpfen zu lassen und zu verschwinden. Auf einer Passagierliste würden sie ihn nicht finden, so das mögliche Kalkül des Fälschers. Einen gültigen Pass, der auf Gerhard Bode ausgestellt war, besaß er vermutlich ebenfalls. Er konnte ja nicht wissen, dass sein Pseudonym inzwischen aufgeflogen war. Die Rückmeldung von Ermittlungsrichterin Schaller stand noch aus. Aber das würde sich bald klären.

»Was tun wir, wenn er zusammen mit seinen Gemälden über den großen Teich verschwindet?« Der Neapolitaner setzte seinen Gedankengang in unerfreuliche Regionen fort.

»Dann schauen wir in die Röhre.« Antonio schlug frustriert mit der Hand an die Mauer.

»*Signore, prego!*« Die Dame von der *Comune di Malcesine* rief Fontanaro zur Ordnung.

»Ich brauch' frische Luft.« Antonio drehte sich um und verließ das Kaminzimmer.

»Davon hat es heute reichlich«, bemerkte Georg trocken.

Antonio und seine Begleiter gingen die Treppen hinunter ins Erdgeschoss und dann durch eine Flügeltür hinaus in den Garten. An der Hausmauer, schattig und immer noch ziemlich kühl, war eine Sitzbank aufgestellt. Dort ließen sich die Kommissare zusammen nieder. Ratlos sahen sie einander an. Sie waren noch allein auf weiter Flur. Niemand von den Gästen oder vom Auktionshaus war zwischenzeitlich eingetroffen. Sie konnten in Ruhe rätseln. Seit Tagen taten sie nichts anderes. Und Fontanaro brachte die Situation auf den Punkt.

»Fassen wir zusammen: Wir haben eine flüchtige Auktionatorin, die eventuell mit mindestens einem Mord und vielleicht auch mit einer Kunstfälschung im Zusammenhang steht. Wir haben einen flüchtigen und mutmaßlichen Mörder und Kunstfälscher, dessen Aufenthaltsort uns völlig unbekannt ist. Wir haben einen Giftmord, den wir bisher keiner oder keinem unserer Verdächtigen mit Sicherheit nachweisen können.«

»Naja«, warf Georg ein, »zumindest haben wir bei Patrizia Marinelli das Gift entdeckt, das Monika Bacher zum Verhängnis wurde.«

»Mir ist dieser Fund zu offensichtlich«, entgegnete Antonio postwendend und führte weiter aus: »Und wir haben einen dubiosen Ehemann, Anwalt und Opfer einer Schlägerei, dessen Absichten uns ebenfalls nicht bekannt sind. Was Stade mit seinen Gemälden vorhat, wissen wir auch nicht. Ganz sicher werden sie demnächst ausgeflogen. Aber wohin? Drei hochkarätige Ermittler haben nichts in der Hand, was sich auch nur annähernd als Erfolg oder gesicherte Ergebnisse darstellen ließe. Ich bin sehr gespannt, was uns Dottor Vincenzo Mauro demnächst erzählen wird.«

»Das kann ich Ihnen genau sagen.« Der Staatsanwalt stand urplötzlich und völlig unerwartet in der offenen Tür des Palazzo. Von dort hatte man durch die Maueröffnung des Anlegers einen wunderbaren Blick auf den See und die Gebirgskette am gegenüberliegenden Ufer. Hier stand er mit offenem Trenchcoat, die Hände in den Taschen vergraben, und genoss für einen Moment die Aussicht. Er verließ den Aussichtspunkt und baute sich vor der Sitzbank auf, die die Ermittler in Beschlag genommen hatten.

»Sollte dieser Tag ohne nennenswerte Ergebnisse zu Ende gehen«, sein Blick fiel eindeutig auf Antonio Fontanaro, »wird Ihre Nachlässigkeit ein Nachspiel haben, Commissario. Ich mache Sie persönlich dafür verantwortlich, wenn wir die beiden Flüchtenden, die ganz offensichtlich unsere Täter in der Mordserie sind ...«

Fontanaro schluckte und ärgerte sich gleichzeitig, weil Mauro natürlich gleich wieder übertreiben und von einer Mordserie sprechen musste.

»... nicht zu fassen bekommen. Sie haben meine Anweisung, sofort die Verfolgung aufzunehmen und nach den Flüchtenden zu fahnden, ignoriert und einfach nichts getan. Das zieht ein disziplinarisches Verfahren nach sich. Damit wir uns da richtig verstehen, Commissario.«

Als Michele Vivani zu einer Entgegnung ansetzte, fuhr ihm Mauro über den Mund. »Sie haben den Kollegen schon einmal verteidigt. Belassen Sie es dabei, wenn Sie nicht auch noch in diesen Skandal mit hineingezogen werden wollen.«

45

Malcesine, 10.30 Uhr

Gut zwei Stunden später hatte sich die Szenerie entscheidend verändert. Der *Palazzo dei Capitani* füllte sich zusehends mit gut gekleideten Leuten, die aufgeregt miteinander plauderten. Es ging bei den Gesprächen ausschließlich um das Gemälde von Gustav Klimt und um die Vermutungen, welchen Preis *Malcesine am Gardasee* wohl erzielen würde. Antonio Fontanaro und Georg Breitwieser hatten sich unter das illustre Publikum gemischt und sperrten Augen und Ohren auf. Auch der Staatsanwalt verstand sich auf *Smalltalk* und genoss das Bad in der Menge. Diese Art von Aufmerksamkeit, die ihm natürlich nach Nennung seiner Profession, geschenkt wurde, war genau nach seinem Geschmack. Fontanaro war froh, dass Mauro beschäftigt war und er nicht mehr auf ihm und den Kollegen herumhackte. Interessanterweise war Michele Vivani plötzlich verschwunden. Antonio wollte darüber allerdings nicht lange nachdenken. Der Ermittler aus Rom würde schon wieder auftauchen.

Die Mitarbeiterin von Patrizia Marinelli kümmerte sich inzwischen um die Vorbereitung der Auktion. Wie ein aufgescheuchtes Huhn huschte sie zwischen den Gästen hin und her, führte kurze Gespräche, um die Geladenen bei Laune zu halten. Sekt wurde gereicht. Häppchen serviert. Die Stimmung war bestens.

Die Tür zum Kaminzimmer, wo sich das begehrte Kunstwerk befand, war geschlossen. Weiteres Personal des Auktionshauses hatte sich dorthin zurückgezogen und kümmerte sich um die letzten Vorbereitungen. Antonio Fontanaro ließ die junge Mitarbeiterin keinen Augenblick aus den Augen und nahm sie schließlich beiseite.

»Signorina, eine Frage«, begann er vorsichtig. »haben Sie heute schon mit Ihrer Chefin gesprochen oder sie vielleicht sogar gesehen?«

»Wir haben telefoniert, ja.« Unruhig sah sie hinter sich und auf die Tür, die ins Treppenhaus führte. Genau durch diese Tür müsste jeden Augenblick die Marinelli kommen.

»Gibt es Probleme?«, hakte Antonio sofort nach.

»Nein, nein, wie kommen Sie darauf?«

»Sie wirken verunsichert, wenn Sie mir diese Bemerkung erlauben.«

In die blassen Wangen der Frau mischte sich ein rötlicher Ton. Mit der Hand strich sie verlegen eine Locke aus der Stirn.

»Kann ich Ihnen irgendwie helfen?«

»Nein, nein«, wiederholte sie, »ich habe nur noch viel zu tun. Sie entschuldigen mich.« Abrupt wandte sie sich ab und verschwand im Kaminzimmer.

»Commissario!« Ispettrice Lavinia Strano stand unvermittelt vor ihm. Sie sah sensationell aus. Für ihren Auftrag, den Platz neben Kenneth O'Connor einzunehmen, hatte sie ein Chiffonkleid gewählt. Der mintfarbige, duftige Stoff wies ein grafisches Rautenmuster auf, das aus goldenen und dunkelblauen Fäden gewirkt war und an Kleider aus dem Art Déco erinnerte. Gerade und locker umspielte der Stoff ihre schlanke Figur. Stilsicherer hätte sie sich nicht anziehen können.

»*Complimenti*, Lavinia, du siehst großartig aus. Da müssen wir aufpassen, dass Kenneth O'Connor nicht zu steigern vergisst, wenn du neben ihm sitzt. Er wird seine Gedanken ganz woanders haben.«

Lavinia Strano lachte und freute sich, dass ihr Auftritt gelungen war. »Hast du O'Connor schon gesehen?«

»Nein, aber für ihn und weitere VIPs sind in der ersten Reihe Plätze reserviert. Ich habe dafür gesorgt, dass du neben ihm einen Platz bekommst. Er lässt sich sicher Zeit.«

»Was, denkst du, passiert?«

»Keine Ahnung. Irgendwie rechne ich mit einem Streit zwischen den Bietern. Die Stimmung ist aufgeladen. Das merkt man auch hier im Saal. Ich will keine Verletzten oder Schlimmeres riskieren.«

»Ich bin unbewaffnet. Das ist dir schon klar?«

Antonio nickte. So hatten sie es auch besprochen. Zudem ließ das Kleid kein Holster zu. Er würde ein Auge auf die Ispettrice haben.

»Lass uns zur Kollegin an der Eingangstür gehen. Ich habe noch letzte Anweisungen zu geben.« Fontanaro ließ Georg zurück und verschwand mit ihr in der Menge der Besucher.

Georgs Blick folgte den beiden. Auch ihm gefiel die junge Ispettrice. Er hatte ihre Arbeit schätzen gelernt und beneidete Antonio insgeheim für seine fähige Mitarbeiterin. Seinem Oberinspektor Huber, der sich zurzeit in den Ferien im Schwarzwald befand, hätte mehr Pep und Elan nicht geschadet.

»*Buongiorno*, Signor Breitwieser.«

Eine ihm wohlbekannte weibliche Stimme ließ Georg herumfahren. Vor ihm stand lächelnd Ermittlungsrichterin Schaller und hielt ihm die Hand zur Begrüßung hin. »Überrascht?« Sie schmunzelte.

»Allerdings.« Georg wusste gar nicht, was er sagen sollte. Mühsam hielt er die Frage zurück, was sie hier wollte und wie sie es geschafft hatte, so kurzfristig anzureisen. Hatte Kriminaloberrat Pfaffenrieder seine Finger im Spiel? Dachte der alte Haudegen, Georg brauche Unterstützung? Neben ihr stand Michele Vivani. War er der Ursprung dieses Überraschungsauftritts?

»Ich habe mir Urlaub genommen«, beantwortete Dorothea Schaller seine nicht gestellten Fragen. So gut kannte sie ihn offenbar inzwischen. »Der Gardasee ist doch eine Reise wert. Und unser Fall hat es in sich und ist spannend wie selten einer. Da wollte ich doch beim Finale dabei sein.«

Von welchem Finale sprach sie? Für ihn war kein Ende in Sicht.

»Es ist sehr schön, Sie zu sehen.« Breitwieser, der wusste, was sich gehörte, hatte seine Fassung wiedererlangt, wenn er auch noch nicht einschätzen konnte, welche Rolle die Schaller bei den Ermittlungen spielen würde. »Und ja, Sie haben völlig recht, dieser Fall beschäftigt uns mehr als uns lieb ist. Mit einem Wort: Wir treten auf der Stelle.«

»Hm, ja, das habe ich gehört.«

Bevor Georg nachfragen konnte, mischte sich Vivani ein.

»Den Besuch der Dottoressa habe ich zu verantworten, Commissario. Wir haben gestern Abend noch telefoniert und ich habe um weitere Recherchen gebeten.«

Scharf sah Georg den durchaus ansprechenden Ermittler aus Rom an. Er telefonierte also mit der Schaller und brachte sie dazu, am sehr frühen Morgen ins Auto oder in den Zug zu steigen und nach Malcesine aufzubrechen. Weiter konnte er seinen Gedankengang nicht spinnen, denn Antonio war zurückgekehrt und begrüßte die Richterin sehr freudig. »Gibt es Neuigkeiten?«, fragte er.

»Vielleicht«, entgegnete sie vorsichtig, während Fontanaro seinem bayerischen Freund einen kleinen Rempler gab und flüsterte: »Gut gemacht, Giorgio. Ich hätte nicht gedacht, dass du auf meinen Vorschlag eingehen würdest.«

Bin ich auch nicht, dachte Breitwieser, hielt aber den Mund und betrachtete die Schaller mit wachsendem Interesse. Auch sie hatte sich in Schale geworfen, trug einen ihrer perfekt auf Figur geschnittenen, dunkelblauen Hosenanzüge.

»Gibt es einen Ort, an dem wir in Ruhe sprechen können?«

Fontanaro führte die Ermittler in den kleineren Raum auf der linken Seite des Prunksaales und schloss die Tür hinter ihnen. Dorothea Schaller zog aus ihrer großen, schwarzen Clutch ein Tablet und zeigte ihnen das Foto eines Mannes um die dreißig Jahre. Vivani pfiff leise durch die Zähne.

»Sie sind tatsächlich fündig geworden, Dottoressa. Gratulation.«

»Sie haben mir den richtigen Tipp gegeben, Dottore. Ihre Annahme, Gerhard Bode und Hans Stade könnten ein und dieselbe Person sein, ist vermutlich richtig. Der Name Bode taucht nach 2002 nicht mehr in der Kunstszene auf. Aber ein Jahr später, im Jahr 2003 habe ich einen Zeitungsartikel gefunden, der auf einen Künstler hinweist, der in der Kunsthalle Hamburg erfolgreich Kurse für Hobbymaler gibt und sie dazu ermuntert, Originale zu kopieren und so ihr Talent zum Malen auszuloten. Kopieren ist ein fester Bestandteil auch in der akademischen Ausbildung. Der Artikel lobt Hans Stade als hervorragenden Pädagogen und weist darauf hin, dass die Kunsthalle sehr glücklich ist, dessen Kunstkurse im Programm zu haben. Die Abbildung auf meinem Tablet zeigt Bode. Er wurde jedoch nicht in Hamburg geboren, sondern in Bremen. Aber die beiden Personen sind derselbe Jahrgang.«

Sie suchte nach einer anderen Datei und hatte sogleich ein weiteres Foto parat. Es zeigte, laut Bildunterschrift, den jungen Stade in einem Gerichtssaal. Seine Ähnlichkeit mit Bode war erkennbar, aber er hatte sich einen anderen Haarschnitt zugelegt. Die lange Mähne Bodes war einem Kurzhaarschnitt gewichen.

»Wurde er angeklagt?«, fragte Breitwieser.

»Nein, er trat als Zeuge und Gutachter auf.« Dorothea Schaller sah von einem zu anderen und der Schalk, der sich, wie Georg wieder einmal feststellte, in ihren Augenwinkeln zeigte, war für ihn nicht zu übersehen. »Stade wurde vom Gericht als Gutachter eingeladen, der Fälschungen aufdeckten sollte. Er bekam reichlich Aufträge und musste mehrmals gegen Malerkollegen aussagen. Und dann hat er offenbar irgendwann die Seiten gewechselt.«

»Man konnte ihm nie eine eigene Fälschertätigkeit nachweisen?«, wollte Fontanaro wissen.

»Nein, bisher nicht. Doch ich denke, Sie alle sind ganz nahe dran, ihn endlich zu überführen. Oder sehe ich das falsch?« Ihr Blick traf Michele Vivani, der die Schultern zuckte.

»Wir sind ziemlich sicher, dass Hans Stade auch als Fälscher tätig ist. Doch wir fürchten, dass er uns entwischt. Er hat sein Atelier geräumt und die Bilder sind zum Flughafen von Frankfurt transportiert worden. Noch kennen wir das Endziel nicht.«

»Nach unserem Gespräch und meinen Recherchen habe ich die Fahndung nach Stade international bei Interpol ausschreiben lassen. Ich denke nicht, dass er einfach in einen Flieger steigen und verschwinden kann. Ich bin sehr zuversichtlich, dass wir ihn in den nächsten Stunden, höchstens in ein oder zwei Tagen schnappen können.«

»Ihr Wort in Gottes Ohr!« Es war Antonio, der die Zweifel aller zum Ausdruck brachte. Die Herren konnten den Optimismus der Ermittlungsrichterin nicht teilen. Fontanaro sah auf die Uhr. »Wir sollten wieder in den Saal gehen. Es kann nicht mehr lange dauern, dann startet die Auktion.«

46

Malcesine, 10.55 Uhr

Winkend und nach allen Seiten mit dem Kopf grüßend schritt Patrizia Marinelli den Mittelgang des Prunksaals entlang, als beträte sie gleich als gefeierte Operndiva die Bühne, und steuerte doch nur das Auktionspult an. In ihrem Schlepptau folgte Alessandro Bonaventura. Der Auftritt der beiden war filmreif. Buchstäblich in letzter Minute tauchten sie auf. Antonio schüttelte ob der Dreistigkeit der Marinelli den Kopf. Sie hatte wirklich den Nerv, zu erscheinen, gleichzeitig war er natürlich erleichtert. So konnte er Mauro auflaufen lassen. Eines war sicher: Die Auktionatorin würde später von hier direkt zur Questura gefahren werden und bei einer ordentlichen Vernehmung Rede und Antwort stehen müssen.

Patrizia Marinelli trug Schwarz, wie immer: ein ärmelloses Etuikleid, kombiniert mit einer feuerroten, durchsichtigen Stola, die die Oberarme nur knapp bedeckte. Ihr Lippenstift folgte passend dem Signalrot und leuchtete aus einem bleichen, nur notdürftig mit Schminke und Rouge aufgepepptem Gesicht. Auf dem Kopf trug sie ein Wagenrad von Hut, auch dieser schwarz und mit einem roten Seidentuch ergänzt, der ihr auf der Rennbahn von Ascot zur Ehre gereicht hätte. Nachdem alle Gäste das Glanzstück gesehen hatten, hob sie es mit beiden Händen vom Kopf und platzierte es auf dem langen Tisch, an dem vier Frauen und zwei Herren Platz genommen hatten. Ihre langen, tizianroten Haare hatte Patrizia Marinelli im Nacken zu einem lockeren Knoten gebunden. Ihr Auftritt war top. Nichts an ihren Gesten verriet bislang, ob sie nervös war. Sie hatte sich gut im Griff.

Alessandro Bonaventura hatte sich an die linke Seite des Saals begeben. Auch er trug wie immer Schwarz. Lässig schob er die Hände in die Hosen eines Seidenanzugs und bauschte damit das Sakko über den Handrücken auf. Darunter schimmerte ein schwarzer Rollkragenpullover aus teurem Gewebe. Offenbar hatte auch ihn der Wetterwechsel kalt erwischt, dachte Antonio mit einer gewissen Genugtuung. Insgesamt hatten sich die Gäste überwiegend für dunkle, festliche Kleidung entschieden. Die Gesellschaft sah aus, als wäre sie zu einem Begräbnis geladen.

Bonaventuras Stimmung passte offensichtlich dazu. Seine Miene war grimmig, sein Gesicht unnatürlich bleich. Trotz seiner betont zur Schau gestellten Lässigkeit erschien er im Gegensatz zur Marinelli unruhig und sehr nervös. Seine dunklen Augen wanderten hektisch hin und her, als suche er nach einer bestimmten Person. Bonaventura wirkte, so empfand es Antonio in diesem Moment, auf unerklärliche Weise gefährlich. Weshalb war er hier? Einen Sitzplatz hatte man ihm jedenfalls nicht reserviert.

Fontanaro hatte sich an die Fersen des Gutachters geheftet und sich hinter ihn seitlich an die Wand des Prunksaals gestellt.

»Wie schön, dass Sie auch kommen konnten«, begrüßte er ihn.

Bonaventura drehte sich ruckartig zu ihm um. Ein mürrischer Blick traf Antonio, dann wandte sich der Gutachter wieder der Fensterfront zu.

Antonio meinte, er könnte die Nervosität des anderen riechen. Was trieb ihn um? Wollte er wissen, wer das begehrte Gemälde erwarb? Dazu hätte er an der Auktion nicht teilnehmen müssen. Sein Kontakt zur Auktionatorin hätte doch ausgereicht, um zu erfahren, wohin der Klimt ging. Wobei: Was wurde nun tatsächlich versteigert? Diese Frage beschäftigte Antonio mindestens so intensiv wie vermutlich den Mann vor ihm. Ein Original oder eine Fälschung? War es das, was Bonaventura mit eigenen Augen sehen wollte?

Georg Breitwieser hatte sich derweil am Ende des Mittelgangs postiert. Er sollte jede und jeden aufhalten, der vorzeitig den Saal verlassen wollte. Die Pforte zum Treppenhaus wurde von zwei uniformierten Kollegen bewacht. Die Ausgänge des *Palazzo dei Capitani* waren ebenfalls durch Polizisten gesichert. Georg sah immer wieder zu Dorothea Schaller, die sich auf Bitten von Vivani neben Ferdinand Hofer gesetzt hatte und offensichtlich in ein intensives Gespräch mit dem Österreicher verwickelt war. Ein typischer Süßholzraspler, dachte Georg verärgert. Er würde den Abgesandten der österreichischen Museen nicht aus den Augen lassen. Die Anwesenheit der Schaller erschwerte es ihm, die Verdächtigen im Blick zu behalten. Schließlich fühlte er sich besonders für ihre Sicherheit verantwortlich. Doch außer dummem Gerede – der Mann schien definitiv keinen »Aus«-Knopf zu haben, denn er redete beständig auf die Ermittlungsrichterin ein – hatte sie von dem Österreicher vermutlich nicht viel zu befürchten.

Antonio hatte von seinem Platz aus, hinter Bonaventura stehend, einen guten Blick über den ganzen Prunksaal. Lavinia Strano saß, wie vereinbart, neben Kenneth O'Connor. Unbewaffnet war sie als einzige der Kollegen einem gewissen Sicherheitsrisiko ausgesetzt. Zu ihrem Schutz hatte sich nicht weit von ihr entfernt neben den Stuhlreihen Ispettore Enrico Brandino aufgestellt. Antonio beobachtete amüsiert und beruhigt zugleich, dass der Ispettore seine Kollegin und ihren Sitznachbarn geradezu eifersüchtig fixierte. O'Connor brauchte sich keine Freiheiten herauszunehmen. Dann wäre Enrico zur Stelle.

Auch der Vice Capo war eingetroffen. Fausto Castillio hatte sich in seinen einzigen und damit besten schwarzen Anzug geworfen, den er normalerweise zu Beerdigungen trug, und stand neben der Tür zum Kaminzimmer. Von dort würden die Gemälde, die sogenannten Lose der Auktion, in wenigen Augenblicken in den Saal gebracht und den Gästen präsentiert werden.

Patrizia Marinelli probierte die Mikrofonanlage aus und begrüßte ihre Gäste. Ihre Stimme klang heiser, als hätte sie sich erkältet. Ihr Blick suchte den von Alessandro Bonaventura, der jedoch zu Boden schaute und so tat, als hätte er nichts bemerkt. Suchte sie Halt, Bestätigung, Unterstützung, fragte sich Antonio. Oder fühlte sie sich gar von ihrem Gutachter bedroht? Er konnte ihren Blick nicht deuten.

Von seinem Platz aus konnte Fontanaro auch die Abgesandten der großen Auktionshäuser aus London und New York gut sehen. Diese wurden auf höchstpersönlichen Wunsch von Vincenzo Mauro gezielt durch Kollegen in Zivil beobachtet.

Antonio hoffte, dass all diese Vorsichtsmaßnahmen ausreichten und sie niemanden übersehen hatten, der ein Problem darstellen könnte.

Die Tür des Kaminzimmers öffnete sich und zwei Frauen in dunkelblauen Kostümen schoben eine Staffelei auf Rollen an der Tischtafel vorbei und in die Ecke nahe des kleinen Nebenraums auf der linken Seite. Auktionatorin und Publikum hatten so freien Blick auf das Gemälde. Ein weißes Baumwolltuch war schützend darüber geworfen worden. Vorsichtig zogen die beiden Frauen an den unteren Ecken des Tuchs und entfernten es vom ersten Los, das zur Versteigerung aufgerufen wurde. Im Licht der Strahler sahen die Gäste ein hochformatiges Gemälde aus dem italienischen Barock.

»Bitte beachten Sie unser Los Nummer 1 der heutigen Auktion«, begann Patrizia Marinelli offiziell mit der Auktion. Ihre Stimme hatte an Sicherheit gewonnen. Versteigerungen durchzuführen war ihr eigentliches Metier. Da brachte sie die nötige Erfahrung mit, um einen gewissen Automatismus abzuspulen. »Wir zeigen eine *Assun-*

ta, eine Marienauferstehung. Entstanden um 1620 im Umkreis von Guido Reni. Wir beginnen mit einem Schätzwert von 25.000 Euro. Wer bietet mehr?«

Erste Hände mit Nummern hoben sich. Bei 65.000 Euro fiel der Hammer und eine Dame aus der zweiten Reihe rechts hatte sich das Bild gesichert. Die Lose zwei und drei wurden aufgerufen. Antonio hörte nur mit halbem Ohr hin. Seine Aufmerksamkeit galt den Gästen. Keine der bekannten Personen, die während der Ermittlungen in den Fokus geraten war, hatte bisher einen Finger gehoben, nichts ersteigert. Sie alle warteten auf den Klimt. Auch Bonaventura fuhr sich immer wieder durch die gewellten, von feinen Silberfäden durchzogenen Haare, zupfte an seinem Sakko herum und trat von einem Bein auf das andere. Seine Anspannung war nun nicht mehr zu übersehen. Er fieberte förmlich dem Los Nummer 5 entgegen. Und dann war es endlich soweit.

»Meine Damen und Herren«, begann Patrizia Marinelli mit veränderter Stimme. Eine Spur höher als zuvor kündigte sie die Sensation ihrer Auktion an. »Meine Mitarbeiterinnen und Mitarbeiter und ich freuen uns sehr, Ihnen ein Bild anbieten zu können, das von keinem Geringeren als Gustav Klimt während eines Sommeraufenthalts in Malcesine 1913 gemalt wurde. Lange für verbrannt und damit verloren gehalten, wurde es uns von einem Privatsammler eingereicht. Die *Casa d'Aste Colombo* hat den geschätzten Gutachter Alessandro Bonaventura um seine Expertise gebeten und so können wir Ihnen heute ein gesichertes Original von Gustav Klimt zum Kauf anbieten.«

Fontanaro sah Bonaventura ins Gesicht. Dieser starrte die Auktionatorin geradezu feindselig an und presste die Kiefer aufeinander. Was passte ihm nicht? Die Tür des Kaminzimmers öffnete sich und erneut wurde eine Staffelei von den beiden Frauen in den Saal und an den bekannten Platz geschoben. Wie zuvor ergriffen sie die unteren Ecken des Baumwolltuchs und zogen an. Zum Vorschein kam ein silberfarbiger Rahmen, der eine weißgrundierte Leinwand hielt. Alle Köpfe waren wie in Schockstarre auf die Leinwand gerichtet, bevor ein Tumult ausbrach. Die Gäste sprangen von ihren Stühlen auf, gestikulierten wild und brachten ihren Unmut zum Ausdruck.

»Frechheit«, »Unverschämtheit« waren noch die harmloseren Begriffe, die durcheinandergerufen wurden. Neben Fontanaro explodierte Bonaventura. Zornig brach es unvermittelt aus ihm heraus.

»*Questo schifoso maiale!*« Ungefiltert und deutlich hörbar schimpfte der Gutachter vor sich hin. »Dieses miese Schwein! Dieser Abschaum!«

»Wen meinen Sie konkret, Signore?«

Der Blick, der Antonio traf, war vernichtend. »Sehen Sie zu, dass Sie Stade finden. Er hat uns alle hier gelinkt. Das sehen Sie doch, oder etwa nicht? Was glauben Sie, was das für Signora Marinelli bedeutet? Die kann einpacken!«

»Sie sorgen sich tatsächlich um die Signora?«

Fontanaro wusste nicht, wie die beiden verbandelt waren. Sie traten gerne zusammen auf. Aber was hieß das schon. Er sah zum Pult und bekam erst jetzt mit, dass Breitwieser und Brandino einige zudringliche Gäste, die die Auktionatorin beschimpften und sie sogar an den Oberarmen packten, von ihr wegzerren mussten. Geistesgegenwärtig war Dorothea Schaller zu ihr geeilt und hielt sie von hinten fest, da die Marinelli einer Ohnmacht nahe schien. Uniformierte Kollegen erschienen auf der Bildfläche und nahmen zwei der Randalierer noch an Ort und Stelle fest.

»Sie sehen doch, was hier los ist.« Vorwurfsvoll deutete Bonaventura mit dem Arm Richtung Auktionspult. »Natürlich bin ich in Sorge um Patrizia Marinelli. Wenn Sie ihr nicht beistehen wollen, dann übernehme ich das eben.« Doch seine Schritte fielen eher zögerlich aus. Offenbar hatte er keine Lust, sich unter die aufgebrachte Menge zu mischen. Fontanaro jedenfalls würde ihm auf Schritt und Tritt folgen.

»Aber ich bin stinksauer auf Stade, der uns das alles eingebrockt hat.«

»Bis vor kurzem haben Sie uns noch erzählt, dass Sie Stade gar nicht kennen. Sie erinnern sich an unser Gespräch in der Questura?«

Böse musterte ihn der Gutachter, aber erwiderte nichts auf diesen Hinweis.

»Ich denke«, fuhr Antonio unbeeindruckt fort, »dass wir unser Gespräch auf der Questura fortführen. Ich möchte mehr über Ihre Beziehung zu Hans Stade erfahren.« Er winkte zwei Kollegen herbei. »Bitte nehmen Sie den Herrn nach Verona mit und bringen Sie ihn in eines unserer Vernehmungszimmer. Kann ein bisschen dauern, Signor Bonaventura, bis wir bei Ihnen sind.« Fontanaro überließ den schimpfenden Gutachter den beiden Polizisten und ging auf Michele Vivani zu, der zusammen mit Kenneth O'Connor im Mittelgang stand. Der Brite tobte. Das konnte Antonio an dessen Gesten und Mimik deutlich erkennen. Mit diesem Gefühl von Zorn und Ohnmacht war er nicht allein.

Fontanaro hielt Ausschau nach Lavinia Strano, die O'Connor im Auge behalten sollte. Doch die Kollegin stand nun ebenfalls bei Patrizia Marinelli und versuchte, sie zu beruhigen. Vivani würde allein mit dem Briten fertig werden. Deshalb wandte sich Fontanaro auch der Auktionatorin zu. Patrizia Marinellis Nerven gaben endgültig nach. Sie verlor die Fassung und brach in heftiges Schluchzen aus. Ihr Körper wurde regelrecht geschüttelt, dabei sagte sie immer wieder: »Ich bin geliefert. *Dio mio, sono rovinata.*«

»Beruhigen Sie sich, Signora! Es ist wahr, Sie können den Klimt nicht verkaufen, bekommen kein Aufgeld, aber das ist doch nicht das Ende der Welt.«

Entrüstet sah sie Fontanaro an. »Sie haben ja keine Ahnung, Commissario. Stade hat uns alle betrogen. Auch Sie, mit Verlaub. Aber das werden Sie schon noch begreifen.«

»Wollen Sie mir das nicht erklären? Wir müssen uns ohnehin noch mit Ihnen unterhalten, nachdem Sie gestern nicht wie aufgefordert in der Questura erschienen sind.« Er wandte sich an Lavinia. »Bitte nimm die Signora mit. Enrico soll euch begleiten und Petrelli soll ihre Hände und die von Bonaventura auf Schmauchspuren untersuchen. Vielleicht haben wir Glück.«

Dorothea Schaller sah ihn alarmiert an. »Gibt es Grund zu der Annahme ...?«

Doch Antonio unterbrach sie: »Reine Vorsichtsmaßnahme, Dottoressa.« Sie verstand und wünschte Patrizia Marinelli alles Gute.

»Wir kommen nach!«, schaltete sich Georg ein, der dicht hinter der Schaller stand und mit ihr kurz darauf den Prunksaal verließ.

Antonio fürchtete sich vor den kommenden Stunden. Ein Marathon von Verhören stand ihm und den Kollegen bevor. Eine Menge Lügen würden sie zu hören bekommen. Sein Blick wanderte durch den Saal, der sich langsam leerte.

Auch Ferdinand Hofer unterhielt sich aufgebracht mit einem anderen Gast. Die österreichischen Museen gingen ebenfalls leer aus. Und alle anderen Abgesandten von Auktionshäusern und Galerien, hochdotierte Kunstagenten, Sammler und Museumsleute, die sich heute den Kauf ihres Lebens vorgenommen hatten, ebenso. Fontanaro ging rasch auf Kenneth O'Connor und Michele Vivani zu.

»Kann Mister O'Connor zu diesem Debakel noch etwas von Bedeutung beitragen?«, wollte er von Vivani wissen, ganz so, als wäre der Brite nicht in Reichweite. Was würde der Scheich sagen, der fest mit dem Ankauf rechnete, ging es ihm durch den Kopf?

»O'Connor ist zwar stinksauer, dass er umsonst angereist ist. Aber er scheint auch in gewisser Weise erleichtert zu sein. Wo es keinen Klimt gibt, gibt es auch keinen gescheiterten Auftrag. Nun kann er seinem Auftraggeber glaubhaft versichern, dass er am negativen Ausgang der Auktion keine Schuld trägt.«

Das war eine interessante Sichtweise, gab Antonio zu. War es wirklich Stades Schuld, dass die Versteigerung des Klimt ausfiel? Oder wer hatte für die leere Leinwand gesorgt?

»War eigentlich Anwalt Mühldorfer anwesend? Hat ihn jemand gesehen?«, fragte Vivani.

»Ja, Commissario Breitwieser hat ihn gesehen und auch kurz gesprochen. Er hat ihn in die Questura vorgeladen«, antwortete Antonio.

»Dann hoffen wir, dass er auch erscheint.« Es war Mauro, der sich unversehens wieder angeschlichen und ungefragt eingeschaltet hatte. »Ein weiterer Verdächtiger sollte uns nicht abhandenkommen.«

Fontanaro maß ihn mit einem kühlen Blick. Wann würde dieser Mann endlich begreifen, dass er nicht immer das letzte Wort haben musste?

47

Verona, 14.00 Uhr

Nach einer kurzen Mittagspause saß Antonio Fontanaro mit Michele Vivani und Vincenzo Mauro im Vernehmungsraum. Einmal mehr hatte Signora Baldessarini die Ermittler zuvor mit *tramezzini* notdürftig versorgt. Als erstes wollte Fontanaro Patrizia Marinelli vernehmen. Lavinia Strano und Enrico Brandino, inzwischen wieder in Uniform, standen neben der Eingangstür und hielten Wache. Im Nebenraum, durch mehrere Kameras und eine Mikrofonanlage verbunden, verfolgten Georg Breitwieser, Dorothea Schaller und Fausto Castillio die Vernehmung.

Die Auktionatorin saß den Kommissaren ziemlich ramponiert gegenüber. Ihr vormals sorgsam zurechtgemachtes Gesicht wies nur noch wenige Spuren von Schminke und Lippenstift auf. Die Augen waren verquollen und gerötet. Ihr sonst so gut antrainiertes Selbstbewusstsein hatte sie verlassen und sie wirkte wie ein Häuflein Elend. Immer wieder sah sie auf und blickte Michele Vivani an. Plötzlich brach es aus ihr heraus.

»Sie kenne ich doch! Sie haben sich bei mir als Journalist ausgegeben und unverschämte Fragen gestellt.« Für einen kurzen Moment zeigte sie ihr rebellisches Wesen.

Vivani schenkte ihr ein nachsichtiges Lächeln. Dann sagte er freundlich: »Manchmal müssen wir zu unkonventionellen Mittel greifen, um der Wahrheit auf die Sprünge zu helfen.«

»*Incredibile.*« Leise kam das Wort über ihre Lippen. Unglaublich fand sie das Verhalten von Michele Vivani, aber ihre Empörung war nur von kurzer Dauer. Dann brach sie in sich zusammen. Sie beugte ihren Kopf nach vorne und verstummte.

Es schwiegen sich alle an. Nicht ohne Grund. Antonio wartete auf das Ergebnis von Petrelli. Er hatte Abdrücke von den Händen der Verdächtigen genommen und untersuchte diese auf Schmauchspuren in seinem Labor. Erst dann würde Fontanaro die Vernehmung beginnen. Mauro saß wie üblich in einer Ecke des Raums, etwas abseits der Kommissare, und hatte ein Tablet auf dem Schoß, auf dem er eifrig las. Seine Zeit war kostbar, wie er nicht müde wurde, Antonio zu verdeutlichen. Jede Minute musste tätig genutzt werden.

Es klopfte an der Tür. Silvano Petrelli reichte Lavinia Strano ein Papier und verschwand wieder. Die Ispettrice reichte es an Antonio weiter, der interessiert las. Das Ergebnis war eindeutig. Es gab keine Schmauchspuren. Sie waren mit der Untersuchung vermutlich zu spät. Das würde Mauro erneut auf den Plan rufen. Antonio drehte das Papier um, legte es vor sich auf den Tisch und begann unvermittelt mit dem Verhör.

»Signora Marinelli, es gibt einige Indizien, die Sie eindeutig in Verbindung mit zwei Tötungsdelikten bringen.«

Erschrocken riss Patrizia Marinelli die geröteten Augen auf. Sie öffnete den Mund, um zu widersprechen, doch Antonio ließ ihr dazu keine Zeit.

»Wir haben ein Fläschchen mit einem Extrakt von Maiglöckchen, versetzt mit Digitalis, im Badezimmer Ihrer Suite im *Hotel Excelsior* sichergestellt. Was sagen Sie dazu?«

»Was haben Sie? Ich habe keine Ahnung, wovon Sie sprechen.«

»Mit diesem Extrakt wurde Monika Bacher vergiftet. Wir wissen, dass Sie mit Signora Bacher Kontakt und Streit hatten. Die Deutsche wollte Ihre Auktion verhindern.«

»Sie bildete sich ein, mit einer einstweiligen Verfügung, die ihr ein Anwalt beschaffen würde, den Gang der Dinge aufhalten zu können. Ich habe versucht, ihr zu erklären, dass sie das vergessen kann. Dass sie in Italien niemals auf die Schnelle eine einstweilige Verfügung bekommt. Das ist ausgeschlossen.« Eine gewisse Sicherheit hatte die Marinelli wieder erfasst.

»Hat sie Ihnen den Namen des Anwalts genannt?«

»Allerdings. Sie meinte noch, dass mir der Name Michele Vivani bekannt sein müsste. Schließlich sei er einer der erfahrensten Ermittler der Kunstszene.« Patrizia Marinelli sah Vivani an. »Sie entschuldigen bitte, aber Ihr Name sagte mir zu diesem Zeitpunkt überhaupt nichts.«

»Was hat Ihnen Signora Bacher noch erzählt?«

»Was heißt erzählt? Sie hat mir gedroht. Sie würde sich am nächsten Mittag mit dem Anwalt in Verona in einem Café treffen und alles für die rechtlichen Maßnahmen in die Wege leiten. Es wäre anständiger von mir, wenn ich die Auktion aus freien Stücken abblasen würde. Was glaubte sie eigentlich? Ich bin kein Sozialinstitut. Was interessiert es mich, was die Nazis 1938 in Wien beschlagnahmt haben? Ich bin zu nichts verpflichtet. Ich muss mich weder um die Provenienz eines Kunstwerks, das ich zur Versteigerung eingesendet bekomme, kümmern, noch muss ich irgendwelche Restitutionsansprüche gewährleisten.« Patrizia Marinelli redete sich in Fahrt. »Sie drohte außerdem damit, mich in der Kunstwelt an den Pranger zu stellen, den Ruf meines Auktionshauses in den Medien zu schädigen. Ich wäre persönlich dafür verantwortlich, wenn der berechtigte Anspruch eines jüdischen Hinterbliebenen in den USA durch mein Verhalten hintertrieben würde.« Mit der flachen Hand schlug Patrizia Marinelli erbost auf die Tischplatte und schnappte hörbar nach Luft.

»Wenn ich Sie so reden höre, scheinen Sie ein glasklares Mordmotiv zu haben, Signora.« Breitweiser konnte sich nicht zurückhalten und schaltete sich über die Mikrofonanlage in das Verhör ein. Die Marinelli blickte irritiert um sich, fragte sich, woher die Stimme kam.

»Wem haben Sie von diesem Gespräch und überhaupt dem Besuch der Deutschen erzählt?«, wollte Vivani wissen und lenkte damit ihre Aufmerksamkeit zurück in den Vernehmungsraum.

Alarmiert sah ihn Patrizia Marinella an.

»Wem soll ich von dem Gespräch denn erzählt haben?«

»Das frage ich Sie!«

»Niemandem natürlich! Mit dieser Geschichte geht man nicht hausieren!«

»Das ist ungünstig für Sie, Signora.« Mitfühlend fast sah Vivani Patrizia Marinelli an, die unruhig auf dem harten Holzstuhl herumrutschte. Sie verschränkte ihre Hände fest ineinander, als suche sie Halt.

»Denn so kommen wir unserer Annahme, Sie könnten in zwei Tötungsdelikte verstrickt sein, einen bedeutenden Schritt näher.«

»*Che idiozia!* Ich habe niemanden umgebracht.«

»Wir müssen davon ausgehen, dass Sie Monika Bacher nach Malcesine gelockt haben, um sicher zu sein, dass sich die Anwältin nicht mit mir auf der *Piazza Brà* trifft. Und das Giftfläschchen, das wir im Bad Ihrer Suite sichergestellt haben, beweist, dass Sie es waren, die Monika Bacher mit einer tödlichen Spritze aus dem Weg geräumt hat.«

»Das glauben Sie doch nicht im Ernst.«

»Was ich glaube, Signora, spielt keine Rolle. Ich habe eine Reihe von Indizien, die gegen Sie sprechen.« Vivani sah die Auktionatorin ernst an.

»Außer«, schaltete sich jetzt Antonio Fontanaro wieder ein, »außer Sie erzählen uns, mit wem Sie über den Besuch von Monika Bacher gesprochen haben. Denn eigentlich glaube ich nicht, dass der Mord an der Deutschen auf Ihr Konto geht.«

Patrizia Marinelli senkte den Kopf und schaute in ihren Schoß. Sie rang mit sich. Als sie wieder hochsah, hatte sie eine Entscheidung getroffen. »Kurz nach dem Besuch von Signora Bacher«, begann sie zu berichten, »kam Alessandro Bonaventura vorbei. Ich war so aufgebracht über das Ansinnen der Anwältin, dass ich ihm alles brühwarm erzählte. Er meinte nur, ich solle mich nicht aufregen. Wir sprachen dann über andere Dinge. Was ging uns die Deutsche an.«

»Bonaventura hat Sie heute zur Auktion begleitet. Ist das immer so?«

»Nein. Wir haben uns zufällig vor dem Palazzo getroffen.«

Antonio zog nur zweifelnd die Stirn hoch, ließ diese Aussage aber unkommentiert. Stattdessen wollte er wissen: »Sie und Bonaventura kennen Hans Stade?«

Die Marinelli nickte nur und schwieg.

»In welchem Verhältnis stehen Sie zu Stade?«, wollte Michele Vivani wissen.

»Verhältnis? Das ist das falsche Wort.« Ärgerlich sah sie die Ermittler an. »Der Deutsche ist keine Sünde wert, falls Sie das im Kopf haben sollten.«

»Erklären Sie uns einfach Ihre Beziehung zu Stade.«

»Vor jeder Auktion ist es nötig, dass die eingereichten Kunstwerke einer Prüfung unterzogen werden. Nicht wenige haben Beschädigungen, die den Preis senken würden. Wann immer möglich, beauftrage ich Stade mit der Restaurierung der Gemälde.«

»Das heißt, Hans Stade hat die Originale dann für eine gewisse Zeit bei sich im Atelier.« Jetzt wurde Staatsanwalt Vincenzo Mauro hellhörig.

»So ist es, ja!«

»Wie lange braucht der Maler für die Restaurierung?«

»Das kommt auf die Beschädigung an und auf den Zeitraum, der bis zur Auktion zur Verfügung steht. Wir geben oft ein Motto für eine Auktion aus. So zum Beispiel für Bilder aus dem italienischen Barock oder Schmuck und Juwelen des Jugendstils. Wir bitten um Einsendungen zu den Themen bis kurz vor der Auktion. Wenn ein Bild zu knapp vor dem Auktionstermin eingereicht wird, kann Stade nicht mehr weiterhelfen.«

»Hans Stade hat den Klimt bei sich im Atelier gehabt?« Fast drohend kam diese Frage von Mauro. Es war ihm anzusehen, dass er die Wahrheit, die gleich über die Lippen von Patrizia Marinelli kommen würde, schon jetzt kaum für möglich hielt.

»Auch den Klimt«, bestätigte sie ohne zu zögern.

»Was war denn an dem Bild beschädigt?«, wollte Vivani wissen.

Antonio merkte dem Kollegen an, dass auch er mehr oder weniger fassungslos war.

»Ich kann das nicht endgültig feststellen«, erwiderte die Marinelli. »Da verlasse ich mich auf den Fachmann.«

»Wollen Sie damit andeuten, dass Sie den Klimt einfach so aus den Händen gegeben haben und Stade sich das Werk erst mal in Ruhe ansehen konnte?«

»Natürlich! Ich verstehe nicht, weshalb Sie das alle so verwundert«, entgegnete sie mit vollem Ernst, »... auch ein Modigliani, ein Cézanne, ein kleiner Matisse und andere Werke bekannter Maler sind durch Hans Stades Hände gegangen. Es hat nie Beanstandungen gegeben. Die Werke erzielten gute bis sehr gute Preise. Keiner meiner Kunden hat sich je beschwert.«

»Das glaube ich Ihnen gerne!«, entgegnete Vivani trocken. »Auf die Idee, Hans Stade könnte Ihnen Kopien oder Fälschungen der Meisterwerke untergeschoben haben, sind Sie nie gekommen?«

Patrizia Marinelli lachte kurz auf und sagte dann: »Sie haben eine blühende Phantasie. Stade hat keinerlei Interesse an den Werken anderer Künstler. Er selbst ist sehr erfolgreich.«

»Bonaventura und Stade sind auch miteinander bekannt? Ist das richtig?« Fontanaro wollte auf den nächsten Punkt kommen.

»Ja, die beiden kennen sich.«

»Wie Sie wissen, gab es ein weiteres Opfer. Sie wurden von einem unserer Ispettori dabei beobachtet, wie Sie und Stade gestern sehr überhastet dessen Villa in Torri del Benaco verlassen haben. Wir haben dort nachgesehen und die Leiche von Pierre Regnier entdeckt.

Und vor kurzem hat unsere Kriminaltechnik Schmauchspuren an Ihrer rechten Hand festgestellt. Was sagen Sie dazu?«

Überrascht blickte Michele Vivani zu Antonio Fontanaro. Er griff sich wortlos das Blatt Papier, das vor Fontanaro auf dem Tisch lag, las und legte es kommentarlos zurück. »Ja, was sagen Sie dazu, Signora?«, hakte er bei der Marinelli nach.

Die Auktionatorin fing zu zittern an. Krampfhaft hielt sie sich mit den Händen an der Tischkante fest. Doch sie konnte den Tremor, der sie erfasst hatte, nicht unter Kontrolle bringen. »Ich habe doch nur versucht, ihm die Waffe zu entwenden. Er hielt sie fest. Bedrohte Stade und mich. Er wollte unbedingt den Klimt haben. Hans und ich redeten auf den Franzosen ein. Der Klimt war längst nicht mehr im Atelier. Wir konnten ihm das Bild gar nicht aushändigen, selbst wenn wir gewollt hätten. Stade warf schließlich ein Arbeitsmesser nach ihm. Es verletzte ihn nicht, lenkte ihn aber ab und dann gab es ein Handgemenge. Stade und ich versuchten, ihm die Waffe aus der Hand zu schlagen. Ich drehte ihm das Handgelenk um, in der Hoffnung, er würde dann den Griff loslassen. Stattdessen löste sich ein Schuss und traf ihn in den Bauch. Er verblutete vor unseren Augen. Es ging unheimlich schnell.«

»Sie haben keine Hilfe geholt?«

Patrizia Marinelli schüttelte den Kopf. »Ich konnte überhaupt keinen klaren Gedanken fassen. Hans sagte, was zu tun war. Ich habe aufgewischt und er hat die Leiche weggebracht. Keine Ahnung, wohin.«

»Warum wollte Regnier die Auktion nicht abwarten?«

»Keine Ahnung. Er sagte immer wieder, dass er auf Nummer sicher gehen müsste, dass er den Klimt unter allen Umständen brauchte.«

»Hat er seinen Auftraggeber genannt?«

»Nein.«

48

Mantua, 16.00 Uhr

Nach der Vernehmung von Patrizia Marinelli hatten sich die Kommissare zusammen mit Vincenzo Mauro beraten. Nach ihren Aussagen lag die Vermutung nahe, dass Bonaventura hinter dem Mord an Monika Bacher stecken könnte. Für ihn wäre es ein Leichtes gewesen, das Giftfläschchen im Bad des *Hotel Excelsior* zu deponieren und die Tat der Marinelli in die Schuhe zu schieben. Doch ihnen fehlten die Beweise. Mauro war schließlich einverstanden, einen Durchsuchungsbeschluss von Ermittlungsrichter Gioberti zu beantragen. Eine Stunde später waren sie mit zwei Zivilstreifen auf dem Weg nach Mantua. Antonio, Georg, Bonaventura und ein Kollege fuhren zusammen. Ihnen folgten Vivani, Petrelli, die Schaller und ein weiterer Kollege der Kriminaltechnik. Vincenzo Mauro hatte sich mit Arbeitsüberlastung entschuldigt. Er hatte seinen Part erledigt. Das Ziel der Ermittler: der Palazzo des Gutachters.

Bonaventura hatte sich bitter beschwert, als ihm klar wurde, dass seine Wohnräume durchsucht werden sollten.

»Was glauben Sie denn, bei mir zu finden?«, hatte er Antonio kurz vor Abfahrt in der Questura gefragt. »Auf welcher Grundlage wollen Sie eine Hausdurchsuchung durchführen? Sie haben nichts gegen mich in der Hand.« Damit hatte er mehr oder weniger recht.

»Wir haben eine Aussage, die Sie schwer belastet«, beantwortete der Fontanaro nebulös die Frage.

»Ha, das konnte ich mir ja denken, dass die feine Signora mit Dreck auf mich wirft, um von sich abzulenken. Ihr sollten Sie genau auf die Finger sehen, bevor Sie sich mit mir beschäftigen.«

»Das lassen Sie mal getrost unsere Sorge sein.«

Dann hatte sich noch Mauro eingeschaltet, bevor er zu einem wie immer wichtigen Termin aufbrach. »Wenn Sie nichts zu verbergen haben, brauchen Sie sich auch nicht so heftig zu gebärden.«

»Das sagt ein Mann des Rechts?« Drohend schoss der rechte Zeigefinger Bonaventuras in Richtung Staatsanwalt.

Vincenzo Mauro trat pikiert zwei Schritte zurück. »Mäßigen Sie sich, Signore. Mit Ihrem Benehmen verbessern Sie Ihre Lage nicht.«

Als die Wagen vor dem Palazzo des Gutachters ankamen, forderte Petrelli den Schlüsselbund des Gutachters. »Dann wollen wir doch mal sehen, was Sie für schöne Sachen in Ihrem Heim haben.« Sehr freundlich lächelte ihn der Kriminaltechniker an. Bonaventura schwieg mit feuerrotem Kopf. Nur mühsam konnte er seinen Zorn zurückhalten.

Im Gänsemarsch schritten die Ermittler die lange Steintreppe hinauf ins *Piano nobile* des Palazzo. Fontanaro setzte sich mit dem Verdächtigen in dessen Arbeitszimmer, während alle anderen Personen in die Zimmer ausschwärmten.

Georg Breitwieser und Dorothea Schaller begannen mit der Küche und öffneten alle Schranktüren und Schubladen. »Nach was suchen wir eigentlich?«, fragte die Schaller Georg flüsternd.

»Ehrlich gesagt, hab' ich keine Ahnung«, gab Breitwieser ebenso leise zurück. Dass er mit der Ermittlungsrichterin in Mantua gemeinsam eine weitere Wohnung durchsuchte, war so absurd, dass ihn dieser Gedanke mehr als alles andere beschäftigte. Mauro hatte das Amtshilfegesuch von Fontanaro an die bayerische Polizei gereicht, um die beiden bei der Durchsuchung teilnehmen zu lassen. »Aber ich bin ziemlich sicher, dass wir etwas finden werden.«

»Aha«, Dorothea Schaller lächelte ihn an. »Dann bin ich ja beruhigt. Alles andere würde Vincenzo Mauro wenig schätzen.«

Allerdings, dachte Georg. Das würde ihm den Rest geben und die Situation für Antonio weiter eskalieren lassen. Der Zwist zwischen den beiden lag ihm im Magen. Sie mussten am Ende des Tages einen Tatverdächtigen oder eine Tatverdächtige präsentieren können. Aber weder in der Küche noch im Schlafzimmer des Gutachters fanden sich verdächtige Dinge. Dann standen die beiden vor einer verschlossenen Tür. Georg holte sich den Schlüsselbund von Petrelli und wollte gerade versuchen, die Tür zu öffnen, als Bonaventura neben ihm auftauchte. Antonio folgte ihm auf den Fersen.

»Das wagen Sie nicht!« Drohend und schützend stellte sich Bonaventura vor die Tür. »Das ist das Schlafzimmer meiner verstorbenen Mutter. Seit ihrem Tod vor acht Jahren habe ich den Raum nicht mehr geöffnet und Sie werden das jetzt auch nicht tun.«

»Dann ist es an der Zeit, einmal richtig zu lüften, denke ich«, antwortete Dorothea Schaller freundlich.

Georg kämpfte gegen einen Lachanfall an. Doch er hatte sich rasch wieder unter Kontrolle. »Gehen Sie mir aus dem Weg oder müssen wir Ihnen jetzt auch noch Handschellen anlegen und Sie unseren beiden Kollegen übergeben, damit Sie unsere Arbeit nicht weiter behindern?«

Drohend baute sich Bonaventura so dicht vor Georg auf, dass dieser dessen Schweißgeruch wahrnahm. Sein Atem ging schwer.

Georg schob ihn energisch mit beiden Armen von sich weg. »Ich sage es nicht nochmals, Signore. Geben Sie den Weg frei.«

Murrend gab Bonaventura nach und ging zur Seite. Antonio führte ihn zurück ins Arbeitszimmer, um ihn weiter zu bewachen.

Breitwieser fand schließlich auch den passenden Schlüssel und öffnete die Tür. Dunkelheit und der Geruch nach abgestandener Luft und

Staub empfingen ihn und Dorothea Schaller auf der Türschwelle. Er betätigte einen Lichtschalter und ein blind gewordener Muranolüster erhellte ein geräumiges Zimmer mit einer großen Bettstatt. An vier langen, gedrechselten Holzsäulen war ein Baldachin befestigt, der grau und vergilbt über einer ehemals weißen Spitzenbettwäsche hing. Die Schaller zog resolut die Vorhänge auf, öffnete die Fensterflügel und die Fensterläden und ließ die Nachmittagssonne herein, deren sanfte Strahlen auf einen wuchtigen Kleiderschrank an der gegenüberliegenden Wand fielen. Links davon, neben der Tür, stand ein kleiner Diwan mit altrosa Samtbezug. Darüber hing ein großformatiges Ölgemälde. Es zeigte eine junge, wunderschöne Frau mit schmalem Gesicht, hohen Wangenknochen, dunklen Augen, die Alessandro wohl von ihr geerbt hatte, und einem vollen roten Mund. Ihr Kopf war von schwarzen Locken umgeben, die auf einen weißen Spitzenkragen fielen. Gekleidet war die Frau mit einem dunkelgrünen Samtkleid. Vor dem flachen Bauch hielt sie einen Strauß von Maiglöckchen. Das Weiß des Kragens und der Blumen leuchtete hell und bildete den Blickfang des Bildes, dessen dunkelgrauer Hintergrund die Eleganz der dargestellten Person noch unterstrich. Vielsagend sahen sich die Ermittler an. Antonio, der den beiden inzwischen doch gefolgt war, ließ Bonaventura zurückholen.

»Waren Maiglöckchen die Lieblingsblumen Ihrer Mutter?«, wollte er im Plauderton wissen.

»*Sì!*«, war die knappe Antwort.

Dorothea Schaller beugte sich zum Fenster hinaus, das auf den Garten ging. In dessen Mitte standen eine große Zeder und ein kegelförmig geschnittener Magnolienbaum. Darunter befand sich eine Holzbank zwischen den Bäumen auf einem moosigen Untergrund.

»Das muss wunderschön aussehen, wenn die Maiglöckchen im Garten unter den schattigen Bäumen im Frühjahr blühen«, bemerkte die Richterin aufs Geratewohl.

Alessandro Bonaventura sagte nichts dazu. Georg wusste natürlich, dass auch das noch kein Beweis für die Schuld des Gutachters war. Es war noch nicht mal ein tragfähiges Indiz. Dennoch glaubte er an keinen Zufall.

»Kommt mal alle hier herüber.« Silvano Petrelli stand im langen Gang des *Piano nobile*. Er hatte den schweren Tisch mit der in »pietre dure«-Arbeit gefertigten Platte beiseitegeschoben, ebenso die hohen, antiken Stühle. So hatte er den Zugang zu einer weiteren verschlossenen Tür ermöglicht.

»Kann ich den Schlüsselbund bitte wiederhaben?«

Dorothea Schaller gab ihn an Petrelli zurück. Neugierig standen sie alle im Gang. Der Kriminaltechniker suchte den Schlüsselbund ab und sagte dann: »Die Tür hier müsste mit einem langen Schlüssel mit breitem Bart zu öffnen sein. Ein solcher hängt nicht an dem Bund.« Er sah Bonaventura an, der sich im Hintergrund hielt. Seine rote Gesichtsfarbe hatte sich verflüchtigt, war einem fahlen Grau gewichen. Er sah krank und angegriffen aus.

»Das mag sein«, entgegnete er zurückhaltend. »Das ist der Eingang zum Nachbarteil des Palazzo. Mein Vater und sein Nachbar hatten einen guten Umgang miteinander und besuchten sich über diesen Zugang gegenseitig. Sein Sohn und ich sind weniger speziell. Ich habe diesen Eingang noch nie benutzt und deshalb die Möbel davorgestellt.«

Silvano Petrelli lächelte den Gutachter spöttisch an. »Dann frage ich mich, weshalb die Klinke so sauber, ja fast blank poliert ist?«

Bonaventura gab keinen Laut von sich, sondern beobachtete nur resigniert das Tun des Kriminaltechnikers.

Neben der Tür stand ein großer Gummibaum in einem Keramikübertopf. Petrelli wuchtete die Pflanze hoch, konnte aber auf dem Topfboden nichts finden. Seitlich auf einem weiteren antiken Tischchen blühte eine weiße Orchidee. Die Blume ließ sich leicht aus dem Übertopf heben und auf dem Boden des Pflanztopfes fand sich, was Petrelli dort vermutet hatte. Er griff sich den langen Schlüssel, der sich mühelos im Schloss drehen ließ. Ohne Quietschen oder Behinderung durch einen verzogenen Holzrahmen ließ sich die schwere Holztür nach innen öffnen. Es stand außer Frage, dass sie regelmäßig geöffnet und geschlossen wurde.

Ein langer Raum, der weit in den Nachbarteil des Palazzo reichte, erstreckte sich vor den Ermittlern: der ehemalige Ballsaal des Gebäudes. Alle drängten sich hinein und blieben dann mit offenen Mündern stehen. Michele Vivani hatte sich als erster gefasst.

»Können Sie uns zu diesen Gemälden etwas erzählen? Sind das Originale?« Vivani stand vor einer Wand unter anderem mit Werken von Cézanne, Matisse, Braque und Kirchner. Daneben hing frei und prominent der Klimt, den sie alle auf der Auktion vermisst hatten.

»Nein, Signori, das sind keine Originale, sondern Kopien.« Bonaventura stand breitbeinig im Raum und bemühte sich um eine entspannte Körperhaltung. Doch Vivani ließ sich nicht täuschen. Er trat zum Gemälde von Klimt. »Silvano, helfen Sie mir bitte. Wir hängen das Bild ab, legen es dort drüben auf den Tisch und suchen nach einer Signatur von Stade.« Er wusste, wie diese aussah. »Wenn es stimmt, was Sie sagen, Signore, dann hat der Deutsche eine Signatur hinterlassen. Schließlich will er nicht als Fälscher hinter Gitter kommen, oder? Haben Sie eine Lupe mit, Silvano?«

Petrelli öffnete seinen Arbeitskoffer, den er natürlich mitgebracht hatte, entnahm ihm eine Lupe mit sehr großer Linse, die er Antonio zum Halten reichte. Dann half er Vivani, das Gemälde abzuhängen.

»Wir sehen uns einstweilen weiter hier um«, sagte Georg und schritt mit Dorothea Schaller den Raum ab. Im hinteren Bereich des *Piano nobile* befand sich seitlich eine Tür zu einer Dunkelkammer, die unverschlossen war. Georg ging hinein, gefolgt von Dorothea Schaller. Er knipste das Licht an und sie befanden sich in einem kleinen Laboratorium. Ölfarben in Tuben, Verdünnungsflüssigkeiten, Reagenzgläser, Bunsenbrenner, Chemikalien in Plastikdosen und dunkelbraune Glasflaschen, wie man sie von Apothekenausstattungen kannte. Georg wusste inzwischen, wie das Extrakt von Maiglöckchen roch und es dauerte auch nicht lange, dann hatte er zwei Fläschchen entdeckt. Die Beschriftung war kaum noch leserlich, alte Tinte, fast schwarz geworden durch lange Zeit, in einer Schrift, die Georg nicht lesen konnte. Die Wörter waren in lateinischer Sprache geschrieben worden. Soviel erkannte er, mehr aber auch nicht. Er schraubte eines auf und der Geruch, schwach zwar nur noch, war für ihn eindeutig. Doch von der Flüssigkeit war nahezu nichts mehr übrig, eingetrocknet über die Jahre. Rasch verschloss er das Gefäß wieder.

»Vorsicht, Frau Schaller. Der Rest von dem Zeug ist vermutlich immer noch hochgiftig. Können Sie das entziffern?«

Der Ermittlungsrichterin schüttelte den Kopf. »Nein, leider nicht. Aber ich bin sicher, dass Signor Petrelli weiterhelfen kann.« Georg nahm ihr die Fläschchen wieder ab und gab sie in einen kleinen Plastikbeutel, den er aus der Jacketttasche zog. Petrelli hatte sie alle mit den Utensilien versorgt. Dann bemerkte Breitwieser den Blick von Dorothea Schaller, die ihn eigentümlich vertraut ansah. »Wollen wir nicht endlich dieses dämliche Sie lassen? Ich finde es sehr entspannt, wie Fontanaro und dessen Kollegen miteinander umgehen. Das schafft eine vertrauensvolle Zusammenarbeit. Oder, was denken Sie?«

Erneut schaffte es die Schaller, Breitweiser völlig zu überrumpeln. Ihren Vorschlag abzulehnen, käme gar nicht in Betracht, dennoch wusste er nicht, wie er sich richtig verhalten sollte. Doch bevor er reagieren konnte, sagte sie: »Meine Freunde nennen mich Thea.« Sie reichte ihm ihre rechte Hand, die er rasch ergriff und fest drückte. Was für ein seltsamer Moment für ein Freundschaftsangebot, schoss es ihm durch den Kopf. Diesen Augenblick würde er wohl nicht so schnell vergessen. »Manche nennen mich Schorsch.« Allen voran seine Mutter. »Aber das mag ich nicht so besonders.«

»Darf ich Giorgio sagen, wie Fontanaro?«

»Sehr gerne, Thea.« Er ging auf sie zu und gab ihr einen leichten Kuss auf die Wange. »Wenn das hier alles vorbei ist, und das kann nicht mehr lange dauern, unternehmen wir einen Ausflug am Wochenende zum *Lago*, damit sich ...«, einen Moment zögerte er, »deine Reise hierher auch gelohnt hat.« Georg, selbst überrascht von seinem spontanen Angebot, kam ins Stocken. Aber nun hatte er schon mal angefangen, dann konnte er den Gedanken auch zu Ende bringen. »Auch in Verona gibt es eine Menge zu entdecken.« Unversehens kam er sich selten dämlich vor.

Doch Dorothea Schaller lächelte und schob ihn sanft in den Gang zurück. »Erst die Arbeit, dann das Vergnügen, Commissario.«

Michele Vivani und der Kriminaltechniker hatten inzwischen das Bild umgedreht und untersuchten die Rückenansicht. Vor allem die Plakette einer längst zurückliegenden Ausstellung erregte Vivanis Aufmerksamkeit. Er lieh sich neben der Lupe auch noch eine Pinzette aus und hob die Enden des vergilbten Papieres an. Klarer Kleber kam darunter zum Vorschein. Keinerlei Staub oder Verschmutzungen. Die ganze Rückseite der Leinwand sah sauber und nur leicht staubig aus. »Die Plakette dürfte alt sein«, sagte Vivani, »aber sie wurde erst vor kurzem aufgeklebt.«

Mit einem Satz war Bonaventura bei ihm, schob ihn zur Seite und entriss ihm die Lupe. Er beugte sich über die Plakette, doch er konnte die Sehhilfe kaum stillhalten, so sehr zitterte ihm die Hand.

Distanziert und mit unverhohlenem Interesse beobachtete Michele Vivani den Gutachter, der mehr und mehr die Fassung verlor. »Da wir einerseits keine Signatur von Stade, aber eine von Klimt entdeckt haben«, fuhr der Ermittler schonungslos fort, »aber andererseits an einer Stelle eine noch ziemlich weiche Ölfarbe, die keinem Alterungsprozess mit chemischen Mitteln ausgesetzt war und beim Schnelltrocknen, vermutlich in einem speziellen Ofen, nicht die nötige Härte angenommen hat, sind wir sehr sicher, dass wir es hier mit einer astreinen Fälschung zu tun haben. Hans Stade dürfte unter enormem Zeitdruck gearbeitet haben.«

Vivani konnte sich denken, dass Bonaventura in der Euphorie, endlich das begehrte Kunstwerk im Haus zu haben, bisher keine genauere Untersuchung vorgenommen hatte. Als die weiße Leinwand auf der Auktion enthüllt wurde, musste ihm klar geworden sein, dass Stade alle Beteiligten an der Nase herumgeführt hatte. Das Klimt-Bild bei sich zuhause konnte Bonaventura natürlich nicht mehr überprüfen, weil sie ihn ja direkt von der Auktion in die Questura gebracht hatten.

Mit einer resignierten Geste gab der Gutachter die Lupe an Petrelli zurück. Sprechen konnte er nicht.

Georg nutzte den Moment stiller Übereinkunft und gab dem Kriminaltechniker den Beutel mit den Fläschchen.

»Kein Zweifel?«

»Wohl kaum.«

»Extrakt von Maiglöckchen. Hochgiftig, wie Sie sicher wissen, Signor Bonaventura. Was sagen Sie dazu?« Michele Vivani ließ den Verdächtigen nicht von der Angel.

Der Gutachter ließ sich auf einem Stuhl nieder, der vor seinem Zeichentisch stand und fuhr sich mit den Händen über die Augen. Die ganze Körperspannung hatte ihn verlassen. Eingesunken, mit nach vorne gebeugtem Oberkörper saß er auf dem Stuhl. Aufmerksam betrachtete ihn Michele Vivani und meinte zu ahnen, was in Bonaventura vorging.

»Was erschüttert Sie denn mehr? Dass wir auf Ihr Geheimnis gekommen sind? Dass wir ziemlich sicher beweisen können, wie Sie Monika Bacher nach Malcesine gelockt und unter den Arkaden mit einer Giftspritze getötet haben? Oder dass Hans Stade, der alte Freund und Geschäftspartner, der Ihnen über viele Jahre«, Vivani wies auf die Gemälde berühmter Maler an der Wand, »die Originale verschaffte – während Signora Marinelli die zugehörigen Fälschungen ahnungslos versteigerte und ihre Kunden damit prellte –, Sie diesmal ausgetrickst und Ihnen den gefälschten Klimt untergeschoben hat?«

Müde sah Bonaventura zu Vivani. »Sind Sie sicher, dass das kein echter Klimt ist?«

Vivani lachte verhalten auf. Die verzweifelte Nachfrage sprach Bände. Sein Wunsch, das begehrteste Objekt der Sammlung von della Rocca endlich an den eigenen Wänden hängen zu haben, wurde ihm nicht erfüllt. Mehr noch, Stade hatte ihn vorgeführt, ihm den Stachel ins Fleisch gesetzt, doch kein allwissender Gutachter zu sein. »Ja, Signore, da bin ich mir ziemlich sicher.«

»Ich habe es ja geahnt. Dieses miese Schwein.«

Vivani drehte sich zur Bildergalerie um und besah sich die anderen hochpreisigen Gemälde. »Wer hat diese wunderschönen Gemälde zur Versteigerung eingereicht? Sie denken«, damit wandte er sich nochmals an den Gutachter, »dass das alles Originale sind?«

Bonaventura nickte. Dann sagte er langsam: »Mein Nachbar, dem dieses Stockwerk und der Teil des Palazzo einmal gehörte, hat von seinem Vater eine Sammlung moderner Kunst geerbt, aber kein Interesse daran gehabt. Ich kenne diese Gemälde seit meiner Kindheit. Manche habe ich della Rocca abgekauft, weil er ständig Wettschulden hat. Manche habe ich durch die Marinelli versteigern lassen. Ich wusste immer, dass ich ihr Originale vermittelt habe. Sie bekam nicht in jedem Fall eine Fälschung. Manche Bilder waren es nicht wert, das Risiko einzugehen, deswegen angezeigt zu werden.« Hilflos hob Bonaventura die Hände und ließ sie wieder kraftlos sinken. Er hatte keine Energie mehr.

Antonio Fontanaro gab seinen beiden Kollegen von der Kriminaltechnik ein Zeichen. Sie griffen Bonaventura unter den Achseln, hoben ihn mühelos hoch und führten ihn über den Gang zurück bis zur Treppe, die ins Erdgeschoss führte. Er leistete keinerlei Widerstand.

»Wir packen zusammen. Die Verhöre morgen werden uns nicht mehr groß beschäftigen. Mauro kann eine Pressekonferenz einberufen – das tut er ja am liebsten – und aller Welt vom Erfolg seiner Ermittlungen berichten.«

»Wir sollten noch mit Anwalt Mühldorfer sprechen«, wandte Vivani ein. »Er hat ein Recht darauf zu erfahren, wer seine Frau auf dem Gewissen hat.«

49

Verona, 19.00 Uhr

Noch einmal an diesem Tag trafen die Ermittler in der Questura im Vernehmungsraum zusammen. Antonio hatte Vincenzo Mauro kurz über die Ereignisse in Mantua ins Bild gesetzt.

»Da können Sie ja einmal mehr von Glück sagen, Commissario. Ich werde von meiner Dienstaufsichtsbeschwerde absehen. Aber solche Eigenmächtigkeiten, wie Sie sie sich geleistet haben, werde ich kein weiteres Mal dulden. Wir sehen uns dann morgen um 10 Uhr bei der Pressekonferenz. Und seien Sie pünktlich, Fontanaro. Ich werde nicht auf Sie warten.« Mit dieser freundlichen Ankündigung beendete er das Telefonat.

Nun saß Peter Mühldorfer auf dem Platz, den vor wenigen Stunden Patrizia Marinelli eingenommen hatte, und blickte den Ermittlern Fontanaro, Vivani und Breitwieser blass entgegen. Die Verletzungen in seinem Gesicht waren nach wie vor unübersehbar. Man hatte ihm übel mitgespielt. Fontanaro musste noch ermitteln, wer ihm das Schlägerkommando geschickt hatte. Sein Verdacht fiel auf Hans Stade. Dass er ihn jemals würde verhören können, bezweifelte er.

»So, Herr Mühldorfer«, begann Breitwieser ohne Umschweife. Enrico Brandino stand neben der Tür zum Gang und übernahm die Bewachung der Vernehmung. Dorothea Schaller saß mit Lavinia Strano im Nebenraum und beobachtete das Gespräch via Kamera und Mikrofon. »Jetzt erklären Sie uns mal, was Sie nach Malcesine geführt hat. Weshalb sind Sie hier?«

»Ich will wissen, wer meine Frau umgebracht hat. Das ist doch nicht schwer zu verstehen. Und ich will wissen, was ich dem Mandanten, den meine Frau bis kurz vor ihrem Tod betreut hat, mitteilen kann. Wo ist der Klimt abgeblieben? Diese Farce von einer Versteigerung kann ja nicht alles gewesen sein.«

»Wir wissen inzwischen, wer für den Mord verantwortlich ist. Alessandro Bonaventura, der Gutachter des Auktionshauses, wollte unter allen Umständen verhindern, dass die Versteigerung abgesagt wird.«

»Das war der ganze Grund für den gemeinen Mord an meiner Frau?« Mühldorfer rang nach Luft. Dann schlug er die Hände vors Gesicht. Minutenlanges Schweigen folgte. Er versuchte, die Fassung zu bewahren, schließlich fragte er leise: »Kann ich ein Glas Wasser haben, bitte?« Enrico Brandino verließ den Raum und kam sehr rasch mit dem Gewünschten zurück. Gierig trank der Anwalt das Glas leer. »Das ist doch der reine Wahnsinn.« Er hatte sich einigermaßen gefasst. »Was versprach sich der Gutachter von dieser Tat? Welchen Vorteil hatte er dadurch?«

Michele Vivani schaltete sich ein. »Im ersten Moment ist das wenig einleuchtend. Aber Bonaventura und der Maler Hans Stade, ein deutscher Künstler mit ausgeprägt krimineller Energie und der Gabe gesegnet, andere Kunstwerke täuschend echt fälschen zu können, waren ein eingespieltes Team. Auch die Auktionatorin war mit von der Partie. Bonaventura beschaffte oftmals die Originale für das Auktionshaus, erstellte dazu die nötigen Gutachten und entschied, welches Original er für sich selbst behalten wollte. Stade fälschte in seinem Auftrag und die Marinelli versteigerte die Fälschung anschließend. Nicht in jedem Fall wird sie gewusst haben, was Stade für die Auktion letztendlich über die Spedition liefern ließ. Die beiden Herren haben der Marinelli vermutlich nicht immer reinen

Wein eingeschenkt. Und es dürfte ihr auch nicht so wichtig gewesen sein. Ganz sicher erhielt sie, neben dem Aufgeld, von ihren sogenannten Geschäftspartnern auch noch eine Provision. Man könnte es auch Schweigegeld nennen.

Bonaventura scheint zu den Kunstsammlern zu gehören, die ohne Rücksicht auf Verluste bestimmte Werke einfach haben müssen. Ein Kunstfanatiker, der auch einmal über Leichen geht, um ans Ziel zu kommen. Er saß ja förmlich an der Quelle.«

Jetzt nickte Mühldorfer, als könne er diese Aussage bestätigen.

Einen Moment war Vivani irritiert, fuhr dann aber mit seinem Bericht fort.

»Die Sammlung alter Meister seines Vaters, die er wenig schätzte, dürfte er der Marinelli gerne zum Versteigern gegeben haben, wenn er Geld brauchte. Doch sein Nachbar saß auf einer Sammlung von hochwertigen Gemälden der Moderne. Und Stade hat ihm die Möglichkeit geboten, diese Preziosen, die im Auktionshaus *Colombo* unter den Hammer kamen, zu erhalten. Wie Patrizia Marinelli beziehungsweise della Rocca an das begehrte Werk von Gustav Klimt gekommen ist, das lange und zu Unrecht als verschollen galt, können wir Ihnen zumindest zum jetzigen Zeitpunkt noch nicht mit Sicherheit sagen. Dazu müssen wir morgen noch Alessandro Bonaventura und Patrizia Marinelli befragen.«

»Das können Sie sich sparen. Das kann ich Ihnen erzählen. Ich gehe davon aus, dass Sie die Familiengeschichte meiner Frau in groben Zügen kennen.«

Georg Breitwieser bestätigte ihm das. »Wir wissen, dass der Großvater während des Zweiten Weltkriegs in Wien für die Gauleitung tätig war, zu dessen Aufgaben auch die Arisierungen von jüdischem Eigentum gehörte.«

»Der Großvater meiner Frau hatte Zugang zu Häusern reicher jüdischer Industrieller und Bankiers, die Anfang des zwanzigsten Jahrhunderts im großen Stil als Mäzene auftraten und umfangreiche

Kunstsammlungen in Wien besaßen. Akribisch geführte Inventarlisten der Arisierungen geben noch heute Auskunft darüber, welche Besitztümer unter anderem für das Museum in Linz, das Adolf Hitler nach dem Endsieg erbauen lassen wollte, in Frage kamen. Diese Listen wurden Hitler vorgelegt und er hatte den sogenannten ›Führervorbehalt‹. Er oder einer seiner Vertrauten wählte aus, erst dann wurde entschieden, wohin die restlichen Kunstwerke gehen sollten. Als sich im Frühjahr 1945 abzeichnete, dass auch Wien bombardiert werden würde und die Russen dabei waren, die Stadt einzunehmen, wurden die Kunstschätze an sicherere Orte gebracht. Als ein solcher wurde auch Schloss Immendorf in Niederösterreich betrachtet. Dort wurde unter anderem der Besitz einer jüdischen Familie, die eine enorme Sammlung mit Werken von Gustav Klimt angeschafft hatte, eingelagert. Karl Bacher, der für die Verbringung der Kulturgüter an sichere Orte zuständig war, hat sich nach eigener Aussage – ein entsprechendes Schreiben fand Monika in seinem Nachlass – am jüdischen Eigentum bedient. Und nicht nur er.«

Enrico Brandino hatte ein weiteres Glas Wasser für Mühldorfer gebracht, der auch dieses in einem Zug leerte. Die Ermittler schwiegen und warteten ab. Der Anwalt war ins Reden gekommen und würde alles erzählen, was den Fall seines Mandanten in Amerika betraf.

»Karl Bacher und sein Freund Duca della Rocca, ein Adeliger aus Mantua, der mit ihm gleichzeitig in Wien im Auftrag des faschistischen Regimes von Mussolini abgestellt worden war, schafften die Kunstwerke beiseite, die ihnen lohnenswert erschienen oder selbst gefielen. Duca della Rocca hatte eine Schwäche für moderne Kunst. Er hatte, laut Karl Bacher, für seinen Palazzo in Mantua eine nette Auswahl getroffen. Bacher selbst sah die Kunstwerke mehr als Gelderwerb und auch da konnte der Duca aus Mantua helfen. Sein Freund und Nachbar Duca Federico della Bonaventura hatte eine Schwäche für alte Meister. So entstanden in Mantua zwei ansehnliche Kunstsammlungen, an denen Karl Bacher glänzend verdiente, sodass er sich einen teuren Wagen und ein stattliches Landhaus in Chieming am Chiemsee in Oberbayern leisten konnte. Bacher war ein gemachter Mann, als der Krieg zu Ende ging. Doch die Amerikaner kamen ihm auf die Schliche und eröffneten gegen ihn einen Prozess wegen Kollaboration mit den Nationalsozialisten.«

Wieder blickte Mühldorfer nachdenklich Breitwieser ins Gesicht. »Als Sie bei mir zuhause anfingen, nach Unterlagen zu suchen, das Büro meiner Frau auseinandernahmen, habe ich erst nach und nach begriffen, nach welchen Unterlagen Sie und die Ermittlungsrichterin suchten. Unsere Ehe hat unter der Besessenheit meiner Frau, die Schande der Familie wieder gutzumachen, sehr gelitten.«

Das war eine nette Umschreibung für das eigene Fehlverhalten Mühldorfers, der Monika Bacher betrogen hatte, wie Georg wusste.

»Deshalb war mir natürlich bekannt, dass sich meine Frau aufgrund der Familiengeschichte auf Fälle von Restitutionsansprüchen spezialisiert hatte. Sie stand zudem mit einem renommierten Auktionshaus in München in Verbindung. Dort hat man Experten eingestellt, die eingereichte Werke lobenswerterweise auf Provenienzen überprüfen. Im Gegenzug beriet Monika das Auktionshaus in strittigen Fragen juristisch. So bekam sie vor wenigen Wochen Kenntnis von der geplanten Versteigerung des Klimt-Gemäldes *Malcesine am Gardasee*. Man hatte ihr den Katalog zugeschickt, den das Auktionshaus von Patrizia Marinelli erhalten hatte. Allerdings wollte ich bis heute nicht glauben, dass es tatsächlich Fanatiker gibt, die wegen eines Kunstwerks einen Mord begehen. Dass dies der einzige Grund sein soll, weshalb meine Frau sterben musste.« Peter Mühldorfer lehnte sich bleich und erschöpft am Stuhl zurück und sah hilflos zu den Ermittlern, die ihm gegenüber am Tisch saßen.

Antonio Fontanaro war es, der abschließend das Wort ergriff. »Es tut uns aufrichtig leid, Signor Mühldorfer, dass Ihre Frau ein solches Ende gefunden hat, wegen eines Gemäldes, von dem wir keine Ahnung haben, wo es sich im Moment befindet. Wir sind nicht in der Lage, Ihnen für Ihren Mandanten in den USA eine positive Erklärung mit auf den Weg zu geben. Im Moment ist das Gemälde ein weiteres Mal verschollen und für Ihren Mandanten verloren.«

»Das heißt: Die jüdische Familie ist ein weiteres Mal bestohlen worden und meine Frau ist einen sinnlosen Tod gestorben.« Peter Mühldorfer erhob sich. Für ihn war alles gesagt. Enrico Brandino öffnete ihm die Tür und der Anwalt verschwand auf dem Gang und aus dem Gesichtsfeld der Ermittler.

Betroffen schwiegen sie, bis auf der Türschwelle Dorothea Schaller erschien. »Ich könnte jetzt einen *aperitivo* vertragen.« Sie sah dabei Georg Breitwieser an.

Der erhob sich sofort von seinem Stuhl. »Gute Idee. Ich lad dich ein, Thea.« Zu Vivani und Fontanaro gewandt sagte er: »Wir sehen uns ja alle nachher noch bei Bruno. *Ciao, a dopo!*«

Über Antonios Gesicht glitt ein verstehendes Lächeln. Aber wohlweislich sagte er nichts. Aus dem erhofften gemeinsamen Wochenende mit dem Spezl aus Bayern würde es vermutlich nichts werden. Doch Marissa würde am Grund dafür ihre Freude haben. Da war sich Antonio sehr sicher.

50

Gut drei Monate später

Rom

Michele Vivani blickte von der Dachterrasse seiner Wohnung in der Altstadt von Rom über die roten Dächer der Stadt, die nass im trüben Licht glänzten. Sein Blick streifte die Kuppel des Petersdoms, bis er sich in den Weiten des Horizonts, der von schwarzen Pinienschirmen begrenzt wurde, verlor. Es war Winter geworden. Die traurigste Jahreszeit für die Ewige Stadt. In fünf Tagen war Weihnachten. In zwei Tagen würde Michele nach Neapel fliegen und das Fest mit seinen Eltern feiern. Ein arbeitsreiches Jahr ging zu Ende. Sylvester erfüllte ihn immer mit einer gewissen Wehmut, weil unerledigte Dinge zurückblieben, ein Neuanfang, wie auch er ihn sich oft wünschte, nicht möglich war.

Seine Gedanken galten dem Artikel in *The Art Newspaper*, den er gerade gelesen hatte. Darin wurde von der großartigen Ausstellung des *Louvre Abu Dhabi* berichtet. Der Scheich habe einen sensationellen Kauf getätigt. Ein lange verschollen geglaubter Gustav Klimt, das Gemälde *Malcesine am Gardasee*, werde dort ab sofort für die Besucher zu sehen sein. Das Werk bilde den Grundstein für eine Sammlung der Europäischen Moderne in dem arabischen Emirat und werde demnächst ergänzt durch Werke von Matisse und Renoir, beides Dauerleihgaben des *Louvre* von Paris. Ferner werde eine Leihgabe von der Londoner *National Gallery* angekündigt. Hier bedanke man sich ausdrücklich für die tatkräftige Unterstützung des Kunstexperten Kenneth O'Connor, dem es gelungen sei, einen Whistler als Leihgabe für die nächsten zehn Jahre zu vermitteln. Eine ausgesprochene Seltenheit.

Michele Vivani malte sich aus, wie der Scheich von Abu Dhabi Kenneth O'Connor bedrängt, vielleicht sogar bedroht haben musste, weil er den Klimt nicht für ihn hatte ersteigern können, und nun diesen Kuhhandel herausgeschlagen hatte.

Ferner ging Vivani davon aus, dass Hans Stade sein restliches Leben im Scheichtum zubringen würde – in Ruhe und Reichtum. Eine Rückkehr nach Europa oder gar Deutschland war ihm nicht möglich. Sofort am Flughafen würden sie ihn in Haft nehmen. Trotz internationalem Haftbefehl war es dem Fälscher wohl in letzter Minute gelungen, in ein Flugzeug zu steigen und auf Nimmerwiedersehen zu verschwinden. Die Fahndung per Interpol hatte nicht rechtzeitig gegriffen. Und es war nicht anzunehmen, dass die Vereinigten Arabischen Emirate ihn aufgrund des internationalen Haftbefehls an Deutschland ausliefern würden. Stade war davongekommen. Er hatte ein abgeschottetes Exil dem Gefängnis in Deutschland vorgezogen. Es gab schlechtere Lösungen. Das musste Vivani zugeben. Er verließ die Dachterrasse, öffnete seinen Laptop und sandte den Artikel des Kunstmagazins als PDF-Dokument an Antonio Fontanaro. Sein Kommentar an den Kollegen und Commissario fiel nüchtern aus.

»Damit kann der Fall Monika Bacher endgültig als abgeschlossen angesehen werden. Bitte leiten Sie dieses Dokument auch an Collega Breitwieser, Dottoressa Schaller und Avvocato Mühldorfer weiter. Der Klimt bleibt für seinen Mandanten unerreichbar. Weitere prozessuale Versuche, das Bild zu restituieren, sind aus meiner Sicht kaum erfolgversprechend. Wenig befriedigend das Ganze, aber nicht zu ändern.«

Und dann fand der Ermittler aus Rom doch noch verbindliche Worte. »Das nächste Mal komme ich nur auf Besuch nach Verona. Versprochen, Commissario. Ich arbeite sehr gerne mit Ihnen zusammen, aber deutlich angenehmer wäre unser Zusammentreffen einmal ohne Mord und Totschlag. *Tanti cari saluti e a presto.*«

Als Ermittlungsrichterin Schaller das Dokument auf ihrem Laptop abends aufpoppen sah, saß Georg Breitwieser vor ihrem Schreibtisch im Amt auf einem bequemen Stuhl. Sie wollte nur noch ein Telefonat erledigen, um dann mit ihm zum Abendessen zu gehen. Georg fühlte sich in ihrer Anwesenheit ausgesprochen wohl. Manchmal wünschte er sich mehr Nähe, doch dafür schien es noch zu früh. Er wollte keinen Fehler machen und wartete ab. Sie hatten keine Eile.

Dorothea schob den Laptop zu ihm hinüber und drehte das Display zu ihm, damit er die Neuigkeiten selber las.

Warum konnten Kriminalfälle nicht einfach gelöst sein? Mörder gefunden, Sache erledigt? Warum blieb auch in diesem Fall ein schaler Nachgeschmack?

»Ich mach mir immer noch Vorwürfe, dass der Haftbefehl gegen Hans Stade zu nichts geführt hat. Vielleicht hätte ich den Kollegen bei Interpol mehr auf die Füße steigen sollen.« Dorothea Schaller kämpfte mit dem unbefriedigenden Ende des Falles Monika Bacher. »Für Peter Mühldorfer ist diese Nachricht ein erneuter Schlag ins Gesicht.«

»Du weißt doch, wie Beamte arbeiten. Bis eine internationale Fahndung in Gang kommt, sind mindestens zwei bis drei Tage vergangen. Es war doch zu befürchten, dass Stade schneller sein würde als die Kollegen. Daran hast du keine Schuld.«

»Schuld nicht, aber ein schlechtes Gewissen bleibt.«

Georg fühlte sich hilflos. Er wusste ziemlich genau, wie es ihr ging. Doch mit dem schlechten Gewissen musste sie alleine fertig werden. Auch sein Gewissen trug schwer an so manch unbefriedigend gelöstem Fall. Mit Monika Bacher war ein weiterer dazugekommen. »Keine tiefschürfenden Gedanken mehr auf nüchternen Magen. Lass uns zu *Signora Maria* gehen und für den Abend einkaufen. Ich hab' keine Lust auf ein lautes Restaurant.«

Dorothea lächelte Georg an. »Und dann? Du warst noch nie bei mir. Was hältst du davon, das heute zu ändern?«

Nachwort

Bis eben haben Sie ein Werk meiner Phantasie gelesen. Die handelnden Personen, die als Verdächtige für Mord, Raub und Fälschung im Krimi auftauchen, sind von mir frei erfunden worden. Deshalb wären Übereinstimmungen mit lebenden Personen wie Künstlern, Kunstexperten und Agenten oder mit Institutionen wie Museen, Galerien, Auktionshäusern usw. rein zufällig und von mir nicht beabsichtigt. Hingegen sind die Nationalsozialisten bei den »Arisierungen« in Deutschland und Österreich tatsächlich grundsätzlich so vorgegangen wie beschrieben. Karl Bacher gehört zwar ebenfalls zum fiktiven Personal meines Krimis, aber er steht stellvertretend für die Angehörigen von SA und SS, die im Auftrag der Gauleitung Wien die »Arisierungen« vorgenommen haben.

Anders als im Krimi bleibt in der Realität eines im Dunkeln: Auch nach umfangreichen Recherchen ist es mir natürlich nicht gelungen, herauszufinden, ob das Gemälde von Gustav Klimt *Malcesine am Gardasee* noch existiert und wo es sich befinden könnte. In jüngster Zeit sind Meisterwerke von Klimt, die als verschollen galten, unerwartet aufgetaucht. So zum Beispiel: *Die Frau mit dem Fächer*, *Fräulein Lieser*, oder das *Mädchenbildnis*, das 1997 aus dem Museum *Galeria d'arte moderna Ricci Oddi* in Piacenza gestohlen und 2021 völlig überraschend bei Bauarbeiten im Garten des Museums wiedergefunden wurde. All diese unerwarteten Wiederentdeckungen sorgten für Schlagzeilen.

Gustav Klimt gehört zu den Künstlern, die heute wahre Besucherströme bei Ausstellungen oder in Museen auslösen und dessen Werke bei Auktionen zu Höchstpreisen gehandelt werden. Da immer noch Gemälde von ihm als verschollen oder gar zerstört gelten, ist es nicht ausgeschlossen, dass in den nächsten Jahren noch weitere auftauchen werden.

Als ich mit meinen Recherchen für den Krimi begann, hatte es noch keine Schlagzeilen zum Gemälde *Fräulein Lieser* gegeben.

Kurz vor Abgabe meines Manuskripts wurde die Versteigerung für den 24. April 2024 durch das Auktionshaus *Im Kinsky* in Wien angekündigt. Dadurch wurde die Thematik meines Krimis plötzlich brandaktuell. Der Fall *Fräulein Lieser* elektrisiert mich immer noch, und nur deshalb schildere ich kurz die Hintergründe dazu.

Auch dabei könnte es sich um ein Gemälde handeln, das einer jüdischen Familie in Wien nach 1938 durch die Nazis entzogen wurde. Trotz Anstrengungen des Auktionshauses gelang es nicht, die Provenienz-Historie vor der Versteigerung restlos zu klären. Es ist nicht gelungen, die verschiedenen Eigentümer zwischen dem Jahr der Entstehung – vermutlich begann Klimt zwischen 1916 und 1918 mit dem Porträt – bis heute in Erfahrung zu bringen. Es blieb zudem unklar, welche junge Frau der Familie Lieser der Künstler porträtierte. Klimts Tod im Februar 1918 verhinderte die Vollendung des Werks, es blieb unsigniert. Seine Spur verliert sich nach dem Tod des Künstlers. Das Auktionshaus entschied sich, die Versteigerung unter den Bedingungen der *Washingtoner Erklärung* von 1998 durchzuführen. Dies bedeutet, dass die Nachfahren der ursprünglichen Eigentümerfamilie auf ein Restitutionsverfahren verzichten, das Gemälde nicht gerichtlich zurückfordern werden. Stattdessen wird der Erlös der Versteigerung zwischen den Nachfahren und dem Verkäufer aufgeteilt. Dennoch bleibt ein Rest an Zweifel, ob diese Vereinbarung für immer Bestand haben wird. All diese Unwägbarkeiten haben sich schließlich auch auf den Erlöswert ausgewirkt. Anstelle der geschätzten 50 Millionen Euro erzielte das Werk »nur« 31,4 Millionen Euro. Das Auktionshaus erhielt den zuvor vereinbarten und üblichen Aufpreis.

Mit den Themen Restitution und Provenienz (also der Rückgabe von Kunst- und Kulturgütern und deren Eigentumsverhältnissen) ab 1933 beschäftige ich mich schon sehr lange. Die »Arisierungen«, die nichts anderes waren als Enteignungen jüdischer Familien durch die Nazis, begannen in Deutschland schon ab 1933, in Österreich, vor allem in Wien, erfolgten sie nach dem Anschluss des Landes an Nazi-Deutschland im März 1938. Immer wieder überlegte ich, wie ich in einem Kriminalfall diese komplexe und tragische Thematik verarbeiten könnte. Und dann entdeckte ich, dass Gustav Klimt einen einzigen Sommer lang in Malcesine die Sommerfrische verbracht und die Zeit dort zum Malen genutzt hatte, auch wenn nur wenige Werke dabei entstanden. Diese Tatsache half meiner Phantasie auf die Sprünge. Dass das Gemälde *Malcesine am Gardasee* seit 1945 als verbrannt galt, eröffnete mir plötzlich eine Reihe von Handlungsvarianten. Ich begann, weiter in der Literatur zu graben und im Internet nach Aktuellem und schwer Zugänglichem zu recherchieren. Was ich dabei entdeckte, war faszinierend und erschütternd zugleich.

Der Weg, den das Gemälde nach seiner Fertigstellung 1913 genommen hat, ist verschlungen und teilweise nur schwer nachvollziehbar. Zwei sehr reiche, jüdische Familien, die in Wien lebten und dort als Mäzene moderner Kunst auftraten, können mit *Malcesine am Gardasee* in Verbindung gebracht werden. Zum einen ist das die weitverzweigte Familie Zuckerkandl und zum anderen die Familie Lederer. Die Lederes verfügten über die größte Klimt-Sammlung in Wien und gingen in die Kunstgeschichte als besonders aktive und finanzkräftige Unterstützer des Künstlers ein.

Berta Zuckerkandl, geborene Szeps, Frau von Emil Zuckerkandl, war eine umtriebige, heute würde man sagen »sehr gut vernetzte« Person: Journalistin, Übersetzerin (Englisch und Französisch), Kunstkritikerin und Salonière, die in Wien ein offenes Haus führte und Kontakte zu Gott und der Welt unterhielt. Bei ihr gingen so bekannte Persönlichkeiten wie Gustav Mahler, Alma Werfel, Arthur Schnitzler oder eben Gustav Klimt ein und aus. Zudem hatte ihre Schwester Paul Clemenceau geheiratet – den Bruder von Georges Clemenceau, der unter anderem zweimal Ministerpräsident Frankreichs war – und über diese Verbindung Auguste Rodin in den Salon gebracht.

Berta war es, die dafür gesorgt hatte, dass Gustav Klimt Aufträge von befreundeten anderen jüdischen Familien erhielt, bevorzugt für Damenporträts. Und sie ließ ihre Kontakte spielen, auf dass auch der österreichische Staat große Aufträge, etwa für die Universität Wien, an ihn vergab. Umso verwunderlicher ist es, dass Klimt nie ein Porträt von Berta angefertigt hat. Vielleicht lag es daran, dass Bertas Gatte Emil als Arzt dann doch nicht über die finanziellen Mittel verfügte, ein Porträt bei Klimt in Auftrag zu geben. Diese kosteten ein kleines »Ferienhaus«, wie hinter vorgehaltener Hand gemunkelt wurde.

Emil und seine Brüder Victor, Robert und Otto waren im Gesundheitswesen, in Industrie, Juristerei und Lehre wirtschaftlich recht erfolgreich. Victor vor allem, ursprünglich als Direktor der Oberschlesischen Stahlwerke tätig, ließ im Umland von Wien, in Purkersdorf, ein großes Sanatorium mit zahlreichen umliegenden Villen erbauen und von den Künstlern und Designern Koloman Moser und Josef Hoffmann, beide waren für die *Wiener Werkstätten* tätig, ausstatten. Ein ungeheuer anspruchsvolles und teures Unternehmen. Victor Zuckerkandl leitete das Sanatorium gemeinsam mit den Brüdern Emil und Otto, bis er 1917 nach Berlin berufen wurde, um dort eine Stelle anzutreten. Bis zu diesem Zeitpunkt hatte Victor Zuckerkandl eine umfangreiche Sammlung an Asiatica zusammengetragen, Zeichnungen und Gemälde von Gustav Klimt gekauft und Schmuck sowie teuren Hausrat bei den *Wiener Werkstätten* in Auftrag gegeben. Die Kunstsammlung war so groß, dass er nur einen Teil davon nach Berlin mitnehmen konnte und alles Übrige in einem Auktionshaus in Wien einreichte. Die Klimt-Sammlung behielt er jedoch. Zu seinen Erwerbungen gehörten unter anderem *Malcesine am Gardasee, Kirche in Cassone*, ebenfalls 1913 am Gardasee gemalt, sowie die *Mohnwiese* von 1907 und einige Landschaftsbilder von Klimt, die am Attersee entstanden, dem bevorzugten Ort für die Sommerfrische des Künstlers.

Kurz hintereinander starben Victor und seine Frau Paula Zuckerkandl 1927 in Berlin und ihr umfangreicher Besitz wurde unter den zahlreichen Zuckerkandl-Verwandten aufgeteilt, die zum Teil erbten und zum Teil auf einer Auktion Stücke aus dem Nachlass erwarben, unter anderem Bilder von Klimt. Als vergleichsweise sicher gilt, dass Berta und ihr Sohn Fritz neben einer Villa in Purkersdorf das Bild *Malcesine am Gardasee* erbten oder erwarben. Berta, seit langem verwitwet, blieb auch nach diesem Erbe in ihrer großen Wohnung in der Wiener Innenstadt und hielt Hof. Fritz zog mit seiner Frau Gertrud und dem Sohn, dem kleinen Emil, nach Purkersdorf in die geerbte Villa. Fritz übernahm dort auch die Leitung des Sanatoriums.

Nach dem Tod von Victor organisierte Berta 1928 eine Klimt-Gedächtnis-Ausstellung in der *Wiener Secession*. Der Künstler war zu diesem Zeitpunkt seit zehn Jahren tot. Bei dieser Gelegenheit wurde sicherlich auch *Malcesine am Gardasee* gezeigt. Und wie es hieß, tauschten bei dieser Gelegenheit Berta Zuckerkandl und Serena Lederer zwei Bilder: Berta gab *Malcesine am Gardasee* her gegen die *Mohnwiese*, die Serena Lederer bei der Nachlassversteigerung von Victor Zuckerkandls Klimt-Sammlung erworben haben dürfte.

Fritz Zuckerkandl bekam 1935 ein berufliches Angebot aus Paris und verließ Purkersdorf, um in Frankreich als Chemiker zu arbeiten. Seine Frau Trude blieb mit Sohn Emil in einer der Villen zurück. Doch nach 1938 wurde die komplette Anlage des Sanatoriums mit den zahlreichen Villen und deren Inventar von den Nazis beschlagnahmt. Man setzte Hans Gnad, einen Schilderfabrikanten, als Verwalter des Sanatoriums ein, der es mehr schlecht als recht über die Wirren der Zeit brachte. Trude Zuckerkandl und ihr Sohn Emil flohen nach Paris (ab da nannte er sich nur noch Emile) zu Fritz und später gemeinsam weiter nach Algier. Berta bekam von Paul Clemenceau ein Visum für Frankreich und verließ Wien einen Tag nach dem Anschluss Österreichs an Nazideutschland – lediglich mit einer Tasche als Gepäck. Zunächst erreichte sie Bourges, doch als die Deutschen auch da immer näher rückten, folgte sie ihrer Familie nach Algier.

Sie starb Ende 1945 nach schwerer Krankheit in Paris. Als Fritz Zuckerkandl 1947 nach Purkersdorf zurückkam und Ansprüche auf die umfangreichen Liegenschaften anmeldete, stieß er auf großes Unverständnis. Er strengte einen Prozess an, der sich weit in die 50er-Jahre erstreckte, doch am Ende ging er leer aus. Vergeblich versuchte Emile nach dem Tod des Vaters zumindest die *Mohnwiese*, die sich seiner Meinung nach in Purkersdorf in der elterlichen Villa befunden haben musste, zurückzubekommen. Und tatsächlich gab Hans Gnad, der auch nach dem Krieg das Sanatorium noch eine Zeit führte, das Gemälde zurück. Allerdings durfte Emile, der inzwischen in den USA lebte, das Gemälde nicht ausführen. Der österreichische Staat erklärte die *Mohnwiese* zum nationalen Kulturgut. Man hatte zwischenzeitlich ein Gesetz auf den Weg gebracht, das Kulturgüter mit einem Ausfuhrverbot belegte. Es blieb Emile nichts anderes übrig, als das Gemälde in Wien einzulagern. Als er in finanzielle Nöte geriet, sah er sich schließlich gezwungen, das Gemälde für 1.000 österreichische Schillinge an den Galeristen und Kunsthändler Rudolf Leopold zu veräußern. Dieser hatte während der Kriegsjahre eine umfangreiche Schiele-Sammlung angelegt und vielen jüdischen Sammlern Zeichnungen und Gemälde des Künstlers weit unter Wert »abgekauft«. Er war dreist genug und versuchte, die Kaufpraktiken der Nazis nach dem Krieg beizubehalten. Auch die neu erworbene *Mohnwiese* nutzte er, um seine Schiele-Sammlung zu erweitern. Er gab das Klimt-Bild an die *Österreichische Galerie Belvedere* und bekam im Gegenzug zwei Schiele-Gemälde. Die *Mohnwiese* kann heute immer noch im *Belvedere* betrachtet werden.

Emile Zuckerkandl, inzwischen ein hochdekorierter, international angesehener Professor der Evolutionsbiologie, der in Pasadena (Kalifornien) an der Universität lehrte, bemühte sich 2010 erneut, die *Mohnwiese* zurückzubekommen. Aber vergeblich. Er starb 2013, ohne eines der Kunstwerke aus den Zuckerkandl-Sammlungen oder Liegenschaften in Purkersdorf zurückerhalten zu haben.

Wenden wir uns nochmals dem Gemälde *Malcesine am Gardasee* zu. Über seinen Verbleib gibt es in der Literatur verschiedene Aussagen. Nach der Klimt-Gedächtnis-Ausstellung von 1928, die Berta selbst kuratiert hatte, organisierte die Gauleitung von Wien 1943 eine weitere Klimt-Ausstellung mit siebzig Werken, darunter wohl die komplette Sammlung von Serena Lederer. Sie enthielt u. a. den berühmten *Beethoven-Fries*, den Klimt für die erste Ausstellung im *Wiener Secessionsgebäude* angefertigt hatte und der bei den Offiziellen der Stadt und vielen Besuchern auf große Ablehnung stieß – August Lederer kaufte den Fries, um ihn vor der Zerstörung zu bewahren.

Bereits 1939 hatte man die Sammlung von Serena Lederer, inzwischen verwitwet, »sichergestellt«. Sie selbst, ungarische Staatsbürgerin und vermutlich deshalb erst einmal nicht zur Flucht gezwungen, musste einsehen, dass sie ihre Kunstsammlung verloren hatte, und ging Ende 1939/Anfang 1940 nach Budapest. 1943 verstarb sie dort. Nach der Ausstellung von 1943 wurden die Gemälde und Zeichnungen an vermeintlich sichere Orte verbracht, Teile der Sammlung Lederer etwa ins Schloss Immendorf in Niederösterreich. Man glaubte, die Kunstschätze durch die Verteilung über das ganze Land vor den alliierten Bombardements auf Wien und dem Zugriff durch die anrückenden russischen Verbände zu schützen. Es gibt ein sogenanntes *Verzeichnis* der Sammlung Lederer, das zehn Klimt-Ölgemälde und zwei Zeichnungen von ihm auflistet. Dort allerdings taucht das Gemälde *Malcesine am Gardasee* nicht auf.

Eine weitere Liste, als *Bergungsliste* bezeichnet, kann als Übergabeprotokoll der Gauleitung Wien angesehen werden. Übergeben wurden die Werke an den Eigentümer des Schlosses in Immendorf, Rudolf Freudenthal, am 3. März 1943. Diese Liste enthielt noch einmal genau zehn Ölgemälde von Gustav Klimt. Auch hier fehlt *Malcesine am Gardasee.* Dennoch wird in der Fachliteratur hartnäckig behauptet, dieses Werk sei mit den anderen Klimt-Gemälden am 7. Mai 1945 in Immendorf verbrannt oder einen Tag später, als jemand erneut Feuer legte, um dem Schloss und den dort aufbewahrten Kunstschätzen endgültig den Garaus zu machen. Interessanterweise waren die Eigentümer des Schlosses bei beiden Ereignissen nicht anwesend. Es hält sich die Auffassung, dass deutsche Soldaten das Feuer gelegt hatten, um zu verhindern, dass die Wertgegenstände den Russen in die Hände fallen. Natürlich kann es auch ganz anders gewesen sein.

In der Literatur wird des Öfteren gar von dreizehn oder sechszehn Klimt-Gemälden gesprochen, die in den Flammen von Immendorf unwiederbringlich verloren gegangen sein sollen. Es ist vermutlich nicht falsch, anzunehmen, dass die Zahl zehn der Wahrheit am nächsten kommt und dass *Malcesine von Gardasee* nicht verbrannt, sondern bis heute verschollen ist.

In der Literatur werden Zweifel geäußert am Weg, den das Gemälde schon vorher genommen hat. Demnach hätte es sich möglichweise auch auf dem Gelände von Purkersdorf in der Villa von Fritz Zuckerkandl befinden und so in den Besitz von Hans Gnad gelangen können. Denn auch Amalie Redlich, eine Schwester Victor Zuckerkandls, könnte es aus dessen Nachlass erworben haben. In den Rückforderungsanträgen der Familie Zuckerkandl, vertreten durch Emile Zuckerkandl, taucht *Malcesine am Gardasee* jedoch nicht auf. Vielleicht deshalb, weil er keine Kenntnis davon hatte, dass es 1939 noch im Eigentum der Familie war?

Der österreichische Autor Hubertus Czernin hat sich in seinem zweibändigen Werk *Die Fälschung* mit einem weiteren Klimt-Gemälde beschäftigt, das enormes mediales Interesse erregt hat. Es geht dabei um das Porträt von Adele Bauer, als *Adele Bloch-Bauer I*, als *Goldene Adele* oder als *Dame in Gold* bezeichnet. Czernin schildert akribisch den jahrelangen Kampf und den Prozess der Erbin mit dem österreichischen Staat, um das Gemälde zurückzubekommen, was ihr am Ende auch gelang. Bei den Recherchen hat sich der Autor auch berechtigte Fragen zum Malcesine-Gemälde gestellt. Ebenso der italienische Autor Paolo Boccafoglio. Er befasst sich eingehend mit dem Aufenthalt Klimts in Malcesine und dem Verbleib des Gemäldes. Beide Autoren verweisen auf einen weiteren Publizisten, Emil Pircan, der 1942 in der Monografie *Gustav Klimt. Ein Maler in Wien* eine Farbreproduktion des Gemäldes veröffentlichte. Das Foto wurde vom Hoffotografen Adolf Hitlers, Heinrich Hofmann, angefertigt. Für den Ausstellungskatalog von 1943, als die Gauleitung Wien nochmals alle bis dahin »angekauften« bzw. »arisierten« Klimt-Gemälde der Öffentlichkeit präsentierte, wurde es erneut publiziert. Damals hat es das Gemälde also auf jeden Fall noch gegeben und es muss sich mit allen anderen 69 Klimt-Gemälden in den Händen der Gauleitung befunden haben.

In der Monografie *Gustav Klimt* von Fritz Novotny und Johannes Dobai (erschienen 1965 und in den 70er-Jahren wieder aufgelegt), wird die Behauptung, *Malcesine am Gardasee* wäre in Immendorf verbrannt, erstmals manifestiert und seither von vielen Publizisten offenbar ungeprüft wiederholt.

Czernin fragt sich nicht zu Unrecht, warum man immer noch und immer wieder lesen kann, das Gemälde sei verbrannt, obwohl es dafür keine Beweise gibt, während zahlreiche akademische Arbeiten und Publikationen *Malcesine am Gardasee* als verschollen bezeichnen.

Bis auf weiteres bleibt sein Verbleib ein Rätsel. Vielleicht taucht es ja wirklich einmal überraschend bei einer Auktion auf? Dieser Gedanke hat mich als Krimiautorin mehr als nur beschäftigt. Ich recherchiere immer noch weiter und hoffe, dass ich irgendwann der Wahrheit und dem Verbleib des Gemäldes auf die Spur komme.

München, im September 2024
Marta Donato

- Adorján, Johanna: *Wer bin ich?*, in *Süddeutsche Zeitung*, 19.04.2024
- Boccafoglio, Paolo: *Gustav Klimt e Malcesine. La famiglia Zuckerkandl e il mistero di un quadro scomparso*, in *il sommolago, Anno XXX – n.2, aogosto, Trento 2013*
- Czernin, Hubertus: *Die Fälschung. Der Fall Bloch-Bauer*, Bd. 1 und 2, Wien 1999
- Klugsberger, Theresia/Pleyer, Ruth (Hg.): *Flucht! Berta Zuckerkandl. Von Bourges nach Algier im Sommer 1940*, Wien 2018
- Koja, Stephan: *Gustav Klimt. Landschaften*, München, London, New York 2022
- Krammer, Marion/Wahl, Niko (Hg.): *Klimt Lost,* Wien 2018
- Natter, Tobias G.: *Gustav Klimt. Sämtliche Gemälde,* Köln 2022, Reprint der Originalausgabe von 2012
- Schulte, Michael: *Berta Zuckerkandl. Saloniere, Journalistin, Geheimdiplomatin,* Zürich 2006
- Zuckerkandl, Bert[h]a: *Österreich intim. Erinnerungen 1892 - 1942,* hg. von Reinhard Federmann, Frankfurt, Berlin, Wien, 1970

edition tingeltangel

Mehr Spannung aus unserem Programm:

In einem Kurzkrimi schickt *Marta Donato* ihren Kommissar Georg Breitwieser in die Chiemgauer Alpen.

Mordsgipfel – Krimis aus den bayerischen Bergen von Marta Donato, Nicole Eick, Bettina Brömme, Alexandra Kolb, Markus Richter, Harry Kämmerer, Friederike Schmöe, Heidi Rehn u.a.

»Auf die Gefahr hin, in ein falsches Licht zu geraten: So macht Morden Spaß.« (Allgäuer Zeitung)

Nicole Eick: Wenn der Engel kommt
Kriminalroman

Übler Geruch dringt aus der Wohnung der alten Frau im zwölften Stock eines Hochhauses. Als das Nachbarsmädchen Alarm schlägt, wird die vereinsamte Seniorin tot aufgefunden. Alle gehen davon aus, dass sie eines natürlichen Todes gestorben ist – bis drei weitere Menschen ein ähnliches Schicksal erleiden. Plötzlich geraten gleich zwei Pflegedienste ins Visier der Polizei.

»Geht unter die Haut.« (Neue Presse Coburg)

Bettina Brömme: Des Glückes dunkle Seele
Thriller

Neun Jahre in Haft. Unschuldig! Als sie entlassen wird, wartet der wahre Täter schon auf sie.

»Ein mitreißender Thriller um Liebe, Familie, Eltern-Kind-Beziehungen, über Verantwortung und Schuld. Immer wieder wechseln die Erzählebenen von Gegenwart zu Vergangenheit, was dem Thriller eine zusätzliche Spannung verleiht.«
(ekz Bibliotheksdienste)